The Water Knife

焚城記

Paolo Bacigalupi

保羅·巴奇加盧比　著　穆卓芸　譯

焚城記

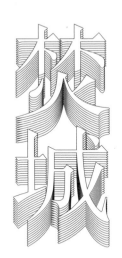

獻給　安裘拉

1

汗水會說話。

農婦在烈日當空的洋蔥田裡工作了十四個小時，跟一名男子通過墨西哥檢查哨時祈禱哨兵千萬別是敵人的手下，兩人流下的汗水不能相提並論。十歲男孩被西格手槍指著腦袋，跟一名女子艱辛橫越沙漠，不停呼喚聖母瑪利亞，希望水源就在地圖標示的地方，兩人的汗水也說著不一樣的故事。

汗水是身體的歷史，被壓縮成球體浮現在眉間，讓衣服沾上鹽漬，訴說著一個人爲何在錯誤的時間出現在正確的地方，還有他或她會不會活到明天。

對高高坐在柏樹一區中央出水口上方，望著查爾斯·布雷斯頓吃力走上瀑布步道的安裘·維拉斯奎茲來說，律師眉頭上的汗水代表某些人其實沒有他們自己想的那麼了不起。

布雷斯頓在辦公室裡也許趾高氣昂，對祕書大吼大叫，在法庭裡張狂得像個斧頭殺人魔一樣，但他再怎麼囂張，還是得乖乖聽凱塞琳·凱斯的話。凱塞琳·凱斯要你快點，你就得馬上狂奔，**蠢蛋**，而且得卯足全力，跑到心臟負荷不了，連氣都喘不過來。

布雷斯頓彎身閃避蕨類，蹣跚地穿越榕樹低垂的氣根，沿著環繞出水口緩緩爬升的步道往上走。遊客們正擠在生態建築外緣的空中花園和髮絲瀑布前自拍。布雷斯頓推開遊客繼續往前。他紅著臉苦撐著，身穿背心和短褲的慢跑者左閃右躲從他身邊跑過，耳中轟轟響著音樂和自己健康的心跳聲。

從一個人的汗水裡可以看出許多事情。

布雷斯頓的汗水代表他依然懷著恐懼。對安裘來說，這表示他依然值得信任。

布雷斯頓瞥見安裘坐在橫跨巨大井眼的橋上，便朝他疲憊地揮了揮手，示意安裘下來找他。安裘微笑揮手回應，假裝看不懂。

「下來！」布雷斯頓大喊。

安裘還是微笑揮手。

布雷斯頓像是鬥敗的公雞，垂頭喪氣繼續朝安裘所在的高處走去。

安裘靠著欄杆欣賞這一幕。陽光從上穿透而下，照得竹子和雨林光影斑駁，熱帶鳥群五彩繽紛，藻綠色的鯉魚池有如一片片的小鏡子閃閃發亮。

下方遠處的人群比螞蟻還小，感覺根本不像眞人，而是遊客、居民和賭場員工的剪影，就像柏樹一區生態建築開發案模型裡的小人一樣：迷你人在迷你咖啡館的迷你露台上喝著迷你拿鐵，迷你小孩在迷你自然步道上追著迷你蝴蝶，迷你賭徒三三兩兩靠在迷你廿一點牌桌前，隱身於深如洞穴的迷你賭場中。

布雷斯頓步履蹣跚上了橋，氣喘吁吁地說：「我叫你下來，你爲什麼不下來？」他將公事包扔在橋板上，整個人癱靠著欄杆。

「你拿了什麼東西要給我？」安裘問。

「文件，」布雷斯頓上氣不接下氣說：「卡佛市的，法官裁決剛下來。」他精疲力竭朝公事包揮了揮手。「我們把他們殺得片甲不留。」

「然後呢？」

布雷斯頓漲紅著臉，很想說什麼卻說不出來。安裘心想他是不是快心臟病發了，萬一眞的他又該怎麼辦。

安裘頭一回見到布雷斯頓，是在水資源管理局布雷斯頓的辦公室裡。從辦公室的落地窗望出去就是卡森溪，柏樹一區開發案的主要河川。這條可以飛蠅釣的小溪流經生態建築的數個樓層，然後被泵浦抽回頂端，淨化之後再重新送往源頭繼續奔流。每回望著這片遼闊的水利建設和溪裡的鱒魚，布雷斯頓就會想起自己爲何如此賣命，爲了水資源管理局四處興訟。

布雷斯頓一邊對著三名女助理大呼小叫，一邊跟安裘說話，彷佛事後想到才補上幾句似的。三名助理好巧不巧，都是身材苗條、剛從法學院畢業的年輕女孩，是布雷斯頓用柏樹一區永久居住權當誘餌拐來的。對他來說，安裘不過是凱塞琳．凱斯手下的另一頭走狗，只要能把更兇的大狗擋在門外，他就姑且忍耐。

另一方面，安裘則是滿心好奇，布雷斯頓是怎麼把自己搞得這麼胖的。柏樹一區之外的人沒有一個腫成這副德性。安裘從來沒見過布雷斯頓這樣的傢伙。他一臉讚嘆望著對方撐得快要炸開的衣服，只覺得眞是不可思議。這傢伙顯然對自己的安全很有信心。

要是世界末日眞的如凱塞琳．凱斯所言，那布雷斯頓應該會很美味。想到這一點就讓安裘決定放這個世界級的**蠢蛋**一馬，不去在意布雷斯頓看到他的幫派刺青和臉上及喉嚨的刀疤時，那嫌惡皺鼻的表情。

此一時也彼一時也，安裘望著布雷斯頓鼻尖滑落的汗水，心裡這麼想著。

布雷斯頓總算沒那麼喘了。「卡佛市上訴沒過。法官本來早上就要判決，但法庭全都擠爆了，一直拖到快下班才搞定。卡佛市一定急得跳腳，想要重新上訴。」他拿起公事包啪的打開。「他們想得美。」

他拿出一疊雷射全息轉印的文件遞給安裘：「這些是禁制令，得等明天法院開了才能生效。但要是卡佛市再提上訴，那就不一樣了，至少也有民事責任。不過，明天法院開門之前，你只能用內華達州人民的私有財產權。」

安裘翻閱文件。「就這些了嗎？」

「這些就夠了，只要你今晚把事情搞定就好。一旦拖到明天，就又是沒完沒了的法庭鬧劇和各說各話了。」

「你的汗水就白流了。」

布雷斯頓朝安裘比了肥肥的中指。「最好不要。」

安裘被對方話中的威脅逗笑了。「我已經拿到住房許可了，**白痴**，這招拿去對付你的祕書吧。」

「別以為你是凱斯的走狗，我就沒辦法讓你難過。」

安裘依然翻著文件，頭都沒抬。「別以為你是凱斯的爪牙，我就不敢把你從橋上扔下去。」

禁制令裡的印信和戳章看來都沒問題。

「你手上是有凱斯的什麼把柄，才沒人動得了你？」

「她信任我。」

布雷斯頓哈哈大笑，完全不相信。安裘將禁制令整理好。

安裘說：「你們這種人認為所有人都是騙子，所以什麼都要寫成白紙黑字。律師都是這副德性。」他將文件甩到布雷斯頓胸口，咧嘴微笑。「所以凱斯信任我，卻把你當狗看，因為你什麼都寫下來。」

說完他便走了，留下布雷斯頓在橋上狠狠瞪著他。

安裘走下瀑布步道，拿出手機按了號碼。

電話鈴才響一聲，凱塞琳·凱斯就接起來了，聲音清脆而正經。

「我是凱斯。」

安裘可以想像這位科羅拉多河女王的模樣：坐在書桌前君臨天下，四面牆壁從下到上貼滿了內華達州和科羅拉多河盆地的地圖，而她的帝國就是不斷湧入的即時數據：每條支流都閃著紅光、黃光或綠光，代表每秒鐘的流量，而洛磯山脈各個集水盆地上方也有數字閃動，一樣是紅黃綠三色，代表著殘雪量和融雪偏差值。其他數字則代表水庫和水壩的水位（從甘尼森的藍臺水壩、聖璜安的納瓦霍水壩到葛林市的火紅谷水壩）、那斯達克指數最新的緊急用水單位流量收購價和期貨交易價格，還有萬一需要提高米德湖水位時，公開市場上現有的購水來源。這些數字之配著她的王國，就如同她支配著安裘和布雷斯頓一樣。

「我剛才跟妳最心愛的律師說過話了。」

「你不會又惹毛他了吧？」

「那個**蠢蛋**眞是奇葩。」

「你也好不到哪裡去。你需要的東西都拿到了？」

「呃，布雷斯頓是給了我一堆樹的屍體沒錯，」安裘拿起那疊文件說：「沒想到這世界上紙還這麼多。」

「我們喜歡把事情記在紙上，」凱斯漠然地說。

「這可是五、六十頁呢。」

凱斯笑了。「官僚法則第一條：値得發送的訊息都値得發三份。」

安裘離開瀑布步道，一路蜿蜒往下朝電梯走，準備坐到停車場。「我想一個小時左右就能搞定，」他說。

「我會看著。」

「這回輕鬆得很，老闆。布雷斯頓給我的文件上頭有百來個簽名，允許我怎麼做都行。這是標準的禁制令作業，我敢說駱駝軍團自己來也可以，我只是高級快遞而已。」

「你錯了，」凱斯兇了起來。「我們可是來來回回打了十年官司，我不想再拖延下去了。我希望事情到此爲止，不想再發柏樹特區的居住許可給某位法官的遠房侄子，只爲了爭取本來就屬於我們的權利。」

「別擔心。我們把事情搞定的時候，卡佛市還搞不清狀況呢。」

「很好，完事了告訴我一聲。」

說完她就掛斷了。安裘趕上一座正要關上的快速電梯，站到鏡子前面。電梯開始加速往下，匆匆通過生態建築的各個樓層。人影模糊閃過，幾名母親推著雙人座娃娃車，按時計費的女朋友挽著週末男友的手臂，還有來自世界各地的遊客拚命拍照，發訊息回家炫耀自己見到了拉斯維加斯的空中花園。蕨類、瀑布和咖啡店咻咻閃過。

樓下康樂層的發牌員應該正在換班，旅館裡徹夜跑趴的旅客應該才剛醒來，正在享用今天第一杯伏特加，潑得身上閃閃發亮。女僕、侍者、餐館工、廚師和維修人員應該都在拚命工作，努力保住自己的飯碗和柏樹特區的居住資格。

你們能在這裡都是我的功勞，安裘心裡想，**要不是我，你們現在都還是沒有根的蓬草，骨瘦如柴，沒有骰子和妓女可以玩，沒有娃娃車可推，沒酒可喝，沒工作好做……**

要不是我，你們啥都不是。

電梯輕輕叮了一聲下到最底層，門一開就看見泊車小弟等在門口，旁邊是安裘的特斯拉電動車。

半小時後，安裘大步走在馬洛伊空軍基地裡，滾燙的柏油路發出陣陣熱浪，太陽照得春日山血紅一片。氣溫本來就逼近攝氏五十度，太陽只是火上添油，基地的泛光燈也亮著，湊上一腳。

「你拿到文件了？」雷耶斯隔著阿帕契直昇機的轟鳴聲大吼。

「聯邦政府就愛我們這群沙漠佬，」安裘舉起文件說：「至少接下來的十四小時不會變卦。」

雷耶斯漠然笑了笑，就轉身開始下達起飛命令了。

雷耶斯上校是個頭高大的黑人，曾在敘利亞和委內瑞拉執行海陸偵查任務，接著被派往酷熱的薩赫爾，然後是墨西哥的奇瓦瓦，最後才調到現在這個爽缺，執掌內華達國民兵。

內華達州給錢比較慷慨，他說。

雷耶斯揮手要安裘登上指揮直昇機。四周的攻擊直昇機陸續起飛，開始拚命消耗合成燃料。內華達國家警衛隊又名駱駝軍團，又叫那些該死的賭城國民兵，看你是發射冥王飛彈或是被攻擊的那一方。這支部隊配備精良，完全聽命於凱塞琳·凱斯，叫他們殺誰就殺誰。

一名國民兵扔了一件防彈衣給安裘。安裘披上防彈衣，雷耶斯坐進指揮座，開始發號施令。安裘戴上飛行眼鏡，將耳機插到對講系統上，以便聆聽對話。

直昇機搖晃升空，安裘眼前開始浮現大量的飛行數據，將拉斯維加斯標上了五顏六色的閃亮標記，渴求他的注意：目標計算、相關建物、敵友標示、飛彈存量、五零機槍子彈數、燃料警示、地面熱信號……

華氏九十八·六。

人類，溫度最低的物體。每一個人都被標記，沒有人察覺。

一名女兵湊過來檢查裘安的安全帶有沒有束緊，裘安笑著讓她檢查。女兵黑皮膚黑頭髮黑眼珠，瞳孔漆黑如炭。裘安瞄了她的名牌一眼：古普塔。

「很好奇我怎麼會綁對，是吧？」他隔著巨大的旋轉翼聲大吼：「我之前也是幹這行的。」

古普塔笑也不笑。「這是凱斯女士的命令。要是我們手忙腳亂，結果你因為沒有繫好安全帶而喪命，我們糗大了。」

「要是我們手忙腳亂，誰也活不了。」

但古普塔沒有理他，繼續檢查。雷耶斯和駱駝軍團向來講究，有自己一套優雅的規矩，長年累月下來雕琢得完美無暇。

古普塔朝著對講機說了幾句，接著便坐回座位，繫好安全帶，開始盯著操縱機槍的螢幕。

直昇機傾斜轉向，加入攻擊直昇機群的隊形中，讓安裘胃裡一陣翻攪。飛行眼鏡浮現最新狀態，數字亮過拉斯維加斯的夜景。

SNWA 6602，**離開**。

SNWA 6608，**離開**。

SNWA 6606，**離開**。

更多呼號和數字閃過，透露了這群近乎隱形的蝗蟲大軍的存在。他們佔滿了漸暗的天空，往南直飛。

對講機傳來雷耶斯斷斷續續的聲音：「蜜池行動開始。」

安裘笑了出來。「這是誰想出來的名字？」

「喜歡嗎？」

「我比較喜歡米德。」

「有誰不是？」

所有直昇機全速前進，往南朝米德湖飛去。米德湖的原始水量爲兩千六百萬英畝英呎，但在老爹旱災之後只剩不到一半。這座在樂觀年代建造的樂觀湖泊，如今早已萎縮，淤泥滿滿。它是拉斯維加斯的命脈和救生圈，卻總是危機重重、岌岌可危，隨時都會沉入三號引水道之下。

在他們下方，拉斯維加斯市區的燈火迤邐綿延，賭場的霓虹燈和柏樹特區的生態建築星星點點，還有旅館、陽台和圓頂、長滿水耕蔬菜的水汽凝結式垂直農場和耀眼的全光譜照明。光點形成的地景在沙漠上鋪展開來，跟駱駝軍團飛行眼鏡裡五花撩亂的戰鬥數據交錯重疊。公告表演、派對、飲料和價格的看板，在飛行眼鏡裡變成了攻擊和侵入點；爲了抵擋沙漠風塵而設計的峽谷狀稠密街區，成了狙擊手的藏身處；色彩斑斕的光電塗料屋頂是絕佳的空降點，而柏樹特區則是制高點和首要攻擊區，誰叫它佔據了拉斯維加斯的天際線，蓋過了其他一切，比這座罪惡之城過去所有建物地景還要巨大、還要充滿野心。

拉斯維加斯變成一條黑色細線，然後消失不見。

戰鬥軟體開始鎖定生物，在千禧郊區的暗熱殘骸裡搜尋低溫點。大片大片的建築早已荒廢，只剩破木板和銅線可以利用，因爲凱塞琳．凱斯決定這裡再也不值得供水。

眼鏡裡一片漆黑，只有寥寥幾點營火，有如燈塔標示著沒水德州佬和亞利桑那人的位置。他們沒錢住進柏樹生態建築區，卻又無處可逃。科羅拉多河女王在這裡大開殺戒，封了他們的水管，短短幾秒便成就了她的第一批墳場。

「他們管不了自己的主輸水管，就去喝土吧，」凱斯這麼說。

直到現在，依然有人揚言要她的命。

直昇機群通過荒蕪的郊區緩衝帶，飛入遼闊的沙漠。這才是原始的地貌，跟舊約一樣老。雜酚油木、寂然獨立的約書亞樹、猶卡山噴發遺跡、旱谷、白沙礫石、石英礫巖。

沙漠闃黑冰涼，一丁點陽光的痕跡也不剩。下面有動物：近乎無毛的土狼，還有蜥蜴、蛇和貓頭鷹。一個陽光消失後才會活絡的世界，從岩石、火山岩和油木下湧出的生態系。

安裘望著沙漠倖存生物構成的微小熱點，心想沙漠是不是也正看著他，是不是有瘦弱的土狼抬頭注視噗噗作響的駱駝軍團直昇機群，讚嘆地望著一群人類從空中飛過。

一小時過去。

「快到了，」雷耶斯打破沉默，用近乎虔敬的語氣說。安裘彎身向前左右張望。

「在那裡，」古普塔說。

只見一條黑色緞帶般的河流蜿蜒在崎嶇的山脊間，穿梭沙漠中。

皎潔的月光灑在河面上閃閃發光。

科羅拉多河。

河水就像一條匍匐在白沙中的巨蛇。加州還沒將這條河榨乾，但遲早會的。還有那烈日下的蒸發，不能讓太陽將它永遠盜走。但目前河水依然流淌著，坦然迎向陽光和國民兵肅靜的注視。

安裘俯瞰河水，再次深深震撼。對講機裡交談聲停止了，所有人見到如此豐沛的河水都沉默了。

雖然飽受乾旱和分水之苦，科羅拉多河依然能喚起崇敬的飢渴。每年七百萬英畝英呎，雖然過去是一千六百萬英畝英呎……但還是無比豐沛，就這麼流倘在大地之上……

難怪印度人會敬拜河流，安裘心想。

全盛時期的科羅拉多河綿延一千多英里，從白雪皚皚的洛磯山脈往南穿越猶他州的紅岩谷，最後流入蔚藍的太平洋，一路湍急不受阻撓，而它所經之處必然生機勃勃。

只要農夫能引河水，建商能在河邊鑿井，賭場開發商能用泵浦汲水，機會就取之不竭，攝氏四十五度的高溫也傷不了人，城市也能在沙漠中興起。河川就像聖母瑪利亞的祝福，充滿了恩典。

安裘心想，這條河當年自在奔流時不知道是什麼模樣。如今河水又低又緩，走走停停，被一座座大水壩切得柔腸寸斷。卡特爾街上長大的孩子，終其一生都以為科羅拉多河只是傳說，就像安裘的奶奶跟他說過的吸血怪獸一樣。河水在直昇機下方的峽谷間蜿蜒，大多數猶他人和科羅拉多人卻一輩子都不准碰它。

「十分鐘後開戰，」雷耶斯宣佈。

「他們會反抗嗎？」

雷耶斯搖搖頭說：「亞利桑那佬沒什麼能反抗的，他們大多數部隊都被調到北極去了，還沒回來。」

這是凱斯的傑作。她賄賂了一批東岸政客，他們才不在乎北美大陸分水嶺這一岸發生了什麼。她用妓女、毒品和超級政治行動委員會富可敵國的資金買通了這群豬玀，因此當參謀首長聯席會議發現必須保衛北方的焦油砂管線時，正好就只有亞利桑那州國民兵那群鼠輩可以出征。

安裘記得當時看到新聞發展，媒體不停大談能源安全。他很喜歡看記者高舉愛國大旗，墊高收視率，讓人民覺得自己再次成爲霸氣的美國人。記者至少不是一無是處，至少讓美國人有種重當老大的錯覺。

團結啊，寶貝。

駱駝軍團二十多架直昇機潛入河谷之間，掠過漆黑的河面。機群夾在兩岸的岩壁之間沿河道蛇行，掃起陣陣浪濤朝目標前進。

安裘露出微笑，感覺腎上腺素又開始分泌，就像所有人已經下注，只等著發牌員開牌時的興奮。他將法院的禁制令緊緊握在胸前。所有印信和全息章，還有法庭上的行禮如儀和上訴，全是爲了讓他們在這一刻能大展身手。

亞利桑那會死得莫名其妙。

他笑了。「此一時也彼一時也。」

坐在機槍前的古普塔瞄他一眼。「你說什麼？」

安裘發現她還很年輕，跟當年的他一樣。身無分文、走投無路的被放逐者，千方百計想要留在正確的那一岸，什麼都肯幹。是凱斯將他送進國民警衛隊，並直接給了他內華達州的永久居留權。

「妳今年多大？」他問：「十二歲？」

古普塔狠狠瞪了他一眼，重新盯著機槍的瞄準系統。

「二十歲，老頭。」

「別這麼冷淡，」他指著下方的科羅拉多河說。「妳太小了，不曉得以前是什麼樣子。以前會有一群律師和一大堆文件，還有插著口袋護套的官員……」

安裘陷入回憶之中。他想起自己擔任隨扈站在凱塞琳．凱斯身後，跟她一起走進會議室。禿頭官員、市府水利人員、墾務局、內政部，開口閉口都是英畝英呎、開墾準則、合作、廢水處理效率、污水再生、水銀行、蒸發減少方案及河面罩，還有如何剷除檉柳、白楊和柳樹。所有人就像鐵達尼號上的乘客，在甲板上更動椅子，按照遊戲規則辦事，相信一定有皆大歡喜的解決之道。所有人都假裝願意合作，假裝眞的想解決問題可以怎麼做。

沒想到加州不按牌理出牌，完全不來這一套。

「你剛才說什麼？」古普塔追問道。

「沒有，」安裘搖搖頭說：「我只是說遊戲規則變了，凱斯原本那一套玩得得心應手。」直昇機越過峽谷邊緣朝目標俯衝而去，安裘抓緊座位穩住身子。「不過新的這一套我們也玩得不差。」

他們的目標在前方閃閃發亮，一整片建築獨自矗立在沙漠中。

「到了。」

燈火開始熄滅。

「他們知道我們來了，」雷耶斯說完開始下達作戰命令。

直昇機群左右散開，鎖定射程內的目標。安裘搭乘的直昇機也往下俯衝，由兩台無人飛機隨行護駕，飛行眼鏡裡顯示另有一群直昇機在前方開路。安裘咬著牙，感覺直昇機開始下降搖晃，並且刻意隨意蛇行，想看地面是否有人試圖用燈照亮他們。

他看見卡佛市在遠方的地平線上微微發出橘光。公寓和店家燈火通明，映著夜空綻放著都市的光暈。那麼多燈泡，那麼多空調。

那麼多生命。

古普塔發射了兩輪機槍砲，地面有東西亮起，發出噴泉般的火光。直昇機群掠過抽水和濾水設施上空，只見蓄水池和水管星羅棋布。

黑色阿帕契直昇機降落在屋頂、停車場和馬路上，吐出一波波部隊。更多直昇機有如巨型蜻蜓不斷降落，螺旋槳揚起陣陣石英砂，讓安裘的臉又刺又麻。

「表演時間到！」雷耶斯朝安裘示意。安裘最後一次檢查身上的防彈衣，將頭盔束帶拉緊扣上。

古普塔看著他，露出微笑說：「需要槍嗎，老人？」

「不用吧，」安裘下機前說：「妳不是要跟我一起行動？」

國民兵在他身旁整隊，所有人一齊奔向水廠大門。

泛光燈亮起，工人知道出事了，紛紛衝了出來。駱駝軍團的士兵架好步槍，鎖定前方的目標。古普塔的對講機傳來喝令聲。

「所有人趴在地上，快點！趴下！」

平民統統趴在地上。

安裘小跑步到一名嚇得縮成一團的女子身邊，揮舞手上文件，隔著直昇機的轟隆聲咆哮道：

「余西蒙在哪裡？」

「裡面，」女子好不容易擠出聲音。

「謝了，」安袠拍拍她的背說：「妳快點把同事帶離這裡，免得出事。」

安袠和荷槍實彈的士兵衝過自來水廠大門，湧向廠中央。員工紛紛讓路，貼著牆目送駱駝軍團大步通過。

「賭城來囉，」安袠高呼道：「快點逃吧，各位。」

但古普塔的喝令聲比他還大：「**統統離開！你們有三十分鐘可以撤離，時間一到格殺勿論！**」

安袠和士兵衝入主控室，只見平板螢幕上顯示著流量、水質、化學添加物和抽水效率，還有一群水質工程師嚇得跟小白鼠一樣，從工作站裡探出頭來。

「你們的主管呢？」安袠問：「我找余西蒙。」

一名男子挺身而出：「我就是。」他身形細瘦，皮膚曬得棕黑，稀疏的頭髮往一邊梳，臉上坑坑疤疤都是面皰的殘跡。

駱駝軍團的士兵散開佔領了主控室，安袠將文件扔向余西蒙說：「你們這裡不能再運轉了。」

余西蒙手忙腳亂接住文件說：「才怪！我們要上訴！」

「你們明天要上訴是你們家的事，」安袠回答：「今晚你們必須關閉，你自己看簽名吧。」

「我們供應幾十萬人的水！你們不能說關就關。」

「法官說我們有最優先水權，」安袠說：「你應該慶幸我們沒有要你們把水管裡的水也交出來。你們的人只要用水謹慎一點，應該可以撐個兩、三天，直到撤離為止。」

余西蒙翻閱文件。「這個判決根本是胡扯！我們不會走，這判決一定會被推翻，根本不能算數！明天就沒效了！」

「我就知道你會這麼說。問題是明天還沒來，現在是今天，而法官今天判決你們必須停止竊取內華達州的水。」

「你們會被罰的！」余西蒙總算勉強鎮定下來，結結巴巴說：「我們都曉得後果有多嚴重。卡佛市出了什麼事都是你們的責任。我們有監視錄影機，你們的所作所爲都會成爲公開紀錄。你們不會希望法官最後判決時知道這件事吧？」

安衷發現自己還蠻欣賞這個禿頭官僚的。他很**負責**，感覺很像政府機關裡的正派人物，因爲想改善世界而成爲公務員，是老派的公僕，眞心爲了老派的人民福祉而全力以赴。

這樣一個人正苦勸安衷，使出「大夥兒講理一點，別貿然行事」的把戲。

可惜現在不是時候。

「……你們這麼做會惹毛許多大人物，」余西蒙說：「不可能成功的。聯邦政府絕對不會坐視不管。」

安衷覺得自己好像遇到了恐龍。乍看是很酷沒錯，但說眞的，這傢伙是怎麼活到現在的？

「大人物？」安衷輕聲笑道：「你們難道跟加州偷偷簽了什麼密約，把水權讓給他們，而我卻不知道？因爲在我們看來，你們的次優先水權可是從科羅拉多西部某個農夫那裡買來的二手貨，根本站不住腳。這些水早就該屬於我們了，我剛才給你的文件上頭寫得清清楚楚。」

余西蒙恨恨瞪了安衷一眼。

「哎唷，余先生，」安衷朝對方肩膀輕輕搥了一拳說：「別這麼喪氣。我們都是老江湖了，知道兩軍相爭必有一敗。科羅拉多河法案明定，最優先水權享有全部所有權，次優先水權嘛，」他聳聳肩。「就沒那麼好了。」

「你們收買了誰？」余西蒙問：「史帝文斯？還是艾洛育？」

「知道是誰有差嗎？」

「這可是幾十萬條人命哪！」

「那你們當初就不該仗著那麼薄弱的水權亂來，」古普塔一邊檢查泵浦監視器的閃燈，一邊從主控室另一頭說。

余西蒙瞪了她一眼，安裘不敢讓他看見自己在偷笑。「她說的對，余先生。通知在這裡，你們還有廿五分鐘可以撤離，否則我就要用冥王和地獄火飛彈對付這個地方了。快點撤離吧，免得我們用火光點亮這裡。」

「**你們要把這裡炸了？**」

幾名國民兵笑了。

古普塔說：「你應該看到我們是搭直昇機來的吧？」

「我不走，」余西蒙冷冷地說：「要殺要剮悉聽尊便，看你們敢怎麼樣。」

安裘嘆口氣說：「我就知道你不會屈服。」

余西蒙還來不及回嘴，就被安裘一把抓住摔到了地上。安裘膝蓋壓著這名官員，抓住他的手臂使勁一扭。

「你們會毀了——」

「對對對，我知道，」安裘將余西蒙的另一隻手扳到背後，用束帶綁好。「我們會毀了他媽的這整座城市，害死幾十萬條人命，還有某人的高爾夫球場。你說的沒錯，死人會讓事情複雜一點，所以我們不會讓你這隻老禿驢死在這裡。你想告就明天去告我們吧。」

「**你不能這樣做！**」余西蒙臉被摁在地上，掙扎著吼道。

安裘跪在可憐兮兮的西蒙身旁。「我覺得你把整件事都攬在自己身上了，西蒙，但你搞錯了。我們都是大機器裡的小螺絲釘，對吧？」他說著將西蒙一把拽起。「這件事遠高於你我之上，我們只是各爲其主。」他朝西蒙背後推了一下，將他推出門外，接著回頭朝古普塔大喊：「去檢查其他地方，確定人都清空了。我要這地方十點一片火海！」

雷耶斯在直昇機門邊等著。

「亞利桑那佬要來了！」他大喊。

「嘖，這就不妙了。他們多久會到？」

「五分鐘。」

「媽的，」安裘用手指做出旋轉的動作，說：「那就走人吧！我已經拿到我要的東西了。」螺旋槳開始轉動，發出憤怒的尖叫，蓋過了余西蒙的說話聲，但安裘從他臉上的表情看得出他滿懷憎恨。

「別這樣！」安裘吼道：「我們一年後就會把你請到拉斯維加斯了！你在這裡是浪費人才！南內華達水資源管理局需要你這樣的精英！」

安裘想把西蒙拉進直昇機，但西蒙抵死不從，瞇起眼睛抵擋風沙瞪著他。士兵的直昇機陸續起飛，蝗蟲四散走避。安裘又拉了西蒙一下。「該走了，老兄。」

「聽你在說！」

余西蒙不知道哪來的力氣，突然掙脫了安裘，朝自來水廠飛奔而去。他雙手依然綁在背後，跑得跌跌撞撞，但卻視死如歸，拚命朝廠區跑，跟最後一批逃出來的同事擦身而過。

安裘痛苦地看了雷耶斯一眼。

眞是死腦筋的蠢蛋。這個吃公家飯的直到最後一刻都還這麼拗。

「我們得走了！」雷耶斯大喊：「要是亞利桑那佬的直昇機到了，我們就得大幹一場了，到時聯邦政府的人一定不會放過我們。有些事他們最受不了，兩州之間發生槍戰絕對是其中一項。我們得馬上離開！」

安裘回頭望著飛奔的余西蒙。「給我一分鐘！」

「三十秒！」

安裘嫌惡地瞪了雷耶斯一眼，接著便朝余西蒙追去。

他身旁的直昇機紛紛起飛，有如一片片沙漠熱風吹起的落葉。安裘瞇著眼睛抵擋刺人的沙粒，低頭衝過飛沙走石。

他在自來水廠門口抓到了余西蒙。「唉，我不得不說，你眞固執。」

「放開我！」

安裘沒有放手，而是將他狠狠摜倒在地上，讓余西蒙全身癱軟，無法呼吸，接著趁機將余西蒙的雙腳也用束帶綁住。

「他媽的放開我！」

「通常對付你這種人，我都是像殺豬一樣一刀斬了，」安裘一邊嘟囔，一邊使出消防隊員的架式將余西蒙扛在背上。「但這回行動既然公開透明，我就沒了這個選項。不過，我說眞的，不要逼我。」說完他開始拖著腳步，朝唯一還沒升空的直昇機走去。

卡佛市自來水廠只剩幾名員工，全都衝回車裡加速逃離，揚起陣陣風沙。船就要沉了，老鼠還能不跑嗎？

雷耶斯狠狠瞪著安裘。「他媽的快點！」

「我不是來了嗎？走吧！」

安裘將余西蒙扔進直昇機裡。他還坐在起落撬上，直昇機就起飛了。他死命地爬才爬回機裡。

古普塔已經坐回機槍座前，安裘還沒綁好安全帶，她就開火了。安裘的飛行眼鏡瞬間亮起，閃過各種攻擊選項。他從開著的機門望出去，軍情軟體標出自來水廠的各個設施：濾水塔、抽水泵浦、電力系統、備用發電機……

飛彈從直昇機的砲口呼嘯而出，在空中默默畫出幾道光弧，隨即射入卡佛市自來水廠的深處，發出轟天巨響。

陣陣蘑菇雲竄上夜空，照得沙漠一片金黃。駱駝軍團繼續攻擊，火光照著一架架盤旋空中的直昇機，有如一群漆黑的蝗蟲。

余西蒙倒在安裘腳邊，手腳被束帶綁著，無力挽回水廠被毀的命運，只能眼睜睜望著自己的世界在蘑菇雲中付之一炬。

趁著爆炸的火光閃爍，安裘看見西蒙淚流滿面。從他眼中流出的水，和汗水一樣道盡了一切：這傢伙爲了他拚命拯救卻無法挽回的地方而痛哭失聲。再儒弱的人也有冷血的一面。雖然外表看不出來，但事實就是如此。

可惜沒用。

這真是世界末日。安裘望著飛彈不停射向水廠，心裡這麼想。**這真是他媽的世界末日**。

接著他心裡不由自主竄出了另一個念頭。

那我就是魔鬼了。

2

露西被雨聲吵醒了，上天的恩澤滴滴答答飄落著。她的身體緊繃了一年多，終於放鬆下來。如釋重負的感覺來得太快，讓露西覺得身體輕飄飄的，彷彿灌滿了氦。所有悲傷和驚恐都離她而去，有如乾掉的蛇皮，太小太粗，再也塞不下她。露西感覺自己不斷升起。

她覺得自己煥然一新，比空氣還輕。擺脫了悲傷和恐懼讓她喜極而泣。

但她突然徹底醒了。掃過窗戶的不是雨水，而是沙塵，生命的重擔再次沉沉壓在露西身上。她靜靜躺在床上，因爲美夢幻滅而顫抖。她抹掉眼角的淚。

沙塵不斷掃過窗戶，發出刮擦聲。

剛才的夢境是那麼眞實：雨聲淅瀝，空氣輕柔，花朵綻放香氣，她緊縮的毛孔和沙漠烤乾的泥土都打開了，歡喜迎接天上的大禮。土地和她的身體一起吸收天降甘霖的奇蹟。美國開拓者緩緩侵入中西部大草原，翻過洛磯山脈進逼那一片不毛之地時，曾經稱它爲「神水」。

神水。

水按著自己的旨意，從天而降。

露西夢中的雨跟吻一樣溫柔。從天上帶著祝福傾瀉而下，赦免了萬物。現在全都沒了。她的嘴唇又乾又裂。

露西踢開汗溼的被子，走到窗邊往外窺探。幾盞街燈還沒被黑幫打壞，在泛紅的塵霾中有如小巧的月亮，吃力發著光芒。她看著沙塵暴愈來愈強，街燈瞬間由明轉黑，在她視網膜裡留下微亮的殘影。光線從世界消失了。露西覺得自己在哪裡讀過，某本很老的基督教讀物，好像是耶穌之死。光線熄滅，萬古長黑。

耶穌走了，死神降臨。

露西走回床邊大字形躺在床上，聽風呼呼鞭打黑夜。外頭有狗哀號求救，可能是流浪狗，應該活不到明天，讓老爹旱災的受害者再添一個。

露西床下傳來嗚咽聲，應和著外頭的哀號。氣壓改變讓桑尼嚇得發抖，縮著身子躲在床下。

露西再次下床，從水缸裡舀了一碗水，下意識查了查剩水量。雖然不用看也曉得還剩二十加侖，但她還是忍不住瞄了小型LED水表一眼，確認水量跟她腦袋裡的數字一樣。

她蹲在床邊將碗推到狗的面前。

桑尼縮在陰影裡，可憐兮兮望著她，不肯出來喝水。

露西要是迷信一點，可能會覺得這隻邋遢的澳洲牧羊犬感覺到了什麼，而她沒感覺到。或許是空氣中的惡意，也可能是惡魔在天上拍打翅膀。

中國人認爲動物能察覺地震，因此常用動物來預言天災。中國共產黨曾經在某次大地震之前數小時，就先撤離了九千名海城市民。他們相信動物的感受力比人類敏感，結果拯救了無數生命。

這是她聽泰陽國際集團一名生技工程師說的。這傢伙曾經外派美國。他說這就是中國總能預見世界局勢並提前計畫的原因，也是中國比斷背版的美國更能抗壓的理由。

動物開口了就該注意聽。

桑尼縮在床底下，從皮到毛顫抖著，不停發出低低的哀鳴。

「寶貝，出來吧。」

桑尼文風不動。

「快點，沙塵暴在屋子外頭，不會進來。」

還是沒有反應。

露西盤坐在地磚上望著桑尼。至少地磚是涼的。

她怎麼不乾脆就睡在地板上？夏天還需要床或被子做什麼？春天和秋天也一樣。

露西趴在地上，皮膚貼著黏土地磚，伸手到床下去抱桑尼。

「沒事，」她手指撫摸牠的毛髮，輕聲細語說：「噓，噓，很好，沒事的。」

露西想讓自己放鬆，卻還是焦慮地打了個哆嗦，皮膚一陣輕顫。這是不祥的預感在作祟。

難怪桑尼會躲到床下。

無論她再怎麼努力告訴自己桑尼瘋了，潛意識還是叫她相信這隻狗的警告。

外頭有東西，又黑又餓。露西怎麼也甩不掉一種感覺，那可怕的東西正將注意力轉向她：她和桑尼和這座安全的小島，這個遮風避雨、她稱之爲家的地方。

露西起身到通往無塵室的門前檢查鎖鈕。

妳在疑神疑鬼。

桑尼又嗚咽一聲。

「別出聲，寶貝。」

她的聲音很不對勁。

她又繞了房子一圈，確定所有窗戶都封住了。走過廚房時，她被自己在窗戶上的倒影嚇了一跳。

我沒關嗎？

露西拉上瓜地馬拉編織窗簾，覺得窗外暗處說不定會冒出一張臉。這麼想既迷信又荒謬，怎麼可能有人在沙塵暴裡望著她，但她還是去把牛仔褲穿上，覺得穿上衣服比較好，至少心裡感覺安全一點。她已經放棄繼續睡覺了，現在這樣不可能睡得著。沙塵暴有如手指爬上她的鎖骨，讓她心慌意亂，怎麼可能闔眼。

說不定可以。

露西打開電腦，在觸控板上掃描指紋，然後輸入密碼。風依然鞭打著房子，家裡蓄電量低得讓她有些擔心。雖然電池有二十年保固，但夏琳老說那是胡扯。露西只希望沙塵暴明早就沒了，可以出去打掃太陽能板，讓太陽能板重新充電。

桑尼又唉了一聲。

露西沒有理牠，登入收入追蹤系統。

她之前才貼了一篇新文章，還用了提莫拍的相片。老實說，那些相片讓她的文章增色不少：一輛滿載家當的卡車，沉得輪子一半陷進沙裡，雖然想離開鳳凰城，卻徒勞無功。又是一篇煽情的亡城記。文章已經開始在網路上流傳，賺進一些目光和鈔票，卻沒有瘋狂轉載，讓露西有些意外。她瀏覽推文，想找出文章迴響不大的原因。科羅拉多河出事了，好像是有人交火還是轟炸。

#卡佛市#科羅拉多河#黑色直昇機……

主要新聞媒體已經開始報導了。露西點開影片，只見一名水利人員正在破口大罵拉斯維加斯要不是那人背後火光熊熊，一片殘破，表示拉斯維加斯真的有可能派出了水刀子進行閃電突襲，她可能以為他是瘋子。

那個禿頭男大聲咆哮，說他被內華達州國民兵綁架，把他扔在沙漠裡，讓他自己走回滿目瘡痍的自來水廠。

「這是凱塞琳．凱斯幹的！她完全無視於我們上訴！我們有用水權！」

「你們會提告嗎？」

「廢話，我們一定會提告！她這回太過份了。」

事件開始在更多網站蔓延。亞利桑那州的地方電台和主持人頻催戰鼓，挑起地區憎恨，好靠著戰場畫面和煽動仇恨大賺點擊數。只要評論爆炸，民眾開始將報導貼上自己的社群網站，收入還會增加。

露西在追蹤器上標記這則新聞，但窗外飛沙走石，事件又離她太遠，她已經錯失先機，頂多只能從其他記者的點擊數分一杯羹。

她將報導放進自己的討論串，好讓她的讀者知道她曉得卡佛市出了什麼驚天動地的大事，接著開始聯絡她的消息來源，在社群網站的汪洋大海裡尋覓，希望搶先發現什麼消息，據為己有。

她看見幾十條新回文，主題標籤是**#鳳凰城淪陷**：

本來今天要再離開，沒想到又遇到該死的風暴。**#沮喪#鳳凰城淪陷**

怎麼知道自己慘到底了？喝尿還告訴自己是礦泉水。**#鳳凰城淪陷#濾水袋之愛**

耶！我們要去北方了！**#卑詩省彩券局#賤人掰掰**

峽谷有直昇機，有誰知道誰派來的？**#科羅拉多河#黑色直昇機**

他們還在門外！騎兵隊到底死去哪裡了？**@鳳凰城警局**

別走六十六號公路。**#加州民兵#無人飛機包#三菱菱利**

搞什麼？山姆酒吧怎麼關了？**#我想喝酒#鳳凰城淪陷**

圖：用濾水袋拼成的《鳳凰城崛起》海報，哈哈哈。**#鳳凰城淪陷#鳳凰城藝術#鳳凰城崛起**

露西已經注意鳳凰城的居民、他們的主題標籤和回文很多年了。她用伺服器位址建立了鳳凰城的內爆地圖，追蹤這場實體災難的虛擬回聲。

在她的想像中，鳳凰城就像排水口，什麼都吸進洞裡。房子、居民、街道和歷史無一倖免，統統被災難張開血盆大口吞了進去。沙子、倒下的仙人掌和土地區塊都被吸得一乾二淨。

而露西就站在排水孔邊緣記下這一切。

批評者說她跟其他亡城吸血鬼差不多，而她低潮時也會這麼想，覺得自己跟其他記者一樣，專找吸睛的畫面，例如六級颶風過後肆虐休士頓的禿鷹，或是底特律慘遭天災蹂躪後的煉獄景象。不過，露西通常覺得自己不是在渲染城市的衰亡，而是挖掘未來的樣貌，彷彿在告訴世人：**這就是我們，就是我們所有人的結局。出去的門只有一個，所有人都得從這裡離開。**

她剛來這裡時，還只是個菜鳥記者，對這座城市沒有認同感，常開亞利桑那佬的玩笑，喜歡寫輕鬆的報導，靠網路的小額付款維生，吸引愛聽八卦的鄉民點閱文章來賺一點容易錢。

#釣魚新聞

#亡城腥聞

#鳳凰城淪陷

大鳳凰城地區的居民是新德州佬，一群宗教狂熱的保守派白痴。露西跟美國有線電視網、新華社、Kindle 郵報、法新社、谷歌和紐約時報的同行都樂於踩著屍體賺錢。全美民眾都看過德州瓦解，很清楚會發生什麼。鳳凰城就像奧斯汀，只是更大、更糟，毀滅得更徹底。

亡城 2.0：否認、亡城、接受、逃難。

露西親眼目睹了亞利桑那佬完蛋的過程，身歷其境且近在眼前。她一邊用高倍數顯微鏡解剖死去的城市，一手還不忘冰涼的墨西哥啤酒。

#他們好過我們

但她後來認識了幾個亞利桑那佬，開始在鳳凰城生根落地。她幫好友提莫清空了房子，有如割肉取骨一般拆掉牆裡所有的電線和水管。

他們拔下窗戶，像是挖出房子的眼珠，讓他家盲然望著馬路對面同樣被剜去眼睛的房子。她寫下這些遭遇，描述一間歷經三代的房子如何受制於郊區停水和市區袖手旁觀，一瞬間失去了所有價值。這當然是亡城腥聞，只不過這回露西參了一腳，跟提莫、他妹妹安帕蘿和安帕蘿的三歲女兒一起演出。小女孩看著大人將她唯一認得的家拆了，嚎啕大哭。

桑尼在床底下又嗚了一聲。

「風會停的，」露西心不在焉地說，隨即心想：真的嗎？

有人開始說這次的沙塵暴可能會破紀錄。目前有紀錄是六十五個，還會增加。

但要是風暴沒有盡頭呢？

氣象學家一副當然會有紀錄（和紀錄被打破）的樣子，好像他們有辦法看出什麼模式似的。氣象主播說這是「乾旱」，但這兩個字代表這樣的狀況會結束，只是過渡階段，不是持續不變的現狀。

然而，他們或許終將面臨一場永恆的風暴，面對永無止盡的沙塵、野火和乾旱，而且只有一項紀錄會被打破，就是看不見太陽的天數——

新聞快訊來了。露西的電腦螢幕一陣閃爍，掃描器也啟動了，警用頻道開始沙沙作響，但聲音不大對。社群網站的訊息提示也到了。

希爾頓飯店全是條子，應該是屍體。**#鳳凰城淪陷**

上面調派更多警力支援了。

絕對不會是妓女或太陽光電廠員工被姦殺棄屍在沒水的泳池裡。絕對是大人物，連鳳凰城警局都必須為之出動的角色。

相關人士。

露西嘆口氣，用嫉妒的眼神看了桑尼最後一眼。牠依然在床底下嗚咽。露西關上電腦。她可能到不了卡佛市，但這件事跟這裡太有關係，就算外頭吹著沙塵暴，她也無法置之不理。

她到無塵室戴上防塵面具和防沙眼鏡。這套裝備（專業沙漠探險家二型）是去年姊姊安娜送給她的禮物。離開前，她再吸了一口新鮮空氣，接著便帶著用塑膠膜包好的相機走入風暴之中。

她朝印象中卡車停著的位置跑去。沙子猛烈打在她皮膚上，她在黑暗中瞇著眼睛手忙腳亂扳弄門把，好不容易把門打開。她進到車裡把門甩上，弓著身坐在強風吹得不停搖晃的車內，感覺心臟怦怦狂跳。

砂礫掃過玻璃和金屬車身，嘶嘶作響。

露西發動卡車，沙塵在車裡旋轉飄盪，映著儀表板的 LED 燈形成一道紅幕。露西踩下油門，努力回想上次更換引擎進氣濾網是什麼時候，心裡祈禱濾網不要阻塞導致故障。她打開霧燈將車駛離，憑著記憶而不是眼睛在坑坑洞洞的馬路上往前開去。

就算開著霧燈往下照，前方馬路還是消失在翻騰的沙塵裡，讓車寸步難行。不少駕駛停在路邊等風暴過去（這些傢伙聰明多了），露西開車從他們身旁駛過。

她選擇小巷道，在路上牛步前進，心想何必多跑這一趟：風沙這麼大，她不可能拍到什麼好畫面。雖然她的福特車都快被風吹走了，露西還是繼續往前。她開上市中心的六線道。狂風作祟，原本喜歡任意變換車道的鳳凰城人這會兒全都乖乖緊跟前車，一輛貼著一輛，在被沙漠吞噬的市區裡穿梭，避開小沙丘。

後來，露西終於瞥見高樓大廈的微微燈光，還有希爾頓飯店亮如烽火，甚至看見泰陽生態建築工地的強力探照燈。泰陽生態建築有如半活的巨獸，盤踞在鳳凰城之上。

漫天風沙之中，泰陽生態建築的梁柱有如死人的骸骨發著燐光。

露西將卡車開到看來是人行道旁的地方停好，按下危險警告燈，從置物箱裡抓出頭燈，接著身體緊靠車門，用力推著強風將門打開。

她順著頭燈照到的方向踏出車外，發現路前方忽明忽暗，便沿著閃爍的鎂光往前走去。黑暗中，人的身影陸續浮現。穿著制服的男人女人拿著手電筒，燈光左搖右晃，警察巡邏車的紅藍燈閃閃發亮。

路西蝸步向前，耳中聽到自己巨大的呼吸聲，肺裡呼出來的空氣讓面具貼在臉上濕濕的。警察努力保護快被強風吹走的犯罪現場，只可惜徒勞無功。露西從他們身邊走過。

大馬路上血流成河，和著沙土凝成血泥緩緩流倘。這是殺戮戰場的迷你惡地。

露西的頭燈照到一對屍體。**一定會死人的**，她心裡想，但頭燈隨即照到其中一名死者的臉龐，黑黑的抹著血泥，幾乎被沙塵覆蓋。

露西倒抽一口氣。

警察和技術人員在她四周來去匆忙，個個雙手伸在前面擋風，努力隔著市府發的面具和過濾器看清前方。露西吃力湊到屍體旁，想確定她的夢魘不是眞的，沒有化爲現實。然而，就算他雙眼剜空，露西還是一眼就認出他來。

「哦，傑米，」她喃喃道：「你來這裡做什麼？」

有人伸手抓住她的肩膀。

「妳在這裡做什麼？」警察大吼，聲音隔著飛沙走石和防塵面具變得很模糊。

他沒有等她回答，就將她拖離現場。

露西掙扎片刻，接著便讓對方將她拉到了封鎖線外。幾名警察拉開封鎖線，黃色膠帶被風吹得劇烈擺盪。封鎖線上用英文、西班牙文和中文寫著：

CAUTION—CUIDADO—危險—CAUTION—CUIDADO—危險—CAUTION

她幾週前才在希爾頓的酒吧裡這麼警告傑米。這會兒所有人都貼著窗玻璃，想看清楚是誰死在這條沙塵漫天的街上。

他之前是那麼有把握。

那天，他們在希爾頓的酒吧喝酒。露西一週沒洗澡，渾身髒兮兮的，傑米卻光鮮亮麗，映著微弱的燈光彷彿在發亮，指甲剪得整整齊齊，金髮光滑柔順，跟她的蓬頭垢面完全不一樣，也沒有沾到酒吧落地窗外人行道上飛揚的砂石。

傑米有的是錢，愛洗幾次澡都行。他很喜歡炫耀這一點。

酒保搖晃調酒器，將冰涼的綠色飲料倒進馬丁尼杯裡。銀質的調酒器碰到他棕色手指上的骷髏頭金戒指……

骷髏頭很醒目，因爲露西剛才抬頭和棕眼酒保對看了一眼，知道要不是傑米儀容整潔坐在這裡，他早就把她趕出酒吧了。連救援人員來這裡買醉忘掉工作一天的痛苦回憶，也至少會先洗把臉。露西看起來跟德州難民沒有兩樣。

傑米說個不停：「我是說，約翰．威斯利．鮑爾一八五〇年就說過了，所以不是沒有人提出警告。要是那傢伙一百五十年前坐在科羅拉多河的河邊，就知道河水不是取之不竭，你一定會想我們怎麼可能會沒發現？」

「那時人還沒這麼多。」

傑米轉頭用森冷的藍色眼眸瞄了她一眼。「接下來會少很多。」

救援人員和聯合國協調小組成員在兩人後方竊竊私語，聲音跟芬蘭輓歌的超現實曲調混在一起。還有美國國際發展署、救世軍、紅新月會治旱專家、紅十字會、無國界醫師和其他人——泰陽集團的投資銀行家從生態建築下來，到這裡找下里巴人聊天；哈里伯頓油田公司和宜必思飯店的管理高層前來探勘水源，堅稱只要鳳凰城願意付錢，他們一定能用壓裂法將地下水層變成湧泉；值勤完或值勤前的私人保鑣來這裡喝兩杯，還有緝毒的公務員；幾名有錢的德州難民正跟俗稱土狼的人蛇販子低聲交談，希望能穿越最後一道邊界奔向北方。這些人是一群奇特的組合，從破碎的靈魂、淌血的心靈到鎖定崩壞地區的獵食者，全是填補災難裂隙的人類填料。

傑米似乎讀出了她的心思。「他們都是禿鷹，個個都是。」

露西喝了一口啤酒，用杯子抵著爬滿乾涸塵土的臉頰，感受那一份清涼。「換作幾年前，你也會這樣說我。」

「不會，」傑米依然望著那群禿鷹。「妳是註定要來這裡的，是我們的一份子，跟所有拒絕面對事情走向的蠢蛋一樣。」他拿起馬丁尼敬了她一杯。

「欸，我知道接下來會怎麼樣。」

「那幹嘛還留著？」

「這裡比較有活力。」

傑米笑了，憤世嫉俗的調調刺穿了酒吧裡的朦朧昏暗，嚇到了那群只是假裝放鬆的顧客。「人快死了才會好好活，」他說：「之前只會浪費生命。只有遇到麻煩的時候，才會覺得活著眞好。」

兩人沉默片刻，傑米接著說：「我們都知道這裡遲早會完蛋，只是依然選擇留下看它發生。這麼白痴的行爲應該可以得獎了吧。」

「也許我們知道，只是不曉得該怎麼去相信，」露西說。

「相信，」傑米嗤之以鼻。「我都親過上千個十字架了，還相信咧。」接著他又酸溜溜地說：「相信是給神、給愛和信任用的。我**相信**我可以信任妳，我**相信**妳愛我，」他眉毛一挑說：「我相信神正低頭看著我們，哈哈大笑。」

他喝一口馬丁尼，手指捏著插了橄欖的竹籤隨意旋轉，看橄欖轉圈圈。「這件事跟相信無關。妳覺得對拉斯維加斯那個凱塞琳．凱斯來說，**相信**有任何意義嗎？眼見爲憑才是眞的。一切都是數據。數據不是用來相信，是拿來測試的。」傑米皺著臉說：「如果妳問我，我們是從哪時候開始搞砸的，我會說就是當我們認爲可以用**相信**和**不相信**來談論數據的時候。」

他大手一揮，指著窗外塵土飛揚的街道，只見德州阻街女郎朝著緩緩駛過的車子拚命招手，任由狂歡後的加州混混和住在生態建築裡的凱子精挑細選。「這件事本來只跟測試和確認有關，我們卻把它搞成了信仰。去他媽的祈雨。」傑米哼了一聲。「難怪我們被中國人宰好玩的。」

他頓了一下，接著又說：「我已經受夠了假裝還有出路，受夠了控告從我們地下水層偷水的混帳，也受夠了保護該死的蠢蛋。」

「你有更好的做法嗎？」

傑米抬頭看她，湛藍眼眸閃著光芒。「那當然。」

露西笑了。「聽你在說。你跟我們一樣坐困愁城。」

「妳是說，我們這輩子都只能當亞利桑那佬？」

「我是的話，你當然也是。」

傑米回頭看了看其他桌，接著湊到露西身旁壓低聲音說：「妳眞的以爲我會待在這裡，繼續爲鳳凰城水利局或鹽水淡化計畫賣命，希望他們能罩我？」

「怎麼，有人想挖你喔？南內華達水資源管理局，還是聖地牙哥想找你過去？」

傑米一臉失望看著她。「**工作**？妳以爲我還在想**工作**？想靠加州自然資源部拉我一把，讓我逃離這裡？妳以爲我還想爲其他水利局的法務部門工作？我可不想坐辦公桌一輩子。」

「你沒什麼選擇，願意拉人離開亞利桑那的單位不多。」

「妳知道嗎，露西，我有時覺得妳是我認識最聰明的人，但妳又會說出這種話，讓我發現妳有多笨。妳想事情的格局**太小了**。」

「我有稱讚過你很會跟人相處嗎？」露西問。

「沒有。」

「還好我沒說謊。」

傑米不為所動，臉上露出先知常有的惱人微笑，彷彿自己掌握了宇宙眞理。雖然兩人繼續喝酒，互開無傷大雅的玩笑，露西還是不由自主緊張了起來。

她曾經見過這樣的笑。某次在德州佬的復興聚會上，她問傳道：氣候學家說雨水只會愈來愈少，不會變多，為什麼他們還是相信神會降雨？傳道臉上的笑容就和傑米一樣。

雨會來的，他們一副理所當然地說，**很快就會下雨**了。

他們清楚宇宙運行的原理，也解開了神的所有奧祕，而此刻的傑米看來就和他們沒有兩樣。

「你到底在打什麼主意？」露西謹愼地問。

「要是我跟妳說我有辦法打破科羅拉多河法案，妳覺得呢？」

「我會說你瘋了。」

「如果能佔上風，妳願意出多少錢？」

露西沉默片刻，啤酒停在嘴邊。「你是說眞的？」

「廢話。要是我能拿到最優先水權，而且可以得到最高法院認證，聯邦政府強制執行呢？不是胡扯，也不會淪為各執一詞。不用管拉斯維加斯到底抽了多少水，也無須在乎某某農夫灌溉引了多少英畝英呎，統統不用擔心。可以直接叫他媽的海軍陸戰隊將證明貼在科羅拉多河的所有水壩上，把水統統引到你家，就像加州對其他地方做的那樣，」傑米兩眼炯炯望著她。「妳覺得呢？如果我能夠做到，妳願意付多少錢？」

「我會覺得你嗑藥嗑過頭了，一毛人民幣都不會給你。很抱歉，傑米，我又不是第一天認識你。你這傢伙爲了想知道跟女人做愛的滋味，竟然跟我上床，你難道忘了嗎？」

傑米笑了，絲毫不以爲意。「但要是我沒唬爛呢？」

「你是說性向還是水權？」

「我只是想知道。」

「你眞是混蛋。」

但傑米還是不放棄。「妳有想過拉斯維加斯這樣的城市，照理說一百萬年前就該乾枯到爆的地方，爲什麼活得好好的，反而是我們像斷頭雞一樣活得這麼慘？」

「他們比我們自制多了。」

「對極了！那些混球很會賭，對吧？他們看著自己手中的牌——區區三十萬英畝英呎的科羅拉多河河水——就知道自己完了。他們不像我們那麼自欺欺人，沒有的東西不會假裝有。」

「這跟水權有什麼關係？」

「我說，我們玩的是同一套把戲，」傑米拔出竹籤上的橄欖送到嘴裡。「我每天都在處理文件，清楚得很，反正就是找出潛在的水權，向法院提出申請，所有人都在玩這一套。不管你是加州人、懷俄明人、內華達人或科羅拉多人，每天都在想辦法偷雞摸狗，不讓聯邦政府的人發現，免得實施戒嚴。只要有凱塞琳·凱斯這樣的人站在你這邊，你就不會有事，至少比我們這裡那些政治蟑螂好多了。」傑米停止咀嚼橄欖，賞給露西一個意味深長的目光。「但要是我跟你說，所有人都玩錯把戲了呢？」

「我想知道你到底在講什麼，」露西惱怒道。

「我找到鬼牌了，」傑米笑著往後一靠，感覺像是心滿意足的貓。

「你知道嗎，你感覺很像在紐奧良賣房子的傢伙。」

「也許吧，但也可能是妳埋在沙塵裡太久了，看不到大方向。」

「但你看到了。」

傑米又露出令人惱怒的微笑。

「我是看到了。」

但現在傑米卻死了，兩眼還被剜了出來，他看到的大方向也沒了。露西試著走回傑米身旁，但警察很認真將路人擋在封鎖線外。她終於察覺自己的處境，但這份體悟來得太遲了。

傑米的屍體不重要，重要的是活著的人：警察、繞過火光緩緩前進的駕駛，還有頭戴面具縮著身子、睜著蟲子眼的救護人員，正在等候搬運屍體的通知。希爾頓飯店酒吧的客人臉貼著玻璃，望著窗外的騷亂。

在他們當中，不知道哪裡，可能有人沒在看這場浩劫，而是在看她。

露西開始後退。她認得這樣的殺戮，之前看過。這是一個不斷加強的循環，只會愈變愈大、愈變愈可怕。

她心想自己是不是被選中了，想跑也來不及了。她逃離現場，心想鳳凰城是不是終於要拖她下水，將她吞沒，就像傑米一樣。

是誰幹的，傑米？她一邊逃跑，一邊這麼想著。

接著她想到更重要的問題：

你跟他們說了我什麼？

3

紅十字會和中國合贈的親善泵浦出現了一道凹痕，像是某種工具鑿的，在碳纖維強化塑膠上留下一個裂口，有如她爸爸當年用鋤頭鑿開聖安東尼奧的泥土留下的鋤痕，只是更深、更憤怒。

瑪利亞不曉得破壞泵浦的人是誰，想做什麼。拜託，泵浦有**加強過**好嗎？她曾經看過一台推土機撞上泵浦的混凝土擋牆，結果被彈了回來。白痴成不了事。只有笨蛋才會想鑿穿泵浦，但有人真這麼做了。

被破壞的塑膠管上亮著一個價格：六．九五美元／升，四元／公斤。

公斤是他們的單位，元是他們的貨幣。住在泰陽生態建築附近的人都知道這個數字，也認得那鈔票的模樣，因爲工人領的都是人民幣，泵浦也是中國人建的。兩國親善嘛，對吧？

瑪利亞正在學中文。她可以從一數到一千，也會寫數字：一、二、三、**四**、**五**、六、七、**八**……注音她也有學。中國人到處發可拋式平板給想要的人，瑪利亞就用它拚命地學。

價格數字在炎熱的黑暗裡閃閃發亮，漠不關心地發著藍光，雖然被破壞者的怒氣弄模糊了一些，但還是很清楚。

六．九五美元／升。

瑪利亞每回見到泵浦上的裂痕，就覺得她知道是誰幹的。**天哪**，是**她**。每回見到泵浦上的冷光數字，她就怒火中燒。她只是沒機會大斧一揮破壞泵浦。你得使用特殊工具才能留下那種鑿痕。鐵鎚不行，螺絲起子也沒用。可能是泰陽生態建築工人用的橫濱切割器。她父親當年在那裡工作時，工人都用那種工具。

「那東西能讓工字樑變成豆腐，」他說：「鋼鐵變成岩漿，小姑娘。就算你親眼目睹，還是不敢相信。真的很神奇，小姑娘，神奇極了。」

他曾經給她看過他戴的手套，防止手指被切斷用的。纖維閃閃發亮，只消兩秒半就讓他的手像輕煙一樣消失了。

神奇，她父親說，偉大的科技。誰還在乎差別在哪裡？中國人很會搞大事，這些**黃皮膚的**很會蓋房子。他們有錢，能讓奇蹟發生，只要你肯每天工作十二小時，他們就會教你使用他們的技術。

每天早上陽光烤藍天空之前，瑪利亞的父親就會回到她身邊，描述他昨晚在生態建築工地高空懸樑上見到的神奇事物。他會形容巨大的建築列表機如何噴出固體變成物品，射出成型機的尖銳噪音，還有起重機將組裝好的結構吊到空中。

及時完成的建築。

他們在牆壁和窗戶抹上太陽光電矽膠塗層來發電。把矽膠像油漆那麼一抹，電就來了。泰陽生態建築不像鳳凰城其他地方需要把燈轉暗。不可能。那些傢伙自己會生電。

他們還供工人午餐。

「我在天空工作，」她爸說：「我們沒事了，小姑娘，我們會做到的。妳從現在開始學中文，我們不只能到北方，還能遠渡重洋。中國人什麼都能**蓋**。有了這份工作，我們哪裡都能去。」

那是他們的夢想。爸爸學會切穿任何東西的本事之後，很快就能切穿讓他們困守鳳凰城的障礙。他們會一路披荊斬棘，直到拉斯維加斯、加州或加拿大。不只，他們會越過大海一路殺到重慶或昆明。爸爸可以在湄公河上游或長江上游的水壩工作。那些地方是中國人的蓄水池。爸爸會**蓋東**

西。有了新的本事，他什麼都能切穿：圍籬、加州國民兵和愚蠢的州界管制法。那些法律說他們必須待在救濟區活活餓死，也不能到神依然會降下甘霖的地方。

「橫濱切割器什麼都能切，」他手指一彈說：「跟切奶油一樣。」

所以，紅十字會泵浦上的鑿痕可能是橫濱切割器的傑作。但即使如此，他們還是喝不到半滴水。就算有本事闖到中國，也沒辦法在鳳凰城喝到一杯冰涼的水。

瑪利亞很好奇那人是爲了多少價碼來攻擊泵浦。

每公升十美元？

還是二十美元？

也許只有六．九五美元，就是目前的定價。但對那些人來說，六．九五美元感覺就像警察賞他們的第一頓警棍一樣，絕對無法接受。那些老骨頭可能不曉得六．九五美元已經夠好了，不會再低了。他們難道不曉得自己應該感恩戴德，而不是在泵浦上劃一刀嗎？

「我們爲什麼要來這裡？」莎拉又問了一次。她已經是第五或第六次問了。

「我有預感，」瑪利亞說。

莎拉嗤之以鼻。「是啦，我累了。」

她摀著嘴咳嗽。昨晚的沙塵暴讓她胸口很不舒服，比往常還要嚴重。沙塵鑽進了她肺葉的最末梢。她又在咳血和咳痰了。雖然愈來愈常見血，兩人卻絕口不談。

「我想來看看是不是出了什麼事，」瑪利亞喃喃自語，眼睛依然盯著泵浦上被人刻上的價格。

「這是不是跟妳夢到失火了，有人毫髮無傷從火裡走出來一樣？就像耶穌在水上行走，只是換成大火。妳跟我說過那個夢也會實現。」

瑪利亞沒有上鉤。她是做了夢，但就只是夢而已。她母親常說夢是祝福，是神的悄悄話，天使和聖徒的撲翅聲。然而，有些夢很可怕，有些荒謬無稽，還有些夢必須事後才會明朗，就像她曾經夢見爸爸在飛翔，心想那是好夢，他們就要離開鳳凰城了，結果卻發現那是夢魘一場。

「妳想來看看是不是出了什麼事，」莎拉憤憤地說。

她的身影在黑暗中移動，想找到一塊沒被白天太陽照熱的水泥地面，卻怎麼找也找不到，只好推開瑪利亞撿拾來的塑膠瓶，一屁股在推車上坐了下來，和瑪利亞重重靠在一起。「所以我放棄美容覺，就爲了陪妳來這裡跟德州佬混。」

「妳是德州佬，」瑪利亞說。

「聽妳在講，小姐。這些**傻瓜智障**連洗澡都不會。」莎拉望著附近走動的難民，朝人行道吐了一團黑黑的東西。「我從這裡就聞得到他們的味道。」

「妳之前也不會用海綿和水桶，是我教妳的。」

「是啦，至少我學會了。這些傢伙髒得要命，」莎拉說：「一群腦袋空空、渾身髒臭的德州佬。我可不是他們那一國的。」

她這麼說有幾分道理。莎拉很努力擺脫自己的達拉斯口音和德州腔，抹掉身上的德州泥土，拚命刷洗白皙的皮膚，直到紅腫發燙。瑪利亞不敢跟她說，她再努力別人還是老遠就看得出來她是德州佬，說了也沒用。

不過，她說得對。泵浦旁的德州佬臭得要命，散發著恐懼和濕了又乾、乾了又濕的汗臭味，還有濾水袋和尿臊味，以及彼此身上的氣味。因爲他們夜裡像沙丁魚擠在三夾板屋裡，白天又擠在紅十字會架設的救濟泵浦前。

鳳凰城郊區乾旱肆虐，一片荒涼，只有親善泵浦附近像是綠洲一樣，充滿活動與生命力。除了巨無霸豪宅和單排商店街，就是德州難民的祈禱帳篷，遍佈街上和停車場。他們立起木十字架，禱告求主救贖，張貼已故親人的姓名和相片，紀念他們殺出血路逃離德州時失去的家人與摯友。他們閱讀土狼僱的小鬼在街上發的傳單：

保證入加！

三次就進**加州**，否則**退費！**

一次付款，項目全包：

卡車至州界，筏桴或舢舨，巴士或卡車至聖地牙哥或洛杉磯

附餐點！

救濟泵浦附近熙來攘往，有人從廢棄五房住宅拆了木板當柴火燒，紅十字會帳篷被前陣子風暴留下的沙塵壓得凹陷，醫師和志工戴著防塵面具隔絕沙子和裂谷熱眞菌，照顧躺在行軍床上的難民，或是蹲在嘴唇乾裂帶沙的幼兒身旁，用食鹽水滋養幼兒乾枯的身軀。

「所以我們來這裡到底是爲什麼，小姐？」莎拉又問了一次。「告訴我，我幹嘛要來這裡，而不是去找客戶？我還得賺錢付房租給威特——」

「噓，」瑪利亞示意好友壓低聲音。「這是市場價，小姐。」

「所以呢？這個價錢又不會變。」

「我覺得可能會變。」

「我又遇不到。」

莎拉挪動身體想找個舒服點的姿勢，迷你裙窸窣作響。在泵浦價格表發出的微弱藍光下，莎拉的身影依稀可見。瑪利亞看見她肚臍上發亮的玻璃珠寶，緊身半截襯衫刻意凸顯她的胸部和苗條的小腹，展現她青春的胴體，從頭到腳每一吋都是爲了讓鳳凰城盯著她看。

我們都很努力，瑪利亞心想，**為了目標而努力**。

莎拉又動了動身子，將優活、水柔、水藍和箭牌的瓶子擠到一旁，結果其中一只瓶子從推車裡掉到覆滿塵土的人行道上，發出「空」的一聲。莎拉彎下腰將瓶子撿了回來。

「妳知道嗎，拉斯維加斯人喝水不用錢耶，」她說。

「**放屁**，」瑪利亞用中文說。這是她從她父親共事過的工頭那裡學來的。

胡扯。

「妳才**放屁**咧，**瘋婆子**。是眞的，你可以直接從賭場前面的噴泉取水，他們的水就是那麼多。」

瑪利亞努力不讓目光離開泵浦和水價。她說：「那只有七月四日當天，當作愛國的表現。」

「沒有，百樂宮酒店就讓你隨時喝，任何人都可以，想喝就喝，沒有人在乎。」莎拉拍了拍推車邊的水菲娜空瓶，發出空空聲。「等著瞧吧，等我到拉斯維加斯妳就知道了。」

「因爲妳的男人會帶妳一起走，是吧？」瑪利亞說，絲毫不掩飾心裡的懷疑。

「沒錯，」莎拉立刻還以顏色：「而且他會帶妳一起離開，只要妳願意跟他喝酒聊天，他就會帶我們兩個走。男人都喜歡喝酒聊天，妳只要親切一點就好了。」她遲疑片刻，接著說：「妳知道我很樂意讓妳跟他交朋友的，我不介意。」

「我知道妳不介意。」

「他是好人，」莎拉堅持道：「不會要求一些噁心事，跟酒吧裡那些加州人完全不同。而且他在泰陽有一間很棒的公寓。妳都不知道鳳凰城有多美，只要有空氣濾清機加上住得高，妳就會發現。白領住得很好。」

「他當白領只是暫時的。」

莎拉用力搖頭。「錯了，是終生職。就算公司沒有照說好的調他去拉斯維加斯，他也永遠是白領。」

她繼續往下說，描繪他的白領生活和他們一起離開鳳凰城的美麗想像，但瑪利亞充耳不聞。她知道莎拉爲何認爲拉斯維加斯的水不用錢。她也有看到。《好萊塢生活》一直在追陶歐克斯，而那次她在酒吧門口，看莎拉使手段讓男人請她喝酒，正好看到那一段。主演《大無畏》的陶歐克斯開著酷炫的特斯拉電動車，停在拉斯維加斯其中一棟豪華生態建築前。雖然攝影鏡頭一直跟著他，但瑪利亞一看到噴泉就將那位男星拋到了腦後。巨大的噴泉將水直直噴向天空，水柱來回舞動，在陽光下有如鑽石般燦爛。小孩將水潑在臉上，肆無忌憚地浪費著。

那噴泉看來就跟她在泰陽生態建築裡瞄到的一樣，只是沒有警衛趕你離開，而且設在**室外**。他們就這樣讓水蒸發，毫不阻攔。

當瑪利亞看到那噴泉，見到它大剌剌設在戶外，她終於明白父親爲何說什麼也想帶她到拉斯維加斯，爲何那麼確定就是那座城市。

但他的計畫沒有成功。他們太晚搬離德州，就慢了那麼一點，結果便被各州依據州獨立與自主法案所築起的高牆給擋了下來。當時不少州政府發現，要是讓民眾自由湧入，麻煩就大了。

「這只是暫時的，**小姑娘**，」爸爸對她說：「不會一直這樣的。」

但瑪利亞那時已經不那麼相信爸爸的話了。她發現他年紀大了。**老了**，你知道，他心裡記得的那個世界已經不存在了。

在爸爸的腦袋裡，事情只有一個樣子，但瑪利亞的經驗告訴她不是了。他一直說這裡是美國，美國是自由的國度，想做什麼都可以，但他們遭遇到的是崩壞中的美國，新墨西哥州人會將德州人吊在圍籬上示警，這可不是她爸爸腦袋裡的那個自由之邦。

他的眼睛也老了。**老眼昏花**，不再看得清眼前的事物。他說所有人都能重回自己的房子，結果沒有。他說所有人都能留在自己的家鄉，再看到童年的朋友，結果沒有。他說她母親會參加她的**成年禮**，結果也沒有。一切都跟他講的不一樣。

瑪利亞最終發現，她爸爸說的話跟土一樣。但她不會他一說錯就糾正他，因爲她看得出來，爸爸發現自己幾乎講什麼都錯，心裡很難過。

莎拉不耐煩地哼了一聲。「我們還要等多久？」

「妳應該知道才對，」瑪利亞嘀咕道：「是妳的白領先生告訴我們這件事的。」

但莎拉只關心怎麼不讓白領的手摸到別人身上，還有跑趴時永遠以她爲中心。

然而，瑪利亞卻專心聽他講了些什麼。

「因爲是市價，」白領說：「鳳凰城才准紅十字會建那些泵浦，否則絕不可能，德州佬就得在十號州際公路上吃土，死在錢德勒了。」

他倒了一堆辣椒莎莎醬在烤豬排上，但堅稱不是墨西哥菜，而是猶加敦菜，似乎藉此證明他在飯館吃一餐的錢比瑪利亞和莎拉一週的房租還多。

「市價控制一切。」

他會提到紅十字會的泵浦，是因爲他們聊到狂熱派德州佬，還有那群傢伙在復興聚會上賣的宗教小玩意兒。瑪利亞說德州佬總是把禱告帳篷設在救濟泵浦旁邊，好引誘其他人過來聽他們傳道。莎拉狠狠瞪了瑪利亞一眼，怪她不該讓白領想到她們住在救濟泵浦附近。但白領直接將話題轉到了水上面。

「在水這件事上，鳳凰城做得一塌糊塗，就只有這些泵浦和價錢還算聰明點，」他說：「雖然少了、遲了一點，但妳也知道，有總比沒有好。」他朝瑪利亞眨了眨眼。「再說，這樣一來，德州佬就有新東西可以吸收人了。」

這傢伙想要瑪利亞。瑪利亞從他幾乎不瞧莎拉，只是垂涎望她身體的眼神看得出來。但他很克制，即使不時兜著能不能用錢買到她的問題打轉，至少還努力用自己對於水利學的宅知識來討好她。

「妳應該跟我一起來，」莎拉之前說：「不管他說什麼妳都微笑就好，讓他覺得自己很了不起。他很迷跟水相關的事，最愛談鑽井和地下水。妳就聽，假裝很感興趣的樣子就行了。」

沒想到瑪利亞聽了眞的很感興趣。那白領愈往下說，她就愈發現那人看待世界的角度和她父親完全不同。

她父親是霧裡看花，這位水利學家則是看得一清二楚。

麥可．拉坦是宜必思集團的資深水利學家，住在泰陽生態建築的高樓層，對這個世界瞭若指掌，開口閉口都是英畝英呎、秒立方呎泉徑流和積雪深度，還有河川及地下水。由於他用如實的眼光看世界，而且全盤接受，因此從來不曾活在虛構的幻想之中，也不曾被現實殺得措手不及。

他告訴瑪利亞，地表下蘊含了幾億加侖的水，是冰河融化時滲入地下的。他揮舞雙手，告訴瑪利亞這個世界的樣貌，描繪地質層、砂岩形成和哈里柏頓水深鑽探技術，還有含水層。

含水層。

巨大的地底湖泊。現在當然幾乎都被抽乾了，但是很久以前，地底下曾經含藏了大量的水。

「現在不比從前了，」水利學家說：「但只要鑽得夠深，壓裂的位置正確，還是能鑿出東西，挖得到水。」他聳聳肩接著說：「至少大多數地方都還有一、兩處含水層是我們鑿得開，也弄得出水來的。不過，這裡比較棘手，通常挖到的都是空的含水層，裡面全是塡充水。」

「塡充水？」

「妳沒聽過亞利桑那中央計畫？」瑪利亞的無知讓他面露訕笑。「不會吧？」

莎拉偷偷踹了瑪利亞一腳，但拉坦已經推開酒杯，將平板電腦放在桌上。

「好吧，妳看。」

他打開亞利桑那州的地圖，放大鳳凰城一帶，用手指著一條從鳳凰城北端延伸到沙漠裡的藍色細線。

鳳凰城周圍山巒褶曲綿延，那條藍線卻像尺一樣直，雖然有幾個彎折，卻像有人拿著雕刻刀劃開沙漠一樣。

男人將圖放大，瑪利亞看見淺黃的沙漠和黑色岩山，還有幾株孤零零的仙人掌的影子，接著地圖中央出現一條翠綠的運河，沿著混凝土河道滔滔奔流。

拉坦順著筆直的人工河道將圖往西移動，最後來到一方廣袤的藍色水塘，在沙漠陽光下閃閃發光。

哈瓦蘇湖，圖上說。

一條蜿蜒的藍色曲線注入湖中：**科羅拉多河**。

「中央計畫是亞利桑那的靜脈滴注，」拉坦解釋道：「將水從三百英里外的科羅拉多河一路橫越沙漠送往鳳凰城。鳳凰城其他的供水來源幾乎都斷絕了。羅斯福水庫幾近乾涸，韋爾德河和鹽河基本上只有雨季有水，而附近的含水層幾乎都被抽乾了。但多虧了亞利桑那中央計畫，鳳凰城才一息尚存。」

他縮小地圖，重新展示運河的長度，手指沿著那一條橫越沙漠的細線輕輕撫弄。

「妳看這條線有多細？而且得走多遠？更何況這條河有許多人搶著用。加州也從哈瓦蘇湖取水，而內華達州的凱塞琳．凱斯不喜歡水流到哈瓦蘇湖，因爲米德湖也需要水。」

「再說，更上游還有一群瘋子。科羅拉多、懷俄明和猶他州的人一直說他們不想再讓水流到下盆地州，說科羅拉多河是他們的，來自他們的山、他們的融雪。」拉坦又用手指點了點那一條細長的藍線。「僧多粥少，而且這條河道非常脆弱。過去有人炸過亞利桑那中央計畫，差點毀了鳳凰城。」

他往後一靠，咧嘴微笑。「所以他們才會僱用我這種人。鳳凰城需要援手，否則又有人攻擊怎麼辦？啐！」他做出不以為然的手勢。「他們想太多了。但要是我發現含水層呢？鳳凰城就紅了，甚至會重新發達起來。」

「你會找到嗎？」瑪利亞問。

拉坦笑了：「可能不會吧。不過人飢渴到一個程度，就算是海市蜃樓，只要可能得救，他們都不會放過。所以我拿出地圖，出動鑽探人員，假裝很忙，吩咐手下在沙漠哪些地方鑽洞，而鳳凰城人每天都希望我們找到豐沛的含水層，可以不用再為科羅拉多河而煩惱，或羨慕加州和拉斯維加斯。只要我發現神奇的新水源，他們就得救了。我猜是有可能。我聽過奇蹟，狂熱德州佬更深信不疑。耶穌能在水上行走，說不定也能創造含水層。」

雖然他是笑著說的，但瑪利亞之後便開始夢見含水層。

她總是夢見含水層有如巨大的湖泊，深藏在地底下，比所有廢棄地下室都要涼爽誘人，巨大的洞穴全都是水，有時則夢見自己划著船橫越那無垠的水面，鐘乳石在她頭頂上發著燐光，有如莎拉在黃金大道釣客人時身上塗抹的彩繪。洞穴頂端熠熠生輝，瑪利亞划過烏黑如鏡的水面，傾聽水滴的聲響，手指劃過輕柔沁涼的湖水。

她有時會夢見爸爸媽媽跟她一起在船上，甚至由她爸爸划船，載著他們一路划向中國。

此刻，瑪利亞坐在中國和紅十字會的親善泵浦旁，置身於黑漆漆的綠洲上，等著看自己是否能跟莎拉的水利學家一樣，清楚看穿這個世界。要是莎拉無法理解，嗯，她會想辦法讓她看見。

「這是市場價格，小姑娘。泵浦上的標價跟地底下有多少水有關。水少價格就會上揚，民眾會放慢腳步，減少用水；含水層滿了，價格就會下跌，因為民眾不再擔心缺水。中國人興建的大型垂直農場有時會停止抽水，好讓作物熟成，而且是同時停止，水位監測器就會誤判，以為供水充足，所以價格偶爾會——」

泵浦上藍光一閃，價格跌到了六．六六美元，隨即又跳回六．九五美元。

藍光再次閃動：六．二〇美元，接著又回到六．九五美元。

「妳看到了嗎？」瑪利亞問。

瑪利亞倒抽一口氣。「哇！」

「妳待在推車這裡，」瑪利亞說完便悄悄靠近泵浦。時間很晚，沒有人看過來，也沒有人注意。她不想引人注意，不希望任何人看到她打算做什麼。

價格掉到了六美元，接著回升了五毛錢，因為某人的自動泵浦立刻下了單，購買瑪利亞腳下深處的水。但水價儘管會稍微回升，卻似乎持續下跌。

瑪利亞伸手從胸罩裡拿出一疊沾滿汗水揉成一團的鈔票。她剛才將鈔票貼著皮膚收好，以策安全。

泵浦上數字閃動，價格不停變化。

六．九五……六．九〇……六．五〇。

數字在降。瑪利亞很有把握。一般農民依然持續將水轉往滴流灌溉區，照著補助價格購水，但大型垂直農場都突然停止了抽水，為一年只有幾次的收成做準備，跟那位水利學家說的一模一樣。

而她這會兒就站在泵浦旁，望著數字。

五．九五。六．〇五。

水價絕對在降。

瑪利亞等待著，心跳愈來愈快。她身旁開始有人注意到了，紛紛圍了過來。六．一五。恍然大悟的人開始爭相走告，消息在德州佬的帳篷傳開，愈來愈多人放下獻給死神的蠟燭跑了過來，但瑪利亞早就搶到了最好的位置。

她已經準備好了瓶子。她猜得沒錯，市場價格有如天使從天而降，親吻她烏黑的頭髮和心裡的期望。

自由落體。

五．八五。

四．七〇。

三．六〇。

她從來沒見過這麼低的價格。瑪利亞將錢塞入紙鈔口鎖住價格。水價還在下跌，但不要緊，因爲大咖再過幾秒鐘就會行動了，自動泵浦系統會抓住這一波降價，開始抽水。瑪利亞不停塞錢，好像在買未來一樣。

她把鈔票塞完了，水價還在跌。

「妳身上有錢嗎？」她轉頭朝莎拉大吼，完全不管別人會不會察覺她在做什麼，一點也不在意。

她只想把握住機會。

「妳開什麼玩笑？」

「我會還妳的！」

其他人擠過來愣愣望著水價，隨即四處張揚水竟然變便宜了。其他水龍頭也開始擠滿了人。

「快點！」瑪利亞急得快罵人了。這是天大的機會，而她來得剛剛好。

「要是水價沒有止跌回升怎麼辦？」

「一定會！絕對會！」

莎拉心不甘情不願地給了她二十元。「這是我的房租。」

「我要小鈔！不要大鈔！他們不讓你大量買！」

莎拉掏出更多鈔票，從胸罩裡撈出她的皮肉錢。

拉坦說，過去只要塞個一百美元給機器，就能一次拎走幾加侖的水。但系統頂端某位精明的公務員發現了這件事，所以現在一次只能塞五美元。瑪利亞一邊盯著價格，一邊不停塞入五元紙鈔買水。每塞一次，就鎖定幾加侖的水。二・四四。她從來沒見過這麼便宜的水價。瑪利亞拚命猛塞紙鈔。

機器卡住了。瑪利亞繼續塞錢，但機器就是不從。她身旁的人更多了，拿著鈔票塞入其他水龍頭的投幣口，就只有她的機器卡住了。瑪利亞咒罵一聲，揮手狠狠拍了泵浦一下。她買了五十美元的水，加上莎拉的錢一共八十多美元。結果咧？其他水龍頭都好好的。

瑪利亞放棄塞錢，開始裝水。但水價開始反彈了。可能是有錢人的自動家用系統發現價格下滑，開始大量抽水到水塔裡，也可能是泰陽生態建築決定行動，覺得這一波降價值得大肆買進。數字不停閃動：二・九〇……三・一〇……四・五〇……四・四五……

五・五〇。

六・五〇。

七・〇五。

七・一〇。

水價又回來了。

瑪利亞拖著塑膠瓶往回走，瓶裡的水不停搖晃。她將瓶子扔到紅色推車上，五十美元的水已經漲到了一百二十美元，等她離開泵浦綠洲……

「我們買了多少？」

瑪利亞不敢說出口，那感覺實在太棒了。她會把水運到市區，放在泰陽生態建築工地旁。那裡的人都會想喝涼的，而且身上有錢。她了解那裡。從她父親開始在高樑上工作，她就認識那地方了。一批批下班的工人，而她會等在那裡，賣水給他們清涼一下。工人不能直接從工地接水，所以下班後想喝水，就得去親善泵浦排隊，用志工價買水，或是直接向瑪利亞買，省事一點。

「兩百美元，」瑪利亞說。「在我們離開這裡之前，至少兩百美元。」

「我能拿多少？」

「九十美元。」

瑪利亞看得出來，莎拉印象深刻。因爲她回家途中一路說個不停，念著自己分到多少，沒想到只是晚上跟瑪利亞出來一趟，就賺了三天份的皮肉錢，讓她興奮得不得了。

「妳跟我的白領相好一樣，」莎拉說：「很了解水的事情。」

「我沒他那麼厲害。」

但莎拉的讚美讓瑪利亞心裡一陣激動。

莎拉的白領男友看透了這個世界。

現在瑪利亞也看透了。

4

凱塞琳．凱斯的黑色凱迪拉克休旅車隊輾過碎玻璃和石膏板碎片，留下粉末狀的車轍。

領頭車佔滿了安裘的後視鏡，車頭金屬格柵彷彿在對他微笑，整輛車有如炭黑的巨獸，防爆盔甲壓得車身下沉，加上反光防彈玻璃和高效率電池，外觀沒有任何南內華達水資源管理局的標記，顯得漆黑而隱匿。即使在拉斯維加斯的正午烈焰之下，鉛色車身的光伏塗層依然黯淡無光。

後面跟著更多同型休旅車，擠滿了整條巷道。

南內華達水資源管理局維安小組下車散開，鑽入滿佈塵土的廢棄房舍搜尋天使的蹤影。他們都是傭兵，瑞士顧問集團的人，個個配備M-16步槍、防彈背心和反光智慧頭盔。

安裘挪動後視鏡，看著維安小組有如鬼魂飄進飄出巷裡的斷垣殘壁。他認出其中幾個人。齊索、梭博，還有歐提茲。三人都是愛國戰爭下的不良產品，沒有光榮退役，也沒拿到退撫金，於是跑來參加這場新遊戲，混得還不壞。

梭博跑到一間房子的屋頂平台上左右張望，尋找狙擊手。安裘想起那傢伙在柏樹一區某間賭場的脫衣舞俱樂部裡痛飲啤酒，看著舞孃在他面前搔首弄姿的模樣。

「我賺的錢是當兵時的五倍！」梭博對著轟隆的貝斯聲大吼。「而且不用出國！也沒有無人飛機在三英里的高空狙擊你！我跟你說，維拉斯奎茲，這簡直跟淘金沒兩樣。只要轉任私人公司，就能賺大錢！」

「工作簡單嗎？」安裘問。

「你說現在的差事嗎？當然不。上回就很慘……薩比昂沙總統在墨西哥市，那時他一口氣槓上了西那洛亞幫和販毒州，想自立門戶。」

「結果呢？」

梭博將舞孃一把摟到腿上，翻了翻白眼說：「呃，**我**活著回來了。」

安裘在特斯拉電動車裡耐心等待，讓管理局的人專心辦事。車內開著太陽能塗層發電的空調，冷得像結冰一樣。另一組人從暗色車窗外走過。歐提茲和一名安裘不認識的女子踩過棄置的濾水袋，小心翼翼走到一棟三併屋外。灰泥牆上寫著字和凱塞琳．凱斯的畫像，都被曬得褪色了，痛罵她要是以為能趕他們出去，會有什麼下場。

其中最精彩的是一副花俏的棺材，底下寫著**凱斯快死**，其餘的就不怎麼樣了。

曷—乜你水—至—幹—

噴漆寫下的咒罵和恫嚇被牆板的裂縫切割得零零落落，因為打劫的民眾直接砍破牆板搬走蒸發冷卻空調機，拔走電線和銅管。一個模子蓋出來的社區變成了一個模子弄出來的廢墟。

所有城鎮無水後的景象幾乎都一樣，讓安裘覺得不可思議。不管在科羅拉多河的上游或下游，是拉斯維加斯、鳳凰城、塔克森、大章克申、摩押或達爾他，統統沒有差別，最後都是同樣的景象：紅綠燈在雜草蔓生的街上搖搖欲墜，購物中心陰影幢幢，櫥窗玻璃支離破碎，高爾夫球場覆滿沙子，只剩光禿禿的樹幹孤零零立著。

此刻，卡佛市正步上同樣的衰亡之路，成為目光精準銳利的凱塞琳．凱斯和出手犀利的水刀子的另一個刀下亡魂。歐提茲出現在三併屋屋頂上，低頭望著巷子。在他身後，柏樹三區高聳在泥濘灰藍的天空下，有如雜亂的線條。這是凱塞琳．凱斯的最新計畫，是閃耀著傲慢光彩的未來，矗立在舊日賭城的殘骸上。

柏樹三區的太陽能板啪啪翻動，鎖定陽光並遮蔽牆面，一邊吸收光和熱能，一邊控溫。柏樹一區和二區在三區的後方隱約可見，西邊則是柏樹四區的鑽井，幾架起重機高聳入雲，垂著張揚的紅色布幔，上頭用金字寫著：**遠大集團**。

即使相隔兩英里，那幾個中文字還是看得很清楚。安裘不太會唸中文字，但認得那四個字。遠大集團是長沙來的惡霸建設公司，專門替凱斯的丈夫和他的房地產集團幹活。

凱斯說，中國人非常會處理鳥事，懂得怎麼讓合資方統統有錢賺。她已經完成了三個生態建築區，因此新建案很好賣。柏樹四號已經超額預訂，柏樹五號的藍圖也畫好了。

安裘還記得銷售小姐帶他到柏樹一區的中庭時，向他拚命推銷的樣子。中庭四周瀑布和藤蔓環繞，銷售小姐卻忙著點她的平板電腦，給安裘看平面圖，解釋污水再生系統有多可靠，甚至強調特區裡的儲水可以支撐三個月，不必從科羅拉多河取水。她努力向安裘介紹明明是他幫著打造的一切。

很多人說凱塞琳．凱斯是殺人兇手，因爲她手下的水刀子在科羅拉多河沿岸大開殺戒。但當安裘在柏樹特區聞到尤加利樹和金銀花的香味，他就知道他們錯了。

特區外只有沙漠和死亡，特區裡卻綠意盎然，池塘環繞，充滿了生命。而凱塞琳．凱斯是聖人，救贖了芸芸眾生，憑著遠見帶領他們走入科技打造出來的奇蹟與安全的國度。

歐提茲又走過安裘車前，朝車內瞄了一眼，確定裡面只有安裘一個人。兩名瑞士顧問集團的人站在巷口警戒。

終於，凱斯的凱迪拉克座車駛進巷裡，科羅拉多河女王走下車來。苗條，金髮，裙子緊貼臀部，高跟鞋踩得碎玻璃喀嚓作響。細腰，金色上衣，深藍半截夾克，妝化得眼睛又大又黑。豔陽下，她看來是那麼嬌小玲瓏，難以想像她就是讓許多城鎮灰飛煙滅的主謀。

安裘依然記得那一天，自己全副武裝站在凱斯前方，聽她宣佈要將這個郊區夷爲平地。那時她的征戰才剛開始。安裘彷彿又聽見群眾的鼓譟，他頭盔裡亮起反對份子的臉龐，伴隨大量的危險評估和物體辨識，告訴他哪裡可能有人舉起手槍，何時該爲他的女王挨子彈……

他媽的任務。

他媽的工作。

「你想留下來嗎？」兩人頭一回見面時，她這麼問。

那是在受訓前，他還沒拿到身份和柏樹特區居住證，也還沒加入國民兵。他那時根本不成人形。他還記得那酷熱，記得被關的恐懼和用過千百次的濾水袋散發的氨水味。三十人擠在一間牢房裡，全是扒手、妓女、小混混和詐欺犯，不懂得照拉斯維加斯期望的方式賺錢的人。如今賭城打算將他們統統裝進貨櫃車裡，送到南方。能撐過邊界的就放他們走，被烤死的算他們活該。

道上都說那是**垃圾車**。

「千萬別被逮到，兄弟，否則一定會被他們送上垃圾車。」

凱塞琳·凱斯那時就穿名牌鞋了。精緻的綁帶高跟鞋喀喀走過監獄裡龜裂的水泥地板，跟隨扈沉沉的靴子聲形成強烈對比。安裘還記得那高跟鞋打破了牢裡一成不變的作息，讓他忍不住探頭觀望。他記得自己望著那洋娃娃一般的陌生女子，心想只要雙手絞住她脖子，她身上的金銀珠寶就能讓他成爲有錢的大壞蛋。安裘記得她盯著他，藍色眼眸專注著迷，彷彿他是動物園裡的野獸，而她在研究他。他還記得她那全然的專注，似乎在獵尋什麼，還有他心裡一股衝動，只想撲上去好好教訓她一頓。

但凱斯完全出乎他的意料之外，竟然伸手穿過鐵柵撫摸他潮濕的眉毛，完全不顧身旁隨扈低聲警告，就這麼伸手進來。

「你想留下來嗎？」她問道，一雙藍眼望著他，毫無懼色。

安裘點點頭，覺得是個機會。

隨扈將他拖出牢房，送進沒有窗戶的房間，要他在那裡汗流浹背等她出現。最後她終於來了，坐在他對面說：「我聽說你挨過子彈。」

安裘不屑地看了她一眼，撩起襯衫，十足大男人氣概，露出他身上皺摺的傷疤。「我是挨過幾顆子彈。」

「很好，我要你做的工作可能會用得上。」

「妳憑什麼要我爲妳挨子彈？」

「因爲我付的薪水更高，」她微微笑了。「而且會給你上等的武器裝備。你要是運氣夠好，應該死不了吧。」

「我不怕死。」

安裘想到這裡就笑了。他眞的不怕，不怕死在「垃圾車」上，也不畏懼凱塞琳．凱斯。他已經面對死亡太久了，久到兩人都成了朋友，眼前這個嬌嬌女根本不算什麼。安裘在背上刺了死亡女神，將生命交到她手上。死亡已經是他的愛人了。

「爲什麼找我？」他問。

「因爲你符合我的需求。雖然充滿攻擊性，卻有足夠的自制力，而且人很聰明，懂得隨機應變，又很頑強。」她抬頭看著他。「而且你是無名氏也沒問題。我們查不到你的身份文件，只在艾爾帕索的少年監獄看到你的指紋檔案，但那個地方……」凱斯聳聳肩。「也許你在墨西哥有名有姓，但在這裡你就是無名氏，對我很有用處。」

「妳要無名氏做什麼？」

她又笑了。「你對割喉嚨有多在行?」

凱斯徵召過其他人,但最後大多都消失了。有些人幾乎立刻就掛了,被國民兵或警察訓練給刷掉。有些人做著做著就不見了。還有些人應付不了凱斯愈來愈複雜的要求,就自己離開了。

凱斯僱用他時,他以爲她需要一名射手。沒想到她卻要他什麼都學,從閱讀法律文件到埋強力炸藥統統得會。許多人都被刷掉了,安裘活了下來。

作爲獎賞,科羅拉多河女王替他加官晉祿,不僅給了他柏樹一區的居住證,還有駕照、銀行帳戶、警徽和制服。先是駱駝軍團,然後是其他單位,有些根本不歸她管。科羅拉多州公路警察、亞利桑那州刑事調查組、猶他州國民兵、墾務局、鳳凰城警局、土地管理局、聯邦調查局。身份、車、制服和證件來來去去,女王認爲哪裡需要水刀子,他就往哪裡去。安裘跟變色龍一樣,輕鬆遊走在不同身份之間,依據新任務變換顏色,拋棄舊身份就像蛇蛻皮一樣容易。

牢房裡的那個他已經恍如隔世。

車門打開,一股熱氣竄了進來。歐提茲恭恭敬敬爲老闆扶門。凱塞琳・凱斯坐進後座,疊起苗條的雙腿,朝歐提茲點點頭。車門砰的關上,阻絕了光和熱,空調吹出的冷氣包圍著他們。

「反應過度了?」四周突然安靜下來,安裘說。

凱斯聳聳肩。「威脅指數又升高了,」她說:「因爲是東部管線的最後階段。」

「我還以爲已經完成了。」

「雷耶斯終於把攻擊我們挖掘小組的農場主人都趕走了。現在整段兩百五十英里都有無人飛機巡邏,只要有人靠近管線,我們就用冥王或地獄火飛彈對付他們。盆地和山脈區這下可要乾到不行了。」

只有她笑的時候,安裘才看得出凱斯年紀不小了。雖然他不曉得她在好萊塢動了哪些手腳,但確實有效。她全身上下沒有一處瑕疵。服裝永遠完美，化妝、數據和計畫也一樣，統統分析和規畫得一絲不苟。凱斯喜歡細節，所有細節。她擅長發現模式，排列組合，然後轉爲已用。

「所以他們現在找上妳了，」安裘說。

「威脅評估小組鎖定了六個組織，歐提茲告訴我其中兩個應該有鬼。」她朝兩旁房屋牆上的塗鴉撇了撇頭。「我眞懷念以前的時光，那時頂多寫寫社論，或是用修圖軟體把我的頭移花接木到色情圖片上。」

「不過話說回來，」安裘說：「爲了幾個生氣的農場主人，維安陣仗還眞大。」

「歐提茲一直提醒我，一顆子彈就夠了。既然他們打不下無人飛機，就心想或許對付我比較容易。」

「可憐他們了。」

凱斯笑了。「要不是他們想轟掉我的腦袋，我還眞的蠻同情這些人的。這些……狂熱份子，充滿了——」她停頓片刻，思考該怎麼說。「**信仰**。他們的信仰。」她點點頭，很滿意自己的說法。「而他們認爲因爲他們有信仰，世界就該照他們期望的樣子存在。從這個角度想，他們還蠻天眞的。那些小男生小女生，拿著槍在沙漠裡裝腔作勢，假裝自己是自由鬥士，眞是一群天眞的小孩。」

「有槍的小孩。」

「就我的經驗，有槍的小孩通常只會打到自己。」她決定改變話題。「跟我說說卡佛市吧。」

「易如反掌，」安裘聳聳肩說：「余西蒙想衝回去，想自我了結，但我把他弄出來了。」

「你心腸變軟了。」

「是妳自己抱怨不法致死官司太多的。」

「我們應該延攬他的。我一向欣賞他的忠心奉獻。去問問他有沒有興趣爲河這岸工作。」

「我扔他下直昇機的時候，就叫他想想工作的事了。」

「你不該放他走的。現在每天新聞都是他，大談拉斯維加斯的水刀子。」

「眞的？那種小地方也登得上頭條？」

「記者愛死黑色直昇機那段了。」

「妳需要我找人嗎？讓新聞消失？」

「不用，」凱斯搖搖頭。「記者的注意力跟蟲子一樣短，明天就會去追芝加哥的超級颶風或邁阿密的海堤潰決了。我們只要按兵不動，所有人就會忘記這件事。就算卡佛市一兩年後贏了集體訴訟，也早就亡城了。這才是重點。卡佛市吃土，水則到了我們手上。」

「那妳爲什麼看起來不大開心？」安裘問：「卡佛市搞定了就換下一個，找其他地方開刀，對吧？」

「可惜沒那麼簡單，」凱斯眉頭深鎖。「卡佛市有一些投資者，布雷斯頓做盡職調查時沒查出來。有一個生態發展計畫向卡佛市租用了水權，叫做地球之舟永續生態建築，包括垂直農場和整合式住屋，百分之八十的用水可以循環利用，算是平價版的柏樹社區。沒想到投資人非常多。」

「所以是**人**的問題。」

「有背景的人，」凱斯說：「包括一位東岸參議員，還有兩位州議員。」

她說話的語氣讓安裘吃了一驚，轉頭看她說：「州議員？妳是說內華達州議員？我們的人？」

「蒙托亞、克雷格、圖安、拉薩勒……」

安裘忍不住笑了出來。「他們在想什麼啊？」

「他們顯然自認清楚我們對卡佛市的立場。」

「我眞白痴，」安裘搖著頭說：「難怪余西蒙一臉驚訝，那個蠢蛋以爲自己買了頭號保險，有我們的人當靠山。看我在那裡，他一直說我會惹毛大人物。」

「這年頭人人都會買保險，」凱斯說：「卡佛市的自來水廠剛垮不久，我就接到州長電話。」

「他也是其中之一？」

「怎麼可能？他是來探口風的，想知道我們是不是還打算攻擊哪裡。」

「他投資了哪裡？」

「誰曉得？州長太精明了，只要談話有可能被錄音，他就絕不會說不該說的。」

「但他還是站在妳這邊的，對吧？」

「呃，拉斯維加斯沒水，他就拿不到選票。所以只要我繼續生水給他，南內華達水資源管理局就可以爲所欲爲，徵稅、興建——」

「截水。」

「還有擘畫內華達的經濟未來，」凱斯把話接完。「但只要我一回頭，就會發現某個……**混帳**……在分散風險。你知道眞的有莊家在開這種賭注，賭接下來會是哪個城鎮失去水權嗎？」

「哪個地方賠率最低？」

凱斯嘲諷地看了安裘一眼。「我盡量不去看，柏樹特區已經讓我手上有數不完的利益衝突官司了。」

「是啦，但我可以撈一筆。」

「我上回看過，你的薪水不算低吧，」她瞇眼望著窗外死寂的郊區說：「我之前以爲至少可以相信自己人，但現在回頭不是看到某個農場老粗拿著槍，就是某位郵局雇員把我們的農業用水投標策略洩漏出去，好交換洛杉磯的居住許可。現在任何人都不能相信了。」

「漏掉這些州議員的人是布雷斯頓，對吧？」

「所以呢？」

「我只是說他通常不會漏掉，」安裘聳聳肩說：「至少之前不會。」

凱斯轉頭目光如箭看著他。「然後？」

「我只是說他以前不會搞砸。」

「天哪，你還說我反應過度。」

「就像妳說的，一顆子彈就夠了。」

「布雷斯頓沒有搞砸，」凱斯賞給安裘一個警告的眼神。「我可不希望我的頭號水刀子跟我的首席法律顧問水火不容。」

「沒問題，」安裘雙手一攤，咧嘴微笑說：「只要他不煩我，我就不煩他。」

凱斯憤憤哼了一聲。「這工作本來輕鬆得很。」

「妳是說我出生之前嗎？」

「我是說不久之前。那時只要跟聖地牙哥談成換水方案，共同興建淡化廠，別人就會認爲你是天才了。現在呢？」她搖搖頭。「艾利斯說加州一路在科羅拉多河沿岸派駐國民兵，已經深入懷俄明和科羅拉多州了。他在綠河上游和楊帕河看過他們的直昇機。」

安裘轉頭看她，一臉驚訝。「我不曉得艾利斯跑到那麼上游去了。」

「我們正在研究那裡的最優先水權是誰的，以防到時需要重提購買方案，」凱斯揪起臉說：「加州已經把手伸到那裡，早我們一步開始搶奪上盆地區的水權了。我們一直以爲依據科羅拉多河法案協商水權轉移對我們有利，但現在的發展讓我驚駭莫名。我們在追趕，但加州隨時可能奪下科羅拉多和懷俄明，讓科羅拉多河下游變得毫無用處。他們會主張擁有蒸發存量，然後買下科羅拉多河上游。」

「規則在改變，」安裘說。

「也許根本沒有規則，也許一切只是習慣，我們照著做卻不知道爲什麼。」凱斯笑了。「你知道我女兒還在唸宣誓誓言嗎？我派了三組民兵追捕闖進我們州裡的亞利桑那佬和德州佬，潔西卻還要按著胸口宣誓，這是什麼道理？明明各州都在州界派兵巡邏，我的小孩還自稱自己是美國人。」

安裘聳聳肩說：「我一直搞不懂愛國情操是什麼。」

「唉，」凱斯笑著說：「你不會懂的，但我們有些人以前很信這一套。現在我們會揮星條旗只是不想讓聯邦政府來找碴，抓我們僱用民兵。」

「國家……」安裘停頓片刻，想起自己在墨西哥的年少時光，那時販毒州都還沒出現。「都是暫時的。」

「就算如此，我們也常常視而不見，」凱斯說：「有一個理論說，我們的用語裡缺了什麼詞，我們就看不見那個東西，就算它擺在我們眼前也一樣。無法用語言描述的現實，我們就看不見，反之則不然。所以如果某人一直說**墨西哥**或**美國**，他或許就因此看不到眼前的事實。我們用的詞彙蒙蔽了我們。」

「但妳總是能看見接下來會發生什麼，」安裘說。

「呃，我覺得自己根本是瞎子摸象，」凱斯開始扳手指計算。「洛磯山脈的積雪可能消失，沒人料到這一點，」第一件事。「沙塵暴和森林大火把我們的太陽能模組搞慘了，沒人料到這一點。」第二件事。「沙塵加快了融雪速度，就算積雪充足也融化得太快，不然就是蒸發掉了。沒人料到這一點。」第三件事。「水力發電，」她笑了。「這倒是有可能，但春天不行，因爲水庫蓄水量不足。」第四件事。「最後是加州，一直在水權上搞鬼。」

她低頭望著自己的手，彷彿能從掌中讀出未來。「我已經派艾利斯到甘尼森去開條件，但很怕已經太遲了。我感覺我們一刻也不得閒，因爲一直有人搶在前面，看得比我們清楚。接下來會發生什麼，有人描述得比我們更好。」

「妳確定不要我查查布雷斯頓？」

「別管布雷斯頓，我已經派人查了。」

安裘笑了。「我就知道！妳也不喜歡他。」

「重點不在喜歡，而是信任。而且你說得對，他之前不會搞砸。」她停頓片刻，接著又說：「不過，我倒是有一件事需要你去查，在鳳凰城。」

「妳要我去截亞利桑那中央計畫？我這回能幫妳一勞永逸。」

「不行，」凱斯猛力搖頭說：「我們這回不可能再金蟬脫殼，除非有法律的強力背書。聯邦政府已經派出無人飛機監視，而我們最不想見到軍隊在亞利桑那州界集結。不行。我要你去鳳凰城替我打探情況。那裡似乎出了狀況，但我搞不清楚怎麼回事。」

「什麼回事？」

「我要是知道，就不用派你去了。我覺得我知道的消息不夠完整，而且加州那裡也有風聲。他們非常不爽某件事。」

「誰傳的風聲？」

凱斯眉毛一挑望著他說：「這不關你的事，好嗎？去打探就是了。我希望多一雙眼睛在那裡，從客觀的角度看。」

「鳳凰城是誰負責的？」

「古茲曼。」

「妳說胡立歐？」

「嗯。」

「他很厲害。」

「但他現在不爽了，要求調走，說他一直掉人，講得好像天快塌下來一樣。」

「他之前很行。」

「我可能放他在那裡太久了。鳳凰城本來應該很快完蛋的，所以我才派他過去，沒想到那裡的人一直死撐著。你知道他們甚至蓋起生態建築了嗎？而且部份已經開始運作了。」

「應該太遲了吧。」

「他們有中國太陽能發電和販毒的錢。這兩筆錢顯然好用得很。」

「水的確會向錢流。」

「嗯，販毒州和中國能源開發商之間……」

「錢多多。」

「鳳凰城感覺像要敗部復活了。幾週前，胡立歐跟我說他發現一個大消息，後來突然就不對勁了，整個人驚慌失措，要求調回來。我要你去查查胡立歐嚇壞之前到底發現了什麼，讓他那麼激動。我現在能信任的人不多，而這件事……」凱斯沉吟片刻。「感覺就是不對。我要你直接向我回報，別透過內華達水資源管理局的管道。」

「妳不想讓州長管東管西？」

凱斯一臉嫌惡。

「你知道，我們以前眞的可以相信自己人。」

他們又談了幾分鐘，但安裘看得出來凱斯已經在煩惱其他事情了。她已經在她的地圖上替他安排了位置，那顆轉個不停的腦袋又開始操心別的數據和問題。一分鐘後，她祝他此行順利，說完就下車了。

凱斯的武裝休旅車隊輾著碎玻璃離開了，留下安裘一人在巷子裡，望著窗外凱斯大筆一揮毀掉的城鎮。

5

一輛卡車沒有熄火，停在露西家後方的巷子，汽油引擎發出獵獸的低吼。那輛車已經在外頭停了十分鐘，似乎還不打算離開。

露西的姊姊安娜對著電腦螢幕，臉上滿是痛苦和受挫的同情：「妳到底有沒有在聽我說話？」落地窗外，溫哥華的天色沁涼灰暗，從安娜身後照了進來。「妳想離開沒關係的。」

卡車還沒走，突然猛催油門，震得露西家的窗玻璃微微顫動，隨即回復低鳴。

露西很想衝出去挑釁那群混蛋，但還是忍住了。

「——一直說很恐怖，」安娜說：「妳不必向任何人證明任何事。妳已經待得比其他派駐那裡的記者都久了，他們都是妳的手下敗將。所以離開吧。」

「沒那麼簡單。」

「就是那麼簡單！對妳來說就是。妳有新英格蘭的身份證，可能是那裡少數能夠直接離開的人，但不知道爲了什麼還待在那裡。爸爸說妳是在找死。」

「相信我，我沒有。」

「但妳在害怕。」

「我沒有。」

「那妳爲什麼打來？」

安娜一語中的。露西不是常打電話的那個人，安娜才是。是安娜在努力維繫姊妹感情，是她依然保有東岸傳統，每年都寄聖誕卡，而且是白紙黑字的那種。她會拿著剪刀，跟兩個寶貝小孩一起製作卡片，上頭畫滿精緻的雪花和聖誕樹，並且附上繫著紅緞帶的禮物盒，裡頭是他們在戶外用品店買的補充包，送給露西替換防塵面具裡的微濾網。安娜總是默默伸手，維持聯繫，關懷著她。

「露西？」

露西發現安娜家的窗戶沒有鐵條，玻璃上沾滿雨滴，窗外的花園一片翠綠，完全不需要鐵窗來保護一家人安全。

「現在的狀況……比較差，」露西總算回話了。

這句話在她心裡就等於說：**有人剜了我朋友的雙眼，把他扔在黃金大道上**。但是安娜讀不出來。這對她和安娜可能都好。

屋外的卡車又催了一次油門。

「那是什麼聲音？」安娜問。

「卡車。」

「誰還在製造那種卡車啊？」

露西刻意笑了。「這是文化。」

史黛西和安特在鏡頭外的地方呵呵笑。她們用樂高做了一個東西，再用程式讓它追著家裡的貓滿屋子跑。露西差一點伸手去摸螢幕，好不容易才壓下那股強烈的衝動。

「我沒打算離開，」露西說：「只是跟妳打聲招呼，就這樣。」

「媽咪！妳看！」史黛西尖叫。「壞蛋彼得在咬它！」接著是一串笑聲。

安娜轉頭叫孩子降低音量，但連露西都聽得出來她不是認眞的。

史黛西和安特低聲嘰喳了一會兒，隨即又開始大吵大笑。露西瞄到那隻貓，看見牠坐在兩個小孩做的登月車上。史黛西戴著美式足球員的頭盔，而安特臉上戴的應該是露西上次造訪時送給他的墨西哥摔角手面具。

兩個迥然不同的現實竟然只隔著一道薄薄的電腦螢幕，感覺好不真實。露西覺得彷彿只要拿起鐵鎚，就能敲碎兩個現實之間的距離，去到那個綠意盎然又安全的地方。

安娜的神情又恢復認眞。「你們那邊到底出了什麼事？」

「我——」露西脫口而出。「我只是很想你們。」

我只是想看看孩子不知害怕為何物的地方。

看到史黛西和安特活蹦亂跳，讓露西想起她報導的第一名死者。一個不比史黛西大多少的女孩，墨西哥裔，長得很漂亮，全身赤裸陳屍在游泳池底，有如破碎的木偶。露西還記得雷伊·托瑞斯站在她的身旁，吸了一口煙對她說：「妳不應該報導屍體的。」

露西記得托瑞斯一副老派警察的調調，戴著硬漢牛仔帽，穿著褪色的緊身Levi's牛仔褲，隔著黑色反光警用墨鏡對她冷笑，不顧兩人正在交談，依然用墨鏡對她進行身份辨識。「這個城市還有許多鳥事等著妳去挖，」他說。

幾名醫技人員和警察已經下到沾滿塵土的游泳池裡，在屍體四周打轉，想搞清楚究竟是怎麼回事。

托瑞斯見露西沒有反應，於是又試了一次。「這不是妳這種康乃狄克州來的漂亮女孩應該報導的事。」

「我做什麼不用你管，」露西回答。

至少她是這麼記得的。她記得自己很悍，不讓那名警察摸頭。她清楚記得托瑞斯朝她按了按帽子，接著便晃去救護車旁找他的警察同事和急救人員了。

那女孩像垃圾一樣被人扔棄，年紀不過十多歲，卻死在髒兮兮的藍綠色池子裡，而池子的顏色比天空還要藍。

野狗也來了，圍著女孩咬著她的屍體前後甩動，不停撥弄她的內臟，在地上留下一道道髒汙的血跡，直到鑑識人員來了才落荒而逃。女孩的血已經凝結，膝上的擦傷沾滿了發黑的血和灰色的土。這名少女留著精靈般的黑髮，戴著心形的迷你銀耳環，可能是任何人家的女兒，現在卻成了無名屍。

托瑞斯和同事抽菸說笑，偶爾朝露西這裡瞄上一眼。他們說著西班牙文，她完全跟不上。露西那時西班牙文還很爛，只能強迫自己站在游泳池邊，低頭望著女孩折斷的四肢，逼自己不要移開目光，也不要管在場男人的注視，好向托瑞斯證明她一點也不怕他。

托瑞斯走了回來，再度朝她按了按牛仔帽。「我是說真的，別寫屍體。這些死人只會招惹不必要的麻煩。」

「那她呢？」露西問：「難道我們不該追念她嗎？」

「她？她已經不在乎了，說不定還高興自己離開人世了呢，慶幸自己終於脫離了這個鬼地方。」

「你們連調查都不打算調查？」

牛仔笑了。「調查什麼？又死了一個德州佬？」他搖搖頭。「拜託，那全鳳凰城都是嫌犯。誰會想念這些傢伙？」

「你們眞是爛透了。」

「嘿，」托瑞斯抓住她的胳膊說：「我說別寫屍體可不是在開玩笑。妳想靠血腥場面出頭，機會多得是，但有些屍體——」他朝泳池裡的女孩撇撇頭。「不値得浪費筆墨。」

「這女孩到底有什麼特別的？」

「這樣吧，我幫妳聯絡血河報的編輯，妳想替他們寫多少屍體都行。我甚至可以專程送妳過去。處理完這女孩，我還要到馬里科帕去找兩個西印雜種，處理飛車槍擊案。另外還有五個游泳者，我要等我搭檔回來一起處理。」

「游泳者？」露西問。

托瑞斯惱怒地笑了。「老天，小姑娘，妳眞是嫩到家了。」他一邊搖頭一邊呵呵笑著從她身旁走開。「又嫩心腸又軟。」

露西那時還不曉得在這裡要寫錯東西非常容易，要在開車途中腦袋吃上一顆子彈更是易如反掌。她那時又嫩心腸又軟，就跟安娜現在一樣。

「妳知道的，妳可以跟我們住，」安娜說：「艾文德可以透過國家專業人士計畫替妳安排，讓妳先到大學教書。以妳的資歷，很容易就能申請到簽證。而且妳來跟我們住，史黛西和安特一定會很開心。」

「那裡很會長霉，」露西試著搞笑。「連內衣都會發霉。不少研究都說霉對健康非常有害。」

「正經點，露西。我很想妳，小孩也是。妳一個人孤零零在那裡，這裡都是很好的人。」

「加拿大好人。」

「艾文德就是加拿大好人。」

露西無助地望著姊姊，不曉得能說什麼。安娜回望著她，眼神同樣無助。她按下長篇大論的衝動，心裡明明有許多事情急著講，卻忍住不說。

妳瘋了。

妳真笨。

我從來沒見過這麼找死的人。

正常人都不會像妳這樣。

這些她都忍住沒說，因爲吵這些有意義嗎？

露西好想穿越螢幕，飛到姊姊身旁，卻不希望安娜的世界被她心裡所含藏的一切污染。她想要，不，她**需要**這片螢幕隔開她們，好保護安娜、艾文德和孩子們，讓這世界保有一塊未曾傾倒崩壞的樂土。

最後安娜心軟了，露出笑容說：「別因爲我咄咄逼人，妳就安靜了。妳知道我很愛妳。」

「打是情，罵是愛，對吧？」

「沒錯，」安娜的笑容蓋過了她不打算說出口的一切，接著她突然離開鏡頭前。

「史黛西！安特！快過來跟露西阿姨說話。你們這週不是一直吵著想跟露西阿姨說話，現在她就在線上！」

史黛西和安特衝到螢幕前面。他們倆眞是可愛極了，讓人看了也想生一對這樣的小孩。艾文德正好走過，黝黑的膚色跟他的白皙老婆形成強烈的對比。他朝露西笑了笑，接著便撈起兩個小孩，帶他們去洗手吃午餐了。

安娜伸手碰了碰螢幕。「我很擔心，」她說：「就這樣，我只是很擔心。」

「我知道，」露西說：「我也愛妳。」

兩人道別之後便切掉了視訊，留下露西獨自盯著漆黑的螢幕，心想人常常會按住心中的警告、關懷與建議，只因爲深怕兩人會就此絕交，所以即使看見大難將至也選擇沉默。

我只是很擔心。

「我也擔心啊，」露西喃喃自語，但她不能將實情告訴安娜。

巷子裡的卡車又催了一次油門。露西火了，抓起手槍站了起來。「好吧，混帳，讓我瞧瞧你有什麼本事。」

露西突然起身，桑尼以為她要帶牠出去，殷切地搖著尾巴。

「別動！」露西喝令道。她轉開門鎖，替手槍裝上子彈，深吸一口氣，接著啪的將門推開。

烈日當頭，她大步穿越中庭，那輛皮卡就停在鐵絲網圍籬外，櫻桃紅車身，改裝大輪胎，玻璃貼了有色隔熱膜，引擎轟隆作響。

隔著玻璃，露西看不見駕駛，但知道對方在看她。露西將槍握在腰間，隨時準備開火，心想車裡是不是也有人拿槍對著她，她是不是應該現在就拔槍——

「你想做什麼？」她快步走近，同時大聲吼道：「你到底想幹嘛？」

皮卡突然猛催油門，輪胎捲起石礫，風馳電掣衝出小巷，留下飛揚的沙塵和廢棄濾水袋。

露西望著揚長而去的卡車，心臟猛烈跳動。她身旁塵土飛揚，有如羽毛懶洋洋地飄在空中。露西咳嗽幾聲，用手臂擦去汗水，氣自己沒有記下車牌。

我瘋了嗎？

不是有人在跟蹤她，就是她快瘋了，偏執到差點開槍殺了某個無辜的小鬼。無論如何，她這樣子都可悲到了極點。露西彷彿聽見雷伊．托瑞斯和安娜同時大喊，叫她逃得愈遠愈好。

兩人有如希臘劇的合唱隊，在她腦中高聲唱和。

屋裡傳來桑尼的叫聲，抱怨露西拋下牠不管。露西走回屋前開門，桑尼立刻甩著粉紅色的舌頭和全身毛髮蹦蹦跳跳衝了出來。

牠奔到露西的卡車旁一屁股坐下，等她打開車門。

「天哪，不會連你也是吧？」

桑尼氣喘吁吁，臉上寫滿期盼。露西將槍插進牛仔褲後口袋說：「我們沒有要去兜風。」

桑尼恨恨望著她。

「怎麼？」露西問。「你想回屋裡就回屋裡，想待在外頭也行。我要打掃，我們沒有要出去。」

桑尼爬到車底趴了下來。露西拿了掃把，桑尼用埋怨的眼神望著她。

「你和安娜喔，」露西嘀咕道。

她開始清掃露台的砂岩地板，掃掉落腳在屋子邊緣的細白沙堆，弄得塵土飛揚，讓她忍不住咳嗽打噴嚏。她彷彿聽見安娜在責備她太不愛惜自己的肺部。

露西起初還很認真配戴防塵面具，更換濾網，以保護肺部不受野火濃煙、塵土和烈谷熱侵害。但一陣子之後，你就很難再去關心空氣中那些看不見的球孢菌了。她住在這裡，這就是她的生活，乾咳不過是日常生活的一部分。

她還記得自己剛到鳳凰城時，脖子上掛著嶄新防塵面具的模樣。當時她剛從學校畢業，正準備大展身手，挖掘記者生涯的第一個大獨家。

天哪，她那時眞嫩。

清完露台，露西拿出梯子架在屋旁爬了上去。

站在平坦的屋頂上，鳳凰城盡收眼底：車流、郊區、塵土覆蓋的低矮公寓和遍佈沙漠盆地的荒廢平房。梅薩、坦佩、錢德勒、吉伯特、斯科茨代爾是這片大都會汪洋中碩果僅存的小島，樓房和筆直的街道密密麻麻，一路延伸到仙人掌散佈的山腳下。

烈日當空，熱辣得毫不留情。通勤車流揚起的塵土形成一道污濁的薄幕，遮蔽了烈焰。就算今天這麼晴朗，也只有頭頂正上方的天空顯出藍色。

露西揩去眉毛上的泥濘汗水，心想她是否還記得眞正的藍色。

她很可能望著天空說它是藍色、灰色或棕色，結果不是。這裡的空氣總是瀰漫著塵土，不然就是加州野火飄來的灰煙。

她或許早就忘了藍色，只存在於想像中。她或許在鳳凰城待了太久，開始爲不再存在的事物取名字。

藍、灰、清澈、多雲、生命、死亡、安全。

她可以說天空是藍的，而天空也可能眞是藍的。她可以說自己過得很安全，而且眞的沒事。但老實講，這些東西或許都不存在了。藍色或許就跟雷伊．托瑞斯和他臉上那抹施恩的微笑一樣，都是幻影。鳳凰城沒有任何事物能夠長存。

露西必須幹活，掃掉風暴過後堆在太陽能板上的沙塵，讓奇異和海爾公司製造的黑矽面板重見天日。她朝玻璃啐了一口，抹去上頭的沙漬和泥垢，即使擦乾淨了還是沒停。她知道自己做過頭了，但還是繼續幹活，因爲打掃房子比面對她昨晚見到的景象簡單多了，不用去想自己可能面臨什麼。

「妳爲什麼打來？」安娜這麼問。

因為我朋友被人剜了眼睛，而我擔心自己是下一個。

傑米的模樣在她腦中揮之不去：屍體支離破碎，橫陳在希爾頓飯店外。她相機裡還留著相片。露西直到離開現場才察覺自己竟然按了快門，完全是反射動作。

第一張相片最痛苦，她幾乎無法承受。露西放下相機，被自己捕捉到的影像深深撼動，但相片就是相片。傑米試著爲自己寫下的故事就這麼戛然而止。

露西想起他衣冠楚楚坐在希爾頓飯店裡，自信滿滿地說：「我要變成一條他媽的大魚，露西。我要蓋一座游泳池，擺滿小孩的玩具。等我拿到加州簽證，就再也不回來了。」

他都計畫好了。

傑米機靈得不會被這地方困住，聰明得保不住自己的性命。

她還記得交易那天，記得他坐立難安，不停撫平外套、拉直領帶，記得自己坐在他整潔不紊的單房公寓裡，記錄那一刻。

「你應該讓我一起去，」她說。

「我很喜歡妳，露西，但我不能讓妳去。等我拿到錢之後，肯定給妳大獨家。」

「你怕我會漁翁得利，」她說，傑米聽了轉頭狠狠瞪著她。

「妳嗎？不是，」他搖頭說：「其他人也許吧，妳不可能。」

她記得傑米不停重打領帶。他平常想也不想就能打好，這會兒卻手忙腳亂，最後露西不得不出手幫忙。

「感謝數位貨幣，」他說：「不然我根本沒辦法做這種交易，一定會引發關切。交易完成之後，我或許應該買點東西獻給比特幣和數位黃金的守護神才對。」

「你還是會用現金的，」露西說。

傑米聽了哈哈大笑。「妳以爲我談的是那種生意？」他問她：「妳以爲我會拎著兩只裝滿百元大鈔的手提箱走出旅館房間嗎？小姐——」他搖搖頭說：「妳眼界太小了。」

「那是多大？」

傑米冷笑一聲說：「妳願意付多少錢讓一座城市活下去？甚至一個州？又願意付多少錢保住帝王谷的農業，不讓農田變成荒漠？」

「幾百萬美元？」露西隨便猜了一個數字。

傑米又笑了。「就是這點，露西，讓我知道妳不可能背叛我。妳眼界太小了。」

引擎聲打斷了露西的思緒。又是剛才那輛皮卡，有如獵獸一般低吼著。露西掏出手槍。

桑尼開始在中庭狂吠，沿著鐵絲網圍籬來回跑。紅色皮卡駛進巷子，有如會發光的紅色巨獸放慢速度，打量桑尼、房子和露西。

鯊魚在包圍獵物。

露西蹲下身子舉槍瞄準。桑尼吠個不停，像是瘋了一樣。露西很怕牠跳過圍籬，衝向卡車。

皮卡緩緩駛過，沒有停下來，繼續往前開。

露西站起來，看著皮卡駛離巷子，經過盡頭的遊民寮屋。

她心想剛才是不是應該開一槍。

引擎聲漸漸遠去，桑尼不再吠叫，回到門廊上的蔭涼處，似乎很滿意自己剛才的表現。露西繼續豎耳傾聽，但卡車沒有回頭。不過，對方的用意非常明顯。露西不能再坐以待斃了。她不自己決定，就會有人替她決定了。

露西爬下屋頂，拍掉身上的塵土，用手梳了梳頭髮，又搔搔桑尼的毛，接著讓狗回屋裡，自己則在無塵室脫了衣服，小心翼翼地將沙塵暴的殘留物留在屋外。

桑尼一臉期盼望著她。露西換上室內服，在電腦前坐了下來。

頭幾個鍵她敲得有些遲疑，還在醞釀詞彙，很像素描、像回顧。不過接著便開始加速，文思泉湧，手指在鍵盤上規律敲動。故事漸漸成型，過去十年來因爲害怕而藏在心裡的話一湧而出。所有話語和控訴從她腦中傾瀉而出，形成文字，描述那吞噬一切的黑暗漩渦。

她寫到屍體，寫到雷伊・托瑞斯和他多年前警告她別碰的游泳者，寫到托瑞斯的下場，被人槍殺了陳屍在自己的卡車輪下。托瑞斯知道太多人的太多事，也知道屍體埋在何處。她寫到傑米和他支離破碎的屍體。她記述傑米，將他描述成一個獨特的個體，有缺點、瘋狂、熱情、好色、易怒又聰明的一個人，即使未能實現自己的夢想和野心，或許依然能長留世間。就算殺害他的人企圖抹去他的面容，他也不會消失。

文章寫完，露西附上一張沙塚的相片。那是他朋友，他的墓碑，是標記，讓傑米不會淹沒在崩壞的鳳凰城的廢墟裡。

她站起來伸了伸懶腰，走到迷你冰箱前拿了一罐啤酒，接著開門叫桑尼一起跟她到門廊。沒想到太陽已經快下山了，她竟然寫了一整天。露西舉起啤酒，向緩緩沉落鳳凰城的火紅太陽致意，也向傑米致意。

別寫屍體，不安全。

「也許我根本就不想要安全。」

說出來感覺眞好。她不想要安全，只要眞相。至少這一次，她想要眞相。

世事無常，何必反抗自己的結局？鳳凰城終將毀滅，就像紐奧良和邁阿密，還有休士頓、聖安東尼奧和奧斯汀，甚至不久前的澤西海岸。

萬物難免一死，城市鄉鎭會被轟炸、淹沒或焚毀。這種事不斷發生，世界的均衡也不斷漂移。當城市賴以爲根基的事物開始動搖，踹了所有居民一腳，城市就會失去平衡。

這種事或許永遠不會停止。

或許也永遠不會結束。

所以何必跑呢？既然世界將付之一炬，何不拿著啤酒勇敢面對？

至少勇敢這一次。

露西換喝龍舌蘭。入夜後氣溫驟降了五十度。她在黑暗中啜飲著，感謝夜幕低垂和夜晚帶來的清涼。

她不會躲，也不會逃。她會待在這裡，自在地跟煙霧、沙塵、酷熱與死亡共處。

她是鳳凰城的一部分，就像傑米和托瑞斯。

這裡是她的家。

她不會逃。

6

早晨對瑪利亞來說，就是浮腫的雙眼、飄著煙味的頭髮和莎拉的乾咳。沙漠朝陽將地下室的幽暗切成了幾塊，點亮了空氣中慵懶飛舞的塵埃，也照亮了混凝土地板和頭頂上的水管和污水管。這些管線曾是屋子的血脈，如今早已枯竭多年。

瑪利亞不用看莎拉的手機也知道自己睡過頭了。該起床出門去賣水了。她只有幾件衣服，就掛在釘子上，旁邊是莎拉工作穿的熱褲和小可愛，還有一個青蛙布偶低頭望著她。布偶是她父親過世後不久，莎拉在某間廢棄屋裡找到送給她的。瑪利亞的粉紅塑膠梳子擺在水泥架上，兩人會一起用，旁邊小心擺著她們的牙刷和舊髮夾，刷毛都分岔了，還有兩三根衛生棉條，莎拉月事來時還要工作就會用到。

兩人的其餘行頭都塞在一只刮痕累累的紅色亮紋帶輪手提箱裡，其中許多衣服是譚咪·貝雷斯跟家人搬去北方之前送給她們的。那女孩身材跟她們差不多，搶在父親拋售家當之前連衣服帶手提箱統統給了她們。

「拿去吧，」她在黑暗中悄聲說。

隔天她就跟家人離開了。

瑪利亞打開手提箱翻翻找找，撈出一套還算乾淨的衣服。她和莎拉有時會將衣服拿出來吊著，用棍子把灰塵和泥土打掉，有時莎拉會將她們的內衣帶進她工作的旅館，趁男人讓她洗澡時偷偷洗好。

瑪利亞套上短褲和「無懼」T恤，腦海中浮現母親用洗衣機洗好衣服、折好放在她床上的景象。她當作沒感覺。

瑪利亞走上台階，打開地下室的門，突如其來的光亮讓她的眼睛刺痛欲裂。外頭煙塵瀰漫，爲無雲的天空覆上了一層棕色薄霧，空氣中飄著濃濃的灰燼味。這風肯定是從加州和炙熱的喜艾拉山吹來的，不會錯。瑪利亞隔著門往外窺探，默默等待著。

外頭還很安靜，只有幾個人要去工作或某地：跟她父親一樣在泰陽生態建築幸運找到差事的人、熟悉複雜水電或操作工業切割器的人，還有懂得海藻再生的人。阮先生一家已經起床了。瑪利亞聞到煮麵的味道，看見焚燒木材冒出的灰煙繞著隔壁的鐵絲網打轉，在郊區凝滯的空氣裡飄蕩。現在感覺很安全，是行動的好時機。

瑪利亞關上門，掂腳下樓蹲在莎拉身旁，搖搖她說：「快起床，我們得出發了，把水搬到圖米那裡。」

莎拉埋怨一聲。「那妳還不去？」

「妳想賺錢就得流汗。」

「賣水騙錢是妳的主意，不是我的。我只是投資者。」

「是嗎？那妳棉被給我，」瑪利亞說完將棉被一抽，露出莎拉白皙的皮膚和男人最愛的紅色尼龍內褲。

莎拉身子一縮，蜷起瘦巴巴的雙腿，亮出大腿上一圈圈曬痕。「哎唷，瑪利亞，妳幹嘛要這樣？至少給我一點時間醒來嘛！」

瑪利亞戳她的肋骨說：「小姐，快起來，事情才完成一半，我們得把水變成錢，不能就坐在它上頭，而我需要妳跟我一起過去。」

瑪利亞努力擺出命令的口吻，假裝自己胸有成竹，結果反而更緊張。她望著她們作弊弄來的那批水，知道它們可以維持多少天的生命，也曉得一定會有人想奪走它們。她需要將這些水變成現金，變成可以塞進胸罩、保護得了的輕便紙張。

「禿鷹已經在天上轉了，小姐，我們得馬上行動。趁所有人還在睡覺，圖米還沒上班之前搞定。圖米是我們的門票。」

莎拉坐起來抓回棉被，將被子拉到頭上。「我在**睡覺**。」

莎拉的舉動讓瑪利亞想起自己有一回在破垃圾桶裡發現的小貓。小貓喵喵哀鳴，找不到媽媽，可能被某個小鬼抓去吃了，留下小貓蜷縮著，期盼著永遠得不到的東西。

瑪利亞撫摸小貓，知道牠要什麼：再也嚐不到的乳汁，還有再也無法回來照顧牠的母親。但你不能只是縮在那裡，等人來救。

可是莎拉……莎拉外表堅強，其實內心很柔弱。雖然出賣靈肉，卻還是希望有人照顧她，總是覺得自己一文不值，全世界都不在乎她的死活。

莎拉、小貓、瑪利亞的父親，他們都是同一種人。

瑪利亞用力推了莎拉一下。「快點啦！」

莎拉披頭散髮坐了起來，睡眼惺忪地說：「我起來了，起來了啦。」說完便開始咳嗽，咳到全身抽搐，因爲夜裡的煙和乾燥讓她的肺很不舒服。她伸手拿水。

「妳在喝的是我們的錢，」瑪利亞提醒她。

莎拉狠狠瞪她一眼。「妳是說我的錢吧。」

瑪利亞回瞪莎拉一眼，隨即抓起濾水袋走上台階。

晨光下煙霧朦朧，莎拉越過紅礫石地，朝父親在屋後搭的小棚子廁所走去，夾腳拖鞋拍打腳板啪啪作響。他說那叫茅房，能讓他們文明一些，不用像其他德州佬來不及找到茅坑，大剌剌在路上解手。

瑪利亞將門關上，繩子勾在釘子上鎖好，接著蹲在發臭的長坑上，皺起眉頭打開濾水袋尿在裡頭。尿完後，她將袋子掛在釘子上，蹲回坑上辦好事，用她和莎拉從血河報撕下來的發皺紙片擦拭乾淨，穿好短褲便衝出茅房。她手裡拎著半滿的濾水袋，開心又能呼吸到早晨煙味濃濃的空氣。

「房租呢？」

瑪利亞尖叫一聲，猛然轉身跌倒在地，差點沒把手上的濾水袋摔出去。

只見一名威特的手下混混靠在茅房邊，半躲藏在門後頭。是達米安。他滿頭金髮紮成雷鬼頭，張著一隻慵懶歪斜的眼睛，臉上穿了骨頭和銀飾，還有曬紅變黑、曬紅變黑無數次的白皙皮膚，早已變成金棕和焦紅色，斑斑駁駁。

瑪利亞瞪了他一眼。「你嚇到我了。」

達米安噘起乾裂的嘴唇，露出狡猾的微笑，顯然很得意。「唉，妳不必怕我呀，小姑娘。除了房租，妳身上沒有我感興趣的東西。所以，錢呢？」

瑪利亞小心翼翼拿著濾水袋站了起來。看到他站在那裡真的很可怕，有如冰冷的教訓，提醒她洪家人沒有警告她不代表她很安全。

她父親對洪家人有恩。洪太太懷孕引發敗血症時，是她父親用卡車將她載到紅十字會帳篷去的。但這不表示他們現在還欠瑪利亞什麼，至少沒有必要爲了保護她而吃上滅門的風險。

「別鬼鬼祟祟的，」瑪利亞說：「我不喜歡。」

達米恩一笑置之。「可憐的**混血德州妞**不喜歡別人鬼鬼祟祟。」他優哉游哉走到瑪利亞面前。

「算我給妳上一課吧，小賤人。比我更鬼鬼祟祟、更會暗中傷人的傢伙多得是。」他捏了捏她的下巴。「游泳池裡都是像妳這樣的女孩子。要不要我免費給妳一個建議？出門前記得學兔子豎起耳朵，懂嗎？」

瑪利亞心想：我憑什麼相信他？他又不是我朋友。當然，要是不付房租，他一定會趕她走，但他並不討厭德州佬。不管他有什麼毛病，至少不會拿瑪利亞這種人開刀。只要有好處，瑪利亞都不會放過。

「妳錢準備好了沒？」達米安問。

瑪利亞欲言又止。「我記得期限是今天晚上。」

「這表示沒有囉？」

瑪利亞沒有回答，達米安笑了。「妳以爲妳能在十二小時內生出房租嗎？妳難道偷偷賣妳的**小屁股**沒有讓我知道？」

瑪利亞猶豫了一下才說：「我沒有現金，只有水，好幾公升。要賣了水才會有錢付房租。」

達米安冷笑道：「果然。我聽說昨晚有兩個小混球在親善泵浦海撈了一票，裝了滿滿一車紅十字會的水。我應該抽妳稅的。」

「你如果要收房租，就得讓我賣水。」

「還是我乾脆拿水充當房租算了，省得妳還要跑一趟。」

「你說這個？」她舉起裝滿暗黃色尿液的濾水袋說。

達米安笑了。「我才不喝那玩意兒，那是德州佬喝的。」

「我只要一擠，它就變成水了。」

「聽妳在講。」

瑪利亞心想，**他只是在試探我**。他聽說了水的事情，所以非來不可。她用超低價買下、打算用超高價賣出的水……

「你如果肯出泰陽那邊的人出的價錢，我就把水給你，」她說。

「那邊的人出的價錢？」達米恩笑了。「妳以爲我會跟妳談價錢？」

瑪利亞不知所措，想知道對方的威脅有多當眞。他來這裡一定爲了水，但她要是把水賣給他，最後只會打平，依然身無分文，而不是狠賺一筆。

達米恩望著她，臉上露出微笑。

「拜託，」她說：「讓我先去賣水，我一回來就把錢還你。你知道這些水在泰陽那邊可以賺得更多。工人身上有錢，很捨得花。我會分紅給你。」

「分紅是吧？」達米恩伸手遮擋陽光。旭日高升，熱辣辣的光線開始穿透早晨的灰煙和沙塵。「讓我想想……肯定很搶手。很多人會買，賺很多錢……」他咧嘴微笑。「好吧，沒問題。既然妳這麼想忙，那就去吧。」

「謝謝。」

「我就說我這個人很講理的。但妳如果眞想賺錢，其實應該替我工作。我們可以把妳的頭髮染成金色，讓妳去工地認識認識那些中國人。他們一定會花錢買妳的時間，容易得很。或者我也可以帶妳去紅十字會的帳篷晃一晃，做個自我介紹，認識幾個出色的人道醫師。」他面露微笑。「女生都想嫁醫師，不是嗎？」

「想都別想，」瑪利亞說。

「我只是建議，小姑娘。妳想去泰陽賣水就去吧，但妳最好先付錢給艾斯特凡，記得去找威特報到。」他眉毛一挑。「他在威特那裡。」

「我不能回來這裡把錢交給你嗎?」

「我不是老闆。我收了妳的錢,艾斯特凡又不認識妳,就算我跟他說有個混血妞在賣水,他也不曉得是誰,不知道錢到底是不是妳付的,所以妳最好自己拿去。他已經給我夠多麻煩了,我可不想又被那個混蛋訓我一頓。」

莎拉從地下室走了出來。

「喔,嗨,達米恩。」

達米恩笑著說:「**金髮俏妞**終於出現啦,我等了好久!妳昨晚有沒有睡好?房租準備好沒有?」

莎拉不知所措,目光射向瑪利亞。「我——」

達米恩咒罵一聲。「去你的,瑪利亞,妳把我小乖的錢也投進去了是吧?妳竟然這樣把她的錢拿走,簡直比老鴇還惡劣。」

「我們有水,」瑪利亞說:「會把你的錢給你的。」

「妳們的房租到期了,還有給我的抽成,所以快給我滾去幹活,」達米恩比了比街道。「還有別忘了,我可是好人。要是我狠一點,妳早就被我抓去參加威特的派對了,妳很清楚那代表什麼。」

一提到威特的派對,瑪利亞看到莎拉害怕得幾乎要顫抖。

「我們還沒遲繳,」莎拉總算吐出一句。

「保持下去,妳們不會喜歡威特找妳們兩個德州嫩妹算帳的,」達米安說完轉身要走,隨即回過頭來。「還有,別忘了繳稅給艾斯特凡,賣水之前一定要先徵求他的許可,那裡可不是我的地盤。」

瑪利亞轉頭沒有說話,但臉上的表情還是被達米恩瞄到了。「聽好了,小姑娘,威特要是發現妳沒有徵求許可就做生意,絕對會把妳的奶子釘到牆上。」

「我知道。」

「妳知道，」達米恩做了個鬼臉。「妳當然知道，所以才一臉賊樣。妳給我仔細記好了：我注意到妳，就表示其他人也注意到妳了。威特的手下要是發現妳跑去生態建築附近賣東西沒繳稅，絕對會用魚鉤和刀子把妳嘴巴劃開，讓妳永遠笑得合不攏嘴。我沒開玩笑，妳這個小美人胚子絕對經不起那種折騰。」

莎拉揪住瑪利亞的肩膀。「我們知道，達米恩，他們會拿到抽成的。」

「還有我。」

瑪利亞想要抗議，但莎拉緊緊掐住她，感覺手指都要掐斷了。

「你也會拿到抽成。」

達米恩離開之後，瑪利亞發飆了：「妳在幹什麼？妳知道他們這樣子一搞會抽掉多少錢嗎？」

莎拉連聲音都沒變大。「妳還是會賺很多錢。走吧，我們必須拿錢給艾斯特凡，趁大家還沒醒來之前把車推到圖米那裡。」

「可是——」

莎拉只是望著她，說：「事情就是這樣，小姐，沒有必要反抗。妳不能被這些事搞擰了。我們趕快去繳稅，然後去賺妳的錢吧。」

莎拉輕聲細語，像哄孩子一樣，希望瑪利亞認清現實，無論她喵喵叫得再兇，也不會有人給她奶水。

7

安裘往南飛馳，有如出巡的獵鷹。

莫哈維沙漠乾涸遼闊，飽經風吹日曬，地表滿是氧化的沙礫與白黏土，還有雜酚油木和歪扭的約書亞樹星羅棋布，就算蔭涼處也逼近攝氏五十度，道路更是熱浪翻騰，閃爍著海市蜃樓。陽光又毒又辣，州際公路安靜寂寥，只有安裘的特斯拉電動車風馳電掣。

這裡過去荒涼枯寂，如今依然如此。安裘向來喜歡沙漠，喜歡它坦白直率，毫無幻影。這裡的植物根淺而廣，不放過任何水氣，樹液凝成堅硬的樹膠，防止任何水分子蒸發，樹葉直指天空，有如碗狀等著接收和導引偶然降下的雨滴。

多虧了離心泵浦，內布拉斯加州、堪薩斯、奧克拉荷馬和德州的土地才得以披上豐饒的外衣一百年，撐起綠地和作物生長，讓他們可以挖掘萬年含水層裡蘊藏的冰河水。當地人披上綠地的外衣，假裝可以永遠如此。他們擷取冰河時期積聚的水源，遍灑大地，讓乾涸的土地一時蓊蓊鬱鬱。棉花、小麥、玉米、大豆，大片大片的翠綠田地，全都因爲泵浦正常運作。這些地方曾經夢想成爲別處，充滿了期望與抱負。但水枯竭了，這些地方被打回原形，發現富庶是借來的，再也沒有第二次機會，但已經太遲了。

沙漠就不同了。沙漠永遠荒涼原始，永遠在追尋下一滴甘霖。沙漠永遠不會得意忘形。只要冬天一場細雨就能讓絲蘭和雜酚油木興奮綻放，其他生物則是蜷縮在少數幾條有如動脈貫穿烈焰大地的河畔，永遠不會跑遠。

沙漠永遠不會認爲水是理所當然。

安裘讓特斯拉盡情奔馳，車子伏貼著馬路不斷加速，閃電一般穿越這片安裘所知最眞實的大地。

他先用無線電通知，直接衝過一個個檢查哨。內華達國民兵身穿防彈背心，站在路旁揮手要他通過。無人飛機在上空盤旋，隱身在煙霧迷濛的藍天裡。

安裘不時瞥見民兵的身影：高倍數望遠鏡追著呼嘯而過的特斯拉，鏡片在陽光下瞬間一閃。摩門教徒和內華達北部的農莊主人自願輪班駐守，包括南方掠奪者、沙漠之犬，還有跨州而來的五、六個組織，全是凱塞琳．凱斯的第二部隊，全力防止難民湧入他們脆弱的應許之地。

安裘覺得潛伏在岩石山脊後方的民兵之中，應該有他認識的人。他想起他們充滿恨意的臉龐和殺氣騰騰的眼神。當時他很能理解他們那股無望的恨意，因爲他是他們最大的夢魘，是賭城來的水刀子，登堂入室提出他們不得不接受拒絕的提議；是黑衣惡魔，用血腥的提議換取他們的救贖。他會坐在脫線的沙發上或窩在懶骨頭裡，靠在掉漆的門廊欄杆上或站在悶熱的馬廄中，永遠提出同一份提議。他會輕聲細語，像是同謀一般，提出可以拯救他們免於陷入凱塞琳．凱斯用管線抽乾他們的水，爲他們打造人間煉獄的提議。

他的提議很簡單：工作、錢和水，也就是活命。別再拿槍攻擊賭城，開始轉過頭對付亞利桑那佬。只要臣服於南華達水資源管理局，一切都好談，甚至還能生養繁衍，從東盆地管線接一些水過來。她會讓他們有水可喝，甚至灑水在土地上。安裘挨家挨戶、逐城逐鎭提供這最後的救贖，讓他們有機會逃離深淵。

而一切就如凱斯的預料，所有人都巴著提議不放。

民兵湧向州界，潛伏在科羅拉多河的肩脊上，望著河水一路延伸到亞利桑那州和猶他州。州際公路上開始出現剝下的頭皮作爲警告，亞利桑那佬和德州佬被手銬腳鐐帶到河邊，要他們游到對岸。還眞有人游過去了。

東岸的參議員要求內華達州制止民兵目無法紀，州長安德魯斯也照本宣科派出了國民兵掃蕩民兵，並且刻意在媒體面前大陣仗逮捕嫌犯，讓抗命的民兵在法庭上排排站好。但只要鏡頭一關，手銬就立刻解開，凱塞琳．凱斯的民兵又回到科羅拉多河兩岸繼續囂張。

安裘從米德湖越過州界。湖岸有如浴缸外緣，色深而暗，跟白皙的沙漠砂石形成強烈對比。早在安裘成爲水刀子之前，米德湖曾經水量豐沛，幾乎可以淹過胡佛水壩，如今碼頭有如壞掉的玩具擱淺在泥濘的湖底，國民兵和無人飛機在湖面上嗡嗡巡邏，監視這個日漸萎縮的賭城水庫。

目前凡是過橋橫越科羅拉多河峽谷的車輛都要接受盤查，必須經過好幾個檢查哨才能靠近水壩。安裘省去這些麻煩，直接將車停在州界，交給水資源管理局的人，跟其他人一起步行過橋。他夾在遊客之間，從堤岸上不時瞥見米德湖閃耀的湛藍湖水。這裡是拉斯維加斯的命脈，部分湖面被碳纖維罩布覆蓋著，因爲水資源管理局正在進行全新的龐大工程，計畫用罩布作爲屋頂蓋住整個湖面，減少蒸發。

到了河對岸，安裘停在亞利桑那州界檢查哨前接受臨檢。他裝作沒看見州界巡邏隊員臉上的憤怒，任他們搜身和檢查他的假證件。

巡邏隊員讓警犬聞他，並且又搜了一次身，但最後還是放他走了。州界警察就是州界警察，而且再怎麼說，亞利桑那佬還是需要觀光客造訪他們苟延殘喘的州，在那裡消費，好挽回一些損失。

安裘通過最後一個哨站，正大光明踏進了亞利桑那州。難民在堤岸上搭滿帳篷，打算半夜摸黑過河，自投羅網送入安裘吸收的民兵手中。

同樣的事天天發生。每到晚上，老墨、德州佬和亞利桑那佬就會蜂擁入河，少數能僥倖過河，大多數都到不了對岸。科羅拉多河從上到下，從米德湖一路往南到哈瓦蘇湖，沿岸都是這樣的景觀。

優活、水菲娜和駝峰都在河岸設立了救援帳篷，努力拍攝公關照宣傳他們對難民的關懷。

購買我們的產品，您就能為全球備受氣候變遷之苦的人盡一份心力。

安裘走過瓶裝水商的救援帳篷，發現一頂帳篷裡擠滿了德州佬，便溜了進去。

帳篷裡，男男女女排隊等著告解、購買宗教物品和鞭笞自己，狂熱求神賜下好運讓他們順利過河，渾然忘了讓他們家園乾涸的不也是同一位上帝。

一名男子走到安裘面前，問他要不要買紀念品。

「先生，買個神的印記吧？」

安裘丟了一美元硬幣到男子的咖啡罐裡，男子拿了一個贖罪幣鑰匙鍊給他，隨即轉頭尋找下一個人了。

安裘離開禱告帳篷。

高速公路旁停著另一輛特斯拉，銘黃色車身在陽光下閃閃發亮，正乖乖等候他的到來。安裘走到車旁，車門輕輕打開。

他坐進車裡檢查配備。一把西格手槍擺在座椅下的置物格，外加三匣子彈。安裘拿出手槍裝好子彈，然後放了回去，接著開始檢查證件：兩份貼著他相片的亞利桑那州駕照，姓名分別是馬特歐·玻利瓦和西蒙·艾斯培拉；兩枚警徽，鳳凰城警局和亞利桑那州刑事調查局，方便他遊走於不同管轄權之間。後車廂裡應該有這兩個單位的制服，還有西裝、領帶、外套和牛仔褲，甚至全套州警制服。南內華達水資源管理局做事非常徹底。

安裘翻了翻證件，將玻利瓦的駕照塞進皮夾，接著發動車子。高效能濾清器立刻啟動，偵測到車內的塵土，開始加速運轉，以確保驅除所有感染源，從漢他病毒到裂谷熱病毒，甚至連普通的感冒病毒都無所遁形。

車內變涼之後，安裘打密線電話給水資源管理局，報告他已經拿到車，預備前往鳳凰城，說完便駕車出發了。

幾分鐘後，凱斯打電話來。

「怎麼了？」安裘開啟通話，不知道她爲什麼打來。

凱斯冰水般的聲音傾瀉而出，飄蕩在近乎無聲的電動車裡。她問：「你已經通過州界了？」

「嗯，遠遠那邊有聯邦救難總署的帳篷，而且我剛看到一輛廁所車翻了，我發誓有幾個小鬼想要劫車。所以，我想我應該來到亞利桑那了吧。」他笑了。「除非這裡是德州。」

「眞高興你樂在工作，安裘。」

「我不是安裘，」安裘瞄了一眼他扔在前座的證件說：「是馬特歐，我今天叫做馬特歐。」

「至少比逼你裝成印度佬好吧。」

「其實我印度話說得還不壞。」

許多車主將行李捆在車頂。安裘切出長長的車陣，加速駛上往東的匝道。

往西的車道非常壅塞，但他這個方向幾乎沒車。

「唔，」他說：「好像沒人想去鳳凰城。」

凱斯笑了。安裘猛踩油門，加速駛過遍地黃沙。熱浪在地平線翻騰，絲蘭和雜酚油木上掛滿了廢棄的濾水袋，有如聖誕裝飾閃閃發光。安裘呼嘯而過，揚起風沙繞著面容憔悴的亞利桑那、德州和墨西哥難民打轉，逼得他們側身閃避。

「我猜妳打電話來不是打招呼吧？」

「我想問你艾利斯的事，」凱斯說。「你幾年前跟他共事過。」

「是呀，我跟他設立了南內華達掠奪者組織，去年又玩了薩摩亞摩門教徒，有趣得很。」

「他有提到什麼不滿嗎？」

安裘從一群圍成圓圈的宗教狂德州佬身旁飛馳而過。那些人垂頭站立，正在求神保佑他們往北一路平安。

「靠，這裡的德州佬還眞多，」他說。

「德州佬跟蟑螂一樣，怎麼殺都殺不完。別再岔題了，回答我艾利斯的事。」

「沒什麼好說的，我感覺他很正常啊，」安裘停頓片刻。「等一下，妳是在問我他是不是變節了嗎？像是投靠加州之類的？」

印著紅十字會和救世軍標誌的帳篷從車窗外閃過，帳篷旁擺滿了屍袋，全是旅程被迫告終的難民。

「已經過了回報的時間，」凱斯說：「但我都沒艾利斯的消息。你覺得他會收錢躲起來嗎？」

安裘低吁一聲。「這麼做感覺不像他。他是個乖乖牌，很重承諾，喜歡做好人。怎麼了？到底怎麼回事？」

「接二連三，」凱斯說：「這就是問題。你到鳳凰城小心一點。」

「我很好。」

「之前是胡立歐失控，現在艾利斯又人間蒸發了。」

「也許只是巧合。」

「我不相信巧合。」

「嗯哼，」安裘說著開始回想他之前和艾利斯的對話，回想兩人披星戴月，小心避開汽車旅館免得被人狙擊，在科羅拉多河兩岸組織民兵的往事。

凱斯又說了什麼，但出現雜音，然後中斷了。

「再說一次？」

又是一陣雜音。

安裘瞥見地平線出現一抹棕色。「嘿，妳斷訊了，我猜是風暴把基地台給吞了。我晚點回電話給妳。」

雜音是唯一的答覆。

安裘望著遠方那一抹棕色。風暴顯然在往上竄，愈升愈高，佔據了地平線，朝他撲來。

安裘狠踩油門，不顧特斯拉還剩多少電量，開始在高速公路上和風暴競速。難民收容所和國民兵指揮中心咻咻閃過，風暴緊追不捨，形成一英里高的沙牆，所經之處不是被它吹垮，就是剷平。

安裘駛入遇到的第一個卡車休息站，開進車滿爲患的錫牆避風棚裡，多付了點錢讓特斯拉優先充電。

休息站餐廳的玻璃被風吹得不停震動。顧客低頭啃著漢堡，刻意不看窗外。有人發動了生質柴油馬達，清除蓋住光電太陽能板上的細沙。空氣濾清器嚓嚓作響，轟隆隆運轉著。

窗外，一輛印著「普雷斯科礦泉水」商標的運水車駛了進來。駕駛拉出水管接上休息站的貯水槽。他縮著身子抵擋強風，在棕色的沙塵中有如微小的暗點。安裘杯裡的咖啡浮著一層礦物質，顯然是從地底開採的水。

風勢愈來愈強，天色瞬間轉暗，飛沙走石拍打窗戶，震得玻璃不停搖晃。餐廳裡大多數人都是要離開鳳凰城另覓落腳處的，其中一些人擁有證件可以進入內華達或加州，甚至加拿大。所有人都依依不捨，卻也殷殷期望要去的地方會比鳳凰城更棒。

餐廳裡突然電子鈴聲此起彼落，顯示強風開始減弱，資料包總算克服風沙送進了大夥兒的手機裡。

眾人如釋重負，開始交頭接耳，慶幸風暴沒有變得更加猛烈。櫃台前，顧客望著女侍者敲打收銀機，一邊相視而笑。

安裘又打了一通電話給凱斯，但直接轉到語音信箱。大忙人有忙不完的事。

回到停車棚，安裘使勁抖動特斯拉的空氣濾清器，揩去滲進棚子裡的細沙。

幾分鐘後，他再度風馳電掣在亞利桑那的州際公路上，吃力認著被沙塵遮蔽模糊不清的標線前進，在車後揚起翻騰的風沙。

8

「兩美元一壺，一塊人民幣一杯。」

就像莎拉愛說的：**愈快射，賺愈多**。

瑪利亞火力全開拚命倒水、賣水，旁邊是圖米的煎鍋，薩爾瓦多餡餅在油裡滋滋作響。拿了鈔票，瑪利亞將汗水弄得黑漆漆的人民幣塞進胸罩，從瓶子裡倒了杯水給建築工人，一邊留意水位。她很會判斷水量，比莎拉工作的任何一家夜總會裡的酒保都厲害。

圖米汗流浹背站在寇爾曼火爐前，馬不停蹄將薩爾瓦多餡餅舀出煎鍋，用血河報包好，報紙上血腥的兇殺案照片立刻沾滿了油漬。他將包好的餡餅遞給大排長龍的顧客。

圖米是黑人大個兒，腦袋跟蛋一樣寸草不生。他眉毛冒汗，眼睛盯著煎鍋，紅白大傘替他遮擋陽光，正好搭配他身上的紅白圍裙。他長得又高又壯，像一座巨塔似的，不僅可以保護自己的生意，還能替瑪利亞遮陽。

「兩美元一壺，一塊人民幣一杯。」她對下一位客人說。光是將水從紅十字會親善泵浦運到泰陽建築工地旁的骯髒人行道上，原本便宜的水立刻價值連城。

她將瓶子裡剩下的水倒入另一名工人杯中，將空瓶扔回推車。第二批中午用餐的工人還沒來，車上的水已經賣掉了一半。她一邊哼歌一邊幹活，在心裡計算賣出的金額，加上房租、餐費和給達米恩的分紅，還有付給答應帶她通過州界的土狼的費用。

圖米抬頭注視下一位客人，笑咪咪地說：「您要乳酪豬肉、豆子乳酪還是純乳酪餡餅？」

「您要一杯還是一壺？」瑪利亞問。

天空煙塵瀰漫，許多人都戴著防塵面具。有錢人戴雷夫羅倫或洋洋牌，沒錢人戴沃爾瑪或美國老鷹。瑪利亞心想自己是不是也該花點存款買一副。雜牌面具不算太貴，或許能讓她的肺部不再像火燒一樣。應該也幫莎拉買一副，說不定能減輕她的咳嗽。

能見度只剩四百公尺，他們身旁的生態建築工地被塵霾吞噬，鷹架、光電模組和玻璃牆面也消逝在混著煙塵、濃霧和酷熱的天空中。莎拉說高樓層可以鳥瞰整個鳳凰城，但瑪利亞心想今天就算住在上頭的有錢人也只看得到灰濛一片，跟她在底下看到的沒什麼兩樣。

排隊人數很穩定，始終維持六、七人等著買水點餐。圖米擺攤的地點絕佳，就在工地旁邊，不僅能將換班工人一網打盡，還能吸引住在完工的泰陽生態建築裡的白領階級，讓喜歡路邊攤的上班族過來嚐鮮，可說是一舉兩得。

一名中國領班向圖米點餐，瑪利亞在一旁替他倒了一杯水。「**您要什麼？**」領班聽見圖米用中文發問，臉上露出了微笑，但還是用英文回答。

「豬肉就好，不要乳酪。」

圖米立刻換說英文。顧客至上，這是他的最高指導原則。只要能做生意，叫他說英文、西班牙文或中文都可以。他常說，就算克林貢人登陸地球，他也會學克林貢語。圖米很會讓客人一試成主顧。煎好餡餅之後，他會像摺紙一樣把報紙折得漂漂亮亮、優雅有型，然後將餡餅放進寫滿兇殺案的紙包裝裡，再用華麗的姿勢遞給客人。

「笑容要有，姿勢要帥，」他常這麼告訴瑪利亞：「笑容要有，姿勢要帥。先用客人的母語寒暄幾句，東西好吃、衛生，永遠待在同一個地方，不要亂跑，生意就會滾滾而來。」

溫言軟語。

就是這一點，讓瑪利亞在父親死後投向了圖米。她拿著所剩無幾的錢想去買一個餡餅，就像父親生前午休時會買來和她分享一樣。她渴望重溫那繫著紅白圍裙的黑人大個兒和他溫言款語所來帶的回憶與安心，只因她認得並信任那張臉。

圖米非但沒有收錢，還將他原本要給史派克的燒焦餡餅給了她。史派克是隻渾身膿瘡的雜種狗，老在工地附近徘徊。瑪利亞餓得狼吞虎嚥，三兩下就將餡餅吃得乾乾淨淨。誰想得到她如今竟然能站在他身旁賣水，而且被他小公主、小公主地喊著。

回想她當初向圖米提議，希望能在他攤位旁賣水賺錢，並且答應分紅給他，運水賣水都由她一手包辦，他什麼都不用做還是能抽成，圖米只說了一句：「妳以後會是凱塞琳．凱斯第二。」

小公主、小凱塞琳．凱斯，只要圖米准她待在泰陽生態建築附近賣水，他愛怎麼喊她都行。地點就是一切。

泰陽生態建築當然是上好地點。裡面已經住了一些人，舒舒服服待在三重過濾的公寓裡，就算一旁的鳳凰城快掛了，他們依然能享受乾淨的空氣、過濾完全的水和活著所需要的一切。

莎拉跟她形容過，那裡頭有噴泉和瀑布，而且種滿了植物，空氣從來聞不到廢氣與煙味。對瑪利亞來說，那裡就像失落的伊甸園。想進入泰陽生態建築就跟入境加州一樣難，不僅有警衛，還要刷卡和驗指紋，需要朋友帶你進去。

施工造成的煙塵是瑪利亞生活的一部分。莎拉賣屁股才有機會一窺堂奧的五星級空調世界，那是另一個時空。

瑪利亞打開另一瓶水，抬頭看了看排隊的客人。照現在這種速度，水再過一兩個小時就會賣完，賺得的錢比她一整年掙到的還多，遠超過她的預期。莎拉肯定會大吃一驚。

「您要一杯還是一壺？」她問下一位客人。

馬路對面，一群德州佬正在上巴士。一堆平常老在工地附近閒晃的傢伙，這會兒統統排在隊伍裡等著上車。

「他們要去哪裡？」她問圖米。

圖米煎著餡餅，抬頭瞄了一眼說：「電力公司，他們在找肯幹粗活的人。」

「什麼粗活？」

「西邊的太陽能廠被風沙蓋住了，幾平方英里的光電模組統統故障，積了六吋的塵土，半點電都生不出來，只能替沙漠遮太陽了。」他笑著說：「我還是頭一回見到失業的德州佬這麼受歡迎呢。」

「我該去那裡賣水才對，」瑪利亞說，但只是自言自語。

圖米哈哈大笑，用手肘頂了瑪利亞一下。「小公主不稀罕跟老圖米一起工作了，是吧？」

瑪利亞不介意圖米調侃她，因爲他是圖米。就算他眞的在找碴，她也知道他沒有惡意。

莎拉看過他注視瑪利亞的樣子，立刻說那男人戀愛了，因爲他望著瑪利亞的屁股出了神。在莎拉的慫恿下，瑪利亞曾經試著吻他。莎拉說她應該表達感激，然後一把緊緊摟住對方，讓自己成爲他的女人。圖米一開始還眞的讓她這麼做了，雙唇飢渴地貼著她的，但隨即溫柔地將她推開。

「別誤會，我不是不高興喔，」他說。

「我做錯了什麼？」

「不應該是這樣。」

「那應該怎樣？」瑪利亞問。

圖米嘆一口氣。「從愛開始，而不是需要。」

瑪利亞一臉困惑望著他，想了解這男人在堅持什麼，還有她哪裡做錯了。瑪利亞努力爬梳複雜的感情世界，試著在莎拉那樣穿著短上衣和短裙賣屁股的露水姻緣和圖米心中那個浪漫理想（要愛一個女孩才能碰她）之間找出自己的位置。不過，這其實無關緊要。瑪利亞獻了身，而圖米拒絕了，這樣的結果幾乎跟成為他的女人一樣好，甚至更棒。「如果他只想用看的，那妳就輕鬆了，」莎拉說：「只要讓他看個夠，他就永遠是妳的。」

第一段午休結束了，排隊的人開始減少。

瑪利亞數了數推車裡還剩下幾瓶水，圖米挺直腰桿說：「媽的，我還以為蓋房子已經夠累了呢。」

「比累是比不完的，」瑪利亞說。

圖米笑了。「也對。」

「那你為什麼不回去蓋房子？」

「這年頭只剩泰陽和生態建築工程，不太需要傳統的建築工人了。」

「我爸替泰陽工作，結果還不是死了。」

「唉，世事難料。不過，妳還是應該以他為榮。中國人一定很賞識他，才會找他工作。他們蓋的東西很複雜，不是光靠木材和石膏板就弄得起來的，裡面還得有吳郭魚、蝸牛和瀑布，統統串在一起，複雜、容易出錯得很。」

「我爸應該不是做那種工作。」

「嗯，至少他是其中的一份子。」圖米露出懷念的表情。「蓋那種東西就是建造未來，而負責興建的人……你得做很多模型：軟體、水流和戶數。思考如何平衡裡頭的動植物、清理排遺、將排遺製成肥料供溫室使用，還有如何淨水。讓污水流經濾清機、蘑菇和蘆葦，然後再送入蓮花池、養蟹場和蝸牛養殖區，最後出來的水比抽出來的地下水還乾淨。一切都交給大自然，由不同的小動物分工合作，像機器裡的零件一樣，形成獨一無二的機器，一台活生生的大機器。」

「你這麼了解，爲什麼不去那裡工作？」

「拜託，泰陽剛來這裡我就去應徵了，心想應該有機會。他們必須僱用本地工人才能拿到鳳凰城和州的建築許可，所以我決定試試看。我心裡想，媽的，我可是蓋東西高手耶。」

「但他們沒有僱你？」

「可不是嘛，他們根本沒有僱我。他們使用的方法完全不一樣，所有部件都預先製作，在工地以外的地方先做好，然後運到工地來組裝。速度快得要命，跟我們習慣的做法完全不同，更像是……裝配工廠。另外就是非常複雜的生態工程，」他聳聳肩說：「我當時不大在意，因爲還有許多其他工程可做。那時這一行還在成長。」

「當然，後來亞利桑那中央計畫被人炸壞了。從那之後，我蓋的每一棟房子都像爛到底的投資。」圖米抬頭瞄了泰陽生態建築一眼，裡面已經有不少住戶了。「不受亞利桑那中央計畫影響的只有他們，那些住在泰陽裡的傢伙。他們只要打開污水再生系統守住特區裡的水，再加上雨水就行了。」

「如果我陰謀論一點，就會說亞利桑那中央計畫不是賭城或加州人破壞的，而是泰陽搞的鬼，目的是把我們這些同行做掉。這樣一來，他們蓋的昂貴公寓和房子就突然感覺很便宜了，因爲所有人都搶著要廚房水龍頭還有水的房子。」他用手遮住太陽，抬頭望著生態建築。「可惜他們沒等我把我蓋的那十間投機房子賣了之後才這麼做，不然我才在乎呢。要是賣了那些房子，我絕對有辦法把自己弄進加州，容易得很。」

「絕對應該可能，」瑪利亞說。

圖米咧嘴微笑。「妳今天比較憤世嫉俗喔。」

瑪利亞聳聳肩，甩甩雙腿，低頭望著自己的夾腳拖鞋說：「我只是搞不懂爲什麼好東西都在有錢人那裡，窮人什麼都沒有。」

「妳眞的那麼覺得？」圖米笑了。「小公主，我**以前**很有錢，隨隨便便就能賺個六位數字，輕鬆得很。我事業一帆風順，房子拚命蓋，而且又有計畫。」他聳了聳肩。「只是我賭錯了，以爲事情會一直這樣下去。」

瑪利亞沒有說話，默默思索話中的含意。圖米跟她父親一樣被自己騙了，看不清已經擺在眼前，昭然若揭的事實。

亞利桑那中央計畫被炸毀，圖米也跟著完蛋，中國人卻早就有所準備，全都安排好了。他們事前就見到哪裡可能出錯，整個泰陽特區都是抗災建築。

當其他人都像無頭蒼蠅倉皇亂竄，泰陽生態建築卻老神在在，打開污水再生系統就萬事太平了。有些人就是在這世上活得好好的。有些人就是知道該押什麼。

所以，怎麼才能押對邊？

沒想到圖米竟然說：「我哪知道？我想妳也沒辦法。」

「我應該沒說出口吧？」

「也許我能看穿妳的心哦。」

瑪利亞咧嘴微笑。「但泰陽的人應付得很好，事前就預料到了。賭城也是，他們也蓋了生態建築。」

「妳說那個罪惡之城嗎？」圖米笑了。「他們聽說我們快下地獄了，簡直開心到不行。他們不怕下地獄，因爲他們就是從地獄出來的，對凱塞琳．凱斯的老百姓來說親切得很，感覺就跟回家一樣。」

瑪利亞仰頭注視泰陽特區。「眞希望我也是。」

「我也是呀，小姑娘，我也是。」

兩人靜靜坐著，注視生態建築工地裡的工人，看他們搭乘昇降機直奔天際，黃色頭盔閃閃發亮，最後消失在高處的煙塵之中。

「我家附近來了一批土狼，」圖米改變話題。

瑪利亞立刻聚精會神：「他們會帶人越過邊界嗎？」

「不是，」圖米笑了。「不是那種土狼，小姑娘，我說的是動物，就是有獠牙和尾巴，長得很像狗的那種。」

瑪利亞難掩失望。「喔。」

「是新來的。」

「你怎麼知道？」

「應該是我習慣留意環境，搞清楚誰是誰吧。土狼跟德州佬很像，一開始看起來都一樣。」他拍拍她的肩膀。「但後來就分得開了。這隻耳朵邊是灰色的，那隻尾巴比較蓬，每隻都不一樣。」

「你覺得牠們都去哪裡喝水？」

「不知道，可能是喝血，也可能是誰家的水管漏了。」

瑪利亞嗤之以鼻。

「反正牠們聞得到，動物的嗅覺比我們厲害，人類比土狼差多了。」

兩人不再說話，靜靜休息，等待下一批午休工人出現。工地一帶有自己的節奏，瑪利亞覺得很自在，讓她想起父親在高空鋼樑上工作的往事。

中國主管混著用中文、西班牙文和英文吆喝在高空鋼樑上工作的屬下，兩名戴著牛仔帽的亞利桑那佬拖著垃圾堆裡找來的電線，希望轉賣賺錢。

泰陽的人在生態建築附近設了公廁以改善公共衛生，許多人在排隊。圖米說泰陽會把糞便抽到特區，送進巨大的甲烷堆肥系統去處理。中國人很精明，一點東西都不浪費。他們會烘出甲烷、濾出水分，然後將殘餘物變成肥料，灑在特區裡的奇花異草上，讓它們長成大樹。

他們派到市區的廁所車也一樣，聰明得很。他們什麼都不放過，什麼都運到生態建築裡。他們最會占取所需的養分。

烈日當空，第二段午休開始了。瑪利亞又開始賣水。

一杯或一壺？一杯或一壺？一杯或一壺？

每一滴水都是錢。

一輛福特油電混合大卡車開了過來，引擎轟隆隆吞噬汽油，有如一頭漆黑的華麗怪獸，改裝過的巨齒輪胎幾乎跟瑪利亞一樣高。車上兩名男子一下車，她就認出他們來：威特的手下卡托和艾斯特凡。兩人咧嘴微笑，過馬路朝她和圖米走來。圖米早就準備好了，立刻將錢交給他們，連手上煎餅的動作都沒放慢。艾斯特凡接過鈔票，熟練地數了數，接著目光飄向瑪利亞的推車。

瑪利亞這才發現自己太蠢了，忍不住腹部一緊。她留了太多瓶子在推車上，一半賣掉了，一半進了工人的杯子裡，只剩她傻傻一個人站著。她太蠢了，竟然忘了自己的財富會引人注意。

艾斯特凡朝圖米點點頭。「給我三份餡餅，豬肉乳酪口味的。」

卡托點了豆子乳酪餡餅，圖米開始煎餅。卡托轉頭看了瑪利亞一眼，用手頂了頂艾斯特凡：「賣水女孩生意不錯哦。」

「可以開銀行了，」艾斯特凡附和道。

「你們要買水嗎？」瑪利亞問，裝作不曉得他們心裡在想什麼，不去想她胸罩裡的鈔票，希望這兩個西印雜種放過她，當作一切正常，讓她消失在背景裡，只是不小心飄進鳳凰城的一名德州小妞，什麼都沒影響。

「看來妳得納稅了，」卡托對瑪利亞說。

瑪利亞吞了吞口水。「我已經付給他了，」她朝艾斯特凡撇撇頭。「來這裡之前就付了。」

「眞的嗎？我看妳好像在這裡開起販水銀行，自己建立了一個小王國是吧？又買又賣的，感覺事業做很大嘛，小姑娘。」

「沒那麼多。」

「別這麼謙虛，德州佬，我看妳生意眞的做得很不錯。」

「我已經納過稅了。」

卡托瞄了艾斯特凡一眼，咧嘴笑著說：「是啦，不過……我猜艾斯特凡一定沒有准妳搞這麼大的生意吧？妳去納稅的時候，他可能以爲妳只是做做小生意，就像我們的圖米一樣，只是做點普通生意的普通老百姓，對吧？」

他開始數瓶子。「但妳做的顯然不是那一回事。不過，既然我是妳的朋友，也是艾斯特凡的朋友，而且我喜歡看人走運，所以我打算網開一面，讓妳有機會改過自新，自己想想應該付給我們多少，好報答准妳在這塊不屬於妳的土地上做買賣的人。」

圖米完全沒有開口，只是挺著碩大的身軀低頭望著餡餅在煎鍋裡滋滋作響，油滴四濺。電動車從他們後方輕聲開過。

瑪利亞發現一群人正站在這兩個狗雜種後面默默排隊：幾名無精打采的德州佬和郊區的亞利桑那佬，統統沒有說話觀望著。兩名中國工頭站在隊伍的後面，一副若有所思的模樣，用母語交頭接耳，隔山觀虎鬥。

「所以是多少錢，德州小妞？」

瑪利亞眞想拿水朝卡托臉上潑去，但她忍住衝動，伸手到胸罩裡撈出汗水浸濕的鈔票，抽了幾張綠色的美鈔和紅色的人民幣。卡托伸手等著。瑪利亞正想數一數要給他多少，卡托卻將所有鈔票一把搶了過去，朝排隊的客人撇撇頭說：「反正妳還有得賺。」

「但我已經納稅了，」瑪利亞嘀咕道。

卡托接過包在血腥報導裡的餡餅，又順手抓了半瓶水。

「妳現在付了。」

艾斯特凡只是聳聳肩，按了按帽子，就和卡托離開了。兩人走到卡車前，卡托將剛才搶到的鈔票拿給艾斯特凡，兩人相視而笑上了車。車子離開時，瑪利亞看見卡托猛灌了一口水，高舉瓶子朝她致意。

「妳想害死我嗎？」圖米低聲怒斥道。

「他們拿了我的房租！我還得拿房租給達米恩。」

瑪利亞看了看水瓶，在心裡算數，看自己欠莎拉多少，還欠了多少房租。瑪利亞好想哭。她計畫了那麼多，努力得到垂直農場的情報，結果什麼都沒賺到，甚至更慘。要是莎拉不肯分擔她的損失，那她不只沒賺，還虧錢了。

圖米搖頭說：「我得承認，小姑娘，妳還眞夠種，竟敢跟殺手討價還價。妳剛才要是堅持下去，就會被威特拿去餵他的鬣狗了，而且連我也會被拖下水。」

「我納過稅了。」

「哈哈，妳納過稅了！」圖米蹲到地上，將她也拉下來，看著她眼睛說：「讓我跟妳解釋清楚。

艾斯特凡是威特的手下，威特說什麼他就做什麼。只要能讓威特滿意，他就能爲所欲爲，威特不會管。只要艾斯特凡幹掉老闆想做掉的人，不會讓老闆少賺錢，老闆就不會管他。」

「我也在替他們賺錢啊。」

「妳也在賺錢，」圖米哼了一聲。「所以威特應該處罰艾斯特凡囉？他會問艾斯特凡：嘿，那個拉著小紅推車載水的女孩呢？她怎麼了？艾斯特凡說：你說誰？哦，那個瘦巴巴的德州小賤人啊？我先上了她，然後扔給弟兄們大鍋炒，讓他們輪流操她，把她操到手腳斷掉，然後賞她腦袋一槍，把她扔給游泳者了。你怎麼會問起她？妳覺得威特聽了會大發雷霆，因爲妳是他的賣水小天使，跟其他阿呆德州佬一樣乖乖納稅嗎？」

圖米接著說：「誰曉得？說不定威特眞的會罰艾斯特凡兩百美元，因爲妳在威特眼中就値這個價錢。也許吧，如果他眞的在乎妳，說不定他根本不曉得妳這個人存在。」

圖米搖頭道：「唉，妳那個在酒吧討生活的小女朋友，她跟妳一樣是可有可無的存在，但至少還有點價値。威特當然不會動她，因爲她起碼還能賣屁股。媽的，我愈想愈覺得威特根本不會因爲艾斯特凡欺壓妳而懲罰他。」

他抓住瑪利亞的胳膊，一臉嚴肅望著她。「妳必須搞懂這一點，瑪利亞，妳要是再這麼在乎對和錯，遲早會和妳爸一樣丟掉小命。他也喜歡講道理，老是說什麼高等法院會判決重新開放跨州通行。」

「妳以爲事情有對和錯，但那些狗屁只存在於你的腦袋裡。規則是財大勢大的人說了算。這世界充滿了老鷹、夜梟、土狼和毒蛇，他們只想把妳生吞活剝。所以我拜託妳，下回遇到卡托或艾斯特凡那些傢伙，記得妳是老鼠，壓低身子，能閃就閃。只要妳一忘記，他們就會把妳從頭到尾吃乾抹淨，而且根本沒感覺，甚至連飽嗝都不會打一個，也不會消化不良。妳只是一盤小菜，不是正餐，懂嗎？」

圖米等到瑪利亞點點頭，他神情才柔和下來。

「很好，」他輕輕捏了瑪利亞的下巴，然後站了起來。「好了，振作一點。我們還有客人要伺候，看我們午休結束前還能賺多少。」

他轉身招呼下一位客人，彷彿剛才的談話完全沒有發生，也沒有對她生氣。

「我有豬肉、乳酪和豆子，您要什麼口味？」說完又補上一句。「您要不要來點水喝？」他刻意看了瑪利亞一眼。

瑪利亞回到攤位前，開始將水倒進杯子或水壺裡。

她知道圖米說得沒錯，自己不應該反抗。威特對艾斯特凡和卡托就跟對他的鬣狗一樣放任，兩人只要一有機會就會將她生吞活剝。所以，她剛才到底是怎麼了，怎麼會沒有識相地閉上嘴巴？

「妳看，」圖米笑著對她說：「妳還有水可賣呀，這會兒不是又變回小凱塞琳．凱斯了嗎？」

瑪利亞恨恨看他一眼。「我要是凱塞琳．凱斯，我就絕對不會讓那兩個混帳搶走我的水。我會割斷他們的喉嚨，用濾水袋把他們的血濾成水，然後拿去賣。」

圖米臉上的笑容消失了。

瑪利亞繼續倒水給客人，腦袋裡一邊計算賺到的錢，一邊盤算晚點該怎麼跟莎拉解釋，說她損失了她們的房租和她的投資。

瑪利亞對這個世界如何運作有一個想法，但這個想法顯然是錯的，就跟爸爸覺得美國各州不會在州界架設路障，圖米覺得自己可以一直蓋房子一樣。

艾斯特凡和卡托就像刺眼的霓虹看板，告訴她對這個世界的了解是多麼少，少得可憐。

瑪利亞繼續倒水，但無論收入如何增加，還是永遠不夠。

9

車窗外，營火在暗處熊熊燃燒，告訴安裘鳳凰城快到了。難民和回收系統散佈在城市的黑暗區，城市不斷吞食自己，消耗自己在承平時代所累積的富庶。

前方車流逐漸壅塞，車尾燈緩緩聚集，廉價電動機車在彈性燃料皮卡車和特斯拉休旅車之間穿梭。州際公路塵土蒸騰，車子是一團團的黑影。

鬼魅般的身影從安裘兩旁閃過。一名女子摟著男人的腰坐在摩托車上，緊閉雙眼和嘴巴躲避風沙，頭髮隨風亂舞。另一輛機車用彈簧索捆住五加侖的水桶，駕駛弓著身子緊握手把，鮮藍色的彩虹小馬防塵面具遮住了他的臉龐。

車子變多了，人也變多了。風沙迷濛，男男女女用圍巾和面具遮住口鼻，車頭燈照出隧道般的光芒。馬路兩旁站著人，都是風暴掃出來的。他們替車清除塵土，個個有如陰暗的螞蟻辛勤工作著。

馬路開始坑坑洞洞，安裘放慢車速，讓底盤極低的特斯拉緩緩駛過有如洗衣板的路面。落塵不斷襲來，高效能濾網拚命運轉，車內空調嘶嘶送風，將安裘隔絕於沙塵世界之外。儀表板藍燈和紅燈閃爍，收音機低聲呢喃。

「KFYI電台叩應時間。」

「你知道這感覺像是哪裡嗎？龐貝！風暴過去之後，我們都會埋在五十英呎厚的沙塵底下。」

「好的，下一位聽眾——」

安裘的車燈照到一個人站在路肩旁，臉上戴著防風眼鏡和防塵面罩，眼睛被車燈瞬間一照有如昆蟲的複眼閃閃發光。那人感覺就像靜默的怪物，無以名狀，隨即消失在黑暗之中。

「我建議派兵到科羅拉多。我是說，他們佔據了我們的水，我們應該去那裡打開他媽的水壩，把我們的水要回來。」

黑暗區過去了。前一秒鳳凰城還是一片漆黑死寂，下一秒就變得熱鬧滾滾，燈紅酒綠，彷彿有人繞著城市邊緣用火把燒焦了城市的邊界，只留下霓虹閃爍的中央區塊，生氣勃勃的市區，有如火光從市郊的廢墟中竄起。

「我們當初要是沒有浪費那麼多水在農業上，就不會有事了。把剩下的農場統統關閉了吧，我不在乎他們有什麼權利，水都是他們浪費掉的。」

「剛才那個白痴說什麼屁話，廢除農地只會引來沙塵暴好嗎，就這麼簡單。不然他以為現在這些沙塵是哪裡來的——」

亞利桑那佬互相指責，就是沒人檢討自己。凱斯說這就是亞利桑那人，問題永遠出在別人身上。她就喜歡他們這一點，很容易個個擊破。

「霍霍坎族就在我們腳下，我們都踩在他們的墳墓上。他們也把水用光了，你瞧他們現在都去哪兒了？統統消失了。你知道霍霍坎是什麼意思嗎？就是用光了的意思。再過一百年，這世界上根本不會有人記得我們，甚至不記得鳳凰城曾經是什麼模樣。」

燈光更多了，除了壅塞的車流，還有路旁的酒吧和槍枝販賣店。派對女孩在街角徘徊，德州難民四處尋找願意收留的人家。掃地裝置吸走塵土，不曉得運去什麼地方。私人保全穿著黑色鎮暴裝站在一家俱樂部門口，旁邊是車行和小型超市。市府資助的廁所車運送屎尿到僅存的污水處理廠，希望抑制疾病滋生，減輕污水管線廢棄停用的影響。

街景之上，一幅巨大的廣告看板閃耀著鳳凰城都發局最新的文宣：一隻火鳥張開雙翼，翱翔在歡笑的孩子、太陽能廠和泰陽生態建築之上。

鳳凰城・崛起

看板下方，一群保鑣護衛著幾名穿著西裝的男士和小洋裝的女士走向樓房低矮的郊區。凱文克萊防彈夾克、莉莉蕾防塵面罩、M16自動步槍，全是鳳凰城的時尚配備。

另一個看板從窗外閃過，圖案已經支離破碎，寫著：**貸款購屋！**看板邊緣是一疊紅色的人民幣百元鈔，之前應該有打燈，但用來照亮鈔票的霓虹燈管似乎被小偷拿走了。

又一個看板。

宜必思國際集團・水利・鑽探・開採——未來從今天開始鞏固

愈來愈市區，也愈來愈熱鬧。難民徘徊路口望著車輛來來往往，紙板上潦草寫著大字求人施捨工作或現金，向加州人討幾個零錢。那些加州人穿越邊界來到這個衰敗的城市當大爺，玩玩紙醉金迷的遊戲。

「現在只是氣候循環，未來還是會風調雨潤的，這裡一萬年前不也是叢林嗎？」

「我要告訴剛才那個豬頭，鳳凰城從來沒有風調雨潤過。就算之前家家戶戶都有游泳池，也不代表雨很多好嗎？」

安裘駕著特斯拉行駛在黃金大道上，穿梭於人群之間。黃金大道，這又是鳳凰城都發局振興觀光的花招，想打造迷你的拉斯維加斯，但和正牌相比只顯得窄小、庸俗而可悲。

前方，泰陽生態建築的天際線凌亂閃亮，試圖模仿北方的凱斯在柏樹特區創造的奇蹟。這片生態建築由外資持有，中國太陽能資金襄助，可能比鳳凰城居民打造的所有東西更有機會在如此惡劣的環境中倖存。

這裡比安裘上回來訪時更糟了。更多店面荒廢，蓋滿塵土，櫥窗殘破不堪，廢棄的購物廣場和商店街也變多了。多寶寵物賣場、派對百貨、沃爾瑪和福特經銷商都空空蕩蕩，櫥窗碎裂，被人搬得半點不剩。女人流連街角，穿著緊身褲的少年在路口招手，靠在停下來的車旁搭訕，爲了錢什麼都做，只爲了買水，爲了活到明天。

安裘心想，只要一餐飯，甚至讓對方到他旅館房間沖個澡、洗個衣服，他也可以找個人陪。十美元？小費二十？

希爾頓飯店的紅色標記高高亮著，在塵霧中有如閃耀微光的燈塔，爲城市內爆後倖存的高樓與店家發出呼喚。那裡是末日前的最後淨土，大難臨頭時應該逃去的地方。

安裘駕著特斯拉駛進希爾頓的圓環車道，通過隔絕沙塵的氣簾，將鑰匙交給泊車小弟，走進飯店大門。

濾清過的冷氣迎面襲來，有如一道潔淨的冰牆擋在前面，讓安裘差點停步，必須使勁才能穿越。他一邊往前，一邊用掃描辨識身旁男女的面孔：救援組織人員、鑽探投機業者、笑得露出金牙的州界承包商，全是大發災難財的傢伙。

飯店裡安靜無聲，散發著近乎虔敬的氣氛，只有高跟鞋踩踏地毯微微作響，還有義大利皮革牛津鞋的踏地聲。中庭遠處的酒吧傳來輕柔的樂音。

但連這裡也開始出現末日的徵兆。上回還噴著水的中庭噴泉關閉了，有人在沒水的噴泉裡擺了一隻駱駝布偶。

駱駝上掛著牌子：**我比較想喝龍舌蘭**。

用假證件和假信用卡訂了房，安裘走進飯店房間，走進除濕機、高效能濾清機和氬氣窗打造的碉堡裡，將世界阻絕在外。

他靠在窗邊俯瞰落難的城市，一邊聆聽電視喋喋播報地方新聞。大部分市區依然安好無恙，努力不讓「鳳凰城崛起」淪爲謊言，但馬路對面一棟辦公大樓上一回還燈火通明，如今卻漆黑一片。部分房地產公司根本放棄招攬房客，不想再支付空調和警衛費用，放任大樓人去樓空。

安裘發現那棟大樓裡有頭燈閃動，有人在四處尋找剩下的物料。這些人是末日前的老鼠，鑽進大發展時代的內臟裡啃肚呑腸。

他點開手機，再次點擊螢幕，進入南內華達水資源管理局的水源開發介面。這是一套隱藏的加密作業系統。安裘發出訊息，告知系統他到了。

電視開始播報全國新聞，一群瘋狂的科羅拉多農民跑到藍臺水壩壩頂，舉槍揚言要給大家好看。反正就是科羅拉多農民每回遇到倒楣事時會說的那一套。

安裘轉了台。

「**血河報指出現場可能有一百多具屍體**——」

新聞主播一副激動憤慨的模樣，鏡頭掃過沙漠上橫陳的屍體。

「**最新消息指出死亡人數已經超過兩百**——」

畫面出現一名頭戴牛仔帽、警徽別在腰上的州警。

「**我們目前只曉得是一對夫妻，但不清楚他們答應要帶多少人通過州界，**」州警無奈聳聳肩說：「**我們還在了解狀況。**」

有人敲門。

安裘掏出西格手槍站到門後，解開門鎖將門打開。沒有人進來。

他後退一步繼續等待，最後總算有人踏進房裡。那人小腹微禿，但手和腳都骨瘦如柴，比安裘上回見到時老了許多。是胡立歐，他手上也拿著槍。

「砰，」安裘低呼一聲。

胡立歐大吃一驚，接著哈哈大笑。他將槍放下，肩膀一垂，大大鬆了口氣。

「媽的，**呿**，眞高興見到你，」他說：「媽的。」他將槍收回外套，把門關上，隨即給了安裘一個熊抱。「**媽的**，眞高興見到你。」

「我聽說局勢不好，」兩人分開後，安裘說。

胡立歐長吁一聲。「這地方……」他搖搖頭。「你還記得我們合作那時候，事情簡單得很，對吧？」他朝安裘揮揮手。「我是說，你看看你，雖然脖子挨一刀，至少還知道惹毛的人是誰。但這裡完全不是這麼回事。那人可能只是看你皮帶上刻了孤星旗，就把你喉嚨割了，根本他媽的不講道理。」

「我聽說你被派到這裡時，還以爲對你來說易如反掌呢。」

「這裡不是只有德州來的妓女和硬通貨。沒錯，如果你在泰陽有房子，那鳳凰城是蠻不錯的，你知道，可以在瀑布旁喝濃縮咖啡，還有一堆中國女員工穿著短裙走來走去。」胡立歐搖搖頭。「但到了黑暗區呢？那裡呢？那裡他媽的亂到了極點。我每回去巡視藏身處，都覺得後腦勺可能會吃子彈。」

「他們不是說鳳凰城崛起了？」

胡立歐恨恨瞪他一眼，走到小冰箱前開始翻箱倒櫃。「鳳凰城淪陷還差不多吧。這地方已經沒救了，要不是一切都亂了套，我還眞要感謝老佛給了凱斯一個理由把我調回河對岸呢。」

「老佛？」

「佛索維奇，亞歷山大．佛索維奇，我找來的亞利桑那佬。那傢伙竟然給我捅了馬蜂窩。」

「你叫他做了什麼？」

胡立歐拿了一瓶可樂娜回來。「還不就那些鳥事，」他脖子貼著酒瓶享受清涼的感覺。「老佛非常合適，因爲他是鹽河計畫電力公司的水利工程師，所以我要他多交朋友，借錢幫積欠賭債的同事解圍之類的。他不時會找我跟他新結交的朋友見面。我們在亞利桑那中央計畫、鳳凰城自來水處和墾務局裡都有人，不過老實告訴你，他做的都不是有生命危險的大事。」

胡立歐不再用酒瓶當冰袋，而是拿著它揮舞。「我是說，老佛原本只是打聽鹽河計畫收買農民的策略內容，或亞利桑那花了多少錢收購印第安人的水權之類的。但他後來挖到了別的東西，」他又跪到冰箱面前開始翻找，拿出幾瓶五星、燕京和可樂娜。「鳳凰城自來水處有人找上老佛，說他手上可能有老佛想買的消息，很有價值。」

「那人是什麼來歷？」

胡立歐從冰箱裡探頭出來，做了個鬼臉。「老佛口風很緊，只說對方是水權律師就不肯再透露其他細節了。」

「你就沒再問了？」

「我以爲那個王八蛋只是想吊我胃口，討一點介紹費之類的。亞利桑那佬做什麼都想撈一點油水。這裡的人就是他媽的這副德性，貪到底了。」

「所以消息內容是什麼？」

「可能什麼都沒有。如果你問我，我覺得是亞利桑那的反情報工作，想要引我們上鉤，整件事感覺就像一場騙局。」

他拿了一罐特卡特啤酒，打開來喝了一口，閉上眼睛長嘆一聲。「啊，眞好喝。在黑暗區待太久，連喝到冷飲都會懷疑是不是幻覺。」他瞄了安裘一眼。「要不要來一罐？」

「不用了。」

「確定嗎？」他轉頭看了看冰箱說：「裡頭還有一罐，不然就剩下可樂娜和中國啤酒了。」

「你覺得老佛供出你了嗎？」

胡立歐看了安裘一眼。「呃，我看過他的驗屍照，他肯定供出了一些東西。」

「你覺得你有危險嗎？」

「換作其他人出事，我一點也不會擔心，」胡立歐聳聳肩說：「我通常都對我用的人保持距離，匿名寄送資料和電郵加密之類的。可是老佛，幹！」他搖搖頭。「我們合作了大概十年有吧。」

「所以你洩底了。」

「老佛一定被拷問了，這不用說。那傢伙的死狀就跟你那些走狗掛在河邊示警的亞利桑那佬一樣，根本成了人肉漢堡。他顯然沒能封口，要是他們問對了問題，有麻煩的就不只我了，你懂嗎？因為老佛還幫我僱人。」

「多少人？」

「你說有危險的嗎？至少二十人，還要加上他僱用但不是由我付錢的人。我真為接下這個燙手山芋的人感到抱歉，那傢伙肯定要瞎子摸象**好幾年**。」

「所以你就這樣拍拍屁股閃人了？」

胡立歐瞪了他一眼。「條子根據那傢伙的補牙認出他，我才知道他出事了。他的名字被我們安裝在鳳凰城警局伺服器裡的監聽程式截取到，整個人差不多就剩下兩、三顆牙了。」

「你那個老佛會不會另外有生意？」安裘問。「像販毒之類的？毒梟州的手已經伸到這裡了，說不定他的死跟我們的生意一點關係也沒有。」

「我只知道我不賭我沒把握的事，」胡立歐拿起啤酒朝安裘甩了甩。「所以才能活到現在，兄弟。」

「有誰有動靜嗎？還是有什麼狀況？知道是誰做了他嗎？」

「沒有，」胡立歐又灌了一口啤酒。「所有人都安靜得跟老鼠一樣，沒有半個人開口。那傢伙出現在血河報的頭版，整個人面目全非，卻一點消息也沒漏出來，把我嚇壞了——」他閉上嘴巴，目光被電視畫面吸了過去。

「你有看到嗎？」

他走到電視前調高音量。

鏡頭帶到人蛇夫妻銬著手銬走出郊區的家。那棟房子有如詭異的城堡，外圍架著刺鐵絲網，還有自己的發電機和貯水槽。畫面接著轉到屋內，充分展現這對男女過的是什麼樣的奢華日子，而錢全都來自那些可憐的德州佬和亞利桑那佬，以爲這對蛇蠍伴侶能帶他們逃往北方。

「屍體眞他媽的太多了，」胡立歐說：「就算是這裡也很誇張，比中樂透的機率還低。我押人民幣三百元賭人數會超過一百五十，還以爲這個數字已經很高了，早知道就賭更高一點。」

「你見到他了嗎？」安裘追問道。

「誰？老佛嗎？」

「是啊，佛索維奇，」安裘惱怒道：「那個漢堡人。」

「你說的看到是**親眼**看到嗎？見到他本人？」

「對。」

胡立歐目光離開電視。「我在警局伺服器上看過他，對我來說已經夠近了。」

「你會害怕嗎？」

「廢話，我當然害怕，不然你覺得我在泰陽特區裡住得好好的，爲什麼突然希望連夜搬家？老佛都被他們整成那樣了，天曉得他們會怎麼對我——」他看見安裘的表情，便不再往下說。「唉，去你媽的，」他開始搖頭。「你眞的想見他？」

「做事要徹底。」

胡立歐面露嫌惡。「提醒你，聰明人會盡量遠離停屍間。」

「只剩補牙嗎？」

「眞的很慘，」胡立歐說：「我是說，鳳凰城是個野蠻的鳥地方，但我從來沒有看過那麼誇張的。」

「你可是從華雷斯城來的耶。」

胡立歐一口喝乾啤酒，將罐子捏扁。「就是因爲這樣我才嚇得要死。我好不容易才逃脫一次世界末日，可不想再經歷第二次。」

10

露西擠過堵在停屍間前的群眾。救護人員、警察、聯邦調查局幹員和州警在現場大聲吆喝，死者家屬、鑑識人員和法醫情緒激動，歇斯底里。

感覺鳳凰城所有加班勤務人員都出動了，趕來處理屍體。死者不是堆放在門廳的輪床上，就是直接扔在停屍間外。露西放眼望去，到處都是屍體。走廊上閃光燈閃個不停，小報記者左右穿梭，捕捉血腥混亂的場面。

外面又送來一批屍體，抬著擔架的人將露西一把推開。露西伸手扶牆才沒有撞到旁邊一具乾屍。乾屍雖然蓋著布，但幾乎沒有遮掩。人肉腐爛的惡臭蒸騰而上，加上救護人員的汗臭味，露西拚命壓住嘔吐的感覺。

「露西！」

瘦巴巴的提莫咧嘴微笑，抓著相機擠過人群朝她揮手。熟悉、友善的臉龐。

露西剛到鳳凰城時，提莫是最先將她視為自己人的當地居民。她問雷伊．托瑞斯這裡的小報怎麼樣，他就介紹她和提莫認識。兩人從互不信任的工作夥伴開始，如今已經不只是單純的工作搭檔了。

現在只要露西接到採訪任務，需要震撼人心的畫面，她就會找提莫。提莫的攝影創作若需要文字搭配，或想登上大型雜誌和新聞媒體，他就會打電話給她。

共生。

友誼。

鳳凰城的浩劫宛如流沙，這份情誼是唯一的磐石。

提莫擠過啜泣的死者家屬，一把抓住露西的胳膊，將她拉進混亂之中。

「沒想到妳也來了！我們上回聊天的時候，妳不是說妳已經受夠報導屍體了？」

「到底出了什麼事？」露西大吼。

「妳不知道嗎？他們發現半個德州的人都埋在沙漠裡了，屍體一直送過來！」

提莫舉起相機，挪開擋住螢幕的女死神護身符，頂開身旁推擠而過的人群，點出相片給露西看。「妳看那些嬰兒！」

一張張屍體被人挖出的畫面，源源不絕的屍體。

「人蛇集團收了錢直接把人殺了埋在沙漠裡，」提莫說：「沒有人曉得還會挖出多少屍體。」

露西打量眼前的混亂景象，吃驚地說：「我沒想到事情這麼大。」

「我清楚得很，好嗎？我一接到線報就知道中了，這新聞一定會紅，」提莫嗜血又得意地說：「全球一半地方都派記者來採訪了，但最棒的相片在我手上。我在現場花錢買到獨家拍攝的機會，條子只讓我進去。今年死神眞是太保佑我了。」他親了親護身符。「感謝她親自出手。」說完他推了露西一下。「怎麼樣？妳要合作嗎？我有相片哦！」

「看來是。」

「小姐，我是說眞的！我電話接到手軟，現在可是各大媒體的寵兒了。但我還是把妳擺在前面，不想把這些相片交給剛從多雨區搭飛機趕來的混蛋。在地人第一優先！」

「謝了，我再跟你說。」

「怎麼了？難道妳有其他任務？」

「別擔心，是私事。」

「好吧，」提莫不是很相信。「記得告訴我相片的事。我們手上的東西可以獨家好幾星期。」救護人員抬著擔架和更多屍體從兩人身旁擠過，沖散了他們。提莫提高音量：「我們可以大幹一場！」

「別擔心，我會打給你的。」

「別拖太久！」

露西揮手表示知道了，隨即推開人群跟在救護人員後頭。她見到一名警察，立刻開口問他：「請問馬可莉在哪裡？」

「妳有什麼事？」

「我來這裡指認屍體，」她撒謊道：「是她通知我來的！」

警察不耐煩地左右看了一眼。「妳晚點再來吧！這裡亂成一團了！」

「別擔心，」她從他身旁擠過。「我去找她。」

警察根本沒聽見。他急著推開群眾，朝一名抱著覆滿塵土的屍體嚎啕痛哭的德州老人大吼：「先生！先生！你不能碰證物！」

露西一路擠過走廊，來到冰涼的停屍間。屍體，到處都是屍體。她看見馬可莉，便朝她揮了揮手。

女法醫正對著救護人員比手畫腳。「這裡已經放不下了！」她吼道：「我不曉得是哪個白痴下令移動死者的，屍體應該留在現場！」

「呃，我們不可能把屍體運回去，」其中一名救護人員說：「除非有人付錢。」

「下令的人又不是我！」

「我說了，妳付錢，我們才會把屍體運走。」

「他媽的，負責人到底是誰？」

沒有，露西突然明白，**這裡根本沒人指揮**。

她看著屍體和忙成一團的救護人員，感覺世界就要毀滅了。起初很慢，現在瞬間天崩地裂，快得來不及逃脫。露西難以估算自己究竟看到了多少具屍體。她寫過許多關於難民的報導，知道逃難者有幾十萬，但一對兇殘的人口販子怎麼有辦法害死這麼多人？

比起颶風、龍捲風和海水倒灌而致的難民，露西眼前這些堆積如山的屍體，這些花錢想要逃往北方追求水、工作與希望的人更讓她震撼。每次當她覺得自己已經對人類的苦難感到麻木，就會遇到這樣的事，而且比之前更大、更驚人。

露西在混亂中漫無目的地走著，雙手緊緊抱住自己克制顫抖。

情況愈來愈糟了。

可莉還在咆哮救護人員，要他們把屍體帶走，但救護人員逕自離開了。停屍間裡感覺就像大浪掃過留下了遍地屍體，有如漂流木雜亂堆疊在每張桌子和每塊地板上。老天，她光口述就夠了。提莫說得對，這是天大的事件。她或許可以把獨家採訪賣給福斯電視台、美國有線電視網、谷歌和紐約時報，然後在推特上和 **#鳳凰城淪陷**貼文，還有 Kindle 郵報的線上出版程式。

要是操作得當，她甚至能夠出書。露西忍不住計算她可能的收入。她有六種方式可以賣出採訪，而且不只……

提莫正在拍攝可莉發飆，為他的小報檔案增加庫存。他瞥見露西在看他，便朝她豎起大拇指。

「他們說會創紀錄！」

當然會，不然其他記者才不會湧到鳳凰城來。大家都知道這地方快完了，但慢慢衰亡沒有爆點，破紀錄的大規模兇殺案才會讓美國各大媒體的主管流口水，下令採訪團隊立刻搭機前來。

這件事能讓她和提莫吃上好幾個月。

提莫不停拍照，露西看他潛入人們最悲慘、最私密的時刻，感覺如此輕而易舉，讓她嘆爲觀止。他前一分鐘還蹲在一對悲傷的德州夫妻身旁，拍攝他們抱著沒能前往北方追求美好生活的女兒，這一分鐘已經擠到衝突核心，拍攝救護人員不停送來屍體，還有可莉拚命維持秩序的徒勞。

沒有人在意提莫。他跟大家都熟，幾乎像是家人了。他在停屍間進進出出，不斷拍照。這傢伙眞是太強了。到了今晚，他拍的相片就會在網上瘋傳，而安娜又會打電話給她，求她到北方來，求她重新考慮是不是眞的需要繼續在漩渦邊緣直擊這一切。

我很擔心，安娜說，**就這樣，我只是很擔心**。

這件事只會讓她更擔心，因爲露西無法只用媒體誇大四個字就交代過去。這件事太大、屍體太多了。這麼恐怖的事，就算安娜安安穩穩生活在綠草如茵的溫哥華也不可能視若無睹。

這是眞正的世界末日，一切規則不再存在。

傑米決定賭上一切，不也是因爲如此嗎？在世界崩壞之前拿到他該得的那一份。他一直活在恐怖之中，需要一條出路。所有人都是。

提莫擠到露西身旁，打斷了她的思緒。「說眞的，妳在找什麼？」他問：「也許我幫得上忙。」

「我在等可莉。」

提莫哼了一聲。「妳等到明年吧。」說完舉起相機：「妳看這個。」只見螢幕裡一堆腐屍。「這些都是全家人。我是說，這些人花了大把鈔票想逃到加州，結果卻死在這個地方。妳一定有辦法用到這張相片對吧？人道角度？還是賺人熱淚的報導？」他點出更多相片。「我還拍了特寫，妳看

——妳還可以看到婚戒留下的痕跡。」

又一具屍體被送進來。

提莫要救護人員停下來，隨即拉開屍袋拉鍊拍了一張。又是腐屍，長髮，但露西分不出是男是女。「太好了，謝謝！」他拉上拉鍊，露西轉身要走，但被他一把拉住。

「妳會聯絡我，對吧？」

「當然，提莫，我如果寫報導一定第一個聯絡你。」

「別拖太久！老百姓對災難新聞的興趣只有一星期！我們要趁點閱率飆高的時候猛力出擊！」

露西拍拍提莫的肩膀，趁可莉又開始跟救護人員吵架之前拉住她。

「露西！」可莉高喊：「妳也是爲了這件事來的嗎？」

「不是，」露西遲疑片刻，隨即直說：「我想看看傑米，傑米．桑德森。」

「妳說水利局那傢伙？那個律師？」

「對。」

「妳該不會想要報導他吧？」可莉一臉關切。

「沒有，只是順道，」露西裝出笑容。「我可沒瘋。」

可莉抿起雙唇，環顧堆疊各處的屍體。她累得眼窩凹陷、眼眶發黑。「我不曉得他去哪裡了，」她拿出平板開始瀏覽，隨即皺起眉頭，抬頭對露西說：「妳確定要看？」

這句話差點讓露西笑了出來。她們身旁都是屍體，而且不斷有死者送進來，妳還擔心我會不會怕？

「沒問題。」

可莉聳聳肩，帶露西到另一個房間。「他運氣很好，送進來時還有床位。」說完她走到其中一張輪床邊。「但我們正準備把他送走。因爲屍體太多了，我們空間不夠，容不下那麼多屍體。」

露西發現這就是新聞點。

這就是能讓大媒體買單的新聞點。不是提莫拍下的無數悲慘故事，而是連馬可莉都被嚇到了這一點。

露西剛到鳳凰城的時候，被城市的支離破碎嚇壞了，偶爾夜深人靜時都覺得自己快要瘋了。但她後來遇到可莉，發現自己應該受得了。可莉永遠處變不驚，掌管停屍間就跟她在北極管理戰地醫療站一樣，從來不會被嚇到，不會疲憊，更不會崩潰。

然而，此刻的可莉卻被壓力弄得不成人形。「我想這應該是他，」她面露遲疑，手指拈著白布警告露西：「他死前被人拷打過。」

露西憤憤看她一眼：「我受得了。」

她錯了。

拷打傑米的人用他殘缺不全的屍體宣告著他們的手法。在冰冷的停屍間裡，少了模糊視線的沙塵和滿是刮痕的防塵面罩遮掩，傑米受到的荼毒是如此醒目、悽慘而逼近，遠超過露西以往見過的一切。

她吃力嚥了嚥口水，使勁不讓自己表情露餡。

可莉伸出戴著橡膠手套的手，指著傑米的屍體說：「生殖器遭受電擊，皮下注射腎上腺素，肛門有創傷痕跡，曾遭鈍物侵入強暴，可能是棍棒之類的。」

「警棍嗎？」露西問。

可莉立刻聽出露西話中的暗示，因爲她瞪大眼睛，隨即裝得一臉茫然。她偷偷地瞄了瞄停屍間另一頭圍在一批新來屍體旁的警察，然後狠狠瞪了露西一眼，怪她怎麼把傳言說出來了：只要有錢就能買到鳳凰城警察當打手。「可能是火鉗一類的東西。」

她接著往下說：「他可能多次斷氣，但又活了過來，體內的腎上腺素有再分泌的現象。眼睛是死前剜除的。至於身體其他部位，只有手腳爲死前切除，腿和其餘部位爲死後截斷。四肢有使用止血帶的痕跡，似乎想拖延他的性命。」

露西強迫自己放慢呼吸，把可莉的話聽進腦裡。她感覺天旋地轉，只好伸手抓著輪床才不會跌倒。可莉描述傑米所受的虐待，語氣絲毫不帶感情，但承受折磨的傑米不可能無動於衷。他一定在啜泣、呢喃、尖叫與哀求，臉上滿是淚水、唾液和鼻涕，哀號到聲音都啞了……

露西往前一步，注視他面目全非的臉龐。

他咬斷了自己的舌頭。

牙齒上還沾著血。

露西直起身子，努力克制嘔吐的衝動。那瘋狂的狀態一定持續了好一陣子，直到傑米從施虐者手中溜走，而這肯定激怒了她們。因爲他們硬是將他從地獄或天堂拖了回來，讓他重新再死一遍。

一遍又一遍。

可莉或許可以描述傑米如何被肢解，卻無法道出他被施虐者分屍當下所經歷到的驚恐。老天，傑米眞是白痴，那麼得意於自己和他的計畫，以爲可以大賺一筆，然後遠走高飛。

「這裡有他的遺物嗎？」露西問。

女法醫看了她好一會兒。「嗯，他沒有被搶。」

「我可以看一下嗎？」

可莉猶豫不答。「妳認識他，是嗎？」

露西點點頭。「對。」

「看得出來，」可莉嘆了口氣。「戴手套吧。」

露西戴上手套，可莉便讓她翻找裝有傑米遺物的袋子。沾血的衣服、皮夾。露西打開皮夾翻了翻，裡面有信用卡、幾張人民幣和幾張發票。露西仔細看了發票：小吃攤開的，賣啾拿棒的德州佬用手寫的那種。傑米做什麼都會報公帳，但這也太離譜了。三張名片，鹽河計畫電力公司、印第安事務局和墾務局，簡短見證了他的工作經歷。

露西翻了翻他的信用卡，發現一張無標記晶片卡，燙金的卡片印著血紅的商標：**末日到來！**

露西將卡翻到背面，看來是儲值卡，使用比特幣之類的數位貨幣加值，完全不會被追蹤，對不想留下交易紀錄的人來說非常好用，也很適合匯錢進去，是簡單又匿名的付款管道。

她拿著卡片輕拍掌心，在心裡盤算著。這個卡感覺很怪，跟傑米不搭。他那個人格調高多了。

「死得眞慘，」她身後有人說話。

露西嚇了一跳，立刻將發票、紙鈔和信用卡塞回皮夾裡。

兩名便衣警探站在她身後，都是西班牙裔，一手拇指插在皮帶裡，一手撩起外套露出警徽和手槍。

其中一名警探身材矮小，小腹微凸，留著山羊鬍，露出看穿一切的冷笑。另一名警探身材高大，表情嚴肅，臉龐有稜有角且歷盡滄桑。兩人都低頭望著傑米。

「媽的，」矮個子的山羊鬍警探說：「看來有人不想讓這傢伙死得太輕鬆啊。」

「兩位有何貴幹？」可莉厲聲問道。

「刑事調查局，」高個子警探亮了亮警徽，接著便湊到搭檔身旁，跟他一起靠近屍體檢視傑米的臉。「他應該死得很痛苦沒錯，舌頭都被自己咬斷了。」他轉頭看了露西一眼，漆黑的眼眸森冷無情。「那是他的遺物？」

露西還沒回答，高個子警探就從她手裡攫走了傑米的皮夾。

「人蛇殺手的被害人在那邊，」可莉指著另一頭說。

表情嚴肅的警探直起身子說：「我們不是來找剛出土的舊屍體，而是剛死不久的屍體，像他，」他低頭望著傑米的屍體。「他叫什麼名字？」

「傑米．桑德森，」可莉說。

「唔，」他聳聳肩說：「不是他。我們在找一個叫佛索維奇的人，」他似乎若有所思。「不過跟這傢伙一樣被打得很慘。」

露西不喜歡兩位警察自命清高的態度，還有他們目光打量傑米屍體、可莉和她的模樣。

矮個子的山羊鬍警探手背上有圖案，看起來像是蛇紋刺青。高個子警探臉上一道刀疤延伸到脖子，細白歪斜，很像被人用瓶子從喉嚨一路劃到胸口。矮個子警探一邊翻動傑米的皮夾，一邊和搭檔跟著可莉走到另一具屍體旁。

可莉撩起白布問：「這是你們要找的人嗎？」

露西好奇跟了上去。面帶冷笑的山羊鬍警探依然拿著傑米的遺物，露西很想再瞧發票一眼，還有那張會員卡，但她一看到另一具屍體就忘記這件事了。這傢伙和傑米一定有關。兩具屍體雖然受到的虐待不同，但就像一個模子刻出來的。

「你看，」矮個子警探說：「佛斯伯格，奇瓦瓦啟示錄三．〇，你還說情勢沒有爆發。」

高個子警探哼了一聲：「眞的是末日到了。」說完朝傑米屍體撇撇頭。「兩個人簡直一模一樣。」

「也許只是巧合，」山羊鬍警探打趣道。

「我聽說眞的有巧合這回事。」

兩人都笑了，目光不約而同轉向露西。

「妳認識這個人嗎？」刀疤警探指著他們說是佛索維奇的屍體問。

這名死者慘遭蹂躪的模樣跟傑米實在太像了，再笨的警察也不可能看不出來兩者必有關聯。

露西搖頭說：「我沒見過他。」

刀疤警探指著傑米說：「但妳認識那個人，是嗎？他是妳朋友？」他從搭檔手中搶過皮夾，掏出傑米的駕照問：「這個傑米．桑德森是誰？」

「應該是法務，鳳凰城水利局的，」矮個子警探說：「至少他名片上這麼寫。」

「是嗎？」高個子警探問露西：「桑德森眞的在水利局工作？是法務？」

露西不喜歡高個子警探看她的樣子，雖然一派輕鬆，其實問得很尖銳，深黑眼眸盯著她不放。

「我哪知道？」露西故作漠然。「對我來說，他就是個游泳者。」她豎起大拇指比了比正在拍照的提莫。「我們是小報記者，想說拍拍屍體應該能上頭版吧。」

「嘖，眞沒想到妳是禿鷹。」刀疤警探朝傑米和另一具屍體點點頭說：「妳最近有看到類似的死者嗎？跟他們一樣被虐待的？像是游泳者？掛在陸橋上之類的？有嗎？」

露西聳聳肩說：「毒梟有時會做這種事。」她讓對話繼續下去，假裝厭煩，利用雷伊．托瑞斯教過她的方法來轉移警察注意。「提莫拍了一堆相片，你們可以去瞧瞧，說不定他有拍到類似的。」

「我想也是，」刀疤警探轉頭呼叫可莉，因爲她又跑去遏止混亂場面了。「嘿！這傢伙有遺物嗎？」

「可能有，」可莉高喊：「找得到的話，就拿去吧！」

「找得到的話，」矮個子警探嘀咕一句，看了周圍的混亂一眼，就又低頭研究起傑米的屍體了。

露西努力思考兩位警探之間的關聯，還有能從他們那裡打探到什麼。**佛索維奇**，剛才那警探說。她眞希望自己有問那個名字怎麼寫，才可以開始挖消息。她敢說這條線索一定能告訴她更多關於傑米的死因。就這一回，死亡不會是個謎。

她心裡突然浮現雷伊．托瑞斯的臉龐，揮舞著食指警告她。**別寫屍體**。

「你們知道是誰幹的嗎？」她問兩名警探。

兩名警探交換了促狹的眼神。「壞蛋，」山羊鬍警探說：「大壞蛋。」

「我可以引述你們的話嗎？」露西還以顏色。

「當然，隨妳。」刀疤警探看著她的表情突然讓她不確定了起來。露西目光飄向對方的刀疤，傷痕從下巴到脖子一路延伸到襯衫裡，在他硬似桃花心木的皮膚上有如一道歪斜的裂痕，兩旁肌肉綻裂皺縮，不難想像當時的兇殘。

「關於這個男的，請妳再說一次，」刀疤警探拍拍傑米的輪床。「妳說妳爲什麼找上他？」

「我——」露西頓了一下。「我說了，我只是來找點辛辣的，寫給小報用。」

「嗯，」警探點點頭。「寫給小報用。」

露西突然有種不安的感覺，覺得自己見過他。

是他的眼睛，露西心想。他注視別人的目光有種特別的專注，黑暗又強烈，彷彿看盡世間的恐怖，不再抱著任何幻想，跟她一樣。

露西覺得口乾舌燥。

提莫曾經提過死神使者的事。他說只要留意，你就會感覺到死神在你頭頂上揮動翅膀，這時最好趕快到死神廟去花大錢獻祭一番。只要動作夠快，死亡女神就會保佑你——如果她喜歡你，而且你好好獻祭的話。

露西當時一笑置之，覺得是亞利桑那佬的迷信，但她現在突然相信了。

這人就是死神。

「我還不知道妳貴姓大名，」刀疤警探說。露西嚥了嚥口水。她不想透露，只想鑽進牆裡或掉頭就跑。

「我想妳應該有名字吧？」警探笑著追問。

他側頭打量她，有如烏鴉凝望著腐屍，用目光撕碎她，啄弄她的皮和肉、肌肉和肌腱，將她破肚開腸。她察覺跑來見傑米眞是愚蠢，竟然想弄清楚朋友的死。

「你不是警探。」

她一說出口，就覺得太明顯了。他儘管戴著警徽，但不是警察。

「是嗎？妳這麼認爲？」雖然他這麼說，但臉上的僵笑還是證實了她的推測。

她心想是不是他拷打傑米的？還將傑米和另一具屍體送到停屍間引誘她來。西印黑幫有時會幹這一招，殺了人之後等親友出現，再將親友殺光。很狡猾的招數，而且黑道很愛用，可以擠出更多死亡，就像握著乾掉的萊姆榨出最後一滴汁。

露西倒退一步，但警探抓住了她的胳膊，手指嵌進她肉裡，將她拉到面前，低頭湊到她耳邊，嘴唇掃過她的耳朵。

「我想妳沒有跟我說過妳的名字。」

露西嚥了嚥口水，左右張望想找人求援，但她沒看見可莉，提莫也不見了。露西只好咬緊牙關，故作威嚴瞪著警探說：「你太靠近了。」

「是嗎？」

「退後，不然我就找眞的警察來治你了。」

露西覺得旁觀者可能只有一半會覺得刀疤男是騙子，但要是可莉在場，那就不一樣了。

露西又瞄了停屍間一眼，尋找女法醫的蹤影。她到底在哪裡？

手臂刺青的山羊鬍警探漫步走來。「你問到什麼了嗎？」他伸手到腰帶準備掏出手銬。「她有線索嗎？」

刀疤男看了搭檔一眼，接著又轉頭望著露西。

沒想到他竟然放了她。

「沒有，」他說：「沒問到什麼，不過就是個小報記者，啥都不曉得。」他回頭看她，深色眼眸閃著警告。「小報記者啥都不曉得，對吧？」

露西愣了一秒才低聲回答：「對。」

「滾吧，」刀疤男朝門口撇撇頭說：「別待在這兒，去其他地方扒糞吧。」

露西沒等刀疤男再說一次，轉頭就跑。

11

安裘看著女記者走出停屍間。

她有地方不對勁，但安裘不喜歡胡立歐插話的方式。被老胡問話的人，十有八九會崩潰，所以安裘放了她，但他立刻後悔了。

我心腸變軟了。

「嘿，」胡立歐抓住他的手肘說：「有人來了，**媽的**。」

只見兩名男子亮出警徽，推開人群和救護人員走了進來。看上去是州警。

「你認識他們？」

「加州人，」胡立歐轉身背對他們，壓低聲音說：「他們看到我一定會認出來，鳳凰城太小了，閃都閃不掉。」

安裘匆匆打量一眼，覺得應該不會錯。凱塞琳．凱斯專挑囚犯和窮途末路者充當打手，但加州經費雄厚許多，做法和花錢的地方都跟凱斯不同。這兩人走在輪床之間，俐落整潔的外表一看就像是有錢的史丹佛畢業生。沒有刺青，髮型也恰到好處，貨眞價實的人生勝利組。

「你確定他們是加州人？搞不好是眞的刑事局幹員。」

胡立歐用手肘推了安裘一下，不耐煩地說。「拜託，我很確定。我在宜必思裝了攝影機，那些傢伙經常在總部進進出出。」

「那間公司搞不好是加州代表處。」

胡立歐已經在找出口了。「我就知道不該答應跟你來的。」

「冷靜點，**老兄**，讓我們看看他們來這裡幹嘛，說不定會發現什麼。」

「去你的，少來老兄那一套，」胡立歐臉色死灰，一副魂飛魄散的模樣。「我打包票他們的證件一定是眞的。他們想逮捕就可以逮捕我們，對我們做背景調查。你希望那樣嗎？」

「眞的？他們能那樣搞嗎？」

「加州什麼事都搶先我們一步。你遇到狠角色了，**老兄**。」胡立歐刻意加重最後兩個字反諷安裘，隨即拽著他的袖子說：「快點走**行不行！**」

安裘覺得胡立歐垮了。

站在他身旁這傢伙，過去就算被人拿槍捅進嘴裡，他眼睛眨也不會眨一下，還會氣定神閒告訴對方拉斯維加斯擁有這裡的水，叫對方放棄吧。過去的胡立歐不知恐懼爲何物，只會拿出文件，就算對方賞他後腦勺一槍也無所謂。

但現在才來了兩個加州人，這傢伙就嚇得屁滾尿流了。

「你要走就走吧，」安裘說。「我還想在這裡多待一會兒，看看這兩位朋友有何企圖。」

胡立歐猶豫不決，心裡顯然很掙扎，既想逃又想在安裘面前維持顏面。「你死了不關我的事，」最後他嘀咕一句，說完就擠過人群逃之夭夭了。

安裘繼續在屍體之間穿梭，偶爾撩起白布看個一眼，假裝在辦正事，其實是暗中監視那兩個加州人。那兩個傢伙也在找尋死者。

雖然胡立歐說不是，但安裘覺得他們看起來實在像是正牌的刑事局幹員。刑事局來這裡可以理解，因爲停屍間裡的德州人屍體多得跟柴堆一樣，就連亞利桑那佬也不得不表示關切，至少告訴觀光客這裡還不打算成爲新的種族清洗州。

那位小報攝影師還在拍照，閃光燈跟炸彈一樣閃個不停。安袞看他繞著屍體前後拍照，動作流暢而專業。他突然想起溜走的女記者。那個女的很有問題。

那他為什麼放走她？

安袞一邊盯著那兩個加州人，一邊跟著攝影師四處走。那傢伙想從某個角度拍攝屍體。只見他一手撩起白布，另一手抓著相機單手拍了照。

安袞替他抓著白布。「看來生意不錯哦。」

攝影師點頭感謝，一邊調整相機設定。「眞的，老兄，簡直難以置信。」他眼睛貼著觀景窗說：「你可以舉高一點嗎？謝啦！」他連拍了幾張。「我想拍她缺了牙齒。金牙都被拔掉了，不過……」

安袞乖乖把白布舉高。「那個，」他說：「剛才你朋友也在這裡，就是跟你一起爲小報工作的那位女士。」

「你說誰？露西嗎？」攝影師又拍了一張，隨即後退找尋適合的角度。「她拿過普立茲獎，可不是什麼小報記者。」

「是哦？」安袞恨自己竟然放走了她。「我應該早點發現她很厲害的，你知道，她很會問問題。」

「是呀，」攝影師漫不經心地點點頭，繼續專心拍照。

「我本來想多認識她，結果……」安袞揮手比了比四周的混亂場面。「發生這種鳥事，害我忘了問她的名字和電話號碼了。」

「你可以上網搜尋她，露西．孟羅，」攝影師背出她的電話號碼，手上依然忙著拍照。「你可以舉高一點嗎？」

門廳又傳來一陣騷動。安裘和攝影師同時轉身，以爲又有一波屍體進來，沒想到竟然是一群家屬蜂擁而入，而且不只德州佬，還有本地人，黑白棕黃，各種膚色都有。他們都失去了親友，擠開警察往裡面衝，警察完全控制不住場面。英語、西班牙語和達拉斯人的拖腔此起彼落，但都帶著濃烈的哀傷。

「哇，這下精彩了！」攝影師說著便往人群跑去。安裘退到牆邊，目光依然盯著那兩名加州人，看他們檢視屍體。

露西．孟羅，普立茲獎得主。

加州人停在傑米．桑德森的屍體旁，喊了掌管停屍間的華裔女人一聲。兩個整潔俐落的傢伙，做著他和胡立歐幾分鐘前才做過的事。

應該很有趣。

女法醫比手畫腳，和兩名加州人爭執著。兩人亮出警徽，女法醫轉過身來，目光掃過周圍的混亂場面，整個人的神情都變了……

她指著安裘。

謝謝妳，女士。

安裘冷笑一聲，假裝頭上戴著牛仔帽，朝加州人按了按帽子，用嘴形跟他們說：「太慢囉。」

對方當然立刻掏槍，但安裘早就鑽到哀傷的家屬中間不見蹤影了。

脫逃時，安裘不小心踢到一張輪床，害得床上堆疊的屍體統統落到了地上。

兩名加州人拚命推開群眾，家屬看見親人的遺體摔到地上，氣得七竅生煙，開始追打加州人，高喊復仇和血債血還。

安裘抓住旁邊一名警察，亮了亮警徽說：「抓住那兩個白痴！快點！現在是刑事案件！」

他繼續在群眾之間穿梭，讓加州人跟警察和憤怒的家屬糾纏。

那兩個傢伙蠻厲害的，其中一人竟然甩脫了警察。

安裘繼續擠過人群，頂開不斷湧入的屍體、家屬和醫技人員，隨手撩開其中一張輪床的白布，露出底下的德州佬屍體，然後往左閃進側廳。

擺脫警察的加州人緊追不捨，衝到了附近。安裘將白布扔到對方頭上，那人抓狂大吼，但安裘已經將他拉到面前，手肘對準他鼻子就是一拐子。那人掏出手槍，安裘抓住對方的手狠狠撞牆，槍應聲落地。他將那人轉過來，腦袋夾在腋下拖著前進。

那人不斷扭打，隔著白布發出模糊的咆哮。

「警察辦案！」安裘對著旁觀群眾吼道。

他又捶了那傢伙一拳，還勒住對方脖子。幾分鐘後，那人就四肢癱軟了。

安裘將他翻過來，刻意在民眾面前替他銬上手銬，然後拖著他往廳裡走，遠離了混亂的停屍間。

他將加州人塞到輪床底下，翻閱對方的警徽和皮夾，然後用白布將他捆好，接著回到大廳尋找那人的搭檔。

另一名加州人還在跟警察和家屬糾纏，指著對方鼻子互罵，氣憤某家的小孩竟然在騷亂中身首異處。

安裘低頭擠過人群，走出鐵門迎向屋外的炙熱與嘈雜。警察、救護車和德州難民亂成一團。亞利桑那的烈日凌空照耀，讓柏油路黏黏稠稠。安裘懷著一丁點希望在記者群中左顧右盼，可惜誰也沒見到。

他在停車場找到胡立歐，那傢伙看起來焦慮得快瘋了。

「你說對了，」安裘坐上胡立歐的卡車，將皮夾扔給他說。「他們是加州人。」

胡立歐接住皮夾壓在胸口，用西班牙文罵說：「**幹你娘**，我就跟你說了。」

「他們來找佛索維奇和另外那一個死掉的。」

「太棒了，你眞是福爾摩斯再世。」胡立歐發動卡車，將空調開到最強。「我們他媽的可以閃人了嗎？」

「可以，走吧。」安裘繫上安全帶。「我接下來想查查那名記者。」

「你說小報女記者？」

「她顯然不只是小報記者，而是正牌貨，我敢說她一定認識那個死得跟老佛一樣難看的傢伙。」

「你說水利局的法務？」

「沒錯，既然那傢伙的舌頭沒了，只好看她會不會多說一點了。」

「你得先找到她才行。」

胡立歐將車開出警察局停車場，安裘笑著說：「記者好找得很，他們最喜歡被人注意了。」

胡立歐避開馬路清潔人員清理到路旁的沙堆，朝市區開去。車子駛在龜裂的水泥高速公路上不停震動。「跟我們不同，」他說。

「沒錯，」安裘望著日漸蕭條的城市從車窗外掃過。「記者喔，每個都喜歡自己找死。」

胡立歐變換車道，超過騎著摩托車的一對夫妻。只見兩人戴著防塵面罩和頭盔，將頭整個包住，感覺就像電影《異塵餘生九》裡的突擊隊。

「剛才那裡屍體眞多，」胡立歐說。

「所以呢？」

「我想我應該再買樂透，屍體離挖完還早得很呢。」

「你在這裡就做這些事？」

「你別笑，報酬好得很。數位貨幣，完全追不到，統統免稅。所以呢？」他一臉期待，等著看安裘的反應。

「所以怎樣？」

「所以你想入股嗎？剛才那裡至少有上百具屍體，加上城裡每天會死的人，我看數字很可能會破表。」

「你媽難道沒教你天下沒有白吃的午餐？」

「拜託，」胡立歐笑了。「這裡付錢的是德州佬。」

12

瑪利亞還沒看見鬣狗，就遠遠聽見牠們的聲音了。鬣狗低低吃笑，聲音在荒蕪的分區上空顫抖、飄揚、迴盪。

威特將這一帶佔爲己有，變成自己的囊中物，不僅架了雙層鐵絲網當圍籬，上頭還加了蛇腹鐵絲，保護鋪著西班牙磁磚屋頂的灰泥房舍。

我死定了，瑪利亞一邊這麼想，一邊繼續往前走。鬣狗從低鳴變成了合唱。

獸嗥具現成一頭頭野獸，有如超現實的怪物守在鐵絲網後方，在雙層圍籬中間的無人地帶來回奔跑。牠們毛髮蓬亂，隔著鐵網窺視她，齜牙咧嘴低嚎咆哮，搖頭晃腦在她身旁打轉，跟著她走上小道。

那個悲慘的一天終於結束後，瑪利亞手裡抓著賺來的美金和人民幣，和莎拉並肩而坐，心想乾脆逃走算了。這些錢根本是笑話，連她用都不夠，更別說莎拉了。薄薄一疊鈔票擺在沾滿沙塵的被子上，少得可憐。

「我們可以逃跑，」過了很久，莎拉打破沉默說。

但她們逃不了，沒辦法。莎拉不在黃金大道工作就不用活了，而她不在泰陽特區附近賣水也無法維生。她們只是苟延殘喘。

「我去找達米恩談，」瑪利亞說：「看能不能延期。」

「我不敢去，」莎拉不敢看瑪利亞的眼睛，低頭摳著被綁帶高跟鞋割傷的曬黑的腳踝。

「我——」

「跟妳無關，我去就好，」瑪利亞說。

「我不敢——」莎拉欲言又止。「他晚上會把獸欄打開，我看過牠們。他會打開獸欄，放牠們在屋裡屋外跑來跑去。」她打了個冷顫。「我不敢回去。」

「妳跟我說過，」瑪利亞說。

其實沒有，至少不是用講的。

莎拉那天一從威特的派對回來就縮在瑪利亞身旁，即使地下室熱得要命，她還是裹著被子發抖。她換上最好的衣服，一襲美麗的黑色洋裝合身細緻，是某位五仔買給她的，把她當成小公主疼愛。她去派對是希望遇到能和威特平起平坐的人，遇到長期飯票，沒想到隔天清晨卻跌跌撞撞地回來，縮在瑪利亞身旁，彷彿她能讓她擺脫昨晚見到的一切。

「他們逃得不夠快，」莎拉不斷喃喃自語。

後來瑪利亞聽那天也有去的人說，鬣狗被人放出來亂跑，艾若約小姐和她的金髮男友法蘭茲都死了。鬣狗把兩人撲倒，啃他們的屍體，輕鬆得很，因爲鬣狗獵捕其他動物辛苦多了，不像撲殺兩個白痴亞利桑那佬那麼容易。那兩個白痴還以爲威特會罩他們。

但就算不知道這些，那群鬣狗還是讓瑪利亞心驚膽戰。牠們的黃眼似乎藏著遠古的記憶，經歷過的飢渴、乾旱與求生的掙扎遠超過瑪利亞。牠們緊跟著她，彷彿在說她活不久了，而牠們永遠不會滅亡。

更多鬣狗聞到她的味道，叫聲更兇了。牠們從威特讓給牠們的空屋裡出來，尖叫低嗥，嘶嘶獰笑，成群結隊，但隨即從她身邊跑過，去追逐新的目標。

瑪利亞眺望前方的宅院大門。鐵柵門後站著一名白髮男子，正拿著血淋淋的肉塊拋向隔離在另一區的鬣狗。只見那群野獸爭先恐後，互相推擠碰撞，低低嗥笑，撲向飛過鐵絲網和蛇腹鐵絲的生肉。

這群巨獸超過十隻，有些站起來就跟她一樣高。牠們滿身塵土，動作野蠻迅速，猛撲到肉前咬下一塊，隨即跑回原地趴著啃食。牠們在鐵絲網後來回跑動，神情警覺興奮，眼睛緊緊盯著拋肉的威特。

鬣狗弓身上躍。

瑪利亞很想描述鬣狗的動作，說牠們跳起來像狗，弓身像貓。她想用自己見識過的事物來形容牠們，但鬣狗的動作就是那麼特異。

又一塊血淋淋的生肉飛過了刺鐵絲網。一隻鬣狗瞬間立起，張大嘴巴，大得可以咬住瑪利亞的腦袋。

鬣狗伶俐的反應讓威特笑容滿面。他手臂到手肘都沾滿了血。他的一群手下正在抽煙，一邊將煙盒傳給沒煙的同伴，一邊留意街上的動靜。鬣狗繼續嚎叫求主人再餵牠們。艾斯特凡也在那群人裡面。他一見到瑪利亞就露出冷笑，喊了達米恩的名字。

「嘿，你的賣水小姑娘來了。」

威特站在他們身後，從桶子裡拿出一根硬物。是人的手臂。鬣狗立刻群起攻之，嗥笑撕扯鮮肉。

達米恩優哉游哉走到大門。「我還以爲妳已經拿著錢越過州界了呢。」

瑪利亞忍不住動怒說：「你去問艾斯特凡！他在那邊，他什麼都拿走了。」

「所以……妳要我去叫他嗎？妳希望兩個人拿著和平玫瑰坐下來，像小學生一樣好好談嗎？」達米恩微笑看著她的樣子……他根本不意外她身上沒錢，他**知道**她錢不夠。

是他叫艾斯特凡那麼做的，**就是要**她錢不夠。

「你已經拿到錢了。」

達米恩咧嘴微笑，這樣打啞謎讓他樂得很。「妳想抱怨？」他朝正在抛肉的威特和威特那群寵物撇撇頭說：「抱怨部在那裡。」

瑪利亞狠狠瞪著他。這是騙局，一切都是騙局。他們根本不想讓她賺錢，不想讓她離開，只想讓她和莎拉在這裡流血流汗、跟人上床、孤苦老死，直到她們一點不剩。然後呢？

然後再找下一批德州佬，繼續這麼幹。

瑪利亞突然明白了。她知道自己看穿了這世界。難怪爸爸會一直裝作看不見。

「嘿！」她大喊：「威特先生。」她揮舞雙手。「威特先生！」

威特轉頭看她。

達米恩僵住了。他瞄了瞄威特，又看著瑪利亞，臉上露出氣憤的假笑。「妳這是自討苦吃。」

威特放下桶子，揮手要手下兩名西印仔把桶子拿走。他們遞給他一條抹布，威特漫不經心擦了擦手臂上的血漬，大步朝瑪利亞走來。

瑪利亞努力壓抑內心的恐懼，看他走到大門前，隔著鐵柵望著她。

「這是哪位？」他問。

「沒事，」達米恩說：「這小妞遲繳規費。」

威特轉頭看著瑪利亞。「這跟我有什麼關係？」他一邊說著，一邊繼續擦他手臂和手上的血漬，抹布上沾滿了脂肪、肉屑和濃稠的鮮血。

「我有錢。我在泰陽特區旁邊賣水，」瑪利亞說：「我有錢，但都被他拿走了，他叫艾斯特凡把我的錢拿走了。」

「所以妳來找我，」威特露出微笑。「我沒見過幾個人會直接來找我。」

威特壯得跟公牛一樣，肩膀厚實，白髮藍眼。淺藍色的眼眸跟卷雲天空一樣高遠冰冷，瞳孔細如針尖。他隔著圍籬看著他，眼神跟他的鬣狗一樣飢渴，有如餓壞的野獸，只想衝到鐵絲網的這一頭。

瑪利亞突然發現自己錯了。威特根本不是人，而是別的東西，是從地底爬出來的惡魔，不停啃噬吞吃、啃噬吞吃。而這惡魔現在正舔著嘴唇盯著她，鐵絲網根本阻擋不了。他只要一伸手就能抓住她。

「過來。」

威特伸出抹著血跡的手臂，張開沾了血的手掌，執拗期盼地召喚瑪利亞。「讓我瞧瞧妳。」瑪利亞發現自己竟然乖乖聽話，朝他帶血的手指走去，心裡驚駭到了極點。

威特輕撫她的臉頰，捏住她的下巴。「妳叫什麼名字？」

「瑪利亞。」

威特將她拉得更進，瞳孔亮如針尖，如獸一般飢渴。

「我看到了什麼？」威特口中唸唸有詞，一邊用沾滿血的手左右撥弄她的臉龐，似乎看得入神了。「我看到了什麼？」

「他一直拿走我的錢，我就沒辦法賺了，」瑪利亞說。威特依然捏著她的下巴，她感覺自己好像抽離了身體看著這一切。

「瑪利亞，」威特喃喃自語。「瑪利亞……我不是笨蛋，妳覺得我是笨蛋嗎？」

「不是，」她勉強才擠出一句。

「那妳幹嘛還來找我，跟我說一些我早就知道的事？」他手捏得更緊，像老虎鉗一樣。「妳以為在我的地盤上，有些事我不知道是嗎，瑪利亞？妳以爲我有地方沒看清楚，竟然還活得好好的，是嗎？」

他又輕觸她的臉，用指背撫過她的臉頰說：「我知道妳在泰陽附近賣水，也知道妳想賺更多錢。妳的事我統統知道，因爲我有通天眼，懂嗎？死亡女神在我耳邊說話，跟我說妳會來，說她喜歡妳和妳的小紅推車。」他用充滿野性的藍色眼眸看了看骯髒的小巷。「妳怎麼沒帶推車來？我看到車上裝滿瓶子，在陽光下閃閃發光。但妳是一個人來的。原來天眼看到的不一定會完全一樣，妳是不是也這樣覺得？」

瑪利亞嚥了嚥口水，點點頭。

「所以妳爲什麼不想爲我工作呢，瑪利亞？」

「我只是想好好賣水。」

「達米恩可以讓妳去站壁，瑪利亞，安排妳在車流大的地方輕鬆賺，或讓妳替我運貨。妳比妳那個朋友聰明，她只會躲我。妳這樣的女孩對我很有用，有好處。妳可以待在救濟泵浦附近，可以存錢當偷渡費，但光是賺小錢絕對去不了北方，得賺大錢才有辦法。」

「我只是在賣水。」

「但妳不是個體戶，對吧？」他針尖般的瞳孔盯著她。「難道妳私下藏錢，沒有把該繳的規費交給達米恩？」

瑪利亞嚇壞了。她嚥了嚥口水，沒想到威特竟然知道她跟莎拉去見過五仔，而且跟他一起吃過飯，聽他說含水層的事，爲了賺錢。

「我不是笨蛋，」瑪利亞說。

「如果妳是笨蛋，我就不會問妳了，只有聰明鬼才會覺得可以自立門戶。」他又露出空洞的笑容。「只有聰明鬼才會覺得可以在我們這個大家庭、這個生態系裡鑽出自己的漏洞。」

威特目光飄向鬣狗。「當然，那些傢伙也以爲牠們出了鐵絲網一樣能活。」他又看著瑪利亞。「牠們喊著想要自由，可以自在奔跑和狩獵。牠們看我們這麼嬌小柔弱，搞不清狀況，便覺得機會來了。我們演化得沒有牠們好。弱肉強食強化了牠們的族群，我們卻無法適應那樣的挑戰。妳看看牠們。」他捏著瑪利亞的下巴要她轉頭，看看那群鬣狗。鬣狗望著他們倆。

瑪利亞嚥了嚥口水，威特笑了。「妳也看到了，對吧？我想我們都是看得穿事情的人。」

鬣狗瞪著逼人的黃眼打量瑪利亞。瑪利亞知道威特說得對，她看得見牠們遠古的心靈在運作，幾乎可以聽見牠們在幻想，想像威特要是放牠們離開圍籬去狩獵，牠們會變得多麼繁盛與壯大。

瑪利亞發現，**這是牠們的天下**。殘敗的鳳凰城郊區是牠們的應許之地。鬣狗不怕沒水，牠們只是在圍籬裡默默守候，等待接掌這個世界。

我們跟妳不一樣，小妹妹。我們不需要水，只需要血。

「我想我要是放了牠們，牠們應該會活得很好，」威特說：「妳不覺得嗎？也許牠們總有一天會得償宿願，這座城市會變成牠們的地盤。」

威特放了她。

「我寬限妳一天，」他一邊說著，一邊轉身離開。「把該繳的錢交給達米恩。」

「但他已經把錢拿走了。」

「死亡女神說我不該爲妳辦派對，」威特說：「但可沒說我別再做生意。」說完他看了看他的手下。「只要付了該繳的錢，達米恩就再也不會干擾妳。」他緊盯著她，眼神和鬣狗一樣瘋狂。「把錢交了，不然下次妳再來的時候，就是來參加派對了。」

瑪利亞退後一步，用力抹臉，手上沾滿了留在臉上的血漬。

「妳聽到老大說的了，」達米恩冷笑道：「快去賺錢吧。還有別忘了，妳的女伴也欠我錢哦。」

瑪利亞轉身離開，努力不去想她身上的血跡，不去想那血來自哪裡。

那只是水，她告訴自己，**那只是水**。

瑪利亞離開威特的住處，鬣狗一路低笑跟著她，扯得圍籬沙沙作響。牠們每一步都在提醒她，在牠們眼中她便是獵物。

13

安裘連人帶靴倒在希爾頓飯店柔軟的大床上，腦袋靠著蓬鬆的枕頭，打開電視，螢幕上出現最新一集的《大無畏》。

他將平板電腦放在腿上，搜尋剛才放掉的那名記者。她朋友提莫沒說謊，她眞的不難找。

露西．孟羅，我們的超級扒糞大記者，正忙著大力扒糞。

鳳凰城水利局法務遇害

死前遭受凌虐數日

她果然騙了他。露西根本不是小報記者，她比狗仔瘋狂多了。他得承認，這女的實在有種，或像凱塞琳．凱斯說的，夠剽悍。安裘每次講話太大男人，凱斯都會這麼糾正他。

不管她是有種、剽悍或白目，反正下盆地的所有大咖她都槓上了。從加州、賭城到凱塞琳．凱斯，統統被她點名批判，還有鳳凰城水利局和鹽河計畫電力公司。以她激動的程度，就算提到安裘他也不意外。

鳳凰城水利局的法務被五馬分屍，所有人都裝作沒事。所以露西．孟羅決定捅遍馬蜂窩，到處興風作浪。各方開始交相指責，鳳凰城警局和州檢察長則都「不予置評」。

以這女人的拼勁，安裘覺得她應該才來這裡不久。她這樣遲早會惹毛某人，把她除掉。

電視上，陶歐克斯賞了一顆子彈給兩名威脅德州難民的西印仔，這會兒將槍塞進金髮男子的嘴裡，問他「焦人」在哪裡。

安裘很喜歡陶歐克斯在《大無畏》裡的角色：雷利克．瓊斯。瓊斯是前海陸偵察隊員，從北極回到德州海邊的老家，卻發現家人都被颶風捲走，生死不明。

第一季，雷利克．瓊斯都在德州南部聯邦緊急事務處理署設立的避難所尋找妻兒的下落。他在墨西哥灣岸的淤泥海岸和殘骸垃圾堆裡尋尋覓覓，還要閃避龍捲風和海上龍捲風。這一季，雷利克．瓊斯回到陸地，開車繼續尋找他的家人。

陶歐克斯眞他媽適合這個角色。

他失敗過，所以演起雷利克．瓊斯恰到好處。這傢伙直到演出《大無畏》才大紅大紫。他之前演過兩三部動作片和愛情喜劇，曾經紅過，但隨即銷聲匿跡，迷上泡泡和古柯鹼，還有人說他幹過男妓，後來就完全從小報上消失了。所有人不再關注他。比他墮落得更慘、更誇張的明星大有人在。陶歐克斯沒戲唱了。

沒想到轉眼之間，他竟然靠著這個角色東山再起。如今的陶歐克斯已經是剛毅的中年男子，不再是當年的俊俏小生。他經歷了太多波折，外表看上去就是個道道地地的德州佬。

馬桶唰唰沖水。胡立歐扣著皮帶走出浴室說：「你還在看這部鳥影集？」

「我很愛看，」安裘說：「魯蛇也是人。」陶歐克斯受過傷，遇過困難。「他很有深度。」安裘說。

讓安裘覺得演技眞實的明星並不多，更不可能有演員知道安裘置身的世界是什麼模樣，但陶歐克斯扮演德州佬卻讓安裘覺得絲絲入扣。安裘也苦過。當凱塞琳．凱斯將他從地獄裡救出來時，他正需要重生，而她給了他機會。

第二次機會。也許這就是他喜歡那混球的原因。

「停屍間那個小妞是什麼來歷？」胡立歐問。

「呃，她不是小報記者，是認眞做新聞的傢伙，」安裘說：「寫過很多報導。」他沒有說她很眼熟。他在停屍間見到她時，那似曾相識的感覺嚇了他一跳。更糟的是，他明明應該抓住她，盤問她，沒想到卻放走了她，像蠢蛋一樣，結果現在只得設法再找到她。眞糗。

「都是大報：谷歌、紐約時報、英國國家廣播公司、Kindle 郵報、國家地理雜誌和衛報，一些環境新聞之類的狗屁。還有高鄉新聞和另外兩三家媒體。她報導了許多鳳凰城害死人的消息，也玩主題標籤，在**#鳳凰城淪陷**上有一堆貼文，簡直呼風喚雨。」

「她會在**#鳳凰城淪陷**上貼文？」胡立歐興致來了。「那個標籤不錯，有點類似**#人體樂透**。你看過**#人體樂透**嗎？超扯的，比小報還勁爆，眞的。」

電視上，陶歐克斯賞了最後一名黑幫一顆子彈，發出啪的一聲，鮮血濺地。

「要寫的屍體多了，」安裘評論道。

「眞的，」胡立歐說：「我們應該會追過紐奧良。」他舉起手機。「但樂透就沒那麼好運了。我想我押了五百元人民幣賭人數會超過一百五十，但還沒得到確切數字。那些混蛋不肯再計算屍體，埋怨不知道從何數起，因爲不斷有屍體從沙漠挖出來。」

他瞄了一眼手機螢幕說：「連樂透都撐不下去，你就知道這裡不能待了。」說完將手機塞回口袋。「管他的。我要往北走了，你還需要什麼嗎？」

「你有搜過那傢伙的東西嗎？」

「有，」胡立歐走到他們從兩名死者那裡拿來的證物袋旁，看著倒出來的遺物。「什麼都沒有。」他笑著舉起一張金卡。「除非你想查查**末日到來！**看我們這個說掰掰的人藏了多少匿名現金，說不定還能辦派對呢。」

「這就不用了。」

胡立歐恨恨瞪他一眼。「你要是打算待在這裡，最好學會怎麼找樂子。像是德州阻街女郎，她們為了能洗澡，幾乎什麼都肯做。」

「你有聽過露西．孟羅這個人嗎？」安裘舉起平板電腦讓胡立歐看相片。

「她就是你要找的記者小姐？」胡立歐將會員卡收進口袋。

「她寫了一堆關於傑米．桑德森的事，就是和老佛一起遇害的傢伙。」

「肯定是小報那種灑狗血的報導，我猜。」

「不是，」安裘搖頭說：「她完全沒提到毒品和凌虐，只針對水。桑德森那傢伙絕對是鳳凰城水利局的，擔任法務之類的。」

「像布雷斯頓那樣？」

「我不認為他有那麼位高權重，就是普通公務員吧，搜尋州郡檔案，供布雷斯頓出庭使用，那一類的工作。」安裘皺起眉頭。「桑德森，還有你手下老佛，兩人都被搞成那樣絕不是巧合，尤其加州人也來搜查他們倆，肯定不單純。」

他將平板電腦轉過來，讓胡立歐看一眼鳳凰城水利局那傢伙出事前的模樣，跟他在停屍間裡不成人形的模樣判若兩人。

「你認得他嗎？說不定他是老佛的眼線？我在猜你手下老佛也許僱用他探聽情報之類的。」

胡立歐看了看相片，搖搖頭說：「我確定從來沒見過這個人。但我也說了，老佛兩週前曾經對我三緘其口，一直說他發現了一件事，值一大筆錢，卻怎麼也不肯吐露細節。」他又看了看相片。

「我以為老佛只是想拗錢，」他笑著說：「想到他打算搞一票大的，我卻在領凱斯的死薪水，我心裡就有氣。結果現在他死了，我卻能回拉斯維加斯，你瞧有多諷刺？」

「是還眞諷刺。」

胡立歐意味深長望著安裘。「你要是夠聰明，就會跟我一起走人。」

「工作還沒做完。」

「去你媽的工作，」胡立歐哼了一聲。「別以爲你在這裡可以當英雄，變成印地安納瓊斯。你來過，也查過了，我可以向所有人作證。」他比了比門口。「所以跟我一起走吧，反正凱斯又不會像老媽檢查作業一樣監督我們。我們只要回去，跟她說老佛的死沒什麼，這樣就沒事了，我和你都不會落到老佛的下場。」

安裘放下另一篇露西．孟羅的報導。她寫了一千字的抱怨文，提到兩年前鳳凰城警局一名警察中了一槍的事。這女的眞是扒糞扒得冷血無情。

「你的膽子跑到哪裡去了？」安裘問。「你以前不是很有種嗎？膽子跟牛睪丸和我的拳頭一樣大？不是堂堂男子漢？你他媽的怎麼了？」

「我在這個狗屁地方待太久了，就這麼簡單。你要是在這裡待得夠長，也會變成這樣。這裡的人——他們要死都沒有理由的。我說了，這可不是在演戲，跟陶歐克斯一樣。天天都有德州佬被吊死在高架橋上。小孩子腦袋吃子彈，只因爲某人沙塵暴過後抓了狂。」

胡立歐接著說：「前一秒鐘你還在黑暗區買龍舌蘭，下一秒就有皮膚曬黑的十歲德州小鬼蹦蹦跳跳跟著你一路走到最近的提款機，這裡就是這麼扯。」

他說：「連有錢有勢的亞利桑那佬也在逃，我每天都在情報裡讀到這件事。政客收取賄賂，好在加州購買豪宅，要是記者開始問問題，就叫警察把記者押去沙漠處理掉。我不騙你，這裡半數的州代表都在溫哥華或西雅圖有**渡假屋**，以便到時拿著特別旅遊簽證離開這裡。」

胡立歐說：「這地方快要完了，所有人都開始搜刮了，你竟然還來這裡調查某人的死因？」

「某兩人。」

「去，**幹你媽的**——」胡立歐搖頭用西班牙文罵道。「唉，算了。我敢打賭老佛還有你那個傑什麼桑德的，管他叫什麼，他們應該是在夜店惹毛了某個西印仔，結果就被打爆了。這地方跟有沒有種無關，有的只是便宜的華雷斯城毒品、便宜的德州妓女和便宜的伊朗子彈。」

「我認識的那個胡立歐會說這裡根本就是天堂。」

胡立歐臉色一獰。「你會笑是因爲還沒見識到亞利桑那民兵和德州蠢蛋打起來的樣子，等你看過之後想法就會跟我一樣了。」

安裘投降似的舉起雙手說：「我什麼都沒說。」

胡立歐冷笑一聲：「最好是。」他又看了看手機，然後塞回口袋。「喔，對了，去你的，我才不在乎你怎麼想。」

「就這樣？你什麼都沒留下就要離開了？連吻別都沒有？還有什麼我需要知道的情報嗎？」

「當然，我手上有一堆狗屁情報，每週告訴我鳳凰城水利局哪些人升官了，優先用水權的檔案更是多到爆炸，還有鳳凰城含水層淡化和化學過濾計畫報告，根本就是他媽的癡人說夢。我得到報告說可口可樂打算撤除全新的裝瓶廠，因爲直接從加州運來還比較便宜，不管鳳凰城提供多少誘因，他們都不打算待著。我知道韋爾德河已經有多長一段沉入地底。我有一堆隨身碟，裡面全是情報可以給你，而且我可以告訴你，老佛挖到的情報根本不值得讓人赴湯蹈火，全都是沒有用的狗屁文件。」

「所以你認爲他在追的水權都沒有實憑實據？」

「我是說我才不在乎。這裡死定了，我要拍拍屁股走人了，待到現在是因爲你是我朋友。」

「當然，」安裘說：「我了解。」

看到胡立歐完全變了一個人，讓安裘覺得自己老了。他們曾經一起到貝可斯郡和奧克拉荷馬的紅河出任務，還有阿肯色州，確保科羅拉多東部的城市油水充足，不會又來爭搶偏遠山區的水，斷了拉斯維加斯的命脈。他們一起經歷了那麼多，但如今胡立歐卻成了敗犬一條，夾著尾巴一心想逃。

安裘決定這傢伙走了不足爲惜。

胡立歐離開後，安裘重新點開平板電腦，將焦點擺回女記者身上，繼續試著掌握她的面貌。跟其他雄心大志的記者一樣，她甚至還出過兩本書。

第一本不怎麼特別，典型的浩劫狗血，報導某個地區土崩瓦解的過程。水井被人抽乾，而市府拒絕接水管援助居民。後來亞利桑那中央運河被人炸毀，整座城市停水一段時間，所有人驚惶失措，這些都被露西．孟羅記錄了下來。

安裘見過許多記者這樣做，很容易就能滿足外人對某座衰亡城市的興趣。廉價的催淚報導，末日準備者看了就會高潮的內容。

比起德州和阿拉巴馬州那十幾個崩壞中的城市，還有全球所有沿海市鎮，鳳凰城唯一的不同就是它的對手不只包括氣候變化、沙塵暴、大火和乾旱，還有另一座城市。

露西反覆將矛頭指向北方的拉斯維加斯，讓安裘讀得津津有味。她寫了一整章的凱塞琳．凱斯，還有南內華達水資源管理局和亞利桑那中央運河被炸的種種可疑之處。

她寫得不是很深入。許多人都鎖定過凱斯，稱呼她是西部沙漠女王或科羅拉多河女王之類的，而亞利桑那中央運河被炸時，也有許多人察覺拉斯維加斯立即停止從米德湖抽水，讓水位維持在略高於進水三號位。

安裘發現露西竟然寫到他所在的祕密世界，而且抓對了一兩分，不禁有些開心。但浩劫狗血終究是浩劫狗血，廉價得很。

不過，第二本書就不同了，完全不一樣。第二本書非常深入。

謀殺之書，屍體之書。

煽情作出版後，露西隔了好幾年才又提筆，而且像是變了一位作家。鳳凰城不再有人關心，謀殺率直逼毒梟州的出生率，居民乾脆放棄了，開始兜售子女。這是完全不同等級的浩劫狗血，而就安裘的理解，露西徹底投入了其中。

之前她像是旁觀者，從旁報導著，如今卻像切身之痛，寫出來的東西更像是午夜睡前的私人日記，辛辣、直接、坦白而私密，充滿了瘋狂、失落與失望，是處在理智邊緣，狂飲特卡特啤酒和龍舌蘭之後的產物。

露西愈陷愈深，安裘從字裡行間看得出來。她已經陷得太深，而這座城市還不斷拉她往下沉。胡立歐很機靈，懂得趕緊抽身，不要爲鳳凰城而死，但這名女記者……

安裘覺得她會追著事情的發展，直到地獄。

而這會兒她將焦點轉向了傑米．桑德森。從她撰寫的報導看來，露西似乎將這名水利局法務當成了她的最後一戰。

安裘審視她的相片。

曬得斑駁的黝黑皮膚、野性的淺灰眼眸，她已經變成本地人了，以某種難以言喻的方式成了道地的鳳凰城居民。她快瘋了，在未知的航道上迷失。他在停屍間見到的她就是這樣。她看著安裘，他立刻察覺兩人的關聯。她看得太多了，跟他一樣。

他認得她。

她也是。

安裘起身走到窗邊。他望著垂死的城市，還有仿效賭城的大街上的群眾和夜店。人們裝作一切如常，努力尋找和寄望一個已不可得的未來。

商會看板在他們上方閃閃發亮：**鳳凰城・崛起**。

露西・孟羅在寫第一本書的時候，還不了解鳳凰城是什麼，也不了解拉斯維加斯和失落爲何物。現在她知道了，也知道他了。

「要是她知道你，」安裘喃喃自語：「那就表示她可能知道很多了。」

14

對露西來說，傑米皮夾裡的匿名金卡就像一盞明燈。傑米喜歡派對，但從來不去黃金大道，更不會碰「末日到來！」那樣張揚的地方。他喜歡爵士和燈光昏暗的小鮮肉酒吧，討厭黃金大道的賭場和夜店，討厭那裡的燈紅酒綠，更別說「末日到來！」那種庸俗的後現代老套了。

「末日到來！」是加州人和五仔去找德州慾女的地方，傑米絕不可能降貴紆尊跑去那麼低級的場所。

「他們竟然還在店名加了驚嘆號，」他曾經這麼哀嘆。

「說不定那是諷刺，」露西猜想。

「才怪，鳳凰城讓販毒所得可以減稅，就會是他媽的這種下場。」

那天傍晚，他們開車經過黃金大道，一邊避開德州阻街女郎，一邊留意有沒有人能賣泡泡給他。「記得，這不是正式談話，」他說：「水利局的立場是這樣的，經濟發展有其必要，而對外來的錢徵收娛樂捐是水量分配的關鍵。所以，他媽的別引述我剛才說的話。」

鳳凰城企圖將黃金大道打造成科羅拉多河南岸的拉斯維加斯，跟賭城分一杯羹，以其人之道還治其人之身，讓賭城嚐嚐當初炸掉亞利桑那中央運河的後果。

雖然結果悽慘，鳳凰城完全沒搶到賭城的金流，但酒吧、餐廳、賭場和夜店確實開了，也賺到一些錢。泰陽特區的五仔喜歡出來跟本地人廝混，加州人喜歡週末越過州界來找樂子，外國人喜歡白天來這裡感受都市浩劫的模樣，夜裡跑趴直到昏天暗地。

「末日到來！」這樣的地方大行其道。

「都發局的看板或許也該用驚嘆號，」傑米悶悶地說：「鳳凰城！崛起！」

所以，對露西來說，當她在停屍間翻找傑米的遺物，那張匿名卡就像鳳凰城都市發展局的霓虹看板一樣顯眼，充滿了驚嘆號和問號。

她停好皮卡，抓起防塵面罩。傍晚風又大了。她覺得沙塵暴應該不會來，但還是有備無患。

露西走到夜店門口，幾名虎背熊腰的男人穿著凱文克萊防彈衣和刻著店名的防塵面罩，揮舞金屬棍棒指揮排隊的男女，強風在他們身旁吹起陣陣沙塵。警衛瞇著眼睛抵擋風沙，手指壓著耳機聆聽指示。女孩穿著緊身洋裝掂腳站著，低聲承諾塞錢給警衛，希望對方網開一面，而有錢的五仔和加州人卻兩手空空走進店裡，身上的訂製西裝就是他們的入場券。

警衛一見到露西，立刻盡責地攔住她。她戴著運動款的防塵面罩，身穿牛仔褲和T恤，全身上下都寫明了她不屬於這個地方。

露西走到夜店後方，這裡的人比較肯收錢和說話。她來到後巷裡，拿出一根大麻口味的電子菸分給一名出來休息的女酒保抽，一邊跟她聊天。小巷裡飛沙走石，讓她不得不瞇著眼睛。

她拿出相片，沒想到女酒保竟然抿著嘴說她認得傑米。

「不會錯，我常見到他，」她說完吸了一口菸，菸頭的紫色LED燈閃閃發亮。

「妳確定？」

女酒保緩緩吐出煙來。「我不是說了嘛？明明往來的都不是普通人，小費卻給得那麼小氣。」

聽來是傑米沒錯。「他都跟誰往來？」

「通常是五仔，泰陽特區裡的人，」女酒保聳聳肩說：「炮友。」

「炮友？」

「妳沒聽過嗎？」女酒保笑著說：「妳知道的，就是打炮，插洞妳懂嗎？」她用手指做了動作。「這是中國人的說法，懂嗎？」

她發現露西一臉困惑，便惱怒地說：「拜託，少來了好不好？德州阻街女孩都是這麼對中國主管說的。那些女孩就只會說這句中文。妳整天都聽到那些女孩對著中國五仔說，**打炮打炮**。聽了就讓人噁心，連發音都不標準。」

「你們酒吧裡都是那些女孩嗎？」

女酒保猛力搖頭。「那些爛貨？當然沒有。她們都在街上，我們只讓檢點的女人進去，但她們個個都拚命想撈個金龜婿。」她往北邊的高樓大廈和鋼筋鷹架撇了撇頭。「泰陽特區啊，寶貝。在這個鬼地方，那裡最接近天堂了。」

「所以妳見過傑米跟那些女孩廝混？」露西一頭霧水。

「不是，」女酒保望著相片說：「這傢伙不玩那一套。他專找五仔搭訕，是五仔才找女孩子。」她吐了口氣，散發著甜香。「妳在找的這個小伙子，他很奇怪。我起先以為他找五仔是想勾搭他們，雖然我們這裡幾乎沒有同志，因為跟他們的調調不搭，但他感覺就跟同志一樣飢渴，妳知道嗎？好像他一心想找某人可憐他施捨他一樣。他完全不碰女孩子，就是一直跟五仔廝混。」

「哪樣的五仔？」

「主要是外地來的，妳知道，就是拿公司信用卡和外派艱苦加給的傢伙。中國籍太陽能工程師、加州人，還有華雷斯城和毒梟州來的小藥頭。」女酒保聳聳肩。「反正就是有錢人。」

「妳知道他們的名字嗎？」

女酒保搖搖頭。「不知道。」

「我可以給妳錢。」

女酒保沉吟片刻，最後還是搖頭說：「我可不想丟了工作。」

「我可以給妳錢。」

女酒保又吸了口菸，吐出甜甜的香氣。「聽著，妳如果想見他們，現在裡面就有一個五仔正在辦派對，妳朋友經常跟他混在一起。我可以指給妳看，但就這樣，我不能說出名字。」

「妳要多少錢？」

「媽的，妳說妳嗎？五十元？」

露西就這樣進了夜店。她站在漆黑的角落看著那名五仔跟兩名德州妓女貼身跳著豔舞，其中一個是金髮少女，另一個是拉丁裔，兩個看起來都不到能做這種事的年紀。

不管那人是什麼來歷，在露西眼中就是另一個有錢的混球。

「妳確定跟傑米在一起的就是他？」露西隔著夜店裡的噪音大喊。

女酒保正在倒紅色的內格羅尼雞尾酒。她抬頭瞄了一眼。「沒錯，就是他。他們常在一起。那傢伙從不欠錢，小費也給得很慷慨。」她拍拍自己的腦袋。「誰有付錢我記得清清楚楚。」

「他很敢花錢？」露西回頭瞄了那人一眼說。

「是啊，可敢花的，」女酒保咧嘴笑道：「宜必思對高階主管沒有設消費上限，只要看到藍白兩色，就知道鈔票又要滿天飛了。」

「宜必思？」露西突然轉頭。「妳說宜必思？」

「是呀，大公司，到處都見得到他們的看板，**明日的壓裂科技**之類的。」女酒保開始搖晃龍舌蘭和君度橙酒。「他老是大吹大擂，說他們正在開鑿新井，可以讓鳳凰城重見綠意。」她笑了。「我們都知道他在胡扯，但拿宜必思信用卡的傢伙都很大方。」

「謝啦，」露西說完遞了一張五十元鈔票過去。「妳幫大忙了。」

女酒保望著鈔票，好像見到狗屎一樣。

「妳有人民幣嗎？」她問。

露西和提莫在席德酒店的頂樓碰面。席德酒店位於老舊的尚諾奈布洛區，這一帶已經廢棄了，只剩未完工的房子在這裡積灰塵，而席德就像一座燈塔矗立在廢墟之間。暮靄中，老顧客正忙著拿槍亂射土撥鼠，點二二手槍在客人間傳來傳去，只要有人射中就引來一陣歡呼。露西抱著兩罐多瑟瑰啤酒走上梯子，遞了一罐給提莫。

「拜託嘛，提莫，幫幫我。」

提莫的手機響了。他還沒接，露西就已經聽到他姊姊安帕洛發飆的聲音了。

「幫幫妳？」提莫講完電話，難以置信地說。「怎麼不說幫幫我？我拍到的德州死人都堆到天花板了，就欠文字搭配。妳到底要不要幫我？安帕洛的男友又把她甩了，所以我得賺錢養活所有人，這是我的責任。」

「我只是不想再寫浩劫狗血了，」露西說。

「妳之前不是寫得很高興？能夠付帳單。」

「好啦好啦，我看看能不能趕快擠出兩篇報導，」她刻意停頓片刻。「但我還有一件事想寫，大條的。」

「可以得獎的那種？」提莫還是摁不住好奇。

「很難說，」但她沒有否認，讓提莫自己去幻想大新聞會帶給他多少名聲。

「什麼新聞？」

「我查到一個人的名字，麥可．拉坦，替宜必思工作的。」

「他掛了？」

露西笑了。「沒有，我認爲他在鳳凰城，來這裡替加州人辦事。我花了很多時間在他們公司的資料庫裡尋找相片，我想應該是這傢伙，」她讓提莫看她手機裡的相片。「我敢說他一定是五仔，卻查不到他的其他資料。沒有辦公室地址，泰陽特區也找不到他。我在想你是不是有朋友可以查得到他？」

「你還知道他什麼？」

「不多，他是宜必思探勘部的，我查證過，但那是因爲他們公司的人資部宣佈了人事異動我才查到的。他被派到這裡來擔任首席水利工程師，負責韋爾德含水層計畫、震測解釋、水利探——」

「好了好了，夠了，然後呢？」

「差不多就這樣。他的個人資料用公開搜尋都找不到，我用個人管道去找，那人甚至不在亞利桑那，還在聖地牙哥。」

「嗯，有錢人確實比較難找，他們會付錢讓自己銷聲匿跡。」

「我有錢可以用在這上頭。」

「哦？」提莫精神一振。「有人找上我們了嗎？我可以實報實銷。」

露西搖頭說：「沒那麼好，所以別花得太兇。我只是試試看，碰碰運氣，用的是我的錢。」她喝了一口啤酒。這時來福槍砰的一聲，一隻土撥鼠在沙塵裡翻了個筋斗，接著就動也不動了。

「喔，」提莫像洩了氣的皮球。「呃，如果妳肯出錢，我倒是認識一個女的負責替泰陽特區的人記帳，水電瓦斯費。那個叫拉坦的如果帳單登記的是他的名字，不是公司抬頭，也許可以挖到一些東西。」

「需要多久？」

提莫做了個鬼臉。「呃，我得先跟她吃飯……」

露西打開銀行帳戶，敲了一個數字說：「如果你能加緊速度，我可以給你三百元人民幣。」

提莫咧嘴微笑，撈出手機碰了露西手機一下，啟動匯款程序。「看來我今晚有事可做了。」

15

「妳確定這會有用？」瑪利亞隔著震耳欲聾的音樂大喊。

她抓著借來的緊身洋裝的裙擺，覺得自己衣不蔽體，屁股都快露出來了，不自在到了極點。莎拉打氣似的看了她一眼，朝她喊了什麼，卻被「末日到來！」裡的嘈雜給淹沒了。她拉著瑪利亞往人群當中擠。

舞客的臉龐忽明忽暗，燈光五顏六色，骷髏般的眼影、血紅彩妝、冰冷的顴骨、令人頭暈的沉重鼓點，還有人與人的肢體推擠。

瑪利亞任莎拉帶著她走。這是莎拉的世界，瑪利亞幾乎一無所知，一切都很新鮮和震撼：鼓點、人群、肌膚相貼、緊身洋裝穿在身上和肢體曝露的感覺。瑪利亞覺得對什麼都超級敏感：身體、呼吸和瞪大的眼眸，還有人的牙齒在黑色燈光下發著藍光——

莎拉從皮包裡拿出一樣東西，塞進瑪利亞手裡。

「拿著，」她隔著轟天噪音大喊。

瑪利亞舉起迷你軟管，感覺它看來有點像眼睛進沙時拿來清眼睛的人工淚液。

「這是什麼？」

「泡泡！」

莎拉聳聳肩，將軟管抵在鼻子下輕輕一擠，然後吸氣。她倒抽一口氣，伸手抓住瑪利亞的肩膀，藥效發作讓她手指摁得好緊。

莎拉開始搖頭晃腦，大笑顫抖，指甲摳進瑪利亞的肉裡。她顛顛倒倒站立不穩，兩眼閃閃發亮，隔著披垂的頭髮瞄著瑪利亞。

「妳確定?」她調侃道：「吸了會比較簡單，比較好玩。」

瑪利亞遲疑了一下，說：「好吧。」

莎拉滿意地笑了，從皮包裡拿出另一條軟管。「別擔心，這是好東西。」說完便摟住瑪利亞的脖子，將軟管塞到她鼻子下。

廉價的塑膠味，有點像黑膠唱片。

「吸吧！」

瑪利亞鼻子吸氣，莎拉摁了軟管，泡泡剎時衝進瑪利亞的鼻腔。她撇開腦袋猛眨眼睛，眼眶泛淚，感覺先熱後冷，眼窩後方像是吃了芥末一樣難受，接下來更加厲害。她開始搖搖擺擺。

莎拉抱住顫抖的她說：「放鬆，姑娘，放鬆。」

但放鬆沒那麼容易。瑪利亞覺得皮膚像是爬滿了無數小蛇，在她身上蠕動，隨著她的心跳、上升的血壓和夜店的音樂節奏扭曲、滑行和擺動。那毒品就像音樂，在她體內鼓動，充滿她、伸展和塗抹她，然後在她體內綻放狂野的生命力。

突然間，瑪利亞可以感覺到一切。她笑了出來，嚇了自己一跳。她的身體充滿了活力，頭一回感覺自己是活生生的。她瞪大眼睛望著莎拉。

「感覺好棒！」

莎拉笑她像劉姥姥一樣。

瑪利亞感覺到一切。她感覺到每一束燈光、每一聲鼓點，強烈感覺到她身上那件緊身洋裝，之前覺得它太陌生、太緊和太露，現在卻覺得無比誘人。她只要移動身子，洋裝就像雙手輕撫著她。所有東西都像撫摸。莎拉擱在她腰上的手等著她靠近、等著她品嚐、等著她投身其中。

瑪利亞伸手撫摸莎拉的臉頰，手指觸碰肌膚的感覺是那麼美妙，她可以這麼撫摸那柔軟的肌膚，幾天幾夜都不會厭倦。

「感覺眞好，」瑪利亞夢囈般地說。

「我就說吧。」

莎拉沒讓瑪利亞閒著，一把抓住她的手帶她往人群裡鑽。

推擠不再感覺壓迫或侵犯，更像一場遊戲。瑪利亞伸手觸碰擦身而過的人，手掌滑過某個男人絲質襯衫的背部，滑過某個女人的翹臀。她趁機用身子挨擠錯身而過的人，感覺他們也伸手撫摸她的身軀。手指和手掌無所不在。觸碰、壓擠和戳弄，每一次肌膚相親都在她體內激起一陣泡泡。她發現自己情慾高張，急著想跟人歡愛。她感覺自己有如飢渴的野獸，徹底受本能驅使，強烈渴望性與觸碰。

她心裡有一塊地方覺得很難爲情，被藥的威力嚇壞了。這不像她，這不是她會做的事。但她心裡其他部份一點也不在乎。瑪利亞讓自己沉浸在舞客、燈光、雙手和身體需索的愉悅中，任其將她吞噬——

「**快點啦！**」

莎拉依然拉著她的手。瑪利亞感覺太舒服了，不想跟莎拉爭辯。她讓自己被莎拉牽著往前，一邊繼續觸摸身旁的人。她愛他們每一個人，笑吟吟地感受他們的手拂過她的身體。

莎拉突然放掉瑪利亞的手，瑪利亞困惑地轉過頭來。

只見莎拉雙手摟住一個男的，親吻他。就是跟她說含水層的那個傢伙，水利學家拉坦。他想得到她們兩人，莎拉說他離開時會帶她一起去北方，她們來這裡就是爲了他……

瑪利亞沒興趣了。這裡的音樂太美了，DJ將鮮血樂團的音樂混進爹爹合唱團的曲子裡，舞客都是爲她而來。讓莎拉去忙她的事吧。瑪利亞舞動身軀，覺得狂喜莫名，從小到大頭一回感到自己，什麼都不在乎，什麼都不畏懼。

說不定她們明天付不出規費，就這麼一命嗚呼了。說不定此刻是她今生能享受到的最後的美好，明天只剩塵土、匱乏和求圖米可憐她，借她他可能不會借的錢。但今晚她和一個男的貼身熱舞，跟一個女的跳黏巴達，然後自己獨舞，上下撫摸自己的臀部，扭動身軀感受節拍。她握拳抓扯身上的緊身裙，喜歡隨著音樂搖擺身體時布料搔弄她掌心的快感。音樂已經滲入她的體內，不再震耳欲聾。她隨著音樂搖晃，脈搏和節奏合而爲一，感覺就像多了一顆心臟，在她體內注滿活力。

瑪利亞瞥見莎拉和她男人正在看她。莎拉一身迷你裙、高跟鞋和濃妝，看來老了好幾歲。她在瑪利亞臉上也畫了同樣的妝，把她弄得像洋娃娃一樣，好將她因爲賣水鬧劇損失的錢賺回來。

莎拉揮手要她過去。

瑪利亞朝莎拉的男人伸出一隻手，挑逗對方。她喜歡伸手要他親吻的感覺，喜歡他盯著她手不放，喜歡莎拉湊過來，呼出的溫暖氣息拂過她耳朵的感覺。

「他說好，」莎拉說：「他會付錢，希望狂歡一場。」

「多少錢？」

「絕對夠，他想辦一場傳統的大派對。」

莎拉將瑪利亞拉到身旁，兩人一起跳舞。泡泡在瑪利亞皮膚底下聚積沸騰，不停上揚。莎拉的男人朝穿著高跟鞋、緊身短裙和洞洞上衣的女侍者揮手示意，對方立刻端了龍舌蘭過來。三人一飲而盡。莎拉的皮包裡還有泡泡。

拉坦拿了一管泡泡遞到瑪利亞的鼻孔旁。瑪利亞沒有反抗。他的勃起硬直地頂著她的小腹不停戳刺，需索她的身體，暗示著。瑪利亞抬頭朝他微笑，沉迷於他的觸摸和他的雙手摁在她身上的力道。難怪莎拉會做這種事。瑪利亞在飛翔，感覺活力無限。之前的她槁木死灰，說不定從來沒有活過，這會兒卻強烈地活著。

瑪利亞和莎拉爲他而舞，身體愈貼愈近。莎拉的唇吻上她的嘴，瑪利亞發現自己竟然毫不在意。莎拉的舌頭溼潤、陌生而火辣，飢渴地貼著她的唇。瑪利亞張嘴回吻莎拉，感覺泡泡在體內上揚。

拉坦從背後靠了上來，緊貼她的臀部。瑪利亞夾在兩人的擁抱和鼓點之間，嘴裡發出呻吟，周圍一切都緊貼著她，又熱又快。他的手在她身上遊走，笨拙地尋找她的乳房。瑪利亞不在乎其他人的目光，不在乎自己近乎赤裸。

她再次親吻莎拉，狠狠地吻她，追逐她的小嘴，尋索她的雙唇。她體內浮出一股飢渴與需求，強烈到她無法理解，只知道她好渴望莎拉，渴望她的吻。

他們三人離開夜店，奔向煙霧迷濛的炎熱夜晚，遠方森林大火的灰渣和枯死農田的沙塵在他們四周繚繞。

瑪利亞只覺得開心吃了這個藥，喜歡這個感覺，還有莎拉在她身旁。她喜歡莎拉再度牽著她，拉她靠近，喜歡她剝下她的緊身洋裝，再次露出她的乳房。

瑪利亞拱起身子，希望莎拉的唇再度貼上她的。她渴望回吻莎拉，袒露莎拉嬌小閃耀的乳房，吞噬和她不同的粉紅乳頭，急切渴望品嚐莎拉的身軀。

只要讓瑪利亞擁有莎拉，拉坦就能爲所欲爲。莎拉才重要。就只有她。莎拉的手滑到瑪利亞的腿間，瑪利亞張開雙腿，渴望莎拉觸摸。

那裡。

瑪利亞覺得自己的眼大如明月，凝望著莎拉狂野的藍眼。莎拉的目光比電流還要強烈，她覺得自己在飛又在墜落。

瑪利亞突然被自己的飢渴嚇到了。她幾乎沒意識到他們下了車、經過門房、走進安全電梯，沒感覺到他們直衝雲霄。瑪利亞只想觸碰莎拉，只希望泡泡的藥效和莎拉的撫摸能永遠不斷。她很怕藥效和莎拉的觸碰會消失，這一刻會結束，留下她一人孤獨而飢渴，沒有莎拉陪伴。

拉坦的大床容得下他們三個。汗水和渴求讓她身軀濕滑，羅衫輕解即落。她再次投向莎拉懷中。瑪利亞感覺拉坦的手摸上她的臀部，感覺他硬挺的陰莖抵著她的屁股，手指試探她的禁區，不停推進，往裡面挺。她感覺疼痛。

瑪利亞掙扎了一會兒，但拉坦依然執著。這時，莎拉捧起她的臉，將瑪利亞拉到胸前，眼裡閃著理解的光芒。

莎拉將瑪利亞拉到身旁，親吻她的嘴唇、臉頰和眼瞼，在拉坦不停衝刺時在她的耳邊低語。莎拉的安慰呢喃應和著他的節奏。

他會付錢，他會付錢，他會付錢。

16

露西・孟羅住在一棟低矮平房裡，泥牆厚實，個人太陽能板用粗鐵鍊固定在屋頂上頭，彷彿深怕精神病患逃跑似的。老派的環保建築風格，杜松立柱門廊用一塊鬆垮的藍金兩色橡膠塗布保護著，感覺像是從很久以前的動漫展場偷來的，來自鳳凰城還會舉行眞正展覽的年代。

一輛老舊的福特皮卡停在前院，停的角度很怪，輪艙生鏽，輪胎用千斤頂架著，感覺像是在沙漠裡奔馳了一百萬英里，但還想馳騁沙場衝出地獄。

安裘將特斯拉電動車停在屋前，兩隻雞在車頭咯咯叫。他下車靠著車門，女記者家附近的房舍都有空心磚牆保護，不讓外人窺探牆後的一切。

安裘看見小巷遠處有幾頂帳篷和幾間鐵皮和廢紙板搭成的棚屋，似乎是流民聚居的地方，心想是不是有人鑿穿了鳳凰城的舊水管。這附近沒有救濟泵浦，流民窟會出現在這裡很奇怪。凱斯絕對不允許賭城發生這種事，放任民眾偷接水而沒有付錢。鳳凰城會衰敗，這又是一個原因。

他戴上太陽眼鏡開始等待。

安裘心想露西要是在屋裡，應該會觀察他，思忖該怎麼辦。她會認出他，說不定心生厭惡。所以他在外頭等著，給她時間習慣外人來訪。他當過許多次不速之客之後才發展出一套固定儀式。告訴別人即將失去水這個壞消息是一項特殊技能，當面否決人總是很危險。

他出於習慣掃描了左鄰右舍的屋頂，確定有沒有攝影機或狙擊手，但沒發現。

露西的皮卡車底下躺著一隻黑灰色的癩皮澳洲牧羊犬，可能因爲太熱了懶得理他這個侵入者。一隻雞就在這隻雜種狗的鼻子前啄食，牠卻連吠都懶得吠。

安裘覺得已經給了露西．孟羅夠多時間了，便推開院子鐵門拂掉沙塵。那狗一躍而起，不是因爲安裘，而是屋門開了。

女記者走了出來，宛如一道陰影從塗布遮蔭的門廊踏入豔陽下。她雙手插在褲子後口袋，翹著屁股隨意站著，聲音很不客氣。

「你來這裡做什麼？」

她跟他在停屍間見到的她不一樣。她那時穿得比較講究、比較專業，好贏得條子和法醫的敬重。這會兒她穿著展露臀部線條的褪色緊身牛仔褲和微露平胸的低領T恤，看起來很居家，好像正在做家事一樣。

「我希望能跟妳談談，」他說。

露西朝他的車撇了撇頭。「我就知道你不是警察。」

「沒錯。」

「但你假裝是。」

她一臉提防，但對安裘來說感覺跟之前差不多。這位女士也許服裝不同，但眼神沒變：一雙灰色眼眸看盡了世事，而且知道太多。

對安裘來說，她的眼睛就像隱藏在砂石峽谷深處被人發現的池塘，同時帶著救贖與靜定，有如一方冰冷的水，當你跪下掬水而飲時，發現自己的倒影在水底深處望著你，徹底洞穿，就算你陷溺其中也不會後悔。

「我覺得我們之前的互動方式錯了，」安裘說。

「是嗎？」

女記者將手從牛仔褲後口袋抽出來，握著一把黑亮的手槍，霧黑的槍身只比她的手掌稍大一點，槍管很短，感覺跟握著彈夾沒有兩樣，但依然足以致命。

「關於你這個人，我想我該知道的都知道了。」

「哇，」安裘舉起雙手說：「妳搞錯了，我只是想跟妳聊聊。」

「就像你對傑米那樣嗎？用火鉗戳進我屁股，然後電擊我？」她舉起手槍。

安裘發現又黑又小的槍眼對著他的眼睛。

「妳誤會了。」

「我不覺得。」

安裘發現**她在害怕**。

槍在她手裡可能握得很穩，但她在害怕。她臉上帶著一股幽微的森冷——她覺得自己死定了。

媽的，她覺得自己在做最後一搏。

「我不是來找妳麻煩的。」

安裘倒退幾步坐在低矮的土胚牆上，刻意緩和情勢，讓自己看起來被動和無害。

「這種話誰都會說，」女記者低頭瞇眼瞄了瞄槍管。「我給你五秒鐘離開這裡，再也別讓我看到你。你應該慶幸沒有被我一槍打死。」

「我只是想找妳聊聊。」

「五。」

她不是天生殺手，安裘不覺得她是，她只是被逼過頭了，跨越了是非的線。安裘從來沒在其他人眼中見過那樣的神情。他知道那種絕望。他經歷過。

「聽著——」

「四。」

他在德州難民眼中見過那樣的神情，在他們長途跋涉逃離德州卻遇到墨西哥黑幫的時候。他在運毒小弟眼中見過那樣的神情，在他們不堪虐待決定死前傷害某人作為報復的時候。他在內華達州的農莊主眼中見過那樣的神情，在他們挺身捍衛灌溉水閘不讓南內華達水資源管理局關閉的時候。

露西不是靠殺人維生的人。不過話說回來，失去希望的人有時會失去人性，狗急跳牆，成為未知悲劇的執行者。

「妳不會想這麼做的——」

「三！」

「拜託！」安裘反駁道：「我們不必這個樣子！我只是想找妳聊聊！」

他已經在心裡盤算如何一個箭步衝向她。他可以轉身，用防彈夾克吃子彈，不斷往前直到抓住她。雖然危險，但覺得有辦法制服她。

「我只希望妳聽我——」

「二！」

安裘竟然一反直覺張開雙臂，防彈夾克應聲鬆開，讓自己更加危險。「妳的朋友不是我殺的！我來找妳只有一個理由，因為我和妳都想知道同樣的事！我只是想和妳聊聊！」他閉上眼睛張開雙臂，像是釘在十字架上等著受死。

這一天終於來了。

他屏住呼吸，恨自己竟然把自己搞到這一步。早知道就一把擒住她，而不是只能在心裡祈禱他沒有看錯她。**耶穌、瑪利亞、死亡女神……**

沒有子彈。

安裘微微睜開一隻眼。

露西依然拿槍指著他，但沒有開槍。

安裘勉強擠出微笑。「妳槍玩夠了嗎？我們可以談談了嗎？」

「你到底是何方神聖？」露西問。

「我只是想和某位大記者談一談，因為她在所有跟鳳凰城兇殺案和水資源的主題標籤上拚命貼文。**#鳳凰城淪陷**對吧？那是妳嗎？妳寫得很兇。」安裘刻意面露遲疑，想讓她覺得自己很有力量，有主導權。

她當然有主導權，你這個白痴，他腦中一個聲音這麼對他冷嘲熱諷。**她就算瞄得不夠準，你也早就被子彈打得腦袋開花了**。

安裘繼續往下說：「這一切不是只有妳朋友被五馬分屍那麼簡單，對吧？而是有別的事在發生，而且大有蹊蹺，這點妳知我知。我只是希望妳能給我一些方向，就這樣。我只是想跟妳談談。」

「你覺得我會在乎你要什麼嗎？你這個假扮成警察的混球。你怎麼會覺得我願意幫你？」

「也許我們可以商量一下，」安裘安撫道：「互相幫忙。妳是因為害怕才會拿槍指著我，不是嗎？但我發誓，妳應該提防的人不是我。我們也許能互相幫忙。」

露西恨恨笑道：「我發瘋了才會相信你。」

「我是來求和的。」

「我賞你一顆子彈，我們就和了。」

「人死就沒辦法問話了。」

「我可以打穿你的膝蓋，」露西說：「看我把你一對膝蓋骨打爆之後，你還笑得出來嗎。」

「妳是可以那麼做，但我認爲妳不會。聽著，我見過那種人，但我認爲妳不是。那種遊戲不是妳這種人會玩的。」

「但你是那種人，對吧？你就是那種人。」

安裘聳聳肩。「我沒說我是聖人，只說我們利益相同。」

「我眞的應該賞你一槍。」

「不會的，相信我，妳不會想成爲冷血殺人狂的。」

沒想到露西肩膀一垮，放下手槍，讓安裘嚇了一跳。「我已經不曉得我是什麼樣的人了。」她說。那一刻，她臉上的神情是那麼疲憊和絕望，感覺像一千歲那麼蒼老。

「妳覺得有人會來幹掉妳，」他說。

她乾笑一聲說：「寫屍體的人不可能活那麼久，至少在這裡不行。」她轉身大步朝屋子走，踏上門廊時回頭瞥了一眼，不耐地揮了揮手槍。

「怎麼？不是說要聊聊嗎？」她說：「我們就來聊吧。」

安裘止不住臉上的笑。他果然沒錯看她。他了解她，第一眼看到就知道她是怎樣的人了。

也許他早在見面前就認得她了。

安裘隨露西走進屋裡。她的狗依然懶洋洋地躺在皮卡底下。安裘走過時朝牠咧嘴笑著說：「我認識她。」

說出來感覺眞好。

狗打了個呵欠，側躺在地，一點也不在乎。

露西家裡東西很少，室內整潔而涼爽，陶瓦地磚搭配瓜地馬拉針織窗簾，架子上擺了幾只納瓦荷陶器，所有東西混搭在一起，洋溢著美國西南特有的庸俗，感覺很親切。

她的平板電腦和鍵盤擺在切削粗糙的木桌上，用軍用級的防震保護殼包著，就算往牆上砸也不會摔壞。

電腦旁放著外層龜裂的防塵面罩和護目鏡，周圍一圈沙子和塵土，彷彿她一進門連抖掉沙塵都來不及就趕著幹活，一心只想打開電腦開始發文。

書架、相片，其中幾張拍得很清楚，是隔著窗拍攝的亡城百態。某家人駕著敞篷小貨車逃離德州，年少的兒女背著獵槍和長槍坐在三百加侖的水箱上揮舞州旗。安裘很好奇他們這樣一路挑釁到底能走多遠。

還有其他相片：德州佬的祈禱帳篷裡，男男女女跪在地上拿著墨西哥刺木莖鞭打背部，祈求神的救贖；高速公路上的車陣被豔陽照得閃閃發亮，兩旁是一望無際的血紅沙漠，頭頂上是熾熱無雲的藍天。可能是德州人穿越新墨西哥州，肯定是老相片，因爲現在有國民兵不讓人民亂跑，去他們想去的地方。

其中一張相片特別醒目，是一群小孩和某個綠草如茵的地方。人們歡笑著，肌膚光滑溼潤。

「妳的小孩？」安裘問。

露西頓了一下說：「我姊姊的。」

相片中一名皮膚白皙的女子將頭靠在深色皮膚男子的肩上，安裘覺得他看來像是中東或印度人。女子的臉跟露西很像，但眼神中沒有露西那種頑強的深邃。露西到鬼門關裡走過一遭，雖然渾身是傷，至少完整無缺，但相片中的那個白皙版的露西應該很容易就崩潰了，安裘心想。露西的姊姊是很容易崩潰的那種人。

「看起來綠油油的，」安裘說。

「溫哥華。」

「我聽說那裡的內衣會發霉。」

露西微微一笑。「我也這麼說，但安娜一直否認。」

其中一個書架上都是老書，冊數還不少，像是皮革裝幀的狄尼森小說和附插畫的舊版《愛麗絲夢遊仙境》，就是用來炫耀個人聰明才智的那種書，標榜身份地位用的。不過，有一本老書：自然保育作家賴斯納的《凱迪拉克沙漠》。安袞伸手去拿。

「別碰，」露西說：「那是簽名初版書。」

安袞冷笑一聲：「我想也是。」接著又說：「我老闆每次僱用新人，就會叫他們讀這本書，讓我們知道現在局勢亂成一團不是意外。我們明明朝地獄走，卻什麼都沒做。」

「傑米也常這麼說。」

「妳說妳朋友，就是那個水利局的法務？」

「你老闆是凱塞琳．凱斯？」

安袞咧嘴微笑：「是誰不重要。」

他靠著流理台，兩人陷入沉默。

「你想喝水嗎？」露西問。

「妳想招待的話。」

她看了他一眼，似乎不曉得自己是想招待他，還是補他一槍，但還是去拿了杯子打開濾水缸的龍頭。清水注入杯裡，缸上的數位顯示幕亮了起來。

廿八．六加侖……廿八．五加侖。

他發現她只用一手裝水。她還是在提防他，還是沒放下那把槍，但至少不再指著他了。他覺得這應該是他今天能得到最大的讓步了。

「妳之前寫東西比較謹慎，」他說。

露西嫌惡地瞄他一眼。裝好水後，她將杯子遞給他。「你現在又變成文評了？」

安裘接過杯子舉杯道謝，但沒有喝。「妳知道以前檉柳獵人在科羅拉多只要彼此遇到，就會分水喝嗎？」

「是有聽過。」

「他們拚命剷除從河裡吸水的東西，檉柳、白楊和沙棗之類的。那時加州還沒有強佔河水，所以競爭非常激烈。剷除愈多的吸水植物，就能搶到愈多的水，換取愈多賞金。所以，他們每次見面都會交換水喝，但只交換一點點，一水壺左右，所有人一起喝。」

「一種儀式。」

「沒錯，但也是一種提醒，提醒所有人就算他們為了水爭得你死我活，大家還是在同一艘船上的，」安裘停頓片刻。「妳要跟我一起喝嗎？」

露西打量他，最後搖搖頭說：「我們沒那麼親近。」

「隨便妳，」安裘還是舉杯致意，感謝她提供的生命之泉。他喝了一口。「失去傑米這個朋友，似乎讓妳豁出去了。妳開始杯弓蛇影，覺得惡魔就要找上妳了。既然如此，妳何必豁出去呢？」

露西撇開頭去，匆匆眨眼，似乎想振作自己。「他明明是個大混球，我也不曉得自己幹嘛要在乎。」

「是嗎？」

「他非常……自以為是，」露西停頓片刻，尋找正確的形容詞。「他喜歡耍帥，覺得自己比誰都聰明，而很喜歡證明這一點。」

「所以才會一命嗚呼。」

「我警告過他。」

「他在忙什麼？」安裘問。

「怎麼不是你告訴我？」

她又態度強硬了起來。雖然心底脆弱，但可不是他能見到的。她這會兒又用那雙暗灰色眼睛望著他，就算有柔弱的一面，也被她鎖了起來。

「我想應該跟水權有關，」安裘說。他拿著杯子走到防震電腦前喝了一口，接著說道：「而且是值錢的大發現。」他左右看著電腦和電腦的邊角。

「電腦上鎖了，」露西說。

「我沒有刺探的意思。」

「才怪！那你朋友佛索維奇爲什麼會死？」她問：「他是誰的手下？」

「我想妳既然知道他的名字，應該也知道他是誰的手下了吧。」

她恨恨瞪他一眼。「看證件他是鹽河計畫電力公司的人，但顯然是障眼法。就算他領電力公司的薪水，我也覺得他是某人的眼線。」

「妳好像扯太遠了。」

「你說眼線嗎？」露西哈哈大笑。「洛杉磯一九二〇年代榨乾了歐文谷的蓄水，他們那時就有眼線了。既然當時設眼線有用，現在當然值得一試。」

「妳眞是專家。」

他回到流理台前，將杯子擱在磁磚上，發現她的手提包、鑰匙和手機放在旁邊。紫色的皮手提包，大量的銀色車邊。

「手提包不錯，」他一邊說著一邊摸了摸。

「你沒回答我的問題。」

「用到現在還是很不錯。」

「這是薩琳娜包，」露西說：「你看起來不像時尚達人。」

「我通常都穿凱文克萊防彈衣，」安裘摸了摸夾克。「工作很實用，妳懂吧？」

露西似乎很失望。「傑米很懂時尚，這只手提包就是他買給我的。我沒什麼時間購物，但他總是想送我一點行頭。」她聳聳肩。「他老是這麼說：妳需要行頭，妳需要行頭。」

「所有人都需要行頭，」安裘說著伸手去拿她的手機。

露西將手機搶過來。「你還是沒有回答我的問題。」她走過去坐在沙發上，手槍擺在旁邊，蹺起二郎腿。

安裘突然意識到她的身材。他覺得她是故意的。他喜歡她的腿、她的臀和屁股，也喜歡她的灰色眼眸。他喜歡她叫自己不要怕他，不聽他說屁話，而且願意冒險挖掘她想知道的事。

「所以呢？」露西追問道：「你那個死掉的朋友到底是誰？」

「不會吧？」安裘找了一張椅子拉過來坐在她面前。「妳那麼聰明，應該不需要問這種問題。」

她一臉惱怒。「我不玩你猜我猜。」

「那就別猜了。」

露西皺眉審視他。「賭城，」最後她說：「你是水刀子，替凱塞琳．凱斯工作，是她的手下。」

安裘笑了。「我還以爲妳要說我是○○七呢。」

「我很懷疑你有那個腦袋當得起○○七，」露西說：「你偷瞄我屁股的樣子很豬哥，但腦袋實在不夠靈光。」

安裘背靠椅子，不讓露西看出他被刺傷了。

「水刀子不存在，」他說：「只是傳言罷了，是神話好嗎？就跟**卓柏卡布拉**一樣是人捏造出來的，只要出事就怪到他頭上。凱塞琳．凱斯沒有水刀子，只有一群替她解決問題的人。她手下當然有律師、眼線和護衛，但是水刀子？」他聳聳肩接著說：「那倒是沒有。」

露西放聲冷笑：「所以她沒派人滲透到其他城市的水利部門嗎？」

「沒有。」

「她也沒有派人對付不肯出售水權的農民，讓他們人間蒸發嗎？」

「沒有。」

「她也沒有派人在內華達州的南方州界組織民兵，提供武裝，攻擊試圖橫越科羅拉多河偷渡到你們州裡的亞利桑那、德州和新墨西哥人嗎？」

安裘忍不住微微奸笑。「這倒是蠻接近的。」

「你們也沒有派黑色直昇機炸掉卡佛市的自來水廠。」

「錯了，我們當然有，那裡的水是我們的。」

「所以你是內華達人，凱塞琳．凱斯的手下。」

安裘聳聳肩。

「別不好意思承認。我知道你不是加州人，他們喜歡穿西裝。」

「只有版子不同，」安裘說：「材料一樣是防彈纖維。」

她朝他生硬地笑了笑。「那你爲何不肯透露你那位不是水刀子的朋友倒底跟傑米有什麼瓜葛，搞到兩人都被殺了？」

「我猜這妳也知道答案了，想過也搞清楚了。」

「不會吧？你覺得可以這樣對付我嗎？我只要猜測關於你的事，你就拿它來反問我一些事？少來了。」露西搖頭說：「你不可以來我家，然後這樣對我。你要嘛老實招來，要嘛就離開。」

「不然呢？妳要一槍斃了我？」

「有種你就試試看。」

安裘舉起雙手，道歉說：「妳問吧。」

「你破壞東西難道不會累嗎？」

「破壞東西？」安裘笑了。「我可不幹那種事，妳誤會我了。」

「是嗎？你去到哪裡，那裡的人就慘了。」她揮手指向加了鐵窗的窗戶。「你對鳳凰城做了這些事，難道不覺得羞恥嗎？你有停下來思考過嗎？」

「妳把我說得好像具有神力一樣。我對鳳凰城什麼都沒做，是鳳凰城把自己搞成這樣的。」

「鳳凰城沒有切斷亞利桑那中央運河，是有人用強力炸藥幹的。」

「我聽說是摩門教分離主義者。」

「鳳凰城停水了好幾個月，運河才修好。」

「聽著，是鳳凰城讓自己變脆弱的，不是我的錯。就像卡佛市只有次優先水權卻敢在沙漠裡興建城市一樣，兩者都不是我的錯。余西蒙愛怎麼抱怨是他家的事，但卡佛市一開始就沒有資格抽那裡的水。」

「是你幹的，對吧？」露西瞪大眼睛。「你真的去了卡佛市，你就是炸毀水廠的兇手之一。天哪，說不定亞利桑那中央運河也是你炸的。」

「不流血就沒水可喝了。」

「你聽起來跟天主教徒一樣。」

「我比較相信死亡女神，但妳要問我有沒有罪惡感？抱歉，完全沒有。就算拉斯維加斯不把這裡逼到懸崖邊，加州也會這麼做。」他朝露西書架上的那本《凱迪拉克沙漠》撇了撇頭說：「很多人早就知道在這裡興建城市很蠢，但鳳凰城還是像鴕鳥一樣將頭埋在沙裡，假裝災難不會發生。」

「所以就算炸掉他們最後的穩定供水來源，你也想都不想就幹了？」露西說。

「妳很喜歡扒糞是吧？挖掘謊言，喊出眞相，就算害自己喪命也在所不惜。」

「當然——」露西頓了一下。「不是。你知道嗎？才不是，我根本不在乎謊言。謊言沒什麼。眞相和謊言只有一線之隔，至少——」她又頓了一下，搖搖頭說：「問題不在謊言，而是沉默。是沉默讓我受不了。是我沒說的那些事、沒寫出來的那些話，我難受的是那些，最後讓我受不了。那些我叫自己不要說的事，那些因爲太危險而永遠不會變成白紙黑字的眞相和謊言。」

「但妳現在卻跑到屋頂上對所有人說，而且還用吼的。」

「因爲我受夠了，」露西搖頭說：「你不會相信我沒寫的那些事。」她聳聳肩接著說：「也許你會。」她面露疲憊。「因爲你身在其中。」

「那是妳說的。」

露西橫眉豎目。「賭城水刀子，覺得自己是壞蛋。」

「我還挺得住，」安裘說。

「是嗎？」

「我還沒死，賭城也是。」

「錯了，」露西搖頭說：「你只是二軍。」她猛然起身走到窗邊往外看。「加州那些人，他們才是一軍。洛杉磯、聖地牙哥和帝王谷那些公司，他們才知道如何搶水。那是他們的本性，與生俱來的本領。他們消滅外地爭奪水源已經整整五個世代了，厲害得很。」

她走到另一扇窗前往外看，環顧陽光烤乾的院子，接著說：「凱塞琳．凱斯只是在苦苦追趕。我本來以爲她很重要，像你這樣的水刀子是她的打手。這都得感謝亞利桑那中央運河那件事。」她搖搖頭。「但我現在知道你根本不算什麼。」

「因爲傑米，」安裘補充道：「妳認爲加州佬殺了他。」

露西回頭瞄他一眼。「他們沒有理由殺了他。他已經給了他們要的……」她沒有往下說。「我覺得是你們的人，拉斯維加斯。」

「這絕對不是我們幹的，所以一定是加州佬。」

露西似乎沒聽進去。「不久前，」她說：「我訪問了一個男的，他是某家公司的老闆，替亞利桑那探勘水源，像是鑽探、水力壓裂和水文分析之類的。那個男的坐在那裡，我以爲他會跟我談鑽探、抽水和含水層補注，例如他們在德州聖安東尼奧做過含水層淡化等等，一些無聊的工程話題，甚至吹噓這裡有深水含水層，只要交給他們做水力壓裂，保管亞利桑那變成南方的北達科塔之類的屁話。結果他竟然拿了一份小報扔在桌上，」露西頓了一下，回頭望著安裘。「你應該看過小報了，對吧？」

安裘點點頭。「昨晚妳說妳替小報工作。」

露西說：「做記者的說自己替小報工作，比較沒有威脅感。只報導屍體，不報導屍體背後的故事。不交代背景來歷的屍體比較無傷大雅。」她腔調一改，模仿起某人的語氣：「只報屍體，小姐，只報屍體。」說完僵硬微笑。「提莫以前老是這麼說。」

「妳說妳的攝影師朋友嗎？我跟他聊過一會兒。」

「他攝影技巧很好。總之，這裡正在崩壞，所有人都知道毒梟開始進駐，在流民居住的區域活動，將德州、新墨西哥和半個拉丁美洲變成運毒工具，讓他們攜貨到北方。墨西哥灣和華雷斯城的毒梟在這裡爭地盤，卻沒人敢報……」露西沉默下來，似乎若有所思，過了一會兒才說：「但那傢伙坐在那裡，穿西裝打領帶，手裡拿著小報，戴著一副小眼鏡，你知道，就是那種新款的，有擴增實境功能的眼鏡。他沒有說自己的豐功偉業，而是說：妳寫了不少報導批評加州。」

露西苦笑道：「感覺就像中國公共資料部派人來提醒你一樣，只不過完全不是，就是我和他和一份小報。」

「妳說他是鑽探公司的老闆？」

「對。」

「宜必思嗎？」

她一臉茫然望著他。「我忘了。不過你要是告訴我拉斯維加斯滲透了哪些公司，我可能會想起來加州掌握了哪些企業。」

「漂亮，」安裘說：「所以妳跟宜必思的高層見了面，他說……」

露西笑了。「亞利桑那請來找水的公司都是加州人把持的，你就知道這地方沒戲唱了。」她說完又笑了。「沒錯，這位宜必思的高層建議我：我想寫什麼都行，只是最好別再管加州在搞什麼，多擔心其他事情，例如科羅拉多河協議修正案、內政部人事改組、內華達，」她朝安裘撇撇頭說：「或是傳言中的賭城水刀子，還有聯邦緊急事務處理署人力不足，無法應付墨西哥灣的颶風、中西部龍捲風、密西西比水災和曼哈頓海堤潰決。有人情味的報導最好看了，所以多寫鞠躬盡瘁的緊急事務處理署人員，或是聯邦政府力量有限，無法照顧家園乾涸的德州人。全世界有太多故事可以寫，有太多消息值得關注。」露西冷笑道：「他沒有命令我寫什麼，只是提醒我或許可以多關心其他值得並需要報導的新聞。」

她接著說：「然後他拿出一大疊人民幣擺在桌上，肯定有二十公分高，而且一點都不覺得不好意思，直接將錢推到我面前，站起來說：謝謝妳過來，說完就大步離開了。」

她說：「我愣愣坐在那裡，眼前是一疊鈔票和一份小報，小報上是一名女游泳者死在乾涸的游泳池底，血都快流乾了。一群野狗圍在她身旁舔她的血。我就愣愣坐在那裡。」

露西轉頭看著安裘。「這就是加州人的手段。凱塞琳‧凱斯可以找一堆祕密手下替她做事，但說到底，一切都是加州人說了算。加州人不跟你開玩笑的。」

「妳讓步了。」

她意味深長地看了他一眼。「你知道，聽到別人告訴你接下來要怎樣，你一開始會很生氣，對吧？會想反擊，讓他們知道你不害怕。所以你立刻還以顏色，再寫一篇關於宜必思探勘公司的報導，或加州如何千方百計從哈瓦蘇河多弄一點水。你提到亞利桑那某位政客跟宜必思董事會的某位毒梟有勾結，那位毒梟才剛給了眾議員戴恩‧雷納五萬美元，而議員恰好正在遊說撤銷科羅拉多河協議刪節案，而且在溫哥華多了一間渡假別墅。你在差旅和金流紀錄裡尋尋覓覓，拼湊冷門的祕辛，內容比沙漠還乾。」

她說：「比起小報的血腥相片，沒有人對文件資料裡的蹊蹺感興趣，對吧？就算你寫出來，也根本沒有人看。因爲這些報導，我有一年還拿到普立茲獎，但那篇報導可能是我點閱率最低的一篇文章。接下來我只知道我的車胎開始被人戳破，再也沒有人肯讓我採訪。這時你就知道至少有某人在讀你的報導，而那個人才是眞正的大咖。」

她聳聳肩說：「於是你就明白了。你不再報導屍體，因爲毒梟不喜歡，至少不再報導屍體背後的故事。你也不再報導錢的事情，因爲政客不喜歡。你更不會報導加州佬，因爲他們一定會想辦法讓你再也寫不了任何東西。」

「很多不再。」

「我受夠了。」

「所以妳現在豁出去了，」安裘朝她的手槍擻擻頭說：「等人拿槍來對付妳。」

露西冷笑一聲。「也許我不想活了吧。」

「沒有人會想死的，」安裘說：「或許嘴巴會這麼說，但只要死到臨頭都一定會反悔。」

露西的手機響了，她接起來。

「我是露西．孟羅。」她聽對方說話，接著看了安裘一眼，隨即低頭。「是嗎？五仔？」她突然全神貫注。「你再說一遍。好，我知道了。不，現在不方便。」她又瞄了安裘一眼。「嗯，好，沒問題。」說完便掛斷手機。

「你該走了，」她對安裘說。

「妳不打算告訴我妳朋友傑米到底在搞什麼嗎？」安裘問。

「對，」露西說：「其實我覺得我已經不需要你了。」她拍拍腿上的手槍，槍口並沒有對準他。

「你該走了。」

「我以爲我們正漸入佳境呢。」

她瞪了他一眼說：「你們都一樣。內華達人或加州人統統一樣，都是來這裡偷拐搶騙，想辦法把河水變成你們的。」她朝窗戶擻擻頭，窗外鳳凰城的天際線沙塵瀰漫。「你說你們不會做出他們對付傑米的那種事，但你們對這裡的居民做的事更糟糕。」

「把這裡建造得這麼糟不是我們的錯，是鳳凰城自作自受。」

「那我想你的朋友佛索維奇也是自作自受。」

她舉起手槍指著他。

「哇！」安裘舉起雙手。「我們又回到原點了？」

「本來就是這樣，」露西牢牢握著槍。「出去！要是再讓我見到你，我一定馬上開槍，這回可就沒有警告了。」

她是認眞的。

之前她還沒那麼認眞，但接了電話之後，她就充滿殺氣了。

安裘小心翼翼放下眼鏡，站了起來。

「妳錯了，」他說：「我們明明可以成爲朋友的。」

那一瞬間，他以爲自己打動她了，但那種感覺一下子就過去了。她揮舞手槍示意他往門口走。

「我不需要朋友，」她說：「我有狗。」

17

他在泰陽特區。五區十一樓之十。「拉坦先生是住戶，」提莫對自己的偵探本領洋洋得意。

露西要他別掛電話，自己開著皮卡車在炙人的鳳凰城烈日下疾駛。她看了照後鏡好幾次，但都沒有見到那名水刀子或那輛鮮黃色特斯拉的蹤影。

除非他有同夥。

她緩緩兜了幾個圈子，在廢棄不通的區和里之間繞來繞去，確定安裘沒有跟蹤她之後，便一邊聽著提莫開心地在她耳邊嘰嘰喳喳，一邊全速駛向泰陽特區。

「我確定他就是妳要找的人。他用加州駕照當身份證，而且妳想得沒錯，他確實是五仔。」

問題是拉坦是五仔，露西不是。

她一駛進泰陽特區的公共中庭，守在住宅大廈門口的警衛便將她攔了下來。他們要是沒有通報就讓全身汗臭的亞利桑那佬跑去找拉坦先生，那就倒大楣了。

雖然她很生氣，卻無法將怒意出在警衛頭上。趕走一窮二白的鳳凰城居民是他們的工作，而她的工作是擊敗他們。但剛才跟那名賭城水刀子的超現實談話結束得太匆促了，讓她來不及爲現在的應答做準備。

露西不是五仔，警衛一眼就看得出來。她身上沒有一處像是外籍居民、加州佬或光鮮亮麗的泡泡藥頭。她身上的沙塵多了點，皮膚曬得太黑了點，神情也太匆忙和急切了點。

在警衛眼中，露西看起來就是百分之百的亞利桑那佬。

提莫覺得這眞是太好笑了，尤其他常說她還太嫩了。

「我想妳終究還是變成我們的一份子了，」他在耳機裡哈哈大笑，一邊聽她繼續連哄帶騙想闖過警衛這一關。

警衛又說了一次：「您如果是拉坦先生的客人，就請他打電話給我，我就會設定電梯讓妳上去。」

露西退卻了。她已經叫他們摁了四次對講機，鬧夠了。

「我等一下會再試試，」她說：「我們約了碰面，他可能還沒回來。」

「我想也是，」警衛笑得親切。「他只要回應，我們立刻問他。」

露西從住宅區的旋轉門回到公共中庭，繞著噴泉和水池走，經過從上方樓層傾瀉而下的瀑布，假裝對兩旁的咖啡館和商店感興趣，其實一直盯著住宅區的電梯和警衛，想看看有沒有辦法溜進去。

5-11-10。五—十一—十。

五區十一樓之十。

她知道名字，也有住址，卻莫可奈何。

所有刺探都被那位過度專業的警衛給破壞了。

她坐在鯉魚池旁望著刻意掛在公共區的廿五呎平面螢幕，上頭用英文、西班牙文和中文顯示新聞與股價，讓住戶知道上海的時間及氣溫。

泰陽太陽能開發集團的主管和祕書在中庭有說有笑，隔著玻璃牆欣賞牆外的荒蕪世界，而他們僱用的鳳凰城包商卻在沙漠裡安裝太陽能收集器，在佈滿砂岩與石英的土地上架設新的電網。

沒有一個州肯接收亞利桑那人，卻都想享受這裡提供的太陽能。結果就是鳳凰城自己得分區停電，讓私人企業將收集到的太陽能運出亞利桑那，送往美國北部、東部和西部，而亞利桑那人哪裡都不能去。

露西寫了一篇報導，結果千辛萬苦換來的瀏覽量少得可憐。

泰陽特區牆外，鳳凰城正一步步淪爲地獄，牆內卻是另一個世界。特區的人不想見到任何跟末日有關的人事物滲進這裡，包括她。

另一名警衛從她身旁悠哉走過。這裡通常只需要對付溜進來偷喝水的小孩，因此他們見到她這樣的侵入者出現自然很興奮。

泰陽特區的進出管制就跟內華達和加州一樣嚴，讓這裡的居民享受著遺世獨立的感覺，彷彿跟牆外城市的沙塵、煙霧與淪亡完全無關。

特區裡的居民和企業外派人員活得舒服自在，而你只要儀容梳洗整潔，而且看來有正經事要幹，就可以進到公共區域喝杯咖啡或跟人會面，甚至求某人下來帶你進入住宅區。

五—十一—十。

五區十一樓之十。這比郵遞區號還棒。五位數地址，五仔，五位數的門票，通往另一個世界的入場券。

那兩名警衛肯定盯上她了。她在這裡逗留太久了。

露西拿出手機假裝撥號，但看得出來警衛並不買帳。其中一人緊盯著她，一隻手伸到耳朵旁摀著耳機啟動警報，將她納入面部辨識系統供未來查詢，並準備現在將她趕走。

「小姐？」

露西嚇了一跳。第三名警衛突然出現在她身旁，手裡拿著電擊棒輕拍大腿。

「您來這裡有什麼事嗎？」

他們很厲害，她不得不承認這一點。她根本沒發現這名警衛靠近她。「我——」她遲疑道：「我只是想上樓。」

他回頭看了負責住宅區的警衛一眼，對方正注視著他們。「所以妳是住戶？妳有帶卡嗎？還是訪客證？」

「我——」

警衛很堅持，等著她回答。「要我替妳聯絡誰嗎？」

「不用，沒關係，我只是來欣賞噴泉和池子。」

「妳要是弄丟了訪客證，我們可以查詢名冊。」

他太習慣這種場面了，不會直接拒人於外。太多人溜進這裡，就爲了享受水霧、瀑布和濾除了煙塵的新鮮空氣，以及土壤和植物的芬芳。

他習慣順水推舟，客客氣氣，而不是大聲嚷嚷，破壞泰陽特區小心翼翼構築出來的清幽寧靜。要是她不肯配合，嗯，反正還有（他正拿著拍著大腿的）電擊棒。至少她會安安靜靜讓他和他的夥伴拖著她失去意識的身子離開特區，將她扔到街上。

「沒事，」她說：「我要走了，先讓我把東西收好。」

「沒問題，小姐。」

眞是客氣。他們總是彬彬有禮，只要妳照著他們的意思行動，不必害他們把場面鬧大，他們甚至對妳親切有加。

露西承認自己失敗了。她瞥見一群有錢的五仔走向旋轉門，個個身穿西裝，聊得很起勁，彷彿主宰著全世界，中文和西班牙文在這群主管間一來一往。剛才要是抓對時機，她現在或許就能跟著溜進去了，而不是被警衛推著往出口走，想跟也沒辦法。

她必須另找方法接近麥可．拉坦。

18

熊熊烈火和翻騰的黑煙包圍了瑪利亞，吞噬了她。

一頭體型如狗的黝黑生物從烈焰中衝出來，嘴裡唸唸有詞，淒厲怒吼，有如魔鬼派出的鬥牛犬想要將她一口吞沒。

莎拉在她身旁。

瑪利亞想躲開那頭魔獸，但莎拉動作太慢，手不停從她手中滑開，但瑪利亞不肯放棄。然而，莎拉的手再次滑落，瑪利亞怎麼也找不著，失落得心都碎了。

瑪利亞驚醒過來，發現自己在那人家裡。她氣喘吁吁，全身發熱冒汗，心跳有如擂鼓，腦中不停浮現兩個字：**謝謝謝謝謝謝**。

剛才那一切都不是真的，莎拉沒有死，這只是個夢。

謝謝謝謝謝謝。

瑪利亞發現莎拉和那人的手都壓在她身上，難怪她感覺像火燒一樣。她試著掙脫身子，小心不吵醒他們。清醒之後，她開始覺得噁心和難過了，腦袋像是被人用螺絲起子鑽進眼睛一樣痛得要命。

她慢慢摸到床邊試著下床，但馬上覺得天搖地晃，趕緊扶著牆面。她放慢呼吸，試著在昏暗中穩住身子。床上交纏的兩人依然呼呼大睡。莎拉和……她的男人。拉坦。

瑪利亞笑了一聲。她發現自己竟然不記得那人的名，只記得姓，不知該覺得噁心或害怕，還是她根本不在乎。他跟她說過好幾次，但她就是想不起來。她對這人抱了那麼大的期望，卻怎麼也想不起他叫什麼。

她將童貞獻給了一名陌生人，但不曉得該不該在乎。說不定奪走她貞操的其實是莎拉，因爲她一直跟她在一起。瑪利亞比較喜歡這個可能。她其實將童貞獻給了莎拉。

地上躺著一瓶香檳，瑪利亞也沒有印象。或許有印象，只不過覺得在做夢。昨夜實在太模糊、太不眞實了。她和莎拉輪流喝酒、接吻，讓冰涼的氣泡酒沿著兩人的身子流淌到水利學家飢渴的舌尖……

這到底是夢境或眞實？記憶或預兆？

呃，酒瓶空了，這一點千眞萬確。

瑪利亞望著閃閃發亮的酒瓶，感受到泡泡效力退去後的空虛。清醒之後，豪華的臥室感覺無比沉默，近乎孤單。汗溼的棉被皺成一團，酒瓶空空如也，莎拉一頭金髮凌亂披垂在枕頭上，手臂伸著搭在男人肩上，姿勢古怪而親暱，讓他們看來比鐘點戀人還要親密。

見到他們碰著對方，讓瑪利亞感覺更複雜，回憶倏忽閃現：她和莎拉接吻，身體像是通了電；拉坦想融入她們，莎拉讓他加入；她專心伺候她的男人，而瑪利亞只希望莎拉繼續吻她，不要停止，只想感受兩人肌膚相親。

瑪利亞記得她雙手興奮顫抖，彷彿體內有炸彈爆開，顫動著飢渴的期盼，吞噬著震撼著她，要她不斷尋求莎拉，別管那個男人在做什麼。

她記得莎拉望著他的眼神是多麼飢渴。他是莎拉離開亞利桑那州的通行證，只要他夠喜歡她。她感覺拉坦的目光黏著瑪利亞的胴體，大手滑上她的腿。他們三人串在一起，像食物鏈一樣：瑪利亞迷戀莎拉，莎拉迷戀那個男的，而那男人一點也不眷戀將瑪利亞當成供品以交換北逃的女孩，而是迷戀瑪利亞。

那時瑪利亞不在乎，整個人只渴望莎拉，現在卻不禁感到頹喪，因爲有一些飢渴並未得到滿足。她開始尋找浴室，找到一間有著冰涼的大理石地板、綠松石和純銀鑲邊的鏡子和藍白磁磚檯面的房間。

她望著鏡中的自己，沒看到什麼不同。她還在，還是一樣。她跟一個男的和一個女的發生關係，跟兩個都做了。其中一個她完全不在乎，可是另一個……她不停望著自己。她還是一樣。她父親絕對看不出她昨晚做了什麼，街上的人也猜不出她去哪裡幹了什麼賺到這些錢，還有她享受的是什麼，喜歡的是誰。

她坐在馬桶上小解，強烈感受到冰冷的陶瓷貼著她的皮膚。她努力回想自己上次不是在她和莎拉住處後方的茅房或廁所車大小便是什麼時候，不用撕小報擦屁股又是什麼時候。她想起自己曾經溜進希爾頓飯店，一路闖進女廁裡，結果被一名來上廁所的女士逮到。對方本來想趕她出去，但心生同情，便讓她在洗手臺洗臉和洗手，痛飲自來水，之後才將她踢回熱氣蒸騰、沙塵瀰漫的世界。

瑪利亞摁了沖水鈕，清水直沖而下。太神奇了。

她走進廚房翻看那人的廚櫃，心裡湧上一股僭越的快感。她像小偷拿了杯子開始倒水。水龍頭旁裝了計費錶，她望著紅色數字不停跳動，將水斟了滿滿一杯。

瑪利亞一飲而盡。

她又斟了一杯水。想到可以記在這個她忘了名字的男人帳上，不禁露出了微笑。她舉起冰涼的杯子貼著臉頰，接著又一口喝光。

她斟了第三次，水依然源源不絕。她斟再多也不夠，儘管脹得喝不下了，她還是停不下來。瑪利亞將杯子拿進浴室，旋開蓮蓬頭。幾加侖、幾加侖的水嘩啦啦地灑在她身上，比她在紅十字會泵浦掙到的水還多，順著她身體流洩而下，消失在排水孔裡。她用肥皂刷洗身子，想起莎拉和那男人貼著她的感覺，那令人顫抖的興奮，肌膚相親的原始快感。泡泡。她很怕自己太愛那個毒品。她感覺整個世界都黯淡了，不再像她興奮時那麼明亮而眞實。她很好奇泡泡是在哪裡買的，莎拉又怎麼會有。她感覺很乾淨呀。**老天**，她感覺很乾淨。

瑪利亞刷洗內衣，懊悔怎麼沒想到多帶衣服來洗。莎拉來泰陽特區之前總是做好萬全的準備。

浴簾被人拉開，拉坦光著身子站在簾外。

「在洗衣服？」

拉坦望著她，臉上露出詭異的笑容。瑪利亞全身是水，手裡拿著內衣，結結巴巴想要解釋，但拉坦若無其事地說：「沒關係，公寓的租金和水費都是公司出的。妳可以把其他衣服都洗完了再走。」說完他便跨了進來。

拉坦抹著肥皂，目光在她身上遊走。瑪利亞覺得他想再跟她發生關係，但她希望不要。可是他想。雖然很痛，她還是沒有反抗。感覺沒什麼，比上次輕鬆，甚至可以裝作樂在其中。她假裝莎拉就在旁邊。

完事之後，拉坦跨出去拿了一條浴巾給她。瑪利亞多拿了一條擦頭髮，想起她和媽媽以前都會用毛巾包頭，直到國民兵來了，說她們必須搬到庇護所，從此一切都變了調。

瑪利亞梳洗完畢來到客廳，拉坦已經將窗簾拉開了。天空剛剛沾上晨光，染紅了迷濛的沙塵。她以爲她睡到很晚，其實沒有。

拉坦走進廚房。這會兒兩人都離開浴室了，他突然顯得有些尷尬，不停逃避她的目光。

「妳……」他吞吞吐吐。「妳還好嗎？」

他明明獸慾得逞，而且剛才在浴室又來了一次，現在卻硬不起來，不敢直視她的眼睛。

她沒想到他會這麼羞愧，心想她怎麼一點感覺都沒有。她父母親要是知道她做了什麼，肯定會傷心欲絕，她卻一點也不在乎。

「想吃點早餐嗎？」他問。

瑪利亞將浴巾圍得更緊一些。她怕自己聲音不穩，所以只點了點頭。沖澡、乾淨的衣服。她朝臥房瞄了一眼，莎拉還在睡覺。

「我忘了你叫什麼，」她坦承道。

他笑了，突然變得像是男孩一般，同時放鬆了一點。「我叫麥可，」他伸手跟她握手。「很高興見到妳，」說完他又笑了，露出困窘的表情。「呃，很高興再次見到妳。」

瑪利亞報以微笑，想讓他好過一點。「又見面了。」

拉坦從冰箱拿了幾枚雞蛋打進碗裡，瑪利亞環顧公寓，忍不住對裡頭的奢華感到驚訝。客廳的硬木地板鋪著納瓦荷地毯，牆上掛著繪畫，精雕細琢的書架上擺著眞正的書，中間夾雜幾只陶器，瑪利亞覺得應該是日本來的。穩定的電流讓冰箱發出滿足的嗡嗚。這裡不但奢華，而且安靜，非常安靜。瑪利亞聽不到樓上有人吵架，也感覺不到別人的窺探。

拉坦打開水龍頭，將蛋殼扔進排水孔裡。他發現她在觀察他的一舉一動。

「這些水不會被浪費，」他解釋道：「會循環利用。他們會先讓水經過甲烷消解處理，然後送到鯉魚池和蝸牛田，其中一部分逆滲透處理之後用水管送回住宅區重新使用，另一部分送到南邊的垂直農場。」

瑪利亞默默聽著，對他認爲哪些需要解釋、哪些理所當然感到不可思議。

她也曾經擁有這些東西，這些基本的生活所需——水龍頭、自己的房間和交流電——而且跟這人一樣覺得理所當然。

他不曉得這樣的生活有多神奇。

瑪利亞想起麥可在她體內衝刺時，莎拉抓著她在她耳邊低語：**他會付錢**。

但重點不是錢，而是待在這裡。待在這裡才是一切。

「你會在這裡待很久嗎？」她問。

話一出口，瑪利亞就發現自己講得太白了。

麥可抬頭看她一眼，臉上露出提防的神情。兩人都知道她在暗示長期關係。

「很難說，」他答道，語氣刻意維持平淡。「最近發生很多變化，」他低頭望著雞蛋。「昨晚算是特別的慶祝。」

「慶祝什麼？」

他眨眨眼。「幸運的空檔。」

「別忘了找我。」

她只是開玩笑，但說得太直接、太誠實了。從麥可瞬間沉默的反應來看，她知道自己壞事了。她應該讓他覺得她是玩咖，而不是黏人的麻煩才對。「對不起，」她說：「不是你的錯，別在意。」天哪，她愈描愈黑了。

麥可低頭煎蛋。「要是能夠離開，妳想做什麼？」他突然抬頭盯著她說：「要是有人打算帶妳一起離開這裡，妳想做什麼？」

瑪利亞沒想到他會這麼問，彷彿看穿她的心思似的，但聽起來不像隨口問問。

「我不知道，找份工作吧，」她不曉得如何回答才對，但感覺要是答得好，或許會是契機。「或是回學校唸書。」

「妳知道就算出了州界，也不代表會是流奶與蜜之地吧？」

「至少比這裡好。」

「當然。但要是妳想去哪裡都可以，妳會挑什麼地方？要是全世界可以讓妳選，妳會挑哪裡？」

他執著得有點奇怪，簡直跟提供救贖的德州牧師一樣。「如果妳可以去任何地方做任何事，想當誰就當誰，妳會做什麼？」

「要是可以呢？」

「但這不可能啊，」她說：「沒有人可以那樣。」

他一直問一些不可能的事，讓她有點生氣，但她還是答了。

「中國吧，因為我爸爸說我們應該到中國去。我會去中國，然後學中文。爸爸說上海有浮游城市，我想住在那裡，在海上生活。」

「妳是德州人，對吧？」

「當然。」

「那妳怎麼會到這裡來？」

她不知道說出來能不能博得他的同情，讓他跟她和莎拉更緊密。她不能只靠性愛牽住這男人。性愛很容易膩。街上有太多女孩為了多賺一點錢和可以洗澡，什麼都肯幹。光是跟他上床還不夠，她需要讓他**喜歡**她和莎拉，覺得她們倆跟其他人不同才行。她需要他將她們當人來看，有關緊要的人。

因此她據實以告，沒有加油添醋，告訴他國民兵到聖安東尼奧市郊的小鎮，通知所有人都得離開，因為不會再有卡車運水來了。她和家人離開德州往西走，因為所有人都知道奧克拉荷馬州會吊人，而路易斯安那州擠滿了颶風難民。她告訴他新墨西哥有多慘，告訴他屍體被人扔到通電鐵絲網外、德州人的車隊，還有紅十字會的救濟帳篷。

她還跟他說了她的賺錢方法，告訴他怎麼會在圖米旁邊賣水，還有她如何利用他告訴她的小道消息。

拉坦笑了，露出佩服的神情，讓瑪利亞生起一絲希望，覺得或許有機會贏得他的好感。只要她能將自己和莎拉跟這男人掛在一起，就能讓他帶她們到天涯海角。

「妳知道凱塞琳．凱斯也是從賣水起家的嗎？」麥可說。

「你是說那位擁有賭城的水的女士嗎？」

「妳要說擁有也行。她最早是賣農地的水給大都市，當時農地和城市的水權交易剛開始熱絡，價錢正好。賭城被她這麼搞了之後決定僱用她，讓她用同一招對付其他城市。她總是在找手段，好幾次交易都讓她聲名大噪。」

「我跟她不一樣。」

拉坦聳聳肩。「沒差多少，妳們都是把水送到價錢好的地方，只不過凱斯處理的是幾十萬英畝英呎的水，而妳只有幾加侖，但妳們玩的把戲沒差那麼多。」

他說完把火關了，嚇了瑪利亞一跳。他走到書架前拿了一本老舊的紙本書，若有所思看了她一眼，隨即開始翻頁，抽出夾在書裡的字條。

「妳讀過這本書嗎？」他將書遞給瑪利亞，一邊問道。

瑪利亞接過書，吃力讀著書名。「《凱迪拉克沙漠》？是在講車子嗎？」

「其實是在講水，有點像交代我們爲什麼會變成現在這樣。類似的書還有，之後出了很多，妳可以上網讀到，像是佛雷克、費許曼和詹金斯的書。」他朝她手中的書點點頭道：「但我向來覺得要從這本讀起，它可以說是水的聖經。」

「聖經哦？」

「就像舊約，講述事情最開始的時候。那時我們以爲能讓沙漠草木扶疏，水永遠不虞匱乏，以爲能挪河移川，控制水源而不被水控制。」

「眞有趣，」她想把書還他，但拉坦揮手拒絕。

「妳可以留著。」

他說這話的神情……「你要離開了，對吧？」瑪利亞說：「所以才會在我和莎拉身上花這麼多錢。」

他感覺有點不自在。「可能吧。」

「你什麼時候走？」

他低頭說：「不一定。」他不敢看她。「很快吧，我想。」

瑪利亞將書塞回他手裡。「你的書還你。」

「我想妳不了解。」

「我當然了解。這是一本書。我不需要書本來告訴我人有多蠢，我早就知道了。你要是有書說明如何越過州界不被無人機抓到，那我就需要。或者如何不被人蛇做掉，就像電視上那些被挖出來的人一樣。」

她瞪著他。「我不需要書本告訴我從前如何如何，這種事每個人都在說。我需要書本告訴我現在怎麼活下去。除非你有這種書，否則我不需要多一塊磚頭來增加我的負擔。」她朝流理台上的那本書甩甩手。「說穿了，它不過就是一**疊紙**。」

拉坦露出受傷的神情。「這是初版，」他辯駁道：「很多人很重視初版。想的話妳可以賣掉它。」

但瑪利亞根本不在乎，她突然厭倦他了，厭倦對這傢伙彬彬有禮，只因爲他給了她一本書讓自己好過一點，不要爲了上了她之後匆匆離開鳳凰城而感到歉疚。

「你留著吧。」

「對不起，」他喃喃道：「因爲妳剛才說這本書很有趣。」

「沒關係，無所謂，」她頓了一下。「我可以繼續洗衣服嗎？」

「當然，」拉坦點點頭，感覺跟她一樣疲憊和挫折。「我房裡有一件睡袍，妳洗衣服時可以穿著。妳也可以幫莎拉洗衣服。」

「謝了。」

瑪利亞擠出微笑，刻意笑得燦爛一點，希望彌補兩人間的裂痕。他看起來舒坦了一些。他也許不會帶她們離開鳳凰城，但她或許能從他身上小撈一筆，或跟莎拉在這裡再待一晚。

她回到臥房解開浴巾尋找睡袍。莎拉翻了個身，伸長一隻手和一條腿，把整張床都佔了，但沒有醒來。

瑪利亞停下動作，深情款款望著她呼呼大睡的朋友，爲莎拉能睡著並且睡得很沉而高興。

我愛上她了嗎？她心想。

她知道她想要莎拉，也知道自己一點也不想要麥可，不像莎拉那樣渴慕他。麥可很好，瑪利亞從小到大遇見的男人都對她很好，但是望著莎拉讓她感到一股震懾人心的禁忌，就像她有一回用平板電腦搜尋女星徐艾莉，結果被媽媽發現她偷偷撫摸自己一樣。跟莎拉在一起，感覺就像抓住通了電的電線，她只曉得自己不想失去莎拉。

瑪利亞翻動攪在一起的棉被，找尋她和莎拉的衣服。她碰了碰莎拉：「妳的裙子在哪裡？」

莎拉夢囈幾聲，將她推開。

「好，那妳就自己洗衣服吧。」

客廳門鈴響了。瑪利亞突然想起自己全身赤裸。麥可的睡袍咧？

她躲在臥房門後往外窺探，聽見一個聲音說：「嘿，老麥，你這個死傢伙，最近都好嗎？」

「靠，你來這裡做什麼？」麥可說：「我不是跟你說晚點見嗎？」

「我不想等了。」

「搞什——」麥可話沒說完就被撞擊聲打斷，接著是一陣吼叫，然後又是撞擊和喘息聲。

「他媽的，老麥，你幹嘛擺著一張臭臉！我們不如來談談——**靠，你別想！**」

砰的一聲悶響。瑪利亞瞥見麥可踉蹌後退，一手抓著肩膀。一個男的跟了上來，拿槍指著他。

「等一下！」麥可喘息道：「我們說好了！」

「是啊，我們說好你把我要的東西交給我，然後滾離鳳凰城。」

麥可朝拿槍的男人撲去，手槍再度發出悶響，麥可往後飛倒，鮮血從後腦勺迸射而出。

瑪利亞衝到莎拉身旁低聲喝道：「起來！」她說：「快找地方躲好！」說完開始拖莎拉下床。

「放開我，」莎拉呢喃道：「別管我。」

客廳傳來說話聲：

「媽的，你幹嘛要做掉他？」

「不是遲早的事嗎？」

「我還沒問他授權書在哪裡耶！」

「抱歉了，兄弟，人總有失手的時候。」

「去你的，趕快檢查其他地方吧。」

瑪利亞抓住莎拉的手腕使勁拽她。她聽見有人過來了，鞋子踩在硬木地板上喀喀作響，聲音愈來愈近。

門開了，瑪利亞慌忙躲到床側。

「你是——」莎拉開口道。

手槍發出悶響。

那人又開了一槍。瑪利亞一陣觳觫，全身僵硬，努力克制啜泣的衝動，拚命縮進角落。

「媽的，眞是一團亂，」男人的聲音。

「你發現什麼了？」另一個男的在客廳喊。

「某個德州妓女，」說完腳步聲就走遠了。

「你幹嘛做掉她？」

「誰叫那婊子吐在我身上。」

瑪利亞聽見自己心臟狂跳，幾乎蓋過了他們的聲音。那兩人在屋裡走動，交談聲模糊不清，中間又夾著閒聊，分不出他們到底說了什麼，不過語氣平靜得很。

他們才剛殺了兩個人，聽起來卻像午休喝咖啡聊天或應酬談笑一樣。瑪利亞聽見其中一人笑了，櫃子被打開，兩人繼續交談。

腳步聲回來了。

千萬不要，拜託拜託拜託。

「宜必思的傢伙還眞懂得享受，」那人評論道。

「花公司的錢嘛。」

瑪利亞看見那人的鞋子。黑色牛仔靴擦得雪亮，近得她伸手就摸得到，看來價格不斐。靴子停住了，接著又是一聲槍響，瑪利亞打了個冷顫。

他開槍是為了讓莎拉斷氣？還是只為了好玩？

瑪利亞發現自己哭了。她感覺淚水流下雙頰，視線模糊。她躲在床下害怕得不敢動彈，只能偷偷啜泣，不敢發出一點聲音。

她靜靜掉淚，跟老鼠一樣僵住不動，希望穿著靴子的男人不會察覺床上擺了太多的女性衣物，地毯上的高跟鞋也多了一雙。

瑪利亞懷著恐懼和失落而哭，掌心依然感覺到莎拉溫暖的手，感覺到莎拉的手指從她指間滑出，在她們逃難的路上。

她默默絕望地哭著，明白她夢見的是眞的。無論在她耳邊低語的是天使、惡魔、聖人或鬼魂，她都不該蠢到無視於夢魘中的警告。結果現在一切都太遲了，只能祈求寬恕和救贖。

客廳裡不斷傳來碰撞和摩擦聲。

「這裡沒有，」其中一人說：「去臥房找找。」

不要千萬不要拜託。

19

警衛一直跟著露西，直到她眞的離開爲止。

她見過幾次驅離的場面，卻沒想到自己有一天也會身歷其境。

她曾經坐在中庭尾端的薩瓜洛咖啡館，跟一名專精生物設計技術的中國籍工程師見面。他說兩人身旁的水池其實是淨水程序的一部分，每根蘆葦和每條魚都經過精心改造和挑選，執行特定的淨水任務。

談話時，露西正好瞥見警衛送走一個人。她喝著咖啡冷眼旁觀，心裡雖然同情，卻無法體會對方的絕望。

如今輪到她被人驅離了，咖啡館的人都裝作沒看見。

他們後面有人倒抽一口氣，聲音很大，露西忍不住回頭張望。

從那人吸氣的聲音，露西猜想他可能被人刺傷了。結果不是。那人動也不動抬頭往上望，其他人也開始驚呼，紛紛從座位上站起來，張口呆視。震驚的氣氛橫掃整個中庭，眾人驚詫、警覺，統統仰頭望著天空。錯了，不是天空——

是螢幕。掛在中庭的巨幅電視螢幕。

露西順著眾人的目光往上看。「怎麼——」

警衛推她繼續往前走，但她擋開警衛的手。

「等一下。」

警衛想再抓住她，但也停下了動作。兩人不再是警衛和擅闖者，而是看著電視的兩個人。局勢丕變，兩人瞬間從對手變成了手足。

電視上出現一片巨大平靜的湖泊。是水庫。畫面下方是一行說明字幕。

科羅拉多州甘尼森郡藍臺水壩。

湖水有如晶瑩的藍寶石，被黃土丘陵、懸崖峭壁和遍地的山艾草包圍著。

湖水一端是一道巨礫堆砌而成的弧形高牆，宛如陡峭的峽谷擋住了那一方水藍。

只不過背向湖水的壩面在漏水，總共三道瀑布，而且水花似乎愈來愈大。

露西看見有人爬下水壩拚命奔逃，跟漏水形成的瀑布比起來像螞蟻一樣。一輛車在水壩頂端的快速道路上全速奔馳。

壩面有工程人員垂降到漏水的地方，想勘查該如何處置——

水壩撐不住了。

警衛放開了露西的胳膊，她後面有人驚惶尖叫。水壩漏水愈來愈洶湧，壩身開始大塊崩落，更多水從缺口奔騰而出，四散迸射，漏水愈來愈多、愈來愈快。水壩邊緣出現三三兩兩的人群，統統往外奔逃。事件大得超乎想像，人站在衝破水壩傾巢而出的水柱旁顯得那麼渺小。

壩頂崩了一塊，一輛水泥預拌車也跟著掉了下去，幾個碰撞後墜落到狹窄的山壁壩底，有如玩具在水裡載沉載浮，被愈來愈洶湧的水流推著翻滾。

有人打開了電視的聲音。主播上氣不接下氣的播報響徹了整個中庭，列出一長串可能受到洪水侵襲的城鎮：

目前完全無法預測災情會多嚴重！墾務局推斷莫洛點和水晶水壩也會潰堤，陸軍工兵部隊建議

下列城鎮的居民緊急疏散：哈齊克斯、戴爾他、大章克申、莫阿布……疏散範圍可能延伸到葛倫峽谷。

主播繼續念出城鎮的名字，鏡頭從崩塌的水壩轉向狹窄的壩底，然後再轉向滾滾的泥濤。房子大小的礫石在洪流中翻騰。主播表示這是恐怖攻擊，但隨即改口說可能是施工不當。水壩已經屹立不搖將近一百年，如今卻毀於一旦。更多泥水衝破水壩奔流而下。

滔滔洪水衝破了一部分山壁，整塊花崗岩斷裂崩落，轉了幾圈，連帶拖了五六名旁觀者陪葬。螞蟻般的小人手忙腳亂從山壁旁逃開。主播高聲大喊：**那裡有人！**好像深怕沒人看見似的，但他依然不停重複，說得喘不過氣來，語氣充滿驚惶：**那裡有人！**

我們剛得到墾務局的消息，該水壩最近才接受檢查，一切正常，建築結構和地理位置都很理想。我國從來沒有水壩自行崩塌的紀錄，更何況壩體已經維持穩定了這麼久——

「所以是恐怖攻擊囉，」有人說。

但主播依然避而不談。

露西心想這主播是不是跟加州有關聯，是不是像她一樣曾遭人施壓，要他對加州輕輕放下，是不是也經歷過「要錢還是要命」的時刻。

水壩垮了，只剩下滾滾洪流。

大水會流過峽谷，穿越州界，淹沒城鎮，抹去所有人類的活動，但主播依然避談看到現在人人皆知的事實：加州已經厭倦了跟其他州郡協商水權的事，決定採取行動了。加州想要屬於它的水，而且立刻就要。

所有人站在生態建築的露天中庭裡，抬頭看著新聞，露西突然察覺機會來了。

其他人都看得目瞪口呆，她只要悄悄移動就好。

她從警衛身旁慢慢走開，輕輕鬆鬆溜過人群之間。其他人依然抬頭站著、看著，像是被催眠了一般。

露西彷彿不存在了，成了無影的鬼魂。

她穿過旋轉門走向電梯，尾隨著一名像是經歷過砲彈驚魂的男士踏進電梯，等他刷了房卡之後再摁她要去的樓層。

電梯門關上之前，她又看了那些有錢的五仔一眼。只見那些尊貴的泰陽特區居民統統仰頭望著新聞，在強勢的加州之前顯得無比渺小。

20

拜託快離開拜託快離開拜託。

但那兩個男的怎麼都不離開，繼續談天說笑，翻找抽屜，檢查碗盤。瑪利亞僵著身子躲在床下不動，小心不發出半點聲響。

她想尿尿。她愈告訴自己不需要上廁所，尿意就愈強。她之前狼吞虎嚥喝下的水這會兒都聯合起來對付她。瑪利亞在心裡不斷祈禱，求那兩個男的快點離開。

但那兩人沒有離開，反而爭執了起來。

「我不是跟你說了，混帳，我就是打不開嘛！」

「它要指紋辨識，去抓他的手指來用。」接著便是一陣撞擊和拖拉重物的聲響，瑪利亞猜應該是麥克的屍體。

「它還是加密了，」其中一人說。「我們要帶回去破解密碼嗎？」

「試試他的生日。」

「試過了。生日、他母親的名字，所有簡單的組合都試了。破解這東西需要一段時間。幸運的話，大概只要兩本字典就能搞定了吧，但就是需要時間。」

「我們沒時間了。」

「你是說**你**沒時間了。」

公寓裡的電話響了。「要接嗎？」

「不要，我才不要你去接，**白痴**，我要這台死電腦的密碼。」

電話不響了，瑪利亞猜是其中一名殺手將它掛斷了。

「快沒時間了。」

「找找看他有沒有把密碼寫在什麼地方。」

腳步聲又朝臥房靠近，瑪利亞趕緊屏住呼吸。他們開始翻箱倒櫃了。不管那兩人在找什麼，一定會檢查床底下。瑪利亞很清楚這一點。她已經可以想像自己看見那人的靴子，看見他彎腰伸手到床底下，手指離她的臉只有幾英吋。瑪利亞好想爬開，但努力克制自己不要動。

那雙手抓起麥可的褲子，翻動他的口袋。

神哪求求祢別讓他們逮到我。死亡女神，聖母瑪利亞啊，拜託拜託。瑪利亞感覺自己雙唇囁嚅著，不停喃喃禱告。雖然那雙手在麥可的褲口袋裡撈到一只皮夾，她的膀胱還是失守了。

「這裡面說不定有什麼。」

溫熱的尿液開始在她跨下蓄積，浸濕地毯的聲音聽起來跟大吼一樣響。尿水奔騰而出，瑪利亞想克制也阻止不了。膀胱痛得像是刀戳一樣。她恨透了自己，很想靜靜撒尿，快點尿完，但她的身體就是不聽話，而且尿水源源不絕，她之前貪婪喝下的水全都搶著出來，而那兩個男的還在說話，一來一往聊個不停。

她聽見開冰箱的聲音。

「要喝柳橙汁嗎？」

瑪利亞懂了，那兩人根本不打算離開。他們是惡魔，喜歡待在死人身邊。

一滴冰冰涼涼的東西滴到她裸裎的背上。是液體。又一滴。

什麼東——

又一滴。

天哪！

是莎拉的血。她的血已經滲過床墊滴到她背上，又冰又涼。瑪利亞只想從床底下爬出來，躲開莎拉的鮮血，但腳步聲又回到臥房，她只能強自忍耐。

衣櫃吱嘎一聲打開了。瑪利亞躺的地方看不見他們的腳，但聽得見兩人走動尋找的聲音。他們在房裡轉來轉去，一定會發現她的。兩人遲早會往床底下看。

「這傢伙昨晚真是爽翻天了，是吧？」

「這小妞真倒楣。」

「不過長得還真標緻。」

「怎麼？你現在想爽一下？」

「我可不需要斃了辣妹才上得了她，那是你這個變態才會做的事。」

另一個男的笑了。「話別說得太早。死掉的女孩子才不會抱怨你幹完之後都不打電話。」

「你知道，要是你沒斃了他，事情就好辦多了。」

「我能說什麼？這白痴算是有種，沒幾個人看到我拿槍還敢那樣的。」

那兩人一起翻找衣櫃。

「但我還有問題想問他，」第一個男的抱怨道。

「你已經有他的電腦、平板和手機了，不會有事的。」

「如果破得了密碼的話。」

快走開快點快走開，瑪利亞暗自祈禱。

有人敲門。

那兩個男的立刻停止說話。

瑪利亞也屏住呼吸。

門外的人又敲了一下。

那兩個男的溜出臥房，腳步突然變得鬼鬼祟祟。

是警察，瑪利亞想道，心中如釋重負。他們應該是聽到了動靜。

她得救了，終於可以逃走了。她要去找圖米，從人間消失。她之前太驕傲，不肯依賴圖米，但她現在知道自己願意放棄一切，躲在那個男人的羽翼之下。圖米是老實人，她會藏在鳳凰城的黑暗區裡。她做什麼都喚不回莎拉了，但至少能長保平安。她會色誘圖米，任他爲所欲爲。她會讓圖米佔有她，讓他要她，喜歡跟她在一起。就算她沒感覺也無所謂，她會讓他要她。

什麼都可以，我什麼都願意做。神哪，求求祢幫助我。死亡女神啊，幫助我吧，我會唸玫瑰經，我什麼都肯做。

門又敲了一下。

「不會吧，」其中一人笑著說。

瑪利亞聽見門開了。

一個女的說：「麥可——」但她話還沒說完，就被重擊聲和哀號取代了。

門砰的關上，接著是悶哼和模糊的碰撞聲，聲音低沉、遙遠又充滿驚恐。

那個女的尖叫呼救，但瑪利亞知道這麼做沒有好處。玻璃碎了，可能是咖啡桌。其中一個男的痛得大叫，也開始咆哮。

「抓住她！**抓住她！**」

更多碰撞聲。

那個女的不再尖叫。

客廳安靜下來，很久都沒人說話。

後來，其中一個男的說：「媽的，我們得閃了。」聲音粗嘎而疲憊。

「這個女的怎麼辦？」

「都被你鬧成這樣了，你覺得該怎麼辦？」

「要人閉嘴很難。你要我解決她嗎？把她跟那個小婊子扔在一起？」

「當然不要！我想知道她知道多少。我已經有一個吐不出消息的死人了，不需要第二個。把她抓好，我去拿電腦。」

悶哼，然後又是一陣碰撞。

「小心她的頭！」

「好啦，」一陣笑聲。「隨便。死掉的女孩子還眞重。」

「她最好沒被你弄死，**混球**。」

門開了又關，公寓一片寂靜。

瑪利亞靜靜躺著，不敢相信他們眞的走了。時間流逝，最後她終於決定從床底下爬了出來。她全身僵硬，背部像火燒一樣。她之前硬是鑽到床下時擦傷流了血。她試著起身，皮膚因爲沾了尿液而搔癢不止。

莎拉躺在床上，鮮血浸濕了棉被。瑪利亞望著莎拉僵直的身軀。她本來也該一命嗚呼的，跟莎拉一樣。她突然感到一陣強烈的暈眩，忍不住跌坐在地上。她努力對抗發黑的視線，用力呼吸，拚命壓抑心頭的驚惶。剛才的危機她都撐過去了，這會兒卻發現自己連站都站不起來。她將頭夾在兩膝之間，強迫自己放慢呼吸。眼前的昏黑逐漸淡去。

客廳窗外，美景依然如故。她和麥可用來喝水的杯子還在流理台上，他打蛋的碗砸碎在地板上，陽光下像鑽石一樣閃閃發亮，照出地磚上的血跡。

她走近細看，發現麥可臉上中了一槍，鼻子和一隻眼睛不見了，後腦勺開了一個大洞。幾綹頭髮、腦殼和腦漿散落在白地毯上，有如碎裂的瓷器。地磚和地毯上一長條血漬，是他們拖動麥可留下的痕跡。

他缺了一根手指。

她受不了了。

瑪利亞忍著嘔吐衝向浴室。

那隻手摸過她。死人的手，缺了一根手指的手，摸過她的肌膚。

她吐了。水和膽汁和驚恐從她體內傾瀉而出。她邊吐邊哭，哭得全身顫抖，不停反胃，腸肚翻攪，直到沒東西可吐，所有悲傷和恐懼都倒光了、吐完了，一點也不剩爲止。

全沒了，她愣愣想著。

瑪利亞將額頭貼在冰涼的馬桶上。

快跑，離開這裡，去找圖米。

不要，動點腦袋。

瑪利亞跨進浴缸，仔細沖洗身體，洗去身上的血液、尿水、汗漬與恐懼，逼自己不要去想浴室門外的兩具屍體。

她走進臥房，刻意不看莎拉。她找到自己的衣服穿上，緊身布料貼著肌膚的感覺現在只讓她覺得噁心，覺得門戶洞開。她找到自己的鞋子，那雙莎拉說麥可希望她穿上的蠢高跟鞋。

動點腦袋。

瑪利亞翻找莎拉的手拿包。裡面有兩顆事後藥、一劑泡泡和兩個黏答答的東西，她們應該沒有嚐過。另外還有二十美元和一枚五元人民幣。

瑪利亞想起接吻時莎拉將她拉到耳邊。

他會付錢，他會付錢……

錢。

瑪利亞走到客廳，翻開扔在地上的皮夾。沒有現金，只有卡片。但也許在夜店時麥可沒帶現金，或被那兩名兇手拿走了。莎拉說她總是一開始就拿到錢。但麥可是常客，也許莎拉信任他，讓他事後付帳。

瑪利亞環顧客廳，努力想像有錢的加州佬會把買春的錢藏在哪裡。她鐵了心強迫自己回到臥房，一樣不看莎拉。她翻找麥可的抽屜，檢查了襪子、內衣、褲子，還有繡著一隻優雅鳥兒和「宜必思探勘」幾個字的襯衫……就是沒有現金。她又找了衣櫃和西裝口袋，跪在地上檢查了他的每一雙鞋——

突然，她聽見客廳傳來窸窣聲。她立刻停下動作，豎耳傾聽。聲音沒了。瑪利亞悄悄溜回客廳，想確定自己聽到的是什麼。可能沒什麼，但她在公寓待太久了，想到時間不多了就讓她心裡發毛。那聲音一定是錯覺。該走了。離開前，她瞥見流理台上的那本書，《凱迪拉克沙漠》。麥可說她可以轉賣。許多人喜歡舊書，雖然沒找到現金，但起碼——

窸窣聲又出現了。

瑪利亞發現原來是大門。有人正在門外弄鎖，動作很輕、很謹慎。瑪利亞嚥了嚥口水。她很想逃，身體卻僵住不動，只能望著大門，聽著窸窣聲繼續不斷。

他們回來了，她心想，**他們回來了**，**他們**——

門把轉動，瑪利亞奔向廚房。

「嘿！」其中一個男的大喊。

瑪利亞抓了一把廚刀，但兩名兇手動作更快。其中一人追上她，抓住她拿刀的手猛撞流理台，一次、兩次，刀子脫手了。有人尖叫。瑪利亞發現聲音來自自己的嘴巴。她想衝去再拿一把刀，但那人將她整個舉起，她只能雙腳猛踹。

瑪利亞收起雙腿奮力往前一彈，讓自己和那人雙雙失去平衡，跌在地上。磁磚迎面而來。

瑪利亞的頭狠狠撞了上去，但她幾乎感覺不到痛。

21

露西醒來發現頭上罩著布袋，有人伸手摸她身體。「找到手機了，」那人說。

「拿掉電池，」另一人說。

「要我扔掉嗎？」

「不要，我晚點還要檢查她的通訊錄。但在我們回到屏蔽區之前，最好不要被人用追蹤器盯上。」

她在車上，車子在動，她感覺得到車身搖晃。她倒在硬梆梆的長椅上，塞在很擠的角落，雙手被人用束帶綁在背後。

卡車嗎？可能是加長型計程車的後座，她心裡猜想，跟某個身上飄著汗臭和電子大麻菸味的男人擠在一起。他搜完身之後，狠狠掐了她的一邊乳房，看見她身子一縮忍不住哈哈大笑。

「她身上沒東西，」他說。

露西想坐起來，但被他推了回去。「嘿，別亂動，車窗隔熱膜沒貼那麼高。」

「反正又沒人在乎，」另一個人（聽起來應該是駕駛）說：「大家只會以爲我們載了一個德州妞。」

「難說哦，德州佬最近蠻兇的，一群白痴好像團結起來了還是怎樣，個個都覺得自己很**帶種**。」

他拍拍露西的側臉，故意用指關節狠狠敲她。「德——州——白——痴——不——識——相。」

「我不是德州佬，」露西說。

她腦袋被指關節叩了一下。「誰管妳。」

布袋又熱又悶，露西覺得快窒息了，感覺就要過度換氣和恐慌了。

慢下來，深呼吸，妳沒有要窒息。

「所以妳跟拉坦是老相好，是嗎？」

應該是駕駛，露西心想，因為他的聲音比另一個人遠，而且背著她。她試著回想那兩人的臉。他們開門抓住她時，其中一人感覺很眼熟。是因為他們一直在跟蹤她嗎？還是尾隨她？他們感覺好眼熟，那種似曾相識的震撼。她想起從她家巷子開過的那輛紅色卡車。是他們嗎？

坐在她旁邊的男人又掐了她一下。「他在問妳問題。」

「我不認識拉坦，」露西回答。

「那妳為什麼去找他？我不記得泰陽特區准陌生人隨便進去。」

「我也想問你們同樣的問題。」

她喉嚨頓時被人掐住，布袋纏得更緊，她只好大口呼吸。

「現在還是我們問妳答比較好。」

我不可能活命了，她意識到，**我看見他們的臉了**。

她想起那間公寓，想起拉坦倒在地板上，鮮血浸透了納瓦荷地毯的圖案。她下場也會和他一樣。

那人只掐了她脖子一下就放開了。**誰叫我不聽安娜的話**，露西一邊咳嗽一邊猛力吸氣到肺裡，心裡這麼想。

卡車繞了一個彎道之後開始加速。應該是上高速公路了，她想。

「你們到底在找什麼？」又能呼吸之後，她問：「告訴我你們要什麼，我會盡量幫忙。」

「妳怎麼會認識拉坦？」

「我說了，我不認識他，完全不認識。我以為他認識我一個朋友。」

「你朋友是誰？」

她遲疑片刻才說：「傑米，傑米，傑米．桑德森。」

駕駛笑了。「傑米，傑米，傑米．桑德森。就是妳想報導的那位水利局法務。」

「你知道我的報導？」

那人笑了。「廢話，露西．孟羅耶，妳很有名好不好，小姐？寫過一大堆頭條，用一大堆狗屁報導描述妳死掉的朋友們。」他停頓片刻。「傑米．桑德森那傢伙死得蠻難看的，對吧？」

她想起可莉描述傑米死前經歷的痛楚。**腎上腺素顯示曾經斷氣後復活……肛門有創傷痕跡……只有手和腳是死後切除……其餘部位都是死前截去的**。

駕駛還在說話：「那小子似乎很有自信，對吧？以為他能唬過我們、玩弄我們，當我們跟鳳凰城水利局的人一樣蠢。」

「不是。」

但那人說得沒錯，傑米真的太過自信了。她還記得他酩酊大醉坐在自家公寓裡，洋洋得意做著春秋大夢的模樣。

「最棒的一點，」他說：「不是我會變得比神還有錢，而是我可以耍人。我可以在合約裡胡整齊諾，在法庭上教訓米拉，狂電諾里斯和他讓韋爾德河復活的狗屎計畫，還有把我送到鳥不生蛋鬼地方的馬奎茲，那個愛挖印第安保護區紀錄又愛閃黑窗的傢伙。等我搞定一切，他們就統統等著被捅屁眼吧。」

「真高興你待人還是這麼親切。」

「妳笑了，但妳知道我最想電的人是誰嗎？凱塞琳．凱斯。我走之前一定要狗幹萬惡的賭城。」

他哈哈大笑：「亞利桑那佬至少該感謝我這一點。」

露西聽得心驚膽跳。「我還以為你在為加州賣命。」

傑米眼裡露出狡詐的神色。

「你跟賭城有什麼關係，傑米？」

「你說誰？**我嗎**？只是還債而已。」

他很有把握自己在玩什麼把戲，而且能將所有人玩弄於股掌之間。

「你們是賭城派來的？」露西問俘虜她的人說：「是嗎？你們是凱塞琳．凱斯的手下？」

那人捶了她腦袋一下。「我說了，這裡沒有妳發問的份。」

「我只是——」

他又打了她一下，而且更大力。

22

瑪利亞在地獄中醒來，眼前一個男的全身是火。

他身上冒出陣陣濃煙，有如惡魔化身，地獄之火包圍著他，就像她母親很久以前還在創作時在畫裡描繪的那樣。

惡魔說話了。

渾身是火的惡魔男子飢渴地朝她撲來，彷彿想剜出她的心臟吃了。

我死了，瑪利亞發現，**我死了，我拋下莎拉所以下地獄了**。

「喏，喝點水吧。」

異象消失了，她眼前出現一名神情冷酷的男人，臉上有疤，穿著防彈衣。他身後烈日當空，騰越在鳳凰城之上，替他罩上了一圈紅暈，而陽光穿透公寓落地窗的自動濾波器，由紅變成了琥珀色。

瑪利亞一陣反胃。

「放輕鬆，小姑娘，」那人說：「妳剛才狠狠摔了一下。」

她感覺額頭發疼，左眼上方腫了一個鵝蛋大的包。刀疤男湊了過來，瑪利亞當場身體一縮，他立刻舉起雙手往後退。

「我不會傷害妳，好嗎？」說完他又用西班牙文說：「**了解嗎？妳說西班牙文？還是英文？**妳聽得懂嗎？**了解嗎？**」

「我會說英文。」

「那好。讓我瞧瞧妳的眼睛。」

瑪利亞遲疑片刻，最後還是讓他看了。這人雖然一臉兇惡，動作卻很溫柔，粗糙的大手輕輕托住她的下巴，手指撫摸她的瘀青，接著張開手像蜘蛛一樣爬過她的頭髮，輕輕摁壓她的頭顱，接著檢查她的眼睛。

瑪利亞一直盯著他的傷疤，無法移開視線。疤痕從下顎延伸到脖子，消失在防彈夾克底下，襯著他棕色的皮膚有如一條憤怒糾結的黑蟲。

那人放開她的頭，退離她身旁。「妳有點腦震盪，放輕鬆，不要激烈跑動，最好睡一會兒，」她已經開始昏昏欲睡了，但他戳戳她說：「不過不是現在，妳現在不能睡，還不行，得先確定妳睡了還能醒過來才可以。妳剛才摔得很重。」

「你是說你抓住我的時候，」瑪利亞指責道。

刀疤男笑了，臉上毫無愧色。「沒辦法，總不能讓妳拿刀捅了我，對吧？我雖然對女人沒轍，但可不喜歡被女人拿刀砍哪。」說完他微微一笑，伸手摸了摸留疤的脖子。「那可不好玩，妳知道嗎？」

瑪利亞一臉正經地說：「我一定會砍你。」

「因爲妳朋友的遭遇？妳認爲自己也會有同樣的下場？」

她回頭看了麥可一眼。麥可倒在她身旁的血泊中，腦漿四濺在地毯上。她嚥了嚥口水，點了點頭。

「他們被殺時妳在場？」

「我躲在床底下。」

刀疤男一時怔住了，似乎很吃驚。瑪利亞說：「她被人槍殺了，我卻躲在床下，讓她挨子彈。」
那人點點頭，試著理解當時的狀況。「妳運氣好。」
「是嗎？」瑪利亞掌心依然留著莎拉的手滑開的感覺。「他們殺了你……你……最好的朋友，但沒發現還有一個女孩，你覺得這叫好運嗎？」
「對，」他表情很認眞。「非常好運。死亡女神大駕光臨卻有漏網之魚，當然叫好運。」
他說話的語氣像極了虔誠的信徒，跟復活帳篷裡的那些德州佬一樣，對眞理和神有著外人無法理解的認識與體悟。
那一刻，刀疤男的表情似乎變溫柔了，但他隨即問：「妳有看到是誰幹的嗎？」溫柔的感覺瞬間消逝，瑪利亞發現他只不過是另一頭駭人的怪物，跟其他人沒有兩樣，蹲在血泊中對她咄咄逼人。
她撇開頭去。「我躲在床底下，只看到他們的腳。」
「是不是還有一個女的？棕色短髮，白人，中年左右？來找兇手講話，還是有跟妳的男人講到話？」
「他不是我的男人。」
「我沒有別的意思。」
瑪利亞搖搖頭。「他們把他抓走了。」
「所以確實有一個女的來過？」
「嗯，」瑪利亞搖頭說：「他們打了她，還在麥可的電腦裡找東西。」
「他們有找到嗎？」
瑪利亞想了想。「應該沒有，他們找不到密碼。」
那人重新檢視公寓，臉上露出厭惡的神情。他起身走過去撿起一個女用手提包，將裡面的物品甩出來，用指尖拈起某樣東西收到口袋，發現瑪利亞在看他。

「我在跟蹤那個女的，」他解釋道：「所以在她的手提包和車子裝了竊聽器。」他歎了口氣。

「沒想到她竟然會自投羅網。」

那人又走過去看了睡袍半開倒在地上的麥可一眼。「宜必思，」他拿起一張名片看著上頭的名字說。「宜必思的死人。」說完低頭望著麥可。「宜必思到底在打什麼主意呢，麥可．拉坦？」

「他是鑽水的，」瑪利亞主動開口道。

「他這麼跟妳說嗎？」

瑪利亞感覺刀疤男似乎在嘲弄她，讓她不太高興。「他說他們用鑽探和壓裂法在找水，希望挖到新的含水層。」說完她瞪著那人又補了一句：「但他說他們不會挖到的。」

刀疤男冷笑一聲：「嘖，這倒是真的。」他將麥可的皮夾放進口袋，接著又掃視公寓一圈。

「妳有人可以投靠嗎？」他問瑪利亞。「有地方讓妳休息，讓頭恢復，或是有人可以看著妳，確定妳不會一睡不醒嗎？」

「你幹嘛在乎？」

他似乎吃了一驚，隨即沉吟道：「也對，我何必在乎。」

他又匆匆巡了公寓一遍，接著便揚長而去，留下瑪利亞一人在血泊中。

23

安裘沒有理由在乎那個小妓女，而且很有理由趕緊離開。不管公寓裡發生了什麼，他都更火大了。不是因爲屍體，也不是因爲血，那兩樣東西他看多了。而是無論他去哪裡，兩名兇手都早他一步，把可能回答問題的人解決掉了。

鳳凰城從不下雨，只會死人。

現在看來眞是這樣。從德州妓女、宜必思高層、賭城間諜、鳳凰城水利局法務到窮追不捨的記者，安裘不禁想起毒梟州全面掌權之前的墨西哥，有人死在餐廳和車行門前，有人吊死在高架橋上，還有許多人跟那名女記者一樣就此失蹤，再也沒有出現。

早知道就跟緊一點。

安裘愈想愈覺得整件事沒戲了。無論傑米．桑德森葫蘆裡賣的是什麼藥，都已經隨風而逝了，除非再有線索，否則安裘不可能查出他到底在兜售什麼權利。

他走出住宅大樓的門廳，來到俯瞰泰陽特區其中一處中庭的走廊。

泰陽特區跟凱塞琳．凱斯一手擘畫的柏樹特區很像，使用通風管深入涼爽的地底進行空調，與建大量中庭增添綠意，並利用可透光的淨水設備讓自然光照進特區的住宅大樓。

安裘走到緩緩螺旋往下的公園步道，四周綠意盎然，空氣溼潤，還聞得到檸檬香……那感覺實在太過相似，讓他覺得泰陽說不定跟賭城僱用的是同一家生態建設公司。

這裡明明是鳳凰城，感覺卻像他在柏樹特區的公寓一樣清涼舒適，讓他一時不知自己身在何處。偏光玻璃外，索諾拉沙漠熱氣蒸騰，氣溫高達攝氏五十度。

安裘神遊物外，差點跟丟了那兩名加州佬。

要不是他在停屍間裡見過其中一人，那兩個傢伙看上去就跟來這裡找上海投資者的生意人沒有兩樣。

那個混蛋。

安裘退離欄杆，環顧中庭並打量穿越花園、露天餐廳和咖啡館的慢跑步道，接著掃視樓上和樓下的住戶陽台。

看到了。

從住宅大樓通往商業購物區的天橋上還有兩名加州佬，雖然努力不讓自己看起來像是衛哨，不過顯然正在找人。兩人都戴著智慧眼鏡，不停掃描過往人群。安裘心想他們的目標會不會是他。

他又瞥見另一名加州佬，穿著緊身慢跑服在公園長椅旁做伸展操。

媽的，這些人跟蟑螂一樣到處都是。

又一個。在咖啡館裡喝拿鐵。要不是咖啡館旁的螢幕正在播放科羅拉多某座水壩崩塌的畫面，安裘根本不會注意到他。其他顧客都看得目不轉睛，只有那人無動於衷，繼續背對螢幕好監視花園。

安裘原路撤退，心想他們到底監視了多少出入口，他是不是踏進陷阱裡了。

眞是一團亂。

他轉身回到大廳，尋找逃生出口的標誌，心想他會不會被包圍了。

那名小妓女正好從死掉的加州佬的公寓出來。「別關門，」他說完從她面前迅速走過，一把拉著她往屋裡走。

「怎麼回──」

「壞人來了，妳要幫我躲過他們。」

他一邊掃視公寓，一邊脫下防彈夾克。這夾克太明顯了，他需要正式點的衣服，可以混進……

「要是我不幫呢？」

「那妳就會死得比妳那個可憐小女友還難看，這些傢伙可不是鬧著玩的。」

女孩嚇得瞪大了眼睛，安裘覺得很丟臉。他不難想見自己在她眼裡的模樣。一個拿槍使喚她的刀疤惡徒，威脅她若不從命就先虐後殺。他覺得自己不像個男人，跟飾演英雄的陶歐克斯完全相反。

因為你根本不是英雄啊，白痴。你是惡魔。

但現在惡魔需要活命。

他走到麥可．拉坦的衣櫥前抓了一件西裝外套。尺寸太大了。拉坦有點胖，顯然是加州給他的外派加給的功勞。安裘順了順外套，應該混得過去。

「誰要來了？」那女孩問。

「加州佬。我待會兒要妳指認他們，看妳認不認得。」

「妳要我見他們？」她聲音充滿驚恐。

好多帽子，拉坦還眞喜歡西部裝扮。安裘抓了一頂牛仔帽戴上，覺得蠻好看的。他又拿了一條皮帶束上。銀綠色的皮帶扣大得嚇人，像是在喊老子有錢。沒錯，穿成這樣肯定混得過去。

「妳準備好了嗎？」安裘從流理台上抓起露西的手提包，將防彈夾克塞了進去，心裡眞希望能穿著它。他可不想毫無保護地挨子彈。

反正發生槍戰我也活不了。

中國人一定會封鎖整個特區，派出所有警衛追捕他。

那女孩抓著一只手拿包，還有……

安裘笑了。「妳還想帶書？」

「我識字好嗎？」

安裘將書從她手裡硬搶了過來。《凱迪拉克沙漠》。「不會吧？」

「是他給我的，」那女孩辯駁道。

「最好是。」

「眞的！」

「我才不在乎，」他將書扔進露西的手提包裡，把包遞給她。「拿這個，我不能拿著它。」

安裘知道沒時間了，加州佬隨時會敲門進來。不會有其他可能。六名加州佬同時出現在泰陽特區，不可能是巧合。他們就要殺過來了。那女孩將自己的東西塞進露西過大的手提包裡。

「好了，」她說。

安裘檢查她的打扮。穿著那一襲黑色緊身洋裝，她肯定能融入人群，而他或許能靠她矇混過去。憑他這套飄著濃濃毒品味的牛仔裝扮和一個德州小妞，應該可以過關。只可惜她臉上有瘀青，但也許反而更有說服力，安裘尖酸地想。

「小姑娘，妳待的地方還眞夠嗆的。」

「你說什麼？」

「沒事，走吧。」

她走得非常不穩。可能因爲剛才頭撞到了，也可能是見到死亡場面嚇壞了。安裘伸出手臂。

「妳靠著我。」

女孩絲毫沒有反抗，任安裘抓著貼住他，帶她走到門外。她緊緊摟著安裘，彷彿遇到了白馬王子一般。這女孩眞的崩潰了。

加州佬出現在前方的轉角。

安裘將她拉得更近。「假裝妳很愛我，」他低聲道：「很迷戀自己的男朋友。」她靠得更緊，安裘低頭凝視她的雙眼，用牛仔帽擋住加州佬射來的目光。「我們晚上去夜店好不好？**小親親？**」他一邊說著，一邊用佔有的姿勢摟住她。加州佬從兩人面前經過。「妳想再爲我跳舞嗎？」

雖然他感覺得到那女孩怕得發抖，但她依然抬頭看他，傻笑著在他耳邊吹氣如蘭地說：「沒問題，乾爹。你還想看我跳舞嗎，乾爹？你喜歡嗎，乾爹？」她賣弄風情的討好是那麼自然，感覺就像全鳳凰城最開心的女孩，釣到黃金五仔的德州婊子。

在恐懼的外表下，這女孩冷酷如冰。

加州佬的腳步聲逐漸遠離。安裘架著瑪利亞走到中庭，一邊留意四周有沒有其他加州人。他們搭上電梯，但電梯往下時，安裘又發現主要出口站了兩名加州佬，而且比剛才那些傢伙更不遮掩，不時出示證件攔人，觀察每一張從他們面前走過的臉龐。安裘按了按鈕，讓電梯停在五樓。

「怎麼了？」

「沒事，有點小狀況，」他拉她走出電梯，用說話讓她分心。「妳等一下有地方可以投靠嗎？」

那女孩依然一臉驚惶，但還是點點頭說：「有，我有朋友，一個……男的。」

「他人好嗎？」安裘尋找其他出口，加州佬所有地方都盯住了。

「他很照顧我，」那女孩說。

安裘示意她在公園的長椅上坐下。兩人旁邊是一個擠滿鯉魚的無邊小水池。這是泰陽特區再循環系統的一部分。池塘一側開了口，池水傾瀉而下，注入四層樓下的蓮花池。安裘看見池水接著流進一個人造洞穴裡。

他望著池塘和流動的池水，望著蓮葉和螢光魚，心裡好羨慕。池水可以離開公園和這裡，他卻不行。只要那些加州佬還在，拿著很炫的證件守住所有出口，他就別想離開。

安裘環顧四周尋找逃生出口，可惜毫無所獲。頭頂上方的電視螢幕還在播放科羅拉多水壩遭人破壞的新聞。

「看著電視，」安裘說。

「爲什麼？」

「因爲其他人都在看電視，我們照做才不會引人注意。」

破壞規模驚人，不只藍臺水壩，連莫洛點和水晶水壩也瓦解了。三座水壩都位於甘尼森河，艾利斯一直想買下水權的地方。

凱斯一定氣炸了。

那女孩望著畫面中的崩塌水壩說：「是誰幹的？」

凱塞琳・凱斯可能也有相同的疑問，只是絕對會再加一句：**我為何沒看出來**？

安裘一點也不羨慕艾利斯。就算他重出江湖，凱斯也會因爲他沒事前察覺而砍了他的腦袋。

「可能是加州。他們一定會否認，但那條河是他們的，而科羅拉多沒有依約將水往下游送。」

「爲什麼沒有？」

「農田乾涸，牛也快死了，反正就是那一套。」

「所以加州就把水壩炸了？」

「看來是。」

安裘環顧周圍的人，想找出脫困之道，但他們身旁只有中國工程師和從事金融業的亞利桑那佬，統統盯著電視看科羅拉多最新發生的鳥事。

他瞥見那個假裝慢跑的加州佬還在做伸展操。他感覺似乎沒人在找他，不然就是他的裝扮和女伴瞞過了他們。剛才擦身而過的那兩個加州佬要下樓了，安裘看見他們坐上了玻璃電梯。

「幫我一個忙，」他對瑪利亞說：「假裝不小心看到電梯，告訴我妳認得那兩個男的嗎？」

瑪利亞轉頭瞄了一眼，隨即收回目光繼續看著電視。「我、我其實沒看到他們，只看到他們的鞋子。」

「鞋子不對嗎？」

「不對，」她皺眉道：「其中一個男的穿著牛仔靴，還有牛仔褲，不是西裝。」

「但抓走她的是兩個男的？」他問：「妳確定嗎？他們其中一人穿西裝嗎？」

「我不知道，應該沒有，但我大多只聽到他們的聲音。」

「但他們帶走她的時候，她還活著？」

「應該是，他們有事要問她。」

安裘又環視了那群加州佬一眼。「牛仔靴的事妳很確定？」

「嗯，」她語氣很肯定。

安裘一臉失望往後靠。安裘揪出來的六名加州佬都衣著講究。他真的很希望查到什麼線索，讓他知道露西怎麼了。她就算還沒喪命，也撐不久了。職業殺手不會留下目擊者。

「你跟那個女的是朋友嗎？」瑪利亞問。

安裘沒想到她會這麼問。「不是，妳怎麼會問這個？」

「我不曉得，我覺得她好像是你的女朋友。你似乎很擔心她。」

安裘沉思片刻說：「她很……她心裡有一個地方很冷，非常頑強，我還蠻欣賞她這一點的。」

他聳聳肩。「當然，因爲她是很有原則的記者，但那種事只會害你沒命。」
「眞笨，」那女孩說。
「是呀，」安裘嘆口氣說：「妳不曉得有多少人搞不清楚事情的輕重。」
加州佬開始聚在一起，接著突然都朝安裘的方向看了過來，伸手摁著耳機跟同夥交談。
「我敢說他們盯上我們了，」安裘說。
他緩緩站起來，伸了個懶腰。加州佬果然有所反應，雖然跟安裘一樣故作輕鬆，但顯然準備行動了。
安裘又瞄了中庭一眼，打量那個水從一側傾瀉而下的無邊水池。傾瀉的池水接到小河，再到過濾系統，然後到農田……
他走到觀景欄杆前，望著四層樓下的蓮葉和池塘。
加州佬已經繞過轉角了。他們都有證件，貨眞價實、經得起泰陽特區警衛檢驗的證件。
安裘看了瑪利亞一眼。「妳會游泳嗎？」

24

這兩個傢伙最恐怖的地方，就是一切都像例行公事一般。

他們將她從炎熱的屋外推進屋內，綁在椅子上，動作一氣呵成，完全不給她逃跑或掙扎的機會。

兩人拿掉她頭上的布袋，露西看見其中一人正在廚房整理刑求器具，將亮晶晶的工具擺好在流理台上。

另一人跨坐在椅子上盯著她，臉上掛著淺笑。

「妳好啊，露西．孟羅。」

那人已經脫掉防彈夾克，掛在旁邊另一張椅子上。他穿著白色背心內衣，雙臂上各有刺青，一邊是蟠龍，另一邊是死亡女神像，刺工精緻華麗。

「喜歡我的刺青嗎？」那人發現她在看他的手臂，便問露西。

露西動了動手腳，他們果然是高手。她腳踝被綁在椅腳上，手臂扳到背後，不只手腕，連手肘都被綁著。電線嵌進肉裡，愈動纏得愈緊，血液無法循環讓她手指像針扎一樣痛。

那人微笑望著她，似乎知道她在打什麼主意。

刺青、**山羊鬍**……

「我知道了，」她恍然大悟。「你是停屍間那傢伙，其中一名假警察。」她噓了口氣。「你們是賭城的人。」她轉頭注視擺放刀鉗的男人。他不是那個水刀子，比較像是街頭直接找來的西印仔，從臉到身體都是刺青，還有一雙帶著強烈飢渴的眼睛。

「你朋友呢？」她問。

山羊鬍男笑了。「他還來不及搞懂鳳凰城的辦事方法，我們決定不等他了。」他們三人在郊區一棟屋子的廚房裡，地板是薩提洛磁磚，空間很寬敞。山羊鬍男身後的玻璃滑門外看得見火窯般的亞利桑那沙漠，被一道高大的鐵絲網圍籬隔在外頭，圍籬頂端裝了蛇腹鐵絲。遠方沙丘層層疊疊，零星散佈著雜酚油木和乾枯的仙人掌，還有被人扔棄的濾水袋在陽光下閃閃發亮。

「你叫什麼名字？」露西問。

「這很重要嗎？」

其實不重要，只是她的記者本性又冒了出來，即使小命快沒了，還在想報導可以怎麼寫。那個西印仔放了一把鋼鋸在流理台上，旁邊是一綑醫用導管。

「妳有刺青嗎？」山羊鬍男問。

玻璃滑門外的那道鐵絲網圍籬奇怪地眼熟。她瞥見圍籬外不遠處有一長條藍色，是河嗎？不是……

是亞利桑那中央運河。

她看到的是亞利桑那中央運河。那條人工河離她不到一百英呎，蔚藍的河水靜靜流著。這表示她在鳳凰城的外緣，不是北端就是西側。

知道這一點也沒用。

圍籬和有刺鐵絲是為了阻止外人接近混凝土水道裡的河水。她剛來鳳凰城時曾經寫過幾篇文章，報導難民闖越圍籬被鳳凰城民兵槍殺的事。如今圍籬上掛著高壓電警告標誌，還有無人飛機在空中偵察，已經不再有人挑戰這片無人之地。

露西心想，中央運河的警戒系統說不定能幫她脫困。只要讓嫛務局的保安隊注意到她，或讓空中的無人飛機發現——

「沒有嗎？完全沒有？」

那傢伙似乎真的很想知道。

「幹嘛？」她覺得自己聲音有點粗，便清了清喉嚨。「你爲什麼要問？」

「沒什麼，」他下巴擱在椅背上，深色眼眸打量著她。「只是在想萬一妳有刺青的話，可能得把它從妳身上挖掉，才不會有人認出妳來。」

那人的同伴走過來遞給他一把廚刀。他摸摸刀鋒，滿意地點點頭，站起來將椅子推開。

露西察覺自己開始喘了。她很想保持堅強，絕不示弱，但見到那人拿著刀走過來只覺得心跳加速。她拚命扭動身體，試圖掙脫捆綁。

刀子愈來愈近，她不禁放聲尖叫。一旦開始恐慌，尖叫就停不住了。她一邊嘶吼一邊扯動綁得她無法動彈的電線，想躲開不斷逼近的刀子。她絕望尖叫，朝屋外大喊，希望有人聽見了出手相助，是誰都好。

那人將刀鋒對著她的眼睛。

露西往後猛仰，整個人翻倒在地，依然困在椅子上。

俘虜她的兩人哈哈大笑，彎身將她連人帶椅扶了起來，定在磁磚地板上。

「一定很痛，」山羊鬍男說。

他的手下繞到椅子後方抓住她的肩膀，手指嵌進肉裡，將她牢牢按住。露西聽見他的呼吸，聲音凌亂而興奮。

山羊鬍男拿著刀拉了一把椅子過來。

「我應該塞住妳的嘴，問題是我有一些事得問清楚。所以妳想尖叫就叫吧，反正我們在最偏僻的郊區裡最偏僻的馬路上，跟世界盡頭沒有兩樣。但妳如果還是想尖叫，我可以理解。」他湊到她面前。「例行公事嘛，對吧？」

露西不再尖叫，她已經看到結局了。她試著做好心理準備，希望自己能死得乾脆一點，但很清楚這兩人絕不會讓她好過。她心想不如自己朝刀撲去，殺他個措手不及算了。

我再也見不到安娜了。

「我們各有各的任務，」山羊鬍男說：「我負責動手，妳負責尖叫，就像妳朋友傑米一樣。」他咧嘴微笑。「那小子——那小子的肺活量還眞大。但妳不必走到那個地步，妳知道，妳不必屁股插著棍子而死。妳甚至不必痛到，」那人摸了摸刀尖。「妳只要老實招來，不用尖叫，這樣大家都好過。」

露西發現自己好想發訊息給安娜和她小孩，跟她們說……一點什麼。叫他們不用擔心？說她愛他們？人知道自己將被凌虐致死之前，到底該發什麼訊息？

不知爲何，露西忽然想起安娜和她手繪的卡片。

我再也摸不到雨了。

接下來的遭遇一點一滴滲進露西心裡。她會出現在提摩拍的小報相片裡，跟其他陳屍在乾涸泳池裡的人一樣，成爲另一具屍體，另一個腥羶小報吸引讀者上門的賣點。

#泳客

#鳳凰城淪陷

#屍體樂透

#無國界記者，如果有人查到她的ＩＤ的話。

「你到底要怎樣？」露西問：「只要別傷我，你想知道什麼我都告訴你。」

「非常好！」山羊鬍男露出微笑。「那就從妳的朋友傑米・桑德森開始吧。他在兜售水權是嗎？」

「對。」

「很好，謝謝妳！」他又微笑。「那麼……那些水權是眞的嗎？」

「傑米說是眞的。」

那人一臉失望。「妳沒親眼看過？」

她搖搖頭。「他沒那麼大方。」

「是啊，那混球也把我耍得團團轉。我是說，我以爲他打算賣一些不錯的水權給我們，結果卻空手而歸，因爲那小子已經賣給加州了。」他笑了。「那混球眞是把我騙慘了。」

「我有罵過他很蠢。」

「你知道他那麼做？」山羊鬍男面露微笑。「我一邊剜掉他的眼睛，一邊跟他說玩兩面手法是不會有好下場的。」他頓了一下。「妳會渴嗎？想不想喝點水？」

露西嚥了口氣搖搖頭。山羊鬍男抬頭看了站在她背後的西印仔一眼。「我這手下很想看妳生不如死，但我跟他說只要妳告訴我實話，我們就不動手。」

「我說的是實話。」

「很好，」他彎身向前，審視她的臉龐。「非常好。」

他拿著刀隨意甩動，彷彿不小心似地將刀滑到了她的腿間，貼著她大腿內側。

「那我就來說說我的問題吧，」那人說。「我在挖妳朋友眼睛的時候，他告訴我已經把水權賣給加州佬了。」刀子開始沿著她大腿緩緩滑動。「我跟加州佬無冤無仇。我是說，我們都知道那些混帳有的是錢，但怪就怪在加州佬好像也沒找到水權在哪裡。他們派人過來到處打聽，跟我找同樣的東西。妳朋友傑米發誓他把水權賣給了加州，但他們卻沒拿到。」他一邊微笑一邊繼續用刀撫摸她的大腿。「所以我就想，妳知道……我發現我一直看到妳。加州佬去哪裡，妳就在那裡。可憐蟲傑米去哪裡，妳也在那裡。於是我心想，妳可能知道的比妳說的多。」

「沒有！我什麼都不知道。傑米也跟我說他把水權賣了。他只是想整賭城，想讓凱塞琳．凱斯滿臉大便。我只知道這樣！」

「我得說，那小子還真有野心。」刀子沿著她大腿往上，碰到了跨下，在她私處不懷好意地左右徘徊，接著滑到她的腹部，從腰間伸進她的裙裡，刀尖輕輕戳刺肌膚。

「告訴我你到底想知道什麼！我一定告訴你！你不用傷害我！我會幫你！」

「別擔心，我等一下就會告訴妳了。」

他說完將刀往上一劃，露西的T恤應聲裂成兩半，上身露了出來。

「奶子不錯看，」他說完轉頭吩咐手下：「去拿電線過來，我不想讓她的血濺到我身上。」

「我真的什麼都不知道！」露西抗議道。

「別擔心，我只是公事公辦。」

挨完鞭打，露西身體像被火紋身一般，整個人驚恐得不時顫抖，無法控制，嗓子也叫啞了。

山羊鬍男揩了揩額頭，咧嘴笑著說：「天哪，我竟然流汗了！」

他走進廚房從甕裡倒了一杯水喝了，拿著杯子回來。

「妳會渴嗎？要不要在繼續之前喝一點水？」

露西鼓起全身恨意朝他眼睛啐了一口，嚇得山羊鬍男猛然後退。她吸一口氣等著挨打，沒想到他竟然笑了，這樣反而更糟。只見他抹去臉上的唾液，看了看沾濕的手指，接著將口水抹回她臉上。露西想咬他，但他躲得很快，彷彿知道她一定會這麼做似的。

「沒關係，」那人說：「我知道妳需要吐吐怨氣。妳要是全都招了，我或許可以不計較。但我得說，妳要是不喜歡被電線抽，接下來的妳一定更討厭，因爲剛才只是暖身而已。」

「但我什麼都不曉得，」露西反駁道：「眞的。」

那人又喝了一口水，將杯子放到擺放刀鉗和針頭的流理台上。「妳知道，我很想相信妳，只是妳朋友傑米被我拿掃帚插進屁眼之後，突然又多告訴我許多事情。妳知道嗎，有些人很能憋話，傑米那小子撐了好一會兒才從實招來，害我不得不拚命想辦法。這其實蠻挫折的，因爲加州佬比較高明，用了一堆掩飾和障眼法，讓人分不清到底誰付錢、誰收錢，搞得我也不曉得從何問起。不過只要往下問，遲早還是會得到答案的。」他朝手下點點頭說：「妳要是再浪費我的時間，或許我就叫克洛普來試試身手，看會問出什麼。」

「我只知道傑米想把水權賣給加州人，然後打算惡整拉斯維加斯。他接連跟兩邊人馬會面，對自己非常得意。」

「妳怎麼會認識拉坦？」

「我不認識他，他只是線索，我只是想知道誰殺了傑米。」

「這一點我可以幫妳，人是我殺的，」那人微笑道：「妳覺得我的獨家報導能拿普立茲獎嗎？」

露西沒有回答。

「換妳幫我了，」他說：「告訴我妳和拉坦到底是怎麼認識的。」

「我已經跟你說了，我跟他沒關係。」

「妳知道，拉坦要是還活著，要是在這裡，」他故意看了克洛普一眼。「我或許會相信妳，問題是他害自己臉上挨一槍死了。我實在很難不懷疑，因爲妳認識賣水權的傢伙，又認識買下水權的人，也就是拉坦，讓我覺得妳應該參了一腳。說不定擁有水權的就是妳。」

「我沒有，完全不是！水權在傑米手上，不是我！」

「妳知道，過去這三天我到處繞，想知道他媽的水權到底被誰拿去了。我突擊了妳朋友傑米和我手下佛索維奇，結果呢？什麼都沒有。我什麼都沒拿到，因爲妳朋友傑米已經把水權賣了，而且還把我們當成只是玩玩不會娶回家的小三，耍得我們團團轉。這下麻煩了。我本來以爲可以拿到加州給妳朋友傑米的錢，但因爲我把他眼睛挖出來了，就無法用視網膜掃描進入他的銀行帳戶了。哎，我哪知道會需要他的眼睛。所以我現在兩手空空，還得消滅出手的證據，把這麼丟臉的事吞下去。」

他咧嘴微笑。「結果妳知道怎麼了？麥可．拉坦那傢伙竟然冒出來，跟我說他有很特別的東西想賣，想找我談談。嗯，我心想還會是什麼？那麼一個人模人樣的加州佬會有什麼想賣給賭城呢？也許是他不想交給老闆的東西，因爲他媽的太有價值了。」他笑著搖搖頭說：「要是水權在我手上，我也會跟那個混球一樣搞。這眞是太妙了。我是說，我幾乎掀了我的所有人脈，想查出有沒有人知道水權的去處，沒想到拉坦那小子竟然自己找上門來，說他有天大的東西想賣，希望賭城能保證他安全離開，同時給他一大筆數位賞金。」他咧嘴微笑。「可惜拉坦處理這種事腦袋蠢得跟豬一樣，所以——」他聳聳肩。「妳知道，我就提前造訪，」他彎身湊到她面前。「結果那小子把自己害死了。於是我拿到了他的手提電腦，卻沒有密碼。」

「那就是你要的？」露西無奈大笑。「但我不知道密碼，也根本不認識拉坦。」她笑得停不下來。「如果那是你要的，那你臉眞的丟大了，因爲我幫不了忙。」笑完她開始啜泣。她不想哭，但就是止不住。「我什麼都不知道。」

「媽的，」那人皺眉道：「我感覺妳說的是眞的。」他嘆了口氣。「不過我還是得想辦法確定。」他抓起露西爬滿淚水的臉。「別擔心，完事之後我會讓妳死個痛快。」說完他直起身子走回流理台邊，拿起一把刀子。

喔天哪，不要，不要，不要這樣，拜託。

那人回頭朝她走來，露西開始尖叫。

尖叫聲很久才停。

25

瑪利亞跌入水中，感覺水硬得像混凝土一樣。她猛往下沉，內心驚魂未定，隨即拚命往水面游。前一秒刀疤男才問她會不會游泳，下一秒那個混球已經將她推下欄杆，讓她掉進四層樓下的水池中。

她浮出水面，笨拙划動手腳，一方面氣得要命，另一方面又如釋重負，慶幸自己依然活著。瑪利亞已經好幾年沒游泳了。她和家人以前夏天會到湖邊去玩，全家野餐，而她會在混濁的湖裡划船。但後來湖水乾了，他們就不再去了。

刀疤男跌進她身旁的池水中，浪花淹沒了她。他浮出水面將她一把抓住，拉著她朝長滿青苔的下水道游去。

她用力反抗，心裡又氣又怕。「你要做什麼？」

「救我們兩個一命，或害死我們兩個。」他們順著水流被沖進洞裡，刀疤男游在前面，開始扳弄金屬閘門。「加州佬來了嗎？」他問。

她知道他在說誰，那些西裝男。她往下水道外瞥了一眼，看見那些人正奔向電梯準備下樓。

「來了。」

刀疤男從腰帶掏出手槍交給她，然後繼續猛試密碼鎖的按鍵。

「誰探頭進來就開槍。」

「真的嗎？」

她還沒得到答案，刀疤男已經解開密碼鎖，將她拉到身旁，把槍收了回去。

加州佬紛紛跳進水裡，朝他們游來。刀疤男故意開了一槍，那些人立刻閃躲尋找掩蔽，接著水流開始增強，他們兩人就被沖進特區裡了。

水流不斷匯集，將他們往裡帶。瑪利亞努力不讓腦袋沉到水裡，回頭只見加州佬被擋在了閘門外，無法進來。她撞到刀疤男，刀疤男順手將她抓住。她以爲他要將她甩到另一邊，沒想到他竟然將她抬離水面，送上走道。

「抓好！」

瑪利亞手指亂抓，最後終於抓到邊緣爬了上去。刀疤男也跟著攀上走道。他全身滴水，整個人喘個不停。

「這是哪裡？」

「淨水系統，」刀疤男起身將她拉了起來。「走吧。泰陽特區的警衛肯定會來逮我們，我們得在他們封鎖整個地方之前溜出去。」說完他便推著她沿湍急水流旁的狹小通道往前走。

「你怎麼知道往哪裡走？」

「其實我只是裝的。」

「你剛才怎麼能開閘門？」

他笑了，似乎有些得意。「建造這套淨水系統的生態建築公司就是我們賭城僱的那一家。他們有標準密碼，我想可能沒人更改過吧。他們常常這樣。」

瑪利亞心想他萬一打不開閘門會怎麼做，但想想應該會用槍解決吧。

刀疤男帶著她沿水道走，然後橫過步道。水從兩人腳下奔騰而出，分散到好幾個水槽中。他們位在一座巨大的洞穴裡，空氣中瀰漫著魚和生物的味道，水裡滿是青苔和水藻，淺水處看得到魚鱗閃閃。巨大的洞穴裡充滿了水和生命。

瑪利亞停下腳步，內心震撼不已。

這就是含水層。雖然小地方跟她想像的不同，可是肯定沒錯。儘管嚮導從她父親換成了刀疤男，來的方式也從划船換成了走路，頭頂上方的鐘乳石更變成了電子監控設備，在水池上方閃爍著數據，將感應器插入水中，但瑪利亞非常肯定這裡就是她夢想中的地方。這裡涼爽又充滿生命，就算到處是拿著除沫器清理水藻槽表面的工人，也絕對是含水層沒錯。她期盼了那麼久，終於美夢成眞了。瑪利亞希望這是好預兆，但她沒時間多想，因爲刀疤男已經在催她上路了。

他帶她匆匆前進。一名工人原本盯著閃動的螢幕，抬起頭見到他們嚇了一跳。

瑪利亞以爲刀疤男會開槍殺了他，沒想到他只是亮出警徽。「鳳凰城警察局，」他說：「安檢出了一點狀況。」說完便從那人面前匆匆走過了。

「你是警察？」瑪利亞問。

「他覺得我是。」

他們通過雙開門來到一條燈光微弱的操作廊。刀疤男抬頭看著天花板皺起眉頭。有攝影機。

「這裡！」他抓著她往另一條通道走。

他們穿過另一道門，突然間就到了外面。

強光讓瑪利亞忍不住瞇著眼不停眨動，但刀疤男抓著她繼續前進。強風和往來的車輛吹得沙塵在他們四周飛舞，前方一輛鮮黃色特斯拉的車門倏地打開。「這是我們的車，」他將她推進前座，接著繞過車坐進駕駛座。他一坐好，車子便自動上鎖並且發動。

乾淨的操作介面加上冷光儀表板，讓坐在皮椅上的她看來有如溺水的小貓。空調開了，吹在她溼透的肌膚和衣服上感覺很冷。車子駛離路旁開始加速，讓瑪利亞往後撞上椅背。她回頭一看，以爲會見到追兵，沒想到路人都無動於衷。

「我們甩掉他們了嗎？」她問。

「暫時甩掉了。」

一旦不再逃命，腎上腺素便消退了。她吹著空調只覺得又累又冷，同時發現自己在顫抖。她想不起上一回感覺這麼冷是什麼時候了。

「可以把空調關掉嗎？」

冷風停了，兩人在車裡默默相對。

「妳說妳有地方可以去？」他問。

「對，一個男的，離這裡很近，就在工地旁邊。他在賣薩爾瓦多餡餅。」

「妳確定不想到更遠的地方？」

他說得好像想照顧她，一副關心她的模樣，讓她聽了就火大。

「你何必在乎？我剛剛才被你丟到欄杆外呢。」

她頭很痛，車子疾駛讓她想吐，現在又被他氣得七竅生煙。這傢伙以爲自己可以拖著她到處跑。她開始在手提包裡翻翻找找。這手提包也是他叫她拿的，就爲了裝他那件該死的防彈夾克。她抽出夾克，果然幾乎沒濕，不過《凱迪拉克沙漠》卻濕透了。

「媽的！」

「會乾的，」刀疤男瞄了一眼說。

「我還打算賣掉它的說，麥可說會有人想買。」

刀疤男遲疑片刻說：「應該會乾吧。」

她經歷了這麼多折騰，結果竟然一無所獲。她望著濕掉的書，努力克制眼眶裡的淚水。**費了那麼大力氣，結果全是屁**。

「夠近了，」她說：「讓我下車吧。」

刀疤男將車停在路邊，掏出皮夾抽了幾張人民幣給她。「對不起，把妳的……」他朝書點了點頭。

「沒關係，無所謂，」車裡好舒服，瑪利亞發現自己捨不得離開。「妳女人的事我很遺憾。」

「她不是我女人。」

「我還以爲是，因爲你一直問她的事。」

他撇開頭去，一瞬間似乎顯得無比哀傷，讓她很驚訝。「自找死路的人，你很難救得了她。」

「她自找死路嗎？」

「她太在乎自己認爲的大是大非了，結果反而變得盲目，自找麻煩。」

「很多人都是那樣，」她說：「我是說盲目。」

「的確，有些人很盲目。」

「你不會。」

「通常不會。」

他語帶苦澀。即使刀疤男不肯明白承認，瑪利亞還是看得出他很在乎那名遇害的女士。

「你爲什麼要救我？」她問。「你其實可以拋下我，這樣簡單多了。」

刀疤男看了她一眼，皺起眉頭。

過了很久，她以爲刀疤男不會回答了，他突然開口說：「很久以前我經歷過和妳一樣的事，在墨西哥，目睹某件我不該看到的事，跟殺手只有這麼近，」他指著他和她在車上的距離。「我那時還很小，大概八到十歲吧，站在瓜達拉哈拉一家小酒館外頭吃著冰淇淋——」

他頓了一下，望著擋風玻璃外烈日下的鳳凰城大街，陷入了回憶裡。「那名**刺客**——妳知道刺客嗎？就是殺手。他在我面前殺了一個男的。那個可憐蟲才剛停好卡車，下車走過來，結果**砰！**臉上就挨了一槍。接著身體又挨了五槍，最後殺手還在他腦袋補上一槍，以防萬一。我呢？我站在那裡看傻了。」

刀疤男皺眉道：「然後那混球拿槍對著我，」他意味深長看她了一眼。「說起來很好玩，我完全不記得那名刺客的長相了，卻記得他的雙手。他的指關節上刺了耶穌兩個字。除此之外，我對那傢伙完全沒有印象。但我現在還看得見他的手，還有指著我的那把槍，感覺就像昨天才發生的事一樣。」

他聳聳肩，似乎想甩掉回憶。「總之，妳只是在對的時間出現在錯的地方罷了。我也經歷過，所以不會拋下妳。」

他伸手過來替瑪利亞開了門。「保持低調，別做什麼引人注意的事，也不要回到之前待過的地方或生活方式。只要保持低調，別人很快就會忘記妳。」

瑪利亞望著他，想看出他在打什麼主意。不過，他剛才提到一件事對她很重要。

殺手的指關節……

「那兩個人，」她說：「其中一個有刺青。」

26

「抓走你的女人……而且把她殺了的那兩個人，」那女孩噓了口氣，將黑髮撥到耳後說。「他們其中一個到臥房檢查衣物時，我躲在床下看到了他的手。他手上有刺青，跟你剛才說的那個人一樣，就是那個**刺客**。」

安裘突然覺得童年往事重新攫住了他。他還記得刺客的手掌，記得自己雖然被人拿槍指著額頭，還是不知死活地想讀出對方指關節上刺了什麼。

「是字母嗎？」

他想起刺客對他微笑，假裝朝他開槍，還將手往後甩，同時出聲模仿槍響，就像他跟玩伴勞爾和米蓋爾玩槍戰的時候一樣。

「砰！」

安裘手指緊緊抓著冰淇淋，把甜筒都捏碎了。他怕得尿了出來，膀胱像氣球炸開一樣，溫熱的液體沿著大腿緩緩流下——

那女孩在說話。「不是，不是字母，而是像蛇的尾巴，從他手掌往上延伸到夾克袖子裡。我看到了，是蛇的尾巴。」

安裘沉浸在回憶裡，一開始沒聽到她說什麼，但所有細節隨即像拼圖一樣兜攏了起來，原本零碎的世界突然連結在一起，現出了全貌。

「妳說蛇？」

他摸上自己的手腕。「會不會是龍的尾巴？有鱗片嗎？還是顏色？」他不想混淆那女孩的記憶，不過心裡已經有數，在她回答之前就知道答案了。「不是綠色，而是其他顏色，對嗎？」

「紅色和金色。」

不會吧。

一切豁然開朗。

「這個線索有用嗎？」

安裘眞想吻她。這位飽受世界蹂躪的天眞小姑娘讓他茅塞頓開，有如聖母瑪利亞讓他看見了世界的眞貌。她應該披著藍外衣才對。她是他的瓜達魯佩聖母，爲他拼上了最後一片拼圖。

「有啊，當然有，」安裘伸手到口袋裡。「有用極了。」他突然覺得世界失去了平衡，急著想站穩腳步。「喏，」他掏出皮夾裡的鈔票，數都沒數就都給了她。「拿去吧，統統拿去，妳眞是幫大忙了。」

那女孩瞪大眼睛接過鈔票，但他已經沒空管她了。時間緊迫，他拿出手機，朝她揮手道別。女孩關上車門，車裡只剩安裘一個。他憑著記憶撥了號碼。

凱塞琳．凱斯眼中的世界是一幅馬賽克。她成天蒐集資料，將數據拼湊成她喜歡的圖案。但安裘不是這種人。他無意拼湊，只希望看清既存的現實。馬賽克只會讓人想要東拼西湊，拼出不存在的圖案，而不是讓所有的片段各歸其位，讓它們揭露事情的眞面目。

紅和金，蛇尾巴。

是龍。

胡立歐的手機直接轉到語音信箱。

安裘咒罵一聲，將車駛離路邊。可惡的胡立歐。故意閃躲迴避，抱怨自己被困在鳳凰城，埋怨這裡風險太大，報酬太少。

紅和金，尾巴從手腕蜿蜒到胳膊。

那女孩見到那刺青以爲是蛇，但安裘很清楚她看見了什麼。他之前跟胡立歐一起在河邊出任務，兩人穿著背心汗涔涔地逼蠢農民交出水權，他不只一次見過他的胳膊。要是那女孩跟他一樣見過胡立歐的手臂和肩膀，她一定不會說那是紅金色的蛇，而是一條龍。

處理水的人不多：衣著楚楚的加州代表、聯邦墾務局和內政部的官員，還有仰賴美國西部複雜水權的大城市的水利局人員……

胡立歐。

他一直搶在安裘前面，從一開始就在耍他，殺死他想問話的人，趕在他之前殺人滅口，好讓他……怎麼樣？

你到底有什麼盤算，你這個**狗娘養的**。

安裘想起胡立歐站在他旅館房間裡，一邊低頭看著手機一邊抱怨**樂透**的事，假裝很害怕。他想起胡立歐對傑米．桑德森冷嘲熱諷，彷彿一點興趣都沒有。

就是個不起眼的中階人員……跟側寫不符……我不認為佛索維奇有吸收他，不然他應該會告訴我。

胡立歐的手機又直接切到語音信箱。

你這條泥鰍，到底溜到哪裡去了？

假設胡立歐得從那女記者口中問事情，他會需要一個安靜的地方，沒有左鄰右舍打擾，他覺得安全的地方。

安裘心想胡立歐會不會那麼**帶種**，敢用自己的祕密據點當偵訊室。他要是不覺得被人盯上了，或許會那麼做。胡立歐顯然不認爲安裘是威脅，因爲他相信他還在鳳凰城捕風捉影，毫無頭緒，而他胡立歐早就快了他一步。

安裘推斷胡立歐應該覺得還很安全，因此應該溜到了鳳凰城熾熱的郊外，黑暗區某個沒水沒電、人煙稀少的地方，待在舒服的祕密據點裡。他通常會在那裡會晤手下和線民，如果安裘或其他水刀子需要暫避風頭，也會待在那兒。

他會在那裡解決露西．孟羅。

安裘還記得這次行動裡的五、六個祕密據點，其中只有幾個離這裡很近。胡立歐肯定不會只有這幾個巢穴，但還是值得一試。

安裘猛踩油門，完全不管特斯拉的抗議，全速駛過車轍班班、坑坑洞洞的路面。

時間緊迫，那名女記者很快就要跟佛索維奇和桑德森一樣，被人碎屍萬段了。

27

安裘去的第一個據點看來沒有人在，但他去到第三個據點，就看見胡立歐的卡車停在屋外。這傢伙的自大令人火大。安裘就算不相信胡立歐完全把他當**白痴**，看到他將卡車大剌剌地停在賭城派給他的祕密據點前，他也不得不信了。

安裘將車停在遠處，打量周圍的環境。這裡除了風沙和滾草之外空空如也，只有幾棟房子遺然獨立，灰泥牆龜裂剝落，能用的金屬和太陽能板也早就被拔走了。

沒什麼好看的，也沒什麼好在意的。離開吧，各位。

這些房子都很大。安裘心想當年住在這裡頭的人擁有五房三衛，會不會覺得自己很有錢。鳳凰城斷了他們的水，他們可能很不爽。當初花了大錢裝潢，像是裝了花崗岩流理台好抬高未來房子轉賣的價格，如今都成了上了蠟的廢石，沒有人會多看一眼。

安裘重新替西格手槍裝滿子彈，接著瞄準胡立歐的卡車低喊一聲：**砰！**想像手槍射出子彈的瞬間。

安裘受訓時模擬過，知道祕密據點的配置。眼前的房子跟他在虛擬實境裡看到的沒有兩樣，唯一的差別是烈日當空，熱辣辣地照在他背上。

房地產經紀人在門上裝了鍵盤鎖。安裘按了鍵，屏住呼吸，心裡期望胡立歐沒有更改密碼……門喀的一聲開了。

尖叫聲從門縫衝了出來，淒厲得像動物哀號，嚇得他猛往後退。安裘從玄關走向廚房，一邊留意兩側房間。尖叫聲停了，取而代之的是不規律的喘息聲。他躲在轉角偷瞄了一眼，只見露西被人綁在椅子上，從腳綁到腰間。她嘴唇破了，沾滿鮮血，兩邊乳房都是鞭痕。胡立歐和一個臉上刺著幫派圖騰的鳳凰城西印仔站在她面前，兩人手上都拿著刀子，而露西則在顫抖啜泣。

安裘走進廚房。「我還以爲你去拉斯維加斯了呢，胡立歐。」

胡立歐扔下刀子拔出手槍，西印仔躲到露西背後用刀抵住她脖子。安裘感覺死神就在現場，啪啪揮著黑色的翅膀。安裘和胡立歐都舉起手槍，但安裘快了一步，西印仔腦袋應聲開花，倒在露西背後。胡立歐的子彈打在安裘肩上，讓他整個人往後彈，像被馬踹了一樣。他試著舉槍回擊，但手毫無反應。子彈傷了他拿槍的手臂，讓他舉不起手來。

「我不是勸你離開了？」胡立歐說。

說完他又扣動扳機。槍響瞬間，露西突然猛力往前，整個人帶著椅子往前翻倒，撞到了胡立歐。原本會射中安裘眼睛的子彈從他耳邊飛過。

露西和胡立歐纏成一團倒在地上，胡立歐一腳將她和椅子踢開，一邊大聲咒罵。安裘將手槍甩到左手，靠牆抵著槍。胡立歐也舉起槍，可惜太慢了。

安裘扣下扳機。

胡立歐胸口出現一個鮮紅的大洞。安裘繼續開槍，胡立歐身上噴出更多道血柱，從胸口、臉上到腹部，骨血齊飛。

胡立歐手槍落地，往前仆倒。他翻身想將槍拿回來，但安裘搖搖擺擺走過去將槍踢開。胡立歐胸口血花斑斑，下巴骨也碎了，呼吸時帶著血沫。安裘蹲在從前的老友身邊。

「你爲誰工作？」他問道：「你爲何要這麼做？」

他將胡立歐翻過身來，望著他牙齒碎裂的猙獰臉龐。胡立歐想說些什麼，但只能斷斷出聲。安裘將他拉近，耳朵貼在他唇邊。

「爲什麼？」安裘追問道，但胡立歐只是咳嗽一聲，噴出更多血和牙齒，接著就斷氣了。

安裘抓著受傷的肩膀跪坐在地，試圖揣測胡立歐變節的原因。

「你……你可以……幫忙一下嗎？」

露西倒在地上，依然跟椅子綁在一起。

「什麼？喔，抱歉。」

安裘左右張望，在流理台上找到一把刀，左手笨拙地割斷露西身上的電線，還她自由。「妳還好嗎？」

「嗯，」露西聲音沙啞。「死不了。」

她動作僵硬地掙脫翻倒的椅子，隨即縮成一團望著胡立歐和死掉的西印仔。

「妳還好嗎？」

她雙手抱膝縮著身子靜靜呼吸，兩眼凝視剛才拷打她的人。

「露西？」

最後她終於顫抖著吸了口氣，目光重新找回焦點。「我沒事。」她搖搖晃晃站了起來，走過去拾起自己的T恤，發現衣服已經割爛，便把它扔了。她走到死掉的西印仔身旁蹲了下來，開始扯下他的白背心內衣，然後將它穿上。安裘刻意避開目光。

「沒關係，」她啞著嗓子說：「不過就是兩團肉而已。」

安裘聳聳肩，但依然沒有轉頭。他聽見露西將背心套進四處是傷的上身時倒抽了一口氣。「好了，我穿好了，」她說：「謝謝你救了我。」

「我就跟妳說我幫得上忙，」他說。

「是啊，」露西笑聲顫抖。「你還是有點用的。」

她將椅子拉過來扶正，然後坐了下來，身體忍不住一縮。才剛換上的白背心已經被血沾濕了。她低頭望著血漬，將衣服拉離身體，雙手顫抖著說：「你怎麼找到我的？」

「我在妳車上放了追蹤器，還有手拿包。」

「手拿包不在我這裡。」

「有人看見妳被胡立歐擄走了。幸好他挑了以前的藏身處。他應該常換據點的，不過沒有。」

「我以為你們是一夥的。」

安裘低頭看了胡立歐的屍體一眼。

「以前是。」

承認自己看走眼了讓他很生氣。他應該察覺的。就算沒發現胡立歐有問題，也該察覺他有些事不對勁。安裘漏看了許多東西，讓他不禁懷疑自己是不是還有其他地方沒看到。

「妳之前不肯告訴我的那些事，妳到底知道多少？」他問。

「我現在為什麼就要告訴你？」

「除了我剛才替妳擋子彈之外？」

「你不是為了我，是為了拉斯維加斯，為了親愛的凱塞琳·凱斯。」

安裘火了。「妳打算來狠的？」

「你在威脅我嗎？」露西問：「你覺得你可以像你朋友那樣對付我嗎？」

她笑容緊繃，安裘這才發現她手裡多了一把槍。

她是怎麼——

胡立歐的槍。她剛才趁他分心時拿的。她都計畫好了。

「看來我贏了，」她低聲道，灰色眼眸嚴厲而冷酷。

安裘怒目而視。「我不是他，我剛剛才爲了妳開槍殺死我朋友，」他說：「我想妳欠我一個說明。」

她望著安裘，下顎繃了起來，過了一會兒總算點了點頭，低頭望著胡立歐。

「他殺了傑米和另一個傢伙，就是那個佛索維奇，打算劫走傑米預備賣了圖利的水權。我猜他突襲了傑米和他自己手下的會面，好染指水權，沒想到丟了大臉。傑米已經把水權賣給加州了。」

「他根本沒把水權賣給我們？」

「傑米恨死拉斯維加斯了，他只是在耍你們。我跟他說他在玩命。」

「所以他把水權賣給麥可．拉坦了？」

「我覺得是。你的……**朋友**……當然想知道我能不能進入拉坦的電腦。根據他的講法，拉坦的盤算跟傑米一模一樣，把水權賣給出價更高的買家，因此他聯絡了最可能的人選，拉斯維加斯。」她微微冷笑。「你朋友急著想知道我能不能進入拉坦的電腦。」

「妳能嗎？」

「我很懷疑。宜必思的安全措施很嚴。」她看著安裘：「你在流血。」

「我就說我幫妳擋子彈了，」他惱火地說。

露西笑了。「你眞是我的大英雄。」她起身走到廚房拿了一堆餐巾回來。「讓我瞧瞧。」

安裘聳肩拒絕。「我沒事，跟我說妳朋友傑米到底做了什麼交易就好。」

「不行，讓我瞧瞧，」她語氣堅決，安裘讓步了。他乖乖脫下夾克，露西抿著嘴倒抽一口氣說：「還有T恤。」

安裘讓她脫掉他的衣服，身體忍不住縮了一下。

她目光掃過他的胸膛，望著疤痕和刺青說：「你混過幫派？」

「那是很久以前的事了，」他聳聳肩，身體又縮了一下。「在我到內華達替凱斯工作之前。」

她目光移向他的肩膀。「子彈的力道幾乎都被夾克吃掉了，但你的皮肉像是被人用刨絲機刨過一樣。」

「胡立歐喜歡霰彈槍，就是子彈會炸開的那種，不過遇到盔甲就沒轍了。」

「幸好你夾克是防彈的。」

「工作的標準配備。」

「你常遇到槍戰嗎？」

「我盡量避免，」安裘笑了。「槍會死人。」

露西皺眉說：「這裡有很多碎片。」她走到櫥櫃前開始翻箱倒櫃，最後拿了一瓶龍舌蘭和一把刀回來。安裘一臉不悅。

「怎麼？」她反駁道：「你想去醫院？想讓鳳凰城警局盯上你嗎？」

安裘不再反抗。

露西動作很快。她又切又戳又刺，將龍舌蘭倒在傷口上，安裘咬牙忍痛。她沒有面露歉疚，也沒有大驚小怪，只是專心幹活，彷彿清理槍傷患者的肩膀就跟清潔流理台一樣單純。

她很厲害。安裘看著她拿刀挑刺清理他被炸爛的肩膀，皺著眉專心做事，淺灰色眼眸全神貫注。

「妳經常處理槍傷？」

「還好。我們以前會在那家酒吧打土狼，射中了就去剝皮。」

「土狼？」

「毛茸茸的那種。」

「你們會把土狼身上的子彈挖出來？」

「不會，挖子彈是幫一個朋友。我有一位攝影師朋友中過兩次槍，其中一回是在命案現場，被跑回來的兇手打中的。」

「就是那個在停屍間的攝影師。」

「你記性眞好。對，就是提摩。」刀子戳進肉裡，安袞低噺一聲。露西抬頭說：「抱歉。」

「我沒在抱怨。」

露西微微冷笑。「裝酷是吧？」

「沒辦法，水刀子的基本訓練。」

「我還以爲水刀子不存在咧。」

「沒錯，」安袞咬牙忍痛。「我們只是幻影。」

「是鳳凰城自己的幻想。」

安袞很難不喜歡她。她完全不浪費時間，實在有一套。大多數人遇到她剛經歷過的一切，早就嚇得屁滾尿流了，她卻立刻從剛才的拷打中站起來，重新回到戰局之中。

她檢視安袞的傷口，看處理好了沒有。安袞覺得自己可能愛上了她的眼睛，一直希望她能抬頭看他，希望在她眼中見到他所尋求的認同。

「妳有沒有頭一回見到某人卻覺得早就認識他的經驗？」安袞問。

露西抬頭看他，眼帶嘲諷。

「沒有。」

雖然她這麼說，但安袞知道她在說謊。她目光在他臉上逗留太久，而且當她繼續清理他的肩傷時，他看見她臉紅了。

安裘滿足地笑了。他們是同一種人，而且他知她知。他在其他人眼中見過同樣的神情，有些是警察，有些是妓女、醫師、救護人員、毒梟或軍人，就連當年把他嚇得要死的那名刺客也是。都是同樣的眼神：見過太多，不再假裝這個世界尚未崩壞的眼神。露西．孟羅跟他一樣，兩人都看透了。他們是同類。

他想要她，從來沒有這麼想要一個女人。

所以我才先殺了那個西印仔嗎？

這個想法令他不安。

當時他毫不猶豫，但現在想來絕對應該先解決胡立歐和他的槍，然後才處理抓著露西當人質的西印仔才對，結果他卻搞錯順序了。

這個女人在安裘不知不覺間左右了他，差點害他腦袋吃上一顆子彈。

「你身上的疤還眞多，」露西說。

「沒辦法，躲不掉。」他改變話題：「妳說妳覺得妳朋友在玩命。」

「沒錯，」露西包紮完安裘的肩膀，身體往後蹲直，雖然距離胡立歐的屍體只有幾吋，卻好像毫不在意。「傑米打算狠撈一筆，然後跑到加州，」她說：「原本我想事後報導這件事，寫個獨家新聞，拿個普立茲獎，報導沒人發現的水權如何改寫了半個美國西岸權力爭鬥的內幕。」她嘆了口氣。「沒想到他太貪了，想要同時整垮拉斯維加斯。」

「妳說的水權到底是怎麼回事？爲什麼鬧這麼大？」

「你聽過皮馬族嗎？」

「印第安人？」

「美國原住民，」她冷冷地說。「沒錯，皮馬族。他們是霍霍坎族的後裔，霍霍坎族十二世紀時曾經在這裡耕種作物。」

露西收拾刀子和沾滿血的餐巾走回廚房，背對他說：「多年以前，他們跟鳳凰城達成協議，將水權全數賣給鳳凰城。皮馬族人當年靠著政府補償拿到了亞利桑那中央運河的水權，而鳳凰城需要運河的水，因爲這一帶的河川都快乾涸了，所以協議算是雙贏的局面，鳳凰城得到繼續發展所需的水，皮馬族得到一大筆現金，可以購買北方的土地。」

安裘冷笑道：「去會下雨的地方。」

露西舀了甕裡的水洗手和刀，雙手在牛仔褲上抹了抹，然後走了回來。「是呀，反正科羅拉多河看來也撐不久，持有垂死河川的水權沒什麼用。」

「所以皮馬族賣了水權閃人了，然後呢。」

露西在他身旁的椅子坐下。「皮馬族以爲他們只擁有小部份的運河水權。亞利桑那州只擁有科羅拉多河的部份水權，而他們又只擁有亞利桑那州水權的一部份，怎麼看都是很不優先的水權，對吧？許多人握有的水權都比他們悠久而且優先，因此他們的水權永遠可能被人搶走，所以才決定賣掉。」

她接著說：「但傑米一直泡在舊檔案堆裡，不只水權資料，還有其他檔案，土地管理局、墾務局、陸軍工兵隊、印第安事務局……有太多的管轄權重疊或衝突，太多水權協議互相矛盾，簡直是官僚體系的大爛賬，必須依資訊自由法提出申請才要得到資料。而大多數資料不是不見就是被人忘了，或是修訂過太多次，根本沒有用處了。向公家單位調資料簡直像無底洞一樣，除非你是傑米那種人，否則絕對挖不到什麼。」

「但傑米就是那種人，」安裘說。

露西做了個鬼臉，說：「傑米是典型的肛門期自大狂，喜歡證明自己知道的比誰都多。這種個性不會讓你成爲萬人迷，也不會讓你升官，只會害你被派到印第安保留區，整天在檔案室翻箱倒櫃，只有黑玻璃、響尾蛇和蠍子作伴，而你的上司卻在泰陽特區花天酒地，有說有笑。」

露西接著說：「不過，你也因此接觸到非常多的舊檔案，包括皮馬族幾十年前跟聯邦政府和印第安事務局簽署的有趣協議。那時保留區才剛設立，皮馬族的權利就是可以回溯那麼久，而傑米整天就泡在這些資料裡。」

「其中一部份就是水權。」

「不是無名水權，是科羅拉多河的水權。」

「日期呢？」

「十九世紀末。」

安裘吹了個口哨。「還眞久。」

「而且是**最優先**水權，現有紀錄最久遠的水權之一。」

「怎麼會沒人發現？」

「傑米覺得，呃，他生前認爲是印第安事務局故意隱瞞的，因爲他們很後悔簽了協議，對他們不利。他們根本不在乎那些住在鳥不生蛋地方的原住民，而且當時看來也無所謂，他們怎麼也想不到亞利桑那州會動科羅拉多河的主意。」

安裘發現自己竟然聽得入迷了。「但現在有了亞利桑那中央運河，像一根大吸管直接將河水運過沙漠。」

露西點點頭。「換句話說，鳳凰城和亞利桑那贏過了加州。加州佬手上有四百萬英畝英呎的水權，但萬一被人搶走——他們可是有帝王谷和五千萬人要靠這些水過日子呢。」

「這些水權等於是他們的死亡判決書。」

「不只加州，要是鳳凰城拿著皮馬族的最優先水權到法庭上亮一下，所有人都會天翻地覆。鳳凰城可以要求墾務局抽乾米德湖，讓水統統流到下游的哈瓦蘇湖，專供鳳凰城享用。他們可以叫洛杉磯和聖地牙哥停止抽水，或將水賣給出價最高的買家。他們可以號召盟友共同對抗加州，將水鎖在上盆地州。」

「那加州會炸掉亞利桑那中央運河，就像炸掉科羅拉多的水壩一樣。」

「是呀，只不過現在聯邦政府廿四小時都有無人機在運河上空巡邏，這回躲不過他們的眼睛了。即使是加州，我想也不敢眞的發動內戰。遊說通過州自主法好派國民兵在州界巡邏是一回事，就算炸毀水權是你的水壩也算合法，但公開宣戰？美國雖然四分五裂，但可還不是無政府狀態。」

「之前大家也這麼說墨西哥，結果隔天醒來統統變成了美國的毒梟州。」

「軍隊左支右絀，不代表華府會坐視各州為了水權公然開戰。」

「妳有眞的看到那些水權文件嗎？有讀到內容嗎？」

「傑米不肯給我看，他很……偏執，諱莫如深，老說等事情都搞定之後，他就會公開一切。」她嘆了口氣。「我想他可能擔心我會背叛他吧。雖然他矢口否認，但到後來他幾乎不敢相信任何人。」

「這麼想還蠻有道理的，妳看其他人得知後的反應就知道了。你朋友拿到了水權決定大撈一筆，胡立歐聽說之後也打算這麼做，就連拉坦一拿到水權也想搞私下交易。所有人一聽說或拿到水權，就開始不安分了。」

「這些水權簡直是詛咒。」

「是不是詛咒不管，重點是它們現在在哪裡？」

兩人的目光不約而同射向胡立歐從麥可．拉坦那裡拿來的筆記型電腦。安裘伸手去拿，但被露西搶先了一步。

「不行，」她一把抓起筆電說：「這是我的報導，我也有份，我想知道。」

「這些水權已經害死很多人了。」

露西伸手按著放在流理台上的手槍說：「你在威脅我嗎？」

「妳可以別再威脅來威脅去的嗎？我只是說這件事很危險。」

「我不怕，」她低頭看了胡立歐和西印仔一眼。「反正我已經牽扯進去了。」

安裘發現自己竟然爲了她選擇逼近眞相而非轉身逃跑而暗自竊喜，一時有些不知所措。

女人會讓男人變成蠢蛋。他父親曾這麼說，在他美好的童年時代，一切尚未在他眼前土崩瓦解的時候。

「很好，」安裘說：「但我們得躲起來。我可不想待在那些祕密據點裡。胡立歐連自己的人都敢殺，誰知道他這一路上還出賣了誰，洩漏了什麼。」

「你覺得他在玩兩面交易？」

安裘低頭望著被他開槍打死的胡立歐。「我覺得他很貪心，這就夠了。我們需要一個地圖上看不到的地方，我和妳通常都不會待的地方。」

「我有朋友，」露西說：「他們會幫我們。」

28

「流民免費，」夏琳說。

露西覺得腳下地板踩起來很軟，幾乎撐不住她的重量，隨時可能塌到樓下。他們剛才爬上一個由撿來的木板搭成的梯子走上這裡，露西可以聽見樓上家庭走動的聲響。左右兩旁都是棚屋，層層疊疊，全都挨在紅十字會和中國聯手建造的親善泵浦邊。

棚屋有兩個房間，一間是起居室，裡頭有一張滿是刀痕的木桌，天花板吊著一盞很小的LED燈，發出微弱刺眼的光線。

「這裡有加熱板，」夏琳不是很肯定地說。

另一個房間鋪了兩張鬆垮的睡墊，蓋住了全部地板。

對話和綜藝節目的聲音從牆外傳來，可以聽見被駭的中文平板電腦正播著戲劇和音樂錄影帶，聲音夾雜交錯，還混著難民的交談與口音。被颶風逼走的墨西哥灣居民，還有躲避乾旱和毒品暴力的毒梟州民，大夥兒為了追尋更好的生活而擠在這裡，被擋在州自主法所立起的高牆外。

「我幫妳準備了棉被，」夏琳說。

「謝謝，」露西說：「這樣已經非常好、太好了。」

隔壁有嬰兒在哭，嚎啕聲穿透了牆壁。

「別人留下的衣服，妳可以隨便穿，」夏琳指著角落一堆黑色塑膠袋和沒人要的行李箱說。「裡面有不少好東西，很高檔，名牌衫之類的。」她張著缺了牙的嘴笑著說：「妳可以穿得很體面。Prada、Dolce & Gabbana、Michael Kors、洋洋——什麼都有。我通常拿來當抹布，但妳如果想要……」

「妳哪來這麼多玩意兒？」

「都是別人不要的，往加州或投奔北方的路上帶不走，所以扔了。妳眞的不要跟我擠？」夏琳問。「我家是眞正的房子，妳不必待這個狗窩。」

真的不要？

樓下棚屋傳來蛋燒焦的味道。人貼人的窒悶感讓露西心裡一陣恐慌，但那水刀子堅持要找別人追查不到的地方。

「這裡很棒，」她說：「妳不用擔心，我只是需要一個地方窩著。」她意味深長看了夏琳一眼。「遠離熟人。」

「當然當然，我了解。但妳得知道，現在跟德州佬靠太近不是好事。因爲沙漠裡挖出被人蛇滅口的那些屍體，」她聳聳肩。「他們群情激憤。」

「怎麼個激憤法？」

「一點小事就會怒氣滿點。我只是說如果情況不對，趕快閃人。」

「有什麼需要特別留意的？」

「你眞的不知道導火線會是什麼事。也許是有人在泵浦前吵架，也許是黑幫過來教訓德州佬，就這樣變成暴動了。總之小心點，別讓我來爲妳收屍就好。」

「我不會有事的。」

但夏琳依然欲言又止。

「妳在擔心什麼？」

夏琳斜斜看她一眼，終於說出心底按耐許久的話來。「我不曉得妳寫了哪篇報導惹到人——」她雙手一攤。「我也不想知道。但妳最好記得這裡是威特的地盤，所有人都臣服於他，所有事他都瞭若指掌。他會給小孩水和糖果，要他們當他的眼線。你完全無法判斷誰是他的手下。」

露西想起她跟夏琳爬上梯子時，樓下的小孩一臉認眞望著她。「跟販毒無關，」她說：「如果妳在擔心的是這個，那我可以告訴妳，我不是在追販毒的事。」

夏琳如釋重負，表情都寫在了臉上。「喔，好，那他應該不會管了。」她滿意地點點頭，將掛鎖的鑰匙交給露西。「妳想待多久都沒問題。」說完伸手到牛仔褲口袋裡撈出另一串鑰匙。「我還幫妳準備了一輛車。妳說妳需要，對吧？」露西正想開口道謝，但夏琳揮手制止她。「就只是一輛便宜的梅特洛，但代步還不成問題。雖然它是油電混合車，可是充電功能壞了，所以別忘了加油，也不要相信油量表，那已經故障了。妳要是到瓜達露貝，那裡有一家舊租車店。威特派了人在那裡顧車，我已經跟他們講好了，他們會看著那輛車不讓它被刮，直到妳需要用車。」

「夏琳，妳眞是太棒了！」

夏琳笑了。「呃，不過車牌還是德州的，所以別太謝我。不騙妳，我開那輛車的時候眞的覺得自己像箭靶一樣，妳不會相信那些人看我的目光有多凶狠。」她搖搖頭。「直到坐進那輛車，我才知道當德州佬有多慘。」

「妳怎麼會有那輛車？」

「跟其他東西一樣，都是房客留下的。他們要去北方，我就跟他們買了。」夏琳聳聳肩說：「車子很爛，但我想還能湊合著開，而且我很同情他們。他們還帶了兩個孩子一起走，妳知道他們爲了越過州界一定花了一大筆錢，就不忍心跟他們討價還價，但車子眞的很爛。」

「不會有事的。」

「等妳被人開槍攻擊時再說吧。」

夏琳說完便爬下梯子走了出去，隨即折了回來，拆下棚屋的隔板拖到更靠近紅十字會泵浦的地方。她會在那裡搭建更多棚屋，在被鳳凰城遺棄的大片土地上塞進更多住所。

露西又匆匆繞了棚屋一圈。她必須承認夏琳搭房子很有一套，這樣的組合屋竟然還有一扇小窗。她隔著滿是沙塵和髒污的玻璃往外窺探。這裡地點很好，既靠近泵浦，視野又棒，從門口可以將屋上架屋的小巷盡收眼底，就算身在如此擁擠的貧民窟裡，依然能老早就看見來者是誰。

夏琳離開幾分鐘後，露西發現那水刀子正擠過泵浦旁的人群。

她一會兒失去他的蹤影，一會兒又發現他。只見那傢伙背靠牆壁，嘴裡叼著牙籤默默觀望著。但他實在太靜了，動也不動，露西發現自己的目光一直飄開，飄向賣食物的攤販、排隊裝水的群眾，還有廣場週邊鋪著毯子兜售能量棒和黑市人道救援物資的人。

那水刀子完全融入了環境裡。露西見他坐在兩個男的旁邊，彎身跟其中一人借火點菸，還回請他們香煙。他完全消失在群眾之間，不再是個體，而是一小群人，是三個靠牆閒聊的朋友。他由一變三，由顯而隱。他可以是任何人，是墨西哥仔或德州佬，是工人或爲威特賣命的手下，是疲憊的一家之主，努力想帶全家逃往北方，但這會兒只想逃離棚屋和哭叫的嬰兒出來透透氣，或是歷盡滄桑的難民，被困苦折磨得不再顯眼。

夕陽西斜，有如一團憤怒的火球掛在煙塵迷濛的天際線上。許多人下班了。他們過來排隊買水，有些人裝了一罐就回頭排隊，免得一次裝太多水費率提高。

十年來，她報導了無數這樣的人，如今竟也成了其中一員，成爲報導的一部份。她早就知道會有這麼一天。

安娜一定會罵她蠢。就連提摩，即便他花了那麼多時間跟著死亡跑，至少也曉得待在漩渦邊，不要被捲進去。提摩有求生本能，只要事情一失控，他就立刻退回安全線內。

而她，卻一頭鑽了進去。

她到底是怎麼了？她要怎麼跟安娜解釋自己跑去泰陽特區，就爲了追查傑米生前最後接觸過的人，結果差點被自己找到的線索害得喪命？

是妳害自己被捆在椅子上的。

她想起自己什麼都對胡立歐說了，一五一十鉅細靡遺，只希望拷打結束。她現在覺得好丟臉，自己竟然百般討好他，好換得那傢伙讚美她記性不錯。

「**妳記性很好**，」他說。

說完他又開始毒打她。

「**這不是私人恩怨**。」

這才是恐怖的地方。不是私人恩怨，跟她一點關係都沒有。她只是一團有嘴巴的人肉，可能擁有他所要的資訊，如此而已。

但她依然沒有放棄，就算知道一切已經變得如此危險，她還是繼續往下追。安娜永遠不會懂的。

有人敲門。露西開門讓殺死胡立歐的傢伙近來。他動作僵硬，但沒有抱怨這裡疼那裡痛，只是打量整間棚屋，進出檢查所有房間。

「讓妳借住這裡的那個女人是誰？」他說。

「夏琳沒問題。我認識她很久了，信得過她。」

「我也很信任胡立歐。」

他側身靠到窗邊，窺探樓下的泵浦。

「你太疑神疑鬼了吧?」

他回頭諷刺地看她一眼。「我是疑神疑鬼。胡立歐知道我很多事。他知道我車的驗證碼,也知道我來這裡用的假名。」

「所以你到底叫什麼名字?」

他聳聳肩。「隨便妳。」

「眞的嗎?」

他沒有回答,只是繼續檢視棚屋。

「我想這裡應該沒有竊聽器。」

「我不是在找竊聽器。再跟我說說妳那位朋友,她是什麼來歷?」

「我很久以前報導過她,」露西說:「她專門到別人家裡撿破爛。我的太陽能板就是她幫我弄到的。她眞的沒問題。」

「妳說的弄其實是偷嗎?」他走到屋牆邊停了下來,耳朵貼著撿來的紙板搭成的牆板。「我還以爲妳很正直呢。」他掏出手槍用槍托敲了敲牆,諦聽牆板發出的叩叩聲,接著走進臥房踩過床墊,同樣敲了敲那邊的牆。

「夏琳說那叫再利用,」露西在他身後喊道。

「是嗎?」

露西還記得她半夜從別人家屋頂拆下太陽能板時,心臟一直狂跳,覺得隨時會被垃圾巡邏車逮到,她甚至想好了到時該怎麼解釋。

「夏琳要我跟去幫忙才肯讓我寫她。我們拆完太陽能板後,我才知道她要把那些板子給我。」

「除了報導還有外快就對了。」

「我不想丟新聞系老師的臉。」

他離開臥室又走到窗邊，隔著蜘蛛網一般四分五裂的玻璃往外看，打量從電線桿偷接到屋裡的電線。電線從窗戶進來，連接到一堆插座，然後再四散出去，穿過地板、牆壁和天花板上的無數小洞，將電力傳送到其他棚屋。

「所以現在她是房東？」他問。

「她大概兩年前開始蓋這些房子。大家都得住在氹浦附近，因爲很多人都買不起車了，必須住在有公車的地方，而且不能離水太遠，走路能到才行。」

「她交錢給誰？」

「一個叫威特的老大，這裡是他的地盤。怎麼了？」

那水刀子聳聳肩。「胡立歐身邊那個西印仔，我不知道他是做什麼的。也許只是打手，也許是胡立歐的朋友派來的。是的話，他朋友可能會找上門來。」

「他們又不知道我們。」

「除非胡立歐是大嘴巴，」他開始在屋裡兜圈子，感覺就像來到陌生地方的狗，四處嗅嗅聞聞，讓露西看了很不舒服。突然他在屋子中央停了下來，豎耳傾聽。「我不知道，這地方讓我很緊張。」他說。

「你眞的是疑神疑鬼，這裡已經隱密到不行了。」

「我只是一直想起胡立歐，感覺很不對勁。我已經把車丟了，手機也弄壞了。」

「那輛特斯拉？」

「它這會兒可能正在城裡兜風。」

「你是認眞的。你就這樣把車丟了？你該賣給夏琳的。」

他搖頭說：「不行，我不想讓人從那輛車查到我。」

「你眞的疑神疑鬼。」

「所以我還活著，」他走到門口望著低垂的夜幕。「應該可以了，」他說，接著下定決心似的將門關上，扣好掛鎖，將屋子牢牢鎖上，表情就跟在方圓百公尺內所有車胎和消防栓上都撒了尿的桑尼一樣滿足。

這時，露西才突然想到桑尼還在家裡。「我的狗，」她說。

他立刻警告似的看著她。「找人去家裡看牠，但別找知道我們在哪裡的人。」

「你覺得接下來會怎樣？」

「我不曉得，」他一臉挫折搖頭說：「我眞希望多知道一些，搞清楚胡立歐到底在搞什麼。他連自己的手下都敢犧牲，讓我不得不懷疑他爲了錢還肯做哪些事。也許把信息網賣給加州佬，或是跟毒梟結盟……」他沒往下說，繼續打量棚屋。「應該可以了，」他又說了一次，但比較像自言自語。

他找了張椅子坐下，將拉坦的手提電腦放在桌上開始東摸西弄。

「你知道自己在做什麼嗎？」她問。

「就是確定一些事情。」

「聽著——」露西頓了一下。

我幹嘛跟這傢伙和在一起？

「我不知道你的名字，實在無法跟你合作。就算說謊編一個也好，至少給我一個名字可以喊你。」那水刀子抬頭看她，微微一笑說：「好吧，妳可以喊我安裘。」

「不會吧？」她正想開他名字的玩笑，但對方的眼神讓她打消了念頭。**他真的叫這個名字。**「安裘。」

「安裘，」他又用西班牙腔唸了一次，將ㄑ念成ㄏ。安荷。他發現她一臉疑惑，便說：「安荷是天使的意思，我媽希望我長大當個好人。」

「在墨西哥？」露西猜道。

「很久以前了，」他小心翼翼脫下夾克，身體縮了一下。她臨時替他包紮的餐巾沾滿乾掉的血漬，已經變成鐵繡色了，但他似乎不以爲意，繼續盯著電腦。

「你待過幫派，」露西說：「所以才有那些刺青。」

他沒有抬頭。「那也是很久以前了，但不在墨西哥。」

「而你現在是水刀子。」

他聳聳肩，繼續對電腦摸摸弄弄。

「你還會去找你母親嗎？」她問。

「她已經過世了，」他說。

「讓我猜猜，很久以前？」

他沒有回答。

這算什麼互相認識。露西走到窗戶邊，欣賞泵浦附近的熙攘。人來人往，德州佬拿著空罐子在排隊，還有人躺在炎熱的人行道上，慶幸能在離水不遠的地方找到棲身之處。

過了一會兒，安裘說：「我破解不了，妳認識在做電腦安全工作的人嗎？」

露西回頭一臉驚訝望著他說：「我還以爲你認識很多那種人呢？」

「換作昨天，我要什麼都拿得到，而且隨時可以。但我現在覺得這地方已經千瘡百孔了，要是我聯絡的人跟胡立歐有關係，只會引來不必要的注意。所以妳要嘛找人來幫忙，要嘛就是我設法將電腦送回拉斯維加斯，看看裡面有什麼。」

露西皺眉說：「我有一個朋友替小報工作，或許知道可以找誰幫我們。」

「妳說提摩嗎？」

「嗯。」

「他不會到處嚷嚷吧？我可不想出現在報紙的頭版。」

「你到底相不相信我？」

他微微笑了。

29

夕陽西斜，熾熱的火紅陽光照耀著荒涼的郊區，瑪利亞看見收工回家的圖米沿著馬路緩緩走來。她這輩子沒有這麼期待見到一個人過。那一刻，她是多麼喜歡圖米的一切。他的禿頭在陽光下閃閃發亮，插著紅白大傘的餡餅車喀噠作響。他已經脫了圍裙折好收好，所以只是一個身穿垮褲、推著餐車的傢伙。但就算推車一個輪子壞了嘎嘎亂響，在她耳中也像天籟一樣。

圖米看見她坐在他家前廊時嚇了一跳，但沒有「妳怎麼可以來」的表情。他走到她身旁坐下，因爲腰痠唉了一聲。

「嗨，小公主。」

他聲音輕柔，一點也不逼迫，顯然知道她出事了。他拿了一只裝了水的舊可樂瓶給她。她知道那是他自己的水，是他來到這片荒蕪之地過活前在市區附近的泵浦裝的。

瑪利亞小口喝著，努力克制牛飲的衝動。

她知道他心裡是怎麼想的：又是一個想裝女人的傻女孩。瑪利亞擦擦瓶口，將水還給圖米。圖米將瓶子接了過去，她突然察覺他的手好大。那是蓋過房子的手，這些房子。

他喝了點水，又將瓶子遞給瑪利亞。「喝吧，我喝完了。」

瑪利亞搖搖頭。「莎拉死了。」

她沒想到自己的聲音竟然這麼鎮定。她覺得心都碎了，眼睛卻像兩口枯井，彷彿她身體知道苦難還沒結束，別太早把淚水哭完，要省著點用，留著給接下來還要面對的折磨。

圖米聽到這消息並不驚訝。他看瑪利亞沒再開口，便說：「莎拉就是跟妳一起的那個女孩，對吧？」

「嗯，就是屁股很瘦的那個。你跟我說過她做的事很不聰明，」瑪利亞聳聳肩。「我該聽你的。」

圖米沉默良久。「我很抱歉。」

瑪利亞知道圖米在看她，知道他從她身上的黑色緊身洋裝和高跟鞋看得出來她也玩起了莎拉那一套把戲。

她刻意盯著沙塵瀰漫的馬路，不去看他。她不想見到圖米眼中的批判，評斷她的裝扮、愚蠢或莎拉。她不想見到別人批判莎拉。

對不起，她在心裡對她朋友說。她的女友，她的……**對不起**。

瑪利亞縮著身子。穿著跑趴服坐在這個襯衫扣得整整齊齊的大個兒身旁，只讓她覺得渺小而赤裸。這男人的一切都有條不紊，感覺就像駭浪中的平靜島。即使是現在，一切都分崩離析了，他依然比她多年來見過的人都要鎮定。

「你說得對，」她又重申了一次。「我該聽你的。」

圖米只是又說了一次抱歉。

「你爲什麼要抱歉？」瑪利亞厲聲說：「又不是你開槍打死她的，是她自己笨蛋害死自己。」

圖米像是被她甩了巴掌似的噤若寒蟬。

瑪利亞不想嚇走他，但就是管不住自己，彷彿就是想激怒他，讓他懲罰她，大聲喝斥她，甩她巴掌。怎麼樣都好，就是別默默坐在她身旁。

她瞪著圖米說：「她把自己害死了，對吧？賣屁股維生的德州蠢婊子，死了活該不是嗎？她那麼蠢，死掉是剛好而已。」

「不，」圖米柔聲說：「不是她的錯，她也不該死。」

「她賣屁股，結果死了。」

他撇過頭去，開口想說些什麼，但欲言又止。開口，又閉上嘴巴，最後只是嘆了口氣說：「事情也不一定是這樣。」

瑪利亞冷笑道：「你講話跟我爸爸一樣，說什麼以前不是這樣，『一切都會恢復正常的』。」

她突然火冒三丈，氣圖米、氣她父親，氣所有只會談過去如何如何，卻絕口不提現在景況的人。

「事情一直都是這樣，」她說：「未來也會如此，**永遠都會這樣**。」

她發現自己又能直視眼前這個老男人了，不再因為身上這套跟莎拉借來的洋裝而覺得全身赤裸，不再在乎被高跟鞋磨痛的雙腳，也不再自責沒能及時將朋友拉到床下而害她喪命，救不了她。也許她心裡其實慶幸莎拉吞了子彈，因為他們要是沒找到莎拉，一定會四處尋找那堆女性衣物的主人，而她就難逃一劫了。

「你好像看不到眼前正在發生的事，而是一直說過去怎樣，但我根本沒經歷過。你們有過的，我都沒有——」

「我不是——」圖米想說什麼，但瑪利亞提高音量搶過了話頭。

「我認識的人都死了。我媽、我爸，現在是莎拉，我……我……」她泣不成聲。

我好累。

「我……」瑪利亞說不出口。悲傷終於來了，一次出清，就像洪水潰了堤，沛然莫之能禦。

她為自己失去的一切而哭。莎拉、她爸媽、德州美好的家、上下舖、學校、擔心大人准不准她穿運動胸罩、心想吉兒．艾莫斯算不算朋友、期待八年級的舞會，全是一些愚蠢的小事——但統統消失了。

只剩下她，瑪利亞．維拉羅沙，剩下她是自己僅存的回憶，獨自一人坐在崩壞的城市裡，旁邊坐著一個只能悲傷看著她的黑人老頭，而他卻是她在這世上所擁有最接近朋友或家人的人。

圖米摟住她。

被他一碰，瑪利亞哭得更兇了。被他抱著，讓她再也克制不住如釋重負的感覺，盡情宣洩。最終她哭聲漸緩，然後停了。她靠在他的胸口，感覺疲憊而空虛。

「我只是想賺點錢，」她喃喃道：「我虧了莎拉的錢，所以必須還她。我現在欠威特一大筆錢了。」

「噓，」圖米說：「不是妳的錯。」

瑪利亞聽了又哭了。

最後最後，她的眼淚**真的**哭乾了，只剩下硬如焦石的悲傷，她可以清楚感覺到。悲傷沒有消失，只是埋住了，埋在她肋骨底下，雖然疼痛，不過結束了。

瑪利亞讓自己靠著圖米，兩人沉默了很久很久。

火紅夕陽落向當年他用樂觀的心和那雙大手興建的房子。如今那些房子早已人去樓空。瑪利亞發現自己竟然覺得平安，很驚訝自己會有這樣的感覺，不曉得為何如此，也不曉得能持續多久。但她想了想，決定不要多問。

一道狗影子閃過馬路。是土狼，轉眼便消失在小巷裡。牠步履輕盈，四條腿快得模糊難辨，毛髮棕灰夾雜，動作敏捷而果決，匆匆穿越漸暗的晚霞。

圖米動了動。「狼窩在那裡，」他指著馬路另一頭。

「很多隻嗎？」瑪利亞問。

「至少四、五隻吧，」圖米沉默片刻，接著說：「我本來打算賣了那地方，賺個三十五萬九千美元的，現在只能想辦法跟幾頭野獸收租金了。」

這笑話很冷，但瑪利亞還是笑了。她抬頭看他。

「我——」她想問，但不知該從何說起。她撇開頭去，不敢看他。「我在想你是不是……」她窘得說不下去。

她父親總是告誡她要自立自強，不能求人，絕不能向人開口。

「我在想是不是能跟著你，」她脫口而出，隨即閉嘴，但又接下去說：「我身上還有一點錢，我可以給你。我可以工作，可以幫忙，我會……我什麼都肯做。」她靠向他。「我可以——」**我會做莎拉叫我做的那些事**。「我會——」

圖米將她一把推開：「別這樣，我們已經講清楚了。」

「對不起，我不該……對不起——」

「別以為我不想，」他搖搖頭說：「我要是年輕一點，或是沒規矩一點，那當然毫不考慮。」他不自在地笑了。「但現在不行。」

「我會離開，」瑪利亞覺得自己好蠢。

圖米一臉困惑。「為什麼？」

「你不要我，」她說：「我懂。」

「拜託，小姑娘，我當然要妳，」他伸手將她攬到懷裡。「我當然要妳，但不是像剛才那樣。我想讓妳得到妳該享有的一切，讓妳擁有未來，還有真正的生活。我要妳能**離開**。」

瑪利亞乾笑道：「我爸也這麼跟我說，結果呢？不可能離開的。威特會來找我，等他逮到我，我就會變成他鬣狗的食物了。」

「嘖，那倒不一定。我認識一些人，他們或許能幫妳逃出去，越過州界。」

瑪利亞撈了撈手提包。「我付不起錢。」她伸手到那遇害女士的手提包裡，撥開拉坦那本沾了血的聖經，拿出刀疤男給她的人民幣。「我只有這些。那傢伙要是有付錢，應該還會更多。但如果這些錢能……」

圖米不知爲何更難過了。「妳父親過世後，我該馬上就收留妳的。」

「爲什麼？」

想到自己這一路來無依無靠，又讓她胸口一緊。

「我一直覺得我能幫妳，」他嘆息道：「每回在街上看到妳，我總想幫忙，可是心裡害怕，所以總是打消念頭，因爲我不想說到了卻做不到，辜負了妳。我覺得妳已經聽過太多空頭支票了。」

瑪利亞發現圖米濕了眼眶，不禁嚇了一跳。

他握住她的雙手，包著她的拳頭和手裡的鈔票。「我們會離開這裡的，」他斬釘截鐵地說：「妳不會死在這裡，更不會在這裡生活。只要我還有一口氣，就不會讓這件事發生。」他起身喚她進屋。「進來吧，我空一個地方給妳住，然後我們要開始計畫。不要趕，仔細想清楚，做出可行的計畫，而不是空想。我們會找人帶妳過河，交給我吧。」

瑪利亞一臉困惑看著圖米。感覺就像她對他施了魔法，讓他做出瘋狂的事。他的言談舉止都不對了。他爲什麼突然想要幫她？

別再想了，開心接受吧。

是莎拉的聲音。實事求是。能拿就拿，別問爲什麼，這就是莎拉。

但你看她的下場。

不過，瑪利亞還是跟著他走進屋裡，看著他先到廚房煎了一塊餡餅，然後從眾多空房裡挑了一間，替她鋪床。

她終於忍不住了。「爲什麼？」她問：「你爲什麼對我這麼好？這說不通。我又不是你的女人，甚至不是你的同鄉。」

「所有人都是同鄉，就跟大家都是手足一樣。我們有時會忘了這一點。時局崩壞的時候，人往往會忘記一些事，後來才會發現大家都在同一艘船上。妳就是我的同鄉，瑪利亞，在我心裡從來不曾懷疑過。」

「大多數人都不這麼想。」

「是啊，」圖米嘆了口氣說：「我認識一個印度人，非常瘦，從印度來。他沒有妻子也沒有小孩，可能留在印度吧，我不記得了。總之，他說了一件事讓我印象非常深，他說美國人很孤獨，所有人都一樣，只相信自己，不相信別人，什麼事都自己來，不倚賴別人。他說這就是他覺得印度能熬過這場浩劫，但美國沒辦法的原因。因爲在美國，左鄰右舍都是陌生人。」他說到這裡就笑了。「我還記得他搖頭晃腦地說：左鄰右舍都是陌生人。」

圖米聳聳肩說：「他說鳳凰城是他待過最冷酷的熱帶城市。看著流民窟，他無法想像大家爲何不齊心協力，更努力蓋房子，互相幫忙。他說他想了想，也許因爲大家都是從其他國家來的，已經忘了鄰里相攜是什麼感覺了。」

瑪利亞想起自己的家鄉，想起流離前的生活和多年未見的同學朋友。她想起共同逃難的那些人。大家一起朝加州前進，一個他們永遠到不了的地方，她父親心中的夢想之地。她想起譚咪·貝雷斯跟她揮手道別，因爲譚咪的父母親有錢，所以能帶著全家奔向北方，而瑪利亞不行。譚咪將衣服統統給了她，因爲她帶不走，而兩家的父親就站在一旁，面對著迫使小孩分離的地位鴻溝，臉上只寫著不耐與尷尬。

「我沒有小孩，」圖米說：「我和我老婆，我們都沒去想兩人爲何一直沒有……但這不是重點。」他聳聳肩。「不過，我們要是有小孩，應該就像妳這樣，跟妳年紀相仿，也許多個一兩歲。」他朝窗戶揮了揮手。「我們不可能讓我們的孩子生活在這種地方，愛他們到極點，卻讓他們生活在地獄裡。」

他嘆了口氣。「我一見到妳就知道應該收留妳，但我很怕，眞的很怕。」他聳聳肩說：「我不曉得——也許是擔心自己能力不足，或許是怕事與願違。我和老婆沒有孩子說不定也是因爲害怕。放棄冒險容易多了。」

他走出去拿了一件衣服回來。男人的T恤套在她身上像帳篷一樣。「這衣服不是妳的尺寸，但至少是洗乾淨的。」她套上T恤，褪下莎拉借她的洋裝，感覺像蛇蛻皮一樣。洋裝滑落在地，她很高興終於擺脫了它。

圖米笑著看她穿著那件T恤。「我們得找幾件女生的衣服給妳。我老婆沒有比妳高多少，但比妳胖就是了。我晚上到她的置衣箱找找。」

「圖米？」

「怎麼了？」

「什麼地方變了？爲什麼你現在肯幫我了？」

「唉，」圖米搖搖頭。「我也不知道。我以爲置之不理比較簡單，只要轉頭不看就好。但妳知道嗎？我覺得那是自欺欺人。還不如伸出援手，種下關懷的種子，看看後續如何。我要是有小孩，肯定會希望別人能關懷他們、照顧他們，而不是只顧自己，任由悲劇發生，看著壞事發生卻什麼都不做。」

他走到門口。「妳需要夜燈嗎？我有一盞太陽能小燈。」

瑪利亞瞪了他一眼。「那是小孩用的東西。」

「喔，」圖米似乎又難過了。但他沒說什麼，只是點點頭就出去了。

瑪利亞躺在床墊上，微風從開著的窗戶吹了進來，夾雜著廚房爐火的味道和遠方山林大火的灰燼。火光點點，有如滿天的繁星。

「明早見，」圖米喊道。

「嘿，圖米？」瑪利亞喊道。

大個兒轉頭說：「什麼事，小公主？」

「謝謝你。」

「不，小公主，」圖米說：「是我要謝謝妳。」

30

露西在一樁夜店槍擊案的現場找到了提摩。夜店外紅藍警燈不停閃爍，到處都是警察，而提摩就在騷亂當中貼著馬路拍攝血跡。血已經開始凝結，水氣不停蒸發到炎熱乾燥的空氣中。屍體雜亂橫陳，穿著細肩帶洋裝的女子跟她們的毒梟愛人或加州男友擠在封鎖線後方交頭接耳，好奇地引頸眺望，警察則四處找人問話。

「這下糟了，」提摩說：「中國人不喜歡槍戰波及到他們。」他朝現場大批員警點了點頭。「市府努力裝出一切都在掌控中的樣子，我看鳳凰城崛起的口號應該不是指死傷人數吧。」

露西環顧屍體，總算看見遇害的中國人倒在血泊中。那人顯然身家不斐，碎裂的雷朋智慧型墨鏡還掛在臉上。一名金髮女子倒在旁邊。她身穿亮片裝，手指掛滿鑽戒，脖子上還纏著金項鍊。雖然面容完好如初，但身體動也不動。兩人的鮮血匯成一灘，緩緩凝結。

露西發現他們牽著手，死時兩人正牽著彼此。真慘。

提摩拍完死掉的中國人說：「以小報來說，這場面太乾淨了點。但新華社最喜歡報導美國有多混亂，只要從他們的角度拍，應該能賺上一筆。」

露西計算屍體。八個，不，十個……天哪，十一個。派對服裝和面色槁灰的難民屍體模糊難辨。「這倒底是怎麼回事？毒梟火拼嗎？」

「德州人，信不信由你。人蛇屠殺埋屍案把那群白痴氣壞了，黑暗區一直傳言要血債血還，建立德州民兵或地方民團之類的。這是我今天拍的第四起槍擊案了，屍體樂透的貼文肯定會洗版，甚至持續一星期。德州佬統統打算回擊了。」

「回擊什麼？」

「我哪知道？佛林說槍擊是因為排隊的顧客裡頭有人口音不對，結果起了衝突，其他德州佬也加入了，算是同仇敵愾，接下來──砰砰──就開始死人了。」

「還死了真多人。」

「是啊，好笑的是始作俑者竟然沒有死，而且根本不是德州佬，是喬治亞州亞特蘭大市來的。」

露西望著屍體，望著那一連串誤會下的冤魂。這城市感覺就要內爆了。

「妳有事嗎？」提摩問。

「什麼？」露西好不容易才將目光從屍體上移開。「喔，對了，我在想你有沒有認識什麼人可以破解硬碟的？」

「妳要找八卦相片？」

她搖搖頭。「是私人文件，只是需要有人幫忙破解。」

「私人的喔？嗯，我可以找人幫妳看一下。」他揮手要露西跟他進夜店裡，露西照辦了。警察讓她和提摩進去，提摩和警察輕鬆說笑。他跟那名刑事組警察就像哥倆好，兩人一起見識了無數起命案，很喜歡結伴在屍體間穿梭。露西不禁想起托瑞斯，想起他還沒成為提摩相片裡的主角的時候。

「妳不認識那個中國人嗎？」提摩問。

露西回頭望了屍體一眼。「不認識。怎麼了？」

「不曉得，我沒想到來了那麼多警察，就算是作秀也太誇張了。」他朝兩名正在訊問目擊者的便衣刑警點了點頭。「警探通常不會這麼早來，所以我想可能也有政治因素。」

「如果是呢？」

「相片會賣得更好。只要我抓對角度，新華社說不定肯開更高的價錢，比一開始講好的還高。」

「我幫你問問。」

「謝啦。」他從她手中接過筆記型電腦。酒保走了過來，但提摩揮手要他離開。酒保瞪了提摩一眼，但沒多說什麼。提摩一邊瀏覽剛才拍的相片一邊點頭。兩人頭頂上方的兩台電視正在播放即時新聞。科羅拉多河上游的那座水壩完全毀了，下游的水壩也沒了。

提摩發現她在看新聞，便說：「老天，眞的很誇張，對吧？」

露西點點頭，依然看得目不轉睛。剛從鬼門關逃回來的她，都忘了這個世界正在沉淪陷落。那個叫戴爾他的城鎭幾乎都被沖走了。大水穿過峽谷傾巢而出，四處漫溢，空拍畫面照出了災情慘重。

「一定是加州搞的，」提摩一邊檢查電腦一邊說道。「是政府的問題，」他喃喃自語，接著一臉擔心地抬起頭來：「這不是警察的電腦吧？」

「不是。」

「呃，有可能是，因爲少了密碼。」

「所以我才拜託你。」

提摩做了個鬼臉說：「我進不去，這需要電子密鑰才可以。可能是企業員工證，或是手機，甚至珠寶之類的，來回傳送訊息。密碼從一端進去，從另一端出來。有密鑰才能進入，否則免談。」

「有辦法繞過密鑰嗎？」

提摩聳聳肩，又抬頭看著電視。「妳有過那種一切就快完蛋的感覺嗎？」她聽了忍不住笑了，但提摩不爲所動。「我是說眞的。」他撇頭指著崩塌的水壩。電視畫面上是乾涸的湖泊和一圈圈的湖岸線。一天前還是蔚藍如畫的水庫，如今只剩幾個泥濘的小水塘，零星散佈在峽谷中。

畫面切到直昇機空拍。記者的鏡頭跟著一輛大型砂石車，只見它在水壩下游五十英里外的水裡翻騰起伏，撞擊河岸，被水的巨大力道沖著、推著、翻轉著，早已變成一團黃色的廢鐵。

「接下來就是葛倫峽谷了。」

「不會，加州已經控制了包威湖，」露西說：「他們會讓水流下去。」

「這年頭還是不能買水壩下游的地。」

「海邊也是。」

「沒錯，小姐。」

提摩繼續弄電腦。「聽著，我有一個朋友，他也許可以弄出假密鑰，但要花一點時間。我可以帶走電腦嗎？」

露西猶豫不決。

提摩白眼一翻。「怎麼，妳覺得我會偷看嗎？」

露西想到電腦脫離她的掌控，努力克制心裡的焦慮。「它很貴重。」

「相信我，」提摩說：「我認識的那個女的，她專門在替微網誌部落客架設安全機制，幫我們這樣的人躲開毒梟追殺。她很厲害，跟我們是一國的。」

露西勉強壓下心裡的不安，強迫自己微笑。「謝謝。」

「沒什麼，」提摩說：「別忘了幫我查一下那個中國佬，如果是條大魚，我也許能跟新華社開價三倍。」

說完他就抓起手提電腦和相機走出夜店了。

露西望著電腦從她眼前離開。

31

露西一出門去見提摩，安裘就溜出棚屋去跟凱塞琳·凱斯聯絡了。

傍晚時分，城市緩緩散發熱氣，溫度降到攝氏四十度左右。

泵浦附近搭起了夜市，太陽能小燈有如螢火蟲飄浮在攤販的頭頂上方，男男女女忙著料理墨西哥捲餅、薩爾瓦多餡餅和玉米捲餅，用小報包好拿給顧客。

安裘剛才在這一帶混了夠久，已經抓到居民的節奏，面對夾板棚屋、上四道鎖的越野單車和貼滿 Gore-Tex 碎布阻擋風沙的門窗應該輕鬆自在才對。但即使有了藏身處，也抹去了自己的蹤跡，他還是去不掉心裡疑神疑鬼的焦慮。

他感覺這地方像是通了電，乾燥的空氣像是風暴雷雨來臨前一般，夾帶著不祥的電力。

安裘倚著紅十字會泵浦外圍的水泥牆，望著民眾排隊取水，注視他們身上骯髒的 T 恤、剪短的褲子和彎腰駝背的疲憊。他們將錢或卡送進機器裡，看著泵浦唰唰將水注入瓶中，然後拎著得到的珍寶返回鼠窩般的棚屋。

不遠處有一名老人在地上鋪了毯子，擺出拋棄式手機、濾水袋、破解版中文平板電腦和最新的小報，還有香煙及大麻口香糖。

安裘買了一支拋棄式手機。

他花了一點時間才接通凱斯的號碼。

「你跑到哪裡去了？」凱斯追問道。

「這裡有點混亂。」

這裡到底有什麼地方不對勁，讓他坐立難安？人群中沒有他認識的傢伙，也沒有加州佬躲在玉米捲餅攤後，所以究竟是哪裡不對？是他的第六感作祟，抑或只是剛才跟胡立歐搏命讓他腎上腺素飆高，到現在還沒消退？

「你在哪裡？」凱斯問。

露天廣場另一頭，一名穿著達拉斯牛仔隊球衣的黑人被人攔住了。一票黑幫混混圍著他，顯然想跟這個大膽穿著德州球衣的混球幹上一架。安裘退回棚屋林立的小巷裡等他們開打，沒想到民眾竟然站在牛仔隊球迷那一邊，男女老幼統統撩起上衣露出手槍，要給那票混混好看。

「有人要在我面前幹架了，」安裘低聲說道。只見那群西印仔也撩起上衣，露出傢伙來。安裘退到小巷更裡面。

「什麼？」

「沒事，」安裘一邊盯著情緒沸騰的群眾，一邊豎起耳朵聽凱斯講話。「我們有麻煩了。」

「我打了好幾通電話給你，你為什麼都沒回？」

「我把手機扔了。」

「為什麼？我們也查不到你的車，我還以為你死了。」

沒想到西印仔竟然退開了，讓安裘很意外。那群混混儘管一臉凶悍，但顯然知道自己寡不敵眾，沒想到會出現那麼多德州佬。安裘心想那名牛仔隊球迷會不會是誘餌，根本在引人上鉤。

「我也把車扔了，」他說。

「為什麼？」

「因爲今天實在驚喜連連，我不想再遇到意外了。」

「你解釋清楚，」凱斯說道，但收訊不好讓她的聲音斷斷續續。安裘心想是不是棚屋在干擾訊號。凱斯又說了什麼，但被雜音蓋過了。他抓著手機貼緊耳朵說：「妳再說一遍？」

打鬥無疾而終，但安裘覺得西印仔不會善罷甘休，於是又走回廣場，等待下一波衝突。

凱斯的聲音又斷斷續續回來了。「你爲什麼把車和手機都扔了？」

她聽起來很憤怒。安裘感覺話筒另一頭有音樂聲，似乎是弦樂四重奏。凱塞琳・凱斯在空氣清新的柏樹特區享受高雅音樂，他卻在這裡等著槍戰爆發。

「聽著，我不知道還多久——」

「等一下。」

他聽見凱斯摀著話筒跟某人說話，只好壓下心中的挫折左右張望。那群混混跑到哪裡去了？他聽見話筒另一頭傳來壓低的說話聲、笑聲，接著雜音消失了，凱斯重新拿起話筒，似乎稍微專心了些。「水壩的事你知道多少？」

「水壩？」安裘試著回想。「妳是說科羅拉多河上游那一座？」

「已經三座了，」凱斯說：「藍臺、水晶，還有莫絡點水壩，三座都垮了，大水統統湧向包威湖和葛倫峽谷去了。」

「包威湖水位很低，應該沒差吧？」

「應該是，水位還要一天才會暴漲。葛倫峽谷肯定氾濫了，這不用講。這對我們算是好事一件，米德湖的水量會比這些年豐沛多了。」話筒另一頭又出現聲音。「等我一下，」凱斯說。

「妳到底在哪裡啊？」安裘問。

「等一下——」又是壓低的交談聲。安裘努力克制掛斷的衝動。他討厭待在空曠的地方，但又不想失去訊號。牛仔隊球迷還在那兒，簡直跟揮舞著紅布的鬥牛士一樣。

他們在選邊站，他突然明白，**所有人都在選邊站**。

凱斯終於回來了。「我在參加柏樹五號特區的發表派對。我們還沒破土，預售屋就賣完了。我是代表南內華達水資源管理局來這裡助陣的，讓所有人知道這計畫有我們全力背書，保證一百年不缺水之類的。」

「聽起來蠻好玩的。」

凱斯語氣一轉。「本來是，只不過加州突襲藍臺水壩的消息傳來，我笑嘻嘻告訴投資者我們事前就已經知情，**其實我根本沒聽說**。」

「妳覺得加州也會對付我們嗎？攻擊米德湖？」

「我的分析小組說不可能。那會造成骨牌效應，沖垮下游的所有水壩。而且我們不認為北加州會因為洛杉磯和聖地牙哥的水權而讓全州捲入戰爭之中。我們覺得我們目前還不用擔心。」

「布雷斯頓也在分析小組裡嗎？」

「夠了，安裘，我已經派人查過他了。他沒問題。」

「也可能是他夠狡猾。」

「沒接電話的人是你，布雷斯頓我有辦法盯著。」

「妳什麼時候開始不信任我的？」

「從我翻石頭每次都翻到蛇開始。艾利斯應該掌握加州人的動態，結果他半點警告也沒給我，害我來參加投資人聚會，知道的事竟然只跟這些來買豪宅的蠢蛋一樣多。所以你說說看，我應該相信誰？」

「媽的，妳認為加州人收買了艾利斯？」

「我猜他這會兒應該在聖地牙哥的海灘上喝鳳梨可樂達吧。」

「也可能翹辮子了。」

「怎麼說？」

「胡立歐叛變了。」

凱斯沒有說話。

「你確定？」

「非常確定，他差點就讓我腦袋開花了。」

「爲什麼？」

「妳說他爲什麼開槍打我？」

「他爲什麼叛變？」

「錢吧，看來是這樣。他手下找到了幾份水權，而他想分一杯羹。我想他應該想海撈一筆吧。」

安裘遲疑片刻說：「我想他可能也把我們的人賣給加州佬了吧。我開始有種感覺，只要價錢對了，他什麼都肯賣。」

「老天，我就知道我該早點把他調離鳳凰城，那地方太腐敗了。」

「是啊，或許能救他一命。」

「等一下，他死了？」

「死透了。」

「你反擊了。」

「而且打中了。」

「可惜沒能問他一些事情。要是因爲他做了什麼，讓我們洩了底……」

安裘彷彿能聽見凱斯腦袋急速運轉的聲音：吸收新資訊，擬定新計畫，判斷如何調整因應。他耐心等待，知道凱斯很快就會下達命令。

但凱斯沒有下達指令，反而嘆了口氣，而且說話語氣懊悶而疲憊。「我每次以爲我們終於超前了，就會遇到這種事。我才剛替南內華達水資源管理局攬下了柏樹特區四千戶的擴展計畫，這下連完工時河裡還有沒有水都不曉得了。」

「不會吧？」聽凱斯語帶猶疑實在令人不安。她是科羅拉多河女王，這會兒竟然跟埋怨紅河水被搶走的北德州官員一樣喪氣。這女人從牢裡放了一名囚徒，給他工作和一把槍，做事從來不曾有過半點遲疑，現在竟然在擔心？

更糟的是，她軟弱了。

「胡立歐一定是加州策反的，」凱斯說。

「我認爲不是，」安裘想起死在豪華公寓裡的那個宜必思員工，還有他在停屍間和泰陽特區遇到的加州打手。「我覺得加州也被蒙在鼓裡。胡立歐身邊只有一名跟班，一個亞利桑那的西印仔，感覺不像背後有很大的靠山。」

「所以他是單打獨鬥囉？」

「感覺每個碰到這些水權的人都想要自己來。」

「哪裡來的水權？」

「兜售的傢伙說是印第安人的最優先水權，屬於鳳凰城，但不在鳳凰城手裡。」

「他們的水權竟然不在自己手裡？」凱斯笑了。「這是怎麼辦到的？」

「千萬別低估吃公家飯的無能，」安裘說：「他們的一名水利局法務挖出了這些水權，一個叫傑米・桑德森的傢伙。他原本想賣給加州，但一時起了貪念，決定也跟我們接觸，所以胡立歐才會扯進來，結果害自己喪了命。好笑的是，我認為替加州買下這些水權的宜必思員工也想自己賺。每個人只要碰到這些水權，就會覺得這是中飽私囊的大好機會。」

「這些水權有多優先？」

「根據我聽到的說法嗎？跟神一樣優先，而且可能涵蓋一大段科羅拉多河，甚至比加州的水權還早。」

凱斯笑了。「你不會眞的相信吧？」

「我已經不知道該相信誰了。每個拿到水權的人都像發現了聖杯一樣，立刻開始尋訪出價最高的買家。」

「你知道我拉了胡立歐多大一把嗎？」

「妳把他從地獄拉了出來，妳對我們每個人都是。」

「所有人都在避險，」凱斯說：「就這麼簡單。鼠輩也需要救生圈。」

「那也得誘惑夠大才行。這些水權可能值幾百萬美元。」

凱斯笑了。「要是像你說的那麼優先，可能值幾十億。」

安裘沉默了。

一座城市的存續值多少錢？一個州呢？一個人願意付多少錢維持用水無虞？現在的鳳凰城願意付多少錢重拾往日？而其他城市又願意付多少錢讓自己不致淪落到鳳凰城的境地？

「你知道這些水權現在在哪裡嗎？」凱斯問。

「我想文件紀錄應該在一台加密的電腦裡，而電腦目前在我們手上。胡立歐當時正急著破解密碼。」

「你沒有留他活口眞是太可惜了，」凱斯說：「我很想知道我們會受的損害有多嚴重。」

「我可以回去問他，但我想應該沒用。」
「很高興你還這麼有幽默感。」
「我想我們不會有事的，因為電腦在我們手上。我們有人可以破解密碼——」
「我們？」
安裘遲疑片刻才說：「有一位記者跟我一起。」
凱斯嘖了一聲。「事情眞是愈來愈精彩了。」
「說來話長，她算是被扯進來的。她正好要採訪那個鳳凰城水利局的傢伙，就是最先發現這些水權的人。現在要把她排除在外很困難了。」
「有那麼難嗎？」
安裘遲疑不答。
「你對她有感覺？」
「她很有用，好嗎？」
「好吧，隨便，我會找人去破解密碼。你有我可以聯絡到的電話號碼嗎？」
「不行，」安裘打斷凱斯：「我不想再接觸自己人了。我們不曉得胡立歐策反了多少眼線。我們在這裡的人都可能被加州或鳳凰城盯上了。跟我在一起的記者，她說她有認識的人可以破解電腦。我想他們應該沒有選邊站，我不用擔心又被人拿槍指著。」
「記者哦，」凱斯的語氣透露著輕蔑。
「她不一樣……」安裘沒有往下說。他不想多談對露西的複雜情感。「她是那種需要特別留意的記者，很聰明，妳懂嗎？」
凱斯冷冷說：「我了解，理論上。」

電話那頭的掌聲蓋過了她的聲音。「我得走了，」她說：「要去鏡頭前講話。」她頓了一下。「我要那些水權。」

「我說了，我正在想辦法。」

「你和那名記者。她叫什麼名字？」

「露西・孟羅。妳可以上網搜尋她，她得過普立茲獎。」

「非常好。」

他聽得出凱斯語帶懷疑。「**我**信任她，」他說。

凱斯又哼了一聲。「你認爲我們要的資料就在電腦裡？」

「我確定了會跟妳聯絡。」

「別忘了。」

電話那頭的聲音更大了。又是一陣掌聲響起，凱斯回到派對，電話就掛斷了。

安裘將手機扔到地上猛踩，直到塑膠殼碎了爲止，接著彎身挖出晶片，再用鞋跟將晶片踩爛，還有電池。他拾起所有碎片，在擁擠得讓人喘不過氣的木屋小巷裡穿梭，最後來到開闊的大馬路。

他在路旁找到一輛廁所車，付錢進去之後先將直腸裡的東西清到沼氣四逸的分解槽裡，再將手機碎片扔了進去。

他走下廁所車，目送它放著音樂駛離路旁，沿著天色漸暗的馬路揚長而去，帶走所有能追查到他的東西。

廁所車消失在轉角後，安裘才覺得安全了。胡立歐在鳳凰城待了十年，有如莊家運籌帷幄。也許他這幾週才叛變，純爲了幹這一票，但安裘可不想冒險，將自己的小命賭在上頭。

他回到棚屋小巷，邊走邊衡量眼前的局勢。任何任務失敗了，或發生不幸的意外或壞消息，他們都得回頭反省，搞清楚是自己做錯了，還是胡立歐在背後搞鬼。凱斯在鳳凰城的網絡已經完了，只能從頭開始。

安裘在菸攤前停了下來。小販架好攤位，太陽能和電池發電的小冰箱裡擺著可口可樂及莫德羅黑啤酒，看起來冰冰涼涼。小販身旁坐著一名老人，頭戴迪爾農機公司的棒球帽，拿著平板電腦在看新聞，旁邊擺著一疊小報和一小座死亡女神的神龕。

小報頭版相片是露西的朋友提摩拍的。相片中一名德州佬被釘在鳳凰城南邊郊區某個社區大門上，死前被扮成了死亡女神，身旁擺滿小酒瓶和黑玫瑰，警告所有試圖翻牆進入社區的人不要輕舉妄動。

菸攤小販發現安裘在看報紙，便說：「狩獵季又到了。」

「說不定我也是德州佬，」安裘說。

小報攤販笑了。「你看起來一點也不慘。」

安裘又買了一支手機，順便瞄了瞄老人平板上播放的藍臺水壩新聞。鏡頭慢動作重播著壩壁崩塌和滾滾泥漿夾帶著殘骸流過峽谷的畫面，接著是其他災情：洪水沖垮了岸邊一處城鎮，洶湧的浪濤大得超乎想像。

老人找錢給他，裡頭有美金也有人民幣。他在老傢伙的死亡女神神龕前擺了一枚硬幣。小小的祈願蠟燭閃爍著，還有菸、酒和兩個漆了顏色的骷髏頭，外加一隻死老鼠。

這倒是新鮮事。

一般人不會拿老鼠獻給死亡女神。

安裘在裝死老鼠的盤子裡放了一枚硬幣，希望改改運，但沒有多大信心。

32

露西爬上梯子回到棚屋，發現門沒有鎖，屋裡是暗的。

「哈囉？」

她將門推開一點，想偷看安裘的動靜。屋裡近乎全黑，只有窗簾的縫隙透進一絲樓下廣場上紅十字會帳篷傳來的燈光，但不夠亮。她瞪大眼睛，努力適應黑暗，接著就被一個強烈的感覺震懾住了：有人在裡面，正在等她。等著抓住她，完成胡立歐剩下的工作。

她轉身就跑，沒想到背後有人咳嗽一聲。露西一個回頭，差點摔下梯子。

只見安裘站在高她兩級的梯子上，躲在陰影裡看著她。

「媽的！」她說：「別這樣！」

「噓，」他說完走了下來。

兩人回到屋裡，露西立刻捶了安裘手臂一拳說：「你幹嘛要那樣？」

安裘似乎不以爲意。他打開小手電筒掃視漆黑的屋內，接著轉開桌子上方的那盞小燈，房裡剎時瀰漫著刺眼的光線。露西瞇眼望著燈光。

「你爲什麼要那樣？」她又問。

「只是提高警覺。」

「爲什麼？」

「這裡給我的感覺不是很好，」他走到窗邊往外窺探。

「我還以爲你是隨遇而安型的。」

「不是那個問題，而是……」他聳聳肩。「我有風雨欲來的感覺。」

「夏琳說現在局勢很緊張。」

「可以感覺。」

看來他是眞有感覺，因爲他一直走來走去，從窗邊溜到門口往下窺伺擁擠不堪的小巷，接著又回到窗邊盯著泵浦。不過，他走到一半竟然蹲了下來，從窗邊拿出兩瓶啤酒，用其中一瓶的瓶蓋打開另一瓶啤酒，然後將啤酒遞給她。

「抱歉嚇了妳一跳，」他說。

雖然他說得不是很漂亮，但他的表情讓露西覺得他是認眞的。

他在桌旁坐下，身體縮了一下。露西想起自己也受了傷、留了疤。她覺得自己的身體像是被絞肉機絞過一樣痛。

「我覺得自己好像被惡魔盯上了一樣，」他說：「我已經很久沒有這種感覺了，什麼都不對勁。」

「上一回是什麼時候？」

安裘皺起眉頭，一臉愁困。「很久、很久以前了。」

「替凱斯辦事？」

「在那之前，還在墨西哥的時候。毒梟追殺我家人，」他聳聳肩說：「我父親是警察，某人覺得他很礙事，但他根本不知道自己做了什麼或惹到了誰。也許他們根本搞錯人，跟眞正的對象攪混了。」他喝了一口啤酒。「所以他們找上門來，殺了正要回家的我母親和我姊姊，突襲她們。我在屋子裡看到她們被槍殺，立刻從後門逃跑，翻牆的時候刺到了玻璃，躺在泥土上動彈不得。我在牆外聽見他們大開殺戒。後來我溜回家，發現爸爸在家抱頭痛哭。他一看到我就抓住我，說要帶我到北方去。」

「那時你幾歲？」

「十歲吧，我想，那時美墨邊界還沒有名存實亡，非法入境必須渡過格蘭德河或橫越沙漠。我爸他是執法人員……」安袞沒往下說。「我記得爸爸在高速公路上飆車，但一直被減速丘妨礙，快不起來。妳去過墨西哥嗎？那裡的減速丘很大，逼你就算經過鳥不生蛋的小鎮也要放慢速度。我記得我爸爸一直罵髒話，一會兒**媽的**一會兒**去死**地罵。他以前從來不說髒話，但那一路上都在罵。這才是最可怕的地方。罵人但不生氣。他在害怕，屁滾尿流地怕……」他又停了下來。

露西察覺自己一直沒有喝酒，啤酒在她手裡都變溫了。她很想喝一口，卻又不想打斷安袞。這是她頭一回聽他說這麼多話。她發現自己在等，默默坐著等他傾吐更多。

安袞說：「他把我放在後車廂裡帶我穿越邊界，跟海關說他要去受訓。他開的是警車，就這樣直接過關。我不曉得他付錢給了誰，又是怎麼辦到的。當然，既然要往北走，就要走得夠遠。我老爸知道非逃不可，卻沒料到他們會追上來。那些毒梟做事很徹底，感覺真的本領高強。」

「你確定你爸不是毒梟？」露西問安袞：「什麼都沒做的人應該不會惹來這麼多麻煩。」

「他說他不是，但話說回來，謊言和眞實……」安袞聳聳肩，身體又縮了一下。他揉揉肩膀說：「天曉得你能對十歲小孩說什麼。」他笑著搖了搖啤酒。「那個加州男，他找了一個女的。」

安袞突然轉變話題，讓露西意會不過來。「你是說那個宜必思的傢伙？拉坦？」

「沒錯，拉坦那小子玩得很爽。」

「我聽胡立歐說他們殺了她。」

「沒有，」安裘搖頭說：「他只看見一個女孩，其實還有另一個躲在床下。所以我才能找到妳。十幾歲的少女，賣身攢錢過活，結果遇到這種鳥事。」他做了個鬼臉。「我應該再多給她一些錢的。」他碰了碰肩膀，身體又是一縮。「沒想到事情會變成這麼棘手。」

「你感覺如何？」

「比胡立歐好。」

她冷冷一笑，想起安裘衝進房裡掏出手槍的那一幕，還有她覺得——如釋重負。

意外又如釋重負。這個陌生的刀疤男竟然來救她，讓她不再遭到毒打。

她起身走到安裘身旁。

「我看一下。」

他先退了一步，隨即乖乖讓她撩起他的上衣，將繃帶拆開。他肩膀眞是糟透了。露西環顧棚屋，發現之前住戶留下的空瓶子。「我去拿水，馬上回來。」

她抓了一只空瓶就下樓朝泵浦去了。她跟在隊伍後面，本來想用信用卡，但最後還是用了現金。匿名比較好。她已經沒紙鈔了，但還有一兩枚人民幣，夠把水瓶裝滿了。而且她估計錯誤，水還裝不完，只好讓給排在她後面的人了。

回到棚屋，沒想到安裘竟然待在剛才的地方等她，動也沒動。

「這次怎麼沒躲到暗處偷襲我了？」

「我有從窗戶監視妳。」

果然。

「我們要省著點用，」她說：「我快沒錢了。」

「妳很小心，」他說，感覺很開心。

「學不乖就別想在鳳凰城活這麼久。」

但我才在泵浦那邊糟蹋了一堆水。

她不曉得自己爲什麼要瞞著他這件事。

我是想證明什麼？

她倒了點水在他襯衫上，擦拭他的傷口，但小燈照出的陰影讓她看不清楚，於是她把手電筒從他手裡抽走，檢視傷處。「我想子彈碎片都取出來了，你應該不會有事了——」

她說不出話，因爲他那雙深不可測的黝黑眼眸直直望著她。她嚥了嚥口水，無法移開目光。

喔。

她感覺他的手指抓住她的無袖背心，將她拉向他。

「喔，」她又說了一次，脫口而出。

喔。

「搞什麼？」

她讓他將她拉近。他雙臂摟住她，將她往懷裡拉。他很有力氣。那力道和他眼中的飢渴應該讓她害怕，可是她卻覺得平安。她讓他將她摟入懷中，靠在他腿間。她小心挪動身子，免得觸動他的傷口。

她雙手托著安裘的臉，凝視他的渴望，然後吻了他。吻了他的傷疤、他的臉頰及雙唇，目光始終望著他那漆黑的雙眼。他緊緊摟住她，力道強得難以想像，想要掙脫也沒辦法，但她也不想掙脫。

我根本還不認識他。

但她卻渴望他的手在她身上遊走。

他將她一把抱起，舉到空中。天哪，他好有力。

「別弄傷自己了，」她聽見自己在親吻的空檔說，但安裘只是笑而不答。她只想佔有他。兩人一起倒在床墊上，雙唇相接，愛撫對方。

她感覺他手掌覆上她的乳房，滑過乳尖，試探地拉扯背心，拉它往上。**太好了**。露西伸手撩起背心，感覺自己上身裸裎，還有胡立歐在她身上留下的瘀青、鞭痕與刀傷。但她毫不在乎，不怕袒露在安裘面前，甚至覺得有些驕傲。

看我，看我承受了什麼，又熬過了什麼。

他們都傷痕累累，他們是同類。

她看他吃力地想脫掉自己的上衣。

「我來，」她聽見自己低聲說道。

上衣脫掉了。他雙手落到她的腰間，拉扯她的牛仔褲。她還在手忙腳亂解開他的皮帶扣，安裘已經將牛仔褲拉到了她的臀部。她感覺他雙手抓住她的屁股，將她拉近，接著兩人又開始接吻。不停地吻，舔弄輕咬。

皮帶扣解開了，皮帶鬆脫了。她隱約察覺他的槍掉到了地上——**他哪裡來的槍？**——但這念頭只是稍縱即逝，毫不重要。她撥弄他的拉鍊，將手伸進他的褲襠，想要感受他的堅硬。

天哪，她好想要他。他嚇到了，但她克制不住。她濕了。他根本還沒碰她，她就濕了。他的牛仔褲脫掉了，她的也是。還有她的內褲。

兩人赤身露體緊緊擁抱。她雙手滑過他的身體、胸膛、精壯的肌肉、傷疤和年代久遠的幫派刺青，接著再次觸碰他的陰莖，抓著它，詫異於它的堅硬。他抓著她將她壓在床墊上，親吻她的頸間，雙手在她身上遊走，要她臣服於他。他親吻、舔弄她受傷的乳房，輕咬她的喉頭，吻上她的下巴。她拱起身子貼向他，想感受他的肌膚。兩人汗水交流，他的堅硬抵著她的私處。

安裘的槍在地上，離她伸長的手只有幾吋。她躺在床墊上，轉頭就能看見，看見槍被遺棄在刮痕處處的三夾板地板上。他用來射殺朋友的槍。是那傢伙在她身上留下這些瘀青，而安裘正吻著這些傷痕。他的唇讓瘀青發疼，卻也帶來了愉悅。鞭痕和瘀青是她倖存的軌跡，證明她還活著，而安裘正用雙唇、牙齒和舌頭遊走其上。

露西摟住他，讓他的頭貼上她受傷的胸前，沉浸於那份疼痛。她這輩子都在追尋死亡。即使她一直裝得貪生怕死，但就算再怎麼否認，她還是熱切地投向了這股漩渦，現在更完全捲入其中。她從來沒有這麼害怕過，也從來沒有這麼活生生地存在過。

他舌尖向下滑到了她的小腹，露西雙手抓著水刀子疤痕累累的結實背部，忍不住發出呻吟。

啊。

她要他的舌尖再往下走，探入她的腿間，親吻舔弄……

那裡。

露西猛然拱起身子，雙腿夾住安裘的頭。他回應她，舌頭輕舔她的私處。她聽見自己喘息浪叫，完全不管其他流民隔著纖薄的牆壁會不會聽到。她好濕，天哪，真的好濕。她好愛他的舌尖……

他抬起頭，從她腿間滑回她身上，臉上露出微笑。露西緊摟他、吻他，渴望品嚐他唇上的自己，將他黝黑的刀疤臉龐拉到眼前，感受他臉頰上的鬍渣。

他的堅硬抵著她的腿。她感覺到他的急切，心頭一陣狂喜。安裘壓了上來，露西張開雙腿，抓住他的臀鼓勵他，拱起身子迎合他，讓他充滿她。她停止呼吸——**對，就是那裡**——下一秒他已經進入了她。

她又瞥見安裘的槍，看見它被扔在一旁，即使在做愛也無法移開目光。她沉浸在被插入的愉悅中，如癡如醉，而看見那把扔著的死亡武器更讓她感到一股狂野的生命力。

那一瞬間，她的生命似乎有了意義。露西一直在追尋這樣的感覺，活在這一事和另一事裂解的邊緣，生與死的邊界。她一直如此。安娜無法理解，她家人也無法理解。但在她跟安裘交合的此刻，這個她稱爲家的混亂城市突然有了意義。

露西聽見德州小妞在街頭吹哨攬客，紅十字會泵浦裝滿水瓶後砰砰作響，小孩在擁擠的棚屋裡哭泣，還有屍體樂透贏家拿著電話大呼小叫，希望大贏一把。人，活生生的人，在她四周左右。掙扎、奮鬥，面對這世界的驚濤駭浪努力活下去。

在這崩壞的一角，她活生生地存在著。

她抓著這個叫安裘的男人，心裡明白這是自尋死路，但她還是拉著他，要他長驅直入。她喘息呻吟，想塡滿自己。她讓自己貼著他，用他充滿自己、淹沒自己，但還是不夠。

她抓著他的手，要他掐住她的喉嚨。「掐我，」她低聲說。

他手指收緊。「對，」她輕呼道：「就是這樣。」他的手掐得更用力，她的聲音開始沙啞。

她待了下來。

她來鳳凰城目睹一座城市的衰亡，卻爲了活著而待了下來，試圖在這地方遭受的磨難中挖掘意義。一個崩壞中的地方是什麼模樣？有什麼意義？

沒有。

完全沒意義。

只是讓我知道自己有多想活下來。

她在黑暗區做愛，周圍都是面對崩壞的人，處在毀滅巨輪的利齒下。水刀子挺起身子壓著她。

露西摁著他疤痕累累的雙手鼓勵他、慫恿他，感受他有力的手指，要他更用力抱緊她。

那裡。

這雙強壯的手屠殺了無數生靈，此刻正掐著她、壓制她，好更深地佔有她。這人似乎知道她需要什麼。

「再用力一點，」她低聲說。

再用力一點。

鐵一般的手指掐住了她的呼吸。露西感覺自己心臟狂跳。他就是死亡，有如死神吞噬一切似的佔有她。他再次挺入，露西拱身相迎，整個人被渴望所淹沒。**沒有關係**，她對自己說。她已經被死亡包圍了，**無路可逃**。

「再用力一點。」

她需要這樣，需要完全忘卻自己，被抹滅和消除。她求之不得。她只想感覺自己活生生存在著，感覺自己冒上一切風險依然不死。他抽插著，汗水滴在她受傷的乳尖、肋骨和小腹上，讓她隱隱作痛。天哪，她要他。她想像他的堅硬貫穿她，雙手掐著她的脖子，直到她臉色發白。

「再用力一點。」

她開始喘息，他手指的力道讓她無法呼吸。她性命在他手上，呼吸也是。他隨時可以殺了她。她消失了，不見了，不再吸得到空氣。他耳中迴盪著劇烈的心跳聲。他手指掐著她的喉嚨，掐著她整個人。

奪走她的呼吸，然後奪走她。讓他拿去吧。

這是信任。這是生命。

「再用力一點，」她低聲道。

再用力一點。

33

瑪利亞的安全感只維持了一天。艾斯特凡和卡托開著黑色大皮卡呼嘯而來，停在圖米家門前，她的好日子就結束了。

她一見到那兩個傢伙，就立刻回屋裡將門鎖上，但艾斯特凡似乎毫不在意。他和夥伴走到車子後頭打開後擋板，伸手往裡面一拉。

圖米重重摔在馬路上。

艾斯特凡和卡托將他拖到屋前。瑪利亞從裝了鐵窗的窗戶往外看，圖米的太陽穴鮮血直流，雙唇被打裂了，一隻眼睛腫得睜不開。那兩個混球用束帶將圖米的手反綁在背後，拖著他上門階，將他扔在水泥地板上。

「嘿，瑪利亞，妳在裡面吧！」艾斯特凡吼道：「我的錢呢？」

瑪利亞屏住呼吸，努力不發出聲音，假裝他不知道她就躲在門後。

「少來了，小妞！快點開門，把錢吐出來！」

別出聲。只要不出聲，他們就會離開。

艾斯特凡又吼道：「妳以為我們是白痴嗎？不曉得妳前兩天去賣屁股了嗎？」

「你們沒必要說這個，」瑪利亞聽見圖米說：「我們公事公辦就好。」

「公事公辦？你想公事公辦？」艾斯特凡笑了：「好吧，我們就來公事公辦。」

瑪利亞聽見一聲重擊，接著是呻吟，然後又是一聲重擊。她稍微往前，從監視器螢幕觀看屋外的情形。

「最後機會了，小妞！」

艾斯特凡拿槍對著圖米膝蓋扣了扳機。圖米膝蓋應聲爆裂，他痛得大叫。

「靠！」艾斯特凡笑著說：「一定痛死了！」

他轉頭瞥見攝影機，便抬頭望著它，對著鏡頭朝瑪利亞咧嘴微笑。他臉上還沾著圖米的血，像雀斑一樣。圖米在他身後的水泥地上痛苦扭動著。

「是他說要公事公辦的，」艾斯特凡說：「妳不立刻出來，我就對他另一個膝蓋也公事公辦。看這個沒有腿的傢伙到時怎麼推他的餡餅車。」

「快跑！瑪利亞！」圖米大喊：「快跑，快離開，不用管我！」

艾斯特凡揍了他腦門一拳，讓他閉嘴，接著又對著鏡頭咧嘴笑著說：「我只是來拿錢的，小姑娘。看妳今天想付錢還是流血，但我還會再來。」

圖米吐著血說：「別付錢，瑪利亞！」

「妳要是想讓朋友活命，就立刻給我出來，不然我就一槍斃了他，然後還是一樣去抓妳。」

「好啦！」瑪利亞隔門大喊：「我有錢，別再傷害他了！」

「這才對嘛。」

「不要！」圖米喊道，但瑪利亞已經跑到藏錢的地方，去拿刀疤男給她的那一點小錢了。雖然不夠，可是……她將錢從信箱口遞出去，艾斯特凡蹲下來拿了錢，開始數算。

「似乎有點少喔，小姑娘。」

「我只有這些了！」

「是嗎？」艾斯特凡跪在圖米身旁，將槍塞進圖米嘴裡說：「眞有趣，因爲某人剛才四處找人蛇問怎麼離開這裡，所以要嘛你們打算拿餡餅當錢跑去北方，不然就麻煩大了。」

「我只有這些錢！」瑪利亞隔門大喊。「圖米用的是他自己的錢，不是你的！」

「我不是這樣算的，小姑娘，妳應該清楚才對。妳還欠我錢。妳要是現在就出來付錢，我就保證讓妳朋友的腦漿留在腦袋裡。」

「不要！」圖米大喊：「不要出來！」

但瑪利亞腦海裡全是她躲起來以致於莎拉橫死床上的畫面。她沒抓著莎拉，結果她死了。

她噙著淚，慌忙撥弄門閂。門開了，艾斯特凡咧嘴微笑，樂不可支。

「放開他，」瑪利亞說：「跟他無關。」

圖米滿臉是血，氣喘如牛，嘴裡含著槍只能用鼻子呼吸，鼻孔不停冒出血泡。

不要，拜託，不要連他也死掉。

「我沒有錢了，但我跟你走。」

她以爲艾斯特凡會一槍斃了圖米，沒想到他竟然面露微笑，將槍從圖米嘴裡抽了出來，示意要卡托上車。

瑪利亞蹲在圖米身邊。

「不要，」圖米喃喃道：「不要跟他們去。」

「我不能——」瑪利亞眨眼不讓淚水流下。「我不能害你因我而死。」

「對不起，」圖米說：「我以爲我認識的那個人蛇很可靠，不會出賣我。」

「不是你的錯，」瑪利亞揩揩眼睛。

「不要去，」他說：「不要……」

她驚惶發現圖米竟然還想反抗，即使這麼做只有死路一條，他還是想站起來抓住艾斯特凡。瑪利亞衝上前緊緊抱住他，使勁不讓他做出傻事。

「這不是你的事，」她輕聲對他說，隨即站了起來。她上衣沾著圖米的血，但她毫不在乎。

「你不可以傷害他，」她對艾斯特凡說：「你要我做什麼都可以，要我賺多少錢我都會去賺，但你不准傷害他。」

「沒問題，反正威特找的是妳，才不在乎這個餡餅男。」

瑪利亞對圖米說：「別擔心，我還錢給威特之後就回來。」

「沒錯，」艾斯特凡冷笑道：「她還完債就回來了。」

說完他就抓住瑪利亞的胳膊，拖著她往卡車走。

瑪利亞回頭一望，發現圖米已經支起身子坐著，雙手依然抓著中槍的那條腿。

「你不准傷害他，」瑪利亞又說了一次：「你要向我保證。」

「妳應該擔心妳自己才對，小姑娘。威特特別寬延妳幾天，妳竟然唬弄他，不但遲交規費，還想逃之夭夭？」艾斯特凡將瑪利亞推上卡車說。「比起威特待會兒要對付妳的手段，餡餅男這樣算是小兒科了。」

瑪利亞坐在兩名男人中間朝命運駛去。她告訴自己千萬不要面露恐懼，但當皮卡彎進威特的地盤，在分區裡蜿蜒前行時，她還是感覺愈來愈驚惶。

皮卡駛向大門，鬣狗一見到車子就盯著車看。牠們的活動區域用圍籬圍著，裡面有四、五間房子，這會兒牠們全都從門邊或破窗裡往外窺看，目光飢渴又嗜血，看卡托摁了喇叭，大門緩緩打開。

皮卡開進威特的巢穴，幾名手下抬頭張望，但大多數人只是坐在彩色的大洋傘下繼續玩牌或骨牌遊戲。

鬣狗擠在靠近人類活動區域的地方，鼻子貼著圍籬往這裡看。

艾斯特凡將瑪利亞抓下卡車，威特從屋子裡走了出來。艾斯特凡把錢遞上，威特數了數鈔票，掂掂分量，隨即抬頭望著瑪利亞。

「妳替我幹活就賺了這麼多？就這樣？」

瑪利亞點點頭，不敢說話。

「我是想幫妳的，妳知道。」

他沒再開口，似乎在等她回答。兩人之間的沉默持續著。鬣狗在裝著倒鉤刺網的鐵鍊圍籬後方徘徊著。

「我必須——」瑪利亞開口道。

「妳必須逃跑，因爲妳不相信我會照顧妳。」

瑪利亞閉上嘴巴。

威特的目光像刺一樣射向她。「我本來是想讓妳賺夠了錢到河對岸去的，妳難道不了解嗎，小姑娘？」他攫住她下巴。「我是想幫妳的，因爲我喜歡妳。」

他側頭皺眉道：「我心想，這小姑娘眞機靈。沒錯，就是她，就是這女孩，值得再給她一次機會。我要把她納在我手下，給她機會賺錢。等她工作夠了，口袋裡就會有一筆小錢到北方去，而她會永遠記得我幫了她多大的忙。」

「對不起。」

「我又問了死亡女神，」他朝擺滿龍舌蘭空瓶的神龕揮了揮手說：「她這回沒說要饒妳一命了。她也不喜歡食言而肥的人。」

圍籬另一邊的鬣狗低嗚嘶笑，似乎從牠們主人的話語中聽到機會來了。

「莎拉死了，」瑪利亞想要解釋：「我一時心慌——」

「我不管莎拉，」威特說：「我只在意妳。死亡女神也在意妳，而妳沒有照我們的要求做。」

「我現在可以工作了，」瑪利亞說：「可以還錢給你。」

威特賞給她一個讚許的眼神。「我想錢的事情已經過去了。現在的問題是贖罪，而贖罪遠遠不只是還錢而已。」他起身看著艾斯特凡和卡托說：「交給你們了，給我好好照顧她。」

艾斯特凡和卡托攫住她的雙臂，將她拖向鬣狗的巢穴。瑪利亞奮力抵抗，但他們早就習慣階下囚的困獸之鬥了，輕輕鬆鬆將她抓得牢牢的。

他們拖著她在沙塵中走。鬣狗陷入了瘋狂，其中一隻興奮尖叫，其他同伴也跟著鼓譟。牠們用後腳站立，嘶笑迎接她的到來。更多鬣狗從廢棄房舍的陰影處跑了過來，或跳過打開的窗子衝向他們三人。

瑪利亞雙腳跺地，瘋狂尖叫。艾斯特凡和卡托哈哈大笑，將她拋向圍籬。鬣狗們立刻撲了上來，瑪利亞及時躲開。她爬著後退，鬣狗不停撞向圍籬，口鼻硬擠過鐵鍊的縫隙，想要鑽過來。

艾斯特凡和卡托圍住她，將她推向圍籬，愈推愈近。「妳喜歡鬣狗嗎，**小騷貨**？牠們很喜歡妳呢。」

瑪利亞無處可逃。所有鬣狗都聚在圍籬邊，至少十二隻。艾斯特凡和卡托逼著她更靠近。利齒、口水、斑紋，還有餓到極點的亢奮與躁動。鬣狗將鼻子擠過鐵鍊想要咬她，咆哮聲震耳欲聾。艾斯特凡抓住瑪利亞的一邊手腕，緊握不放。

「讓牠們嚐嚐吧。」

瑪利亞發現自己放聲尖叫，拚命掙扎想要擺脫，卻只能看著自己的手指離圍籬和另一邊的利齒愈來愈近。

她抵擋不了，她無法脫身。

她手指碰到了圍籬。她立刻握拳，但艾斯特凡使勁將她的手壓在圍籬上，而鬣狗就在圍籬邊撕咬著。

瑪利亞厲聲哀號，鬣狗咬掉了她的手指。

34

等了提摩兩天沒消息後，露西開始擔心了。

「我要出去，」露西說。

耀眼的晨光從窗外照進棚屋，烤得屋裡像火爐一樣，讓她只想逃離這個昏暗可悲又燥熱的地方，可是安裘反對。但躲在這裡朝夕相處到第二天，她已經快瘋了。

「我要出去，」她又說了一次，語氣更堅決。

「妳家很可能有人監視著，」安裘提醒她。

「桑尼是我的狗，我得對牠負責，把牠帶來這裡。」

安裘聳聳肩說：「誰叫妳之前不做？」

露西瞪了他一眼。「要是我拜託夏琳去呢？」

安裘放下手上的廉價平板電腦，抬頭說道：「我不管妳想做什麼，請找不曉得妳躲在哪裡的人去做。」

「我們連是不是真的有人在找我們都不知道。」

他低頭沉思，接著搖搖頭。

「不會，有人在留意。」

「你怎麼知道？」

他抬頭用那雙漆黑的眼眸望著她說：「因為如果我是他們，一定會這麼做。」

最後他們各退一步。露西拜託夏琳在街上隨便叫一個男孩，請他到她家跑一趟，把桑尼帶回自己家。

雖然她不想這樣，但至少桑尼會有人照顧。

她很擔心，在屋裡來回踱步。

安裘似乎不在意空等，甚至一副怡然自得的模樣，讓她想到靜定等待涅槃到來的佛陀，一切就緒，只需耐心等待，窩在棚屋裡看電視，一邊留意窗外有沒有異狀就好。

他在路邊撿了一台中文平板電腦，付錢給泵浦旁的小孩破解它的下載限制，所以這會兒他不是在看漢字、基本中文和禮儀教學影片，而是舊的《大無畏》影集。雖然聲音很小，畫面閃閃爍爍，但他似乎已經心滿意足了。

看他等得心平氣和，感覺實在很氣人。露西心想是不是因為他坐過牢，或小時候在墨西哥的遭遇，還是他生命中某個他不肯透露的階段影響，才會讓他等得如此安然自在。她發現自己一會兒好想要他，一會兒又因為他那麼平靜而覺得討厭和憤怒。

此刻的他一臉滿足。手裡拿著破爛的平板電腦，安裘看上去年輕許多。當他因為劇情咧嘴微笑，露西覺得他簡直變了個人，不再渾身傷疤，而是變得純真，變回他成為水刀子之前的那個男孩。

露西躺到床墊上，湊到他身邊。天哪，又是《大無畏》。

「你還在看這個？」

「我喜歡前面幾集，」他說：「那幾集最棒了，一切都還不明朗。」

螢幕上，一群德州佬正在禱告，準備過河前往內華達。他們求神讓守在河對岸的民兵「沙漠之犬」良心發現，不再阻擋他們過河。

「哪有人這麼蠢，」露西嘟囔道。

「妳不會相信那些保守德州佬有多蠢。」

純眞的男孩不見了，窩在她身旁的男人又變回水刀子，凱塞琳·凱斯信賴的冷血殺手。「你認識那些人？」

「誰？保守德州佬嗎？」

「你說呢？當然不是，是另一群人，沙漠之犬。」

他做了個鬼臉。「他們不會那樣自稱。」

「你知道我的意思。你跟他們合作過，對吧？」

安裘按下暫停，轉頭看了她一眼。「凱斯要我做什麼我就照做，如此而已。」

「那些人心狠手辣。」

他皺眉沉思，接著搖頭說：「不，他們只是害怕。」

「他們會剝人頭皮，」露西提醒他。

安裘聳聳肩。「他們有時會太超過，但不是他們的錯。」說完又開始看影集。

露西忍不住提高音量。「不是他們的錯？我去過州界，見過他們的所作所爲。」她伸手擋住螢幕，想叫安裘聽她說話。「我看過他們剝下的頭皮。」

安裘暫停影集，轉頭看著她。

「妳聽過那個心理實驗嗎？就是實驗者要受試者分別扮演囚徒和獄卒，結果分到囚徒的人就眞的變成囚徒，獄卒就眞的變成獄卒，妳知道嗎？」

「當然，史丹佛監獄實驗。」

安裘又點開《大無畏》，沙漠之犬正開始屠殺德州佬。安裘指著螢幕。

「這也一樣。你叫人做事，結果就會這樣。這就是人。」他聳聳肩說：「是事情改變人，不是人改變事情。你叫他們待在州界，要他們別讓難民過來，他們就會變成邊境巡警。你把這些人放到河對岸，他們就會大聲求饒，就會像德州佬一樣害自己頭皮被剝，被人狗幹。做什麼不是他們的選擇，而是他們的宿命。有些人生在內華達，所以成了沙漠之犬；其他人生在德州，所以學會了搖尾乞憐。那些保守德州佬，他們禱告，然後過河，像羊群一樣，而沙漠之犬則是將德州佬當成獵物生吞活剝。就算兩群人交換位置，結果還是不變。」

「你也是嗎？」

「所有人都一樣，」他說：「你生在好人家就會是某種樣子，生在西班牙區就會變黑道、進監獄，整天想著怎麼騙人。你加入國民兵，就會變軍人。」

「要是凱塞琳．凱斯僱用你呢？」

「你該砍誰就砍誰。」

「所以你不認為人天生就能自主行動囉？你不認為人能超越他所成長的環境？」

「媽的，我哪知道，」他笑著說：「我沒那麼有學問。」

「少來。」

「少來什麼？」

「裝傻。」

安裘抿起雙唇，似乎生氣了，想要跟她吵架。露西還真的希望他發飆，對她怒言相向，但緊繃感一下就消失了。安裘又恢復了平靜。

「好吧，」他聳聳肩。「人也許有選擇，但通常被人一推就會照著去做了。只要輕輕一推，他們就會蜂擁推擠。」他朝螢幕點了點頭，繼續播影集。「一旦現實開始崩壞呢？對啦，人一開始還會合作，但情況再糟下去就免談了。我讀過一篇文章，非洲有個國家，剛果還是烏干達之類的，我讀到一半就想，那裡的人怎麼會相殘到這種地步，但我後來讀到那裡的軍人，他們……」

他瞄了露西一眼，然後把頭轉開。

「他們對某個村莊做了一堆糟糕事，」他聳聳肩。「而我認識的那些民兵對過河進入內華達的德州佬做的就是那些事；毒梟拿下奇瓦瓦州時，做的也是一模一樣的事。」

他接著說：「每次都一樣。強暴女人，把老二剁下來塞進男人嘴裡，屍體用強酸腐蝕或用汽油和輪胎點火燒掉。總是那些糟糕事，每次都是。」

露西聽得一陣反胃，因爲他那套人性本惡的世界觀，更糟的是她完全無法反駁，因爲人確實如此。

「感覺就像寫在人的DNA裡，」她喃喃道：「把人變成怪物。」

「沒錯，我們都是怪物，」安袞說：「而人會不會變成怪物純屬機遇，然而一旦變壞，就得花很久時間才能改變。」

「你覺得我們還有另一面？」

「妳是說人是惡魔，但也是天使嗎？」他拍拍胸脯，指著自己。

她忍不住笑了。「你可能不是好例子。」

「我想也是。」

螢幕上，陶歐克斯正在勸一些德州佬不要相信答應帶他們偷渡的土狼，但沒有人聽進去。

安袞吐一口氣，朝螢幕點點頭說：「我想我們都希望自己是好人，能跟他一樣好感覺很棒。」

露西看了影集一眼，然後又看著安袞，再度驚詫於他那令人不安的天眞。

他前一秒鐘還那麼冷酷，宛如殺戮和無情雕鑿出來的惡徒，但當他看著螢幕上的雷利克·瓊斯設陷阱給人蛇集團跳，看起來又是那麼純眞。

沉迷。

坦誠。

「他眞的打算交給人蛇集團耶，」安袞說。露西覺得他看來就像一個瞪大眼睛、對他心目中的英雄妙計嘆爲觀止的小孩。

露西止不住笑。「你眞的很喜歡這個影集？」

「是啊，很好看，怎麼了？」

「這是宣傳片，一半以上的資金都來自聯合國難民署。」

安袞一臉驚訝。「眞的嗎？」

「你不知道？」露西不可置信地搖搖頭說：「他們希望美國北部的民眾能更同情德州難民一點。我採訪過影集製作人，一半以上的經費都是難民署出的。你眞的不知道？」

安袞望著螢幕，表情很受傷。「我還是很喜歡這個影集，」他說：「它還是拍得很好。」

他一臉難過，露西看得都同情了，只好忍住笑意。

「是啊，拍得很好。」她窩到他身旁，腦袋枕著他肩膀說：「你還有哪一集？」

一小時後，提摩來電了。

「妳要的弄好了，我們希爾頓的酒吧見。」

「眞的嗎？」露西問：「你破解密碼了？」

「沒錯，我破解了，」他欲言又止。「但妳不會喜歡我發現的東西的。」

「什麼意思？」

「一小時內來見我。還有，拜託別告訴任何人。」

露西開著夏琳替她準備的破車，擔心緊張了一整路，還要忍受路人見到德州車牌投來的嫌惡目光。

希爾頓飯店酒吧裡燈光昏暗，沙漠豔陽透過隔熱玻璃，在酒吧裡留下安靜的橙黃氛圍。

提摩已經在窗邊包廂等她了。他拿著拉坦的電腦，一邊心不在焉望著窗外透進來的陽光。酒吧裡彷彿被永恆的夕陽照耀著。

提摩見到她了，但沒有表情，只是一直抿著嘴唇。

「怎麼了？」她一邊滑進座位，一邊問道：「你找到什麼？」

「我們已經認識很久了，對吧？」

「當然囉，提摩。怎麼回事？」

他拍拍拉坦的手提電腦。「這裡面的東西很恐怖。」

她一臉困惑望著他。「什麼意思？」

「妳叫我幫妳看看裡面有什麼，我起初以爲是……」他壓低聲音：「妳沒跟我說我們要對付的是加州。」

「有差嗎？」

「妳知道嗎？是沒差——只不過今天早上有兩個男的來找我，還亮了宜必思探勘公司的名片。兩個好人，妳知道，只是想知道我是不是想在鳳凰城久住。完全是**最好聽話不然走著瞧**的那一套，妳知道嗎？」

「宜必思？」露西脊骨發涼。「宜必思的人來找你？」

「早知道妳在搞水權的事，我就會找別人了。我還以爲跟毒品有關。」

提摩露出痛苦的神情說：「老實講，他們知道電腦在妳手上了。」他將電腦推到她面前，然後站了起來。

「不會吧？」露西厲聲道。

「他們威脅我，露西，威脅我和安帕蘿，我還能怎麼辦？」他頓了一下。「他們只是想跟妳談談。」說完他就匆匆離開了，留下露西一人在包廂裡。

這是圈套。

一道身影閃進包廂，動作完美迅速，舒舒服服坐到提摩的位子上，拉了拉領帶，解開西裝外套的扣子。

他一坐下，露西就認出他來。這傢伙就是幾年前跟她接觸過的那名老闆，宜必思高層，那個很久以前跟她說「妳寫了不少報導批評加州」的人。

她想起他將小報推到她面前，還有那疊人民幣，讓她知道想待在鳳凰城就得遵守什麼遊戲規則。那人坐進包廂，臉上露出微笑。他看起來似乎一點也沒變老。露西試著回想他的名字。

「柯塔，」她說：「你是大衛．柯塔。」

「佩服佩服，」柯塔笑著說：「我們一直覺得妳很擅長妳的工作，很有本事認識正確的人，並且牢記在心，不用機器幫忙。這表示妳腦袋很清楚。所以有時很難知道妳到底在打什麼主意，因爲妳有非常多事情都鎖在腦子裡。」他輕敲眼鏡，數據立刻出現在鏡片上，有如一扇泥濘的心靈之窗。

「大多數人都需要機器幫助才能記住一些事情。」

隔著鏡片，柯塔的眼睛感覺很詭異，水汪汪的，簡直像是液體。淺藍色的水汪汪眼睛，邊緣泛紅，中央一點黑，不自然到了極點。露西不禁好奇他的眼睛是不是動過刀。柯塔似乎察覺她在看什麼。

「我會過敏，」他解釋道：「因爲這裡的沙塵——」他聳聳肩。「雖然泰陽特區有濾淨系統，但還是沒有用。所有人都偷工減料，這種工程品質在加州絕對別想過關。沒有人願意長期投資，連中國人也是，至少這地方是這樣，畢竟都註定要完蛋了。」

「我不收錢，」露西低聲道：「我不要你的錢。」

「沒問題，」柯塔說：「我已經付過錢給妳了。」

「你要我別再報導某件事嗎？」她比了比電腦。「是嗎？你要我別寫水權的事？還有皮馬族？你不能不管嗎？」

柯塔微笑道：「這回我們在意的不是妳的報導。」兩人都望著眼前的電腦沉思。「而是這台手提電腦。」

「電腦是你的了，拿去吧。」

「裡面什麼都沒有。」

露西很吃驚。「沒有？」

「呃，這是我們公司的電腦，」他說：「我想我應該很清楚裡面有什麼。」

「但水權就在這台電腦裡。」

柯塔彎起一根手指。「別要我們，」他瞪著她說：「那些水權在哪裡？我們已經付了錢，現在就要看到水權。拉坦花錢買了什麼，卻跟我們說他被騙了，但我們現在知道他沒有，水權確實在他手上。**所以到底在哪裡？**」

「我——」露西望著電腦吞了吞口水。「我以爲在電腦裡。」她又嚥了嚥口水。「我們都是。」

柯塔神情扭曲，湊到她面前厲聲說：「這件事讓我們犧牲了不少人，很好的人，妳很難期望我會相信水權不在妳手上。」

「眞的沒有！」

「所以……水權難道人間蒸發了嗎？啪的一聲不見蹤影了？」他眨了眨邊緣泛紅的眼睛。「我是在給妳機會，露西，我希望妳認眞一點。妳也不希望提摩替妳拍遺照吧？一個人死在游泳池裡，妳應該不希望自己結局是那樣，對吧？」

「你這個禽獸。」

柯塔故作驚訝。「妳以爲我喜歡這麼做？我只是想拿回傑米・桑德森賣給我們的東西而已。」

「就跟你說了不在我這裡。」

「那個水刀子呢？安袞・維拉斯奎茲。水權在他手上嗎？他隨身帶著是嗎？水權被他想辦法弄到手了。」

「要是被他拿到，他早就回拉斯維加斯了。」

「或許他也想玩同一套把戲，就跟桑德森對鳳凰城和拉坦對我們一樣。我們發現一個不太好的現象，就是只要水權落到某人手上，那人就會想要自己兜售，中飽私囊。」

「我說水權不在我手上。」

柯塔開口想說什麼，但沒有繼續，而是摸了摸領帶，將它拉直，一邊用手將領帶從喉頭撫平到胸前，一邊低頭沉思。

露西察覺**他正在接收指令**，從智慧型眼鏡接收訊息。包廂裡其實有許多人，都在聽他們談話。

「嗯，」他說：「好吧，也許妳沒說謊。」

但他還是盯著她。露西突然陷入恐慌，心想**我應該起身就走**。他打算說點什麼，她知道一定會很可怕。

我應該快點離開，立刻逃跑。

但她卻動也不動，克制不了心裡的記者衝動，只想知道更多。

你要什麼？你到底是誰？

她已經陷得太深了。打從傑米透露他的計畫開始，她就被迷住了。無論她再怎麼告訴自己隨時可以離開，甚至逃跑，她都非知道不可。

「你要什麼？」她還是問了。

柯塔碰了碰智慧型眼鏡。露西很好奇他看到了什麼，還有背後操縱著大衛．柯塔這種怪物的人又是誰。

柯塔說：「假設跟我共事的某些人非常了解妳，對妳去過和待過哪裡、跟誰往來瞭若指掌；假設他們掌握了妳的一切，就像替妳看家、餵狗、察覺異狀會警告妳的鄰居。」

桑尼。

「這又是威脅嗎？」

他猛力搖頭否認。「假設這位鄰居是好人，只是特別關照妳。」

他又停了一下。

「跟妳在一起的那個水刀子，」柯塔說：「妳的好鄰居覺得妳最好在某個時間點把他帶到某個地方——」

「免談。」

柯塔繼續往下說，好像露西沒開口似的。「黑暗區邊緣有一個加油站，它角落有德州佬的帳篷，妳去了就知道。一群復活教徒，除了德州佬，還有改宗的鳳凰城本地人，統統在那裡唱歌、踏步，找尋神的愛。」

「免談。」

柯塔不爲所動。「我們希望妳明天下午能帶他去那裡，呃，兩點十五分吧。」

露西知道自己待太久了，該逃了。現在就走，起身快跑，通知安裘然後跟他一起閃人，但柯塔水汪汪的藍色眼眸定住了她。他無動於衷地繼續往下說：「我有點擔心妳沒有了解我的意思。」

「你威脅不了我。我才不管你要我做什麼，我不會再怕你了，再也不會了。」

「威脅妳？」柯塔一臉和善。「我當然不是在威脅妳。我們跟綁架妳的那頭禽獸不一樣，絕對不會傷害妳。」他躬身向前。「我們喜歡妳用手指在鍵盤上答答答敲報導，不會打斷它們的。」

他伸手從口袋裡撈出幾張相片擺在桌上。

「不過，這位是妳姊姊，對吧？」

露西倒抽一口氣。是安娜，在溫哥華。相片裡是安娜到托兒所接安特，將他放到藍色特斯拉小車裡的兒童座椅上。天空烏雲密佈，兩人後方是濃密的綠樹。

另一張相片是史黛西轉頭看媽媽替弟弟拉上安全帶，距離近得好像攝影師就站在安娜身旁，連她頭髮上沾著雨滴都看得見，有如水鑽一樣。

露西望著相片，只覺得胃裡一陣翻攪。

她一直在自欺欺人，假裝自己能遊走在難民、泳客、商人和毒梟之間，不會惹得滿身腥，好像只要她不正視這頭巨獸，巨獸就不會注意她。

但她一直在騙自己。從某個女孩死在游泳池底到一名警察在自家車道上被人開槍打死，到一位朋友死在希爾頓飯店前，到安娜笑望自己的子女。

相片裡的安娜看起來是那麼溫柔、安全又快樂，以爲漩渦遠在天邊，不知道腳下暗潮洶湧，當露西被拖了下去，她和她的小孩也會被捲入其中。

露西一直活在這個幻覺之下，以爲自己可以置身事外。

然而，當她開始具名撰寫報導，就已經捲入了漩渦裡，只能和別人一樣瘋狂泅泳免得滅頂，免得墮入無底洞中。她只是很遲才明白這一點。

露西噓了一口氣。「你們打算殺了安袞，對吧？所以才要我帶他過去。」

「妳誤會我們了，」柯塔笑著說：「我們只是想見見他，因爲他過去一直來無影去無蹤的，如此而已。妳只要把水刀子帶來——」他聳聳肩。「就可以回去繼續寫妳的報導了，我們會忘了跟妳的這次談話，就這麼簡單，小事一件，眞的。」

露西回到棚屋，發現安袞懶洋洋躺在床墊上。

「怎樣？」他仰頭看她。

露西喉嚨打結，不知從何說起，只能怔怔望著他滿是彈孔和刀疤的身體。她想起宜必思高層的話：**他之前一直來無影去無蹤**。他身上一個傷疤覆著另一個傷疤，現在又加上肩膀的子彈碎片，那是爲了救她而留下的傷。

「怎樣？」

露西發現她看得見他的肋骨。他身材精瘦，壯得只有骨骼和肌肉。這個人正注視著她。

「妳有發現什麼嗎？」他又問道。

「嗯，當然。」

露西走到水瓶前，用之前房客留下的髒杯子倒了水。這些都是他們覺得無法帶到北方的物品。她仰頭牛飲，卻依然消不去嘴裡的乾渴。於是她又倒了一杯，雖然覺得想吐，但不曉得還能做什麼。

最後，她終於說：「我們查到一個地址。」

「哦？」

她沒想到自己竟然這麼淡定。她應該表現出說謊的樣子才對。他那麼厲害，一定看得出她在撒謊。但她聲音裡絲毫沒有半點緊張，完全沒有。

這就是恐懼的力量，她心想，**讓人成為撒謊高手**。

「拉坦會把工作資料收在一個地方，那裡有點像加州佬的藏身處。水權文件似乎擺在那裡。」

安裘已經起身，開始穿防彈夾克了。

她看著安裘著裝。「你穿防彈外套不會熱嗎？」

他朝她咧嘴微笑，神情再度顯得年輕。「開什麼玩笑？穿上這個，女士們都覺得我是浪子帥哥呢！」

露西強顏歡笑，但安裘似乎覺得她在引誘他，便上前將她攬入懷中。當安裘開始吻她，露西腦中突然閃過一個可怕的念頭。

他知道，他一定知道。

她拚命忍住一把推開他的衝動，深怕安裘察覺她的背叛。他又吻了她，吻得更加用力和飢渴。她突然發現自己窩在安裘的懷中回吻他，吻得用力而急切。她品嚐他的舌尖，雙手滑過他平坦的小腹伸向皮帶，開始鬆脫扣環。她突然變得狂躁，止不了強烈的慾望。

所有人都會死。**不管怎麼做，我們最後都會死**。

沒什麼好怕，也沒什麼值得後悔。

安裘和露西身體交纏，飢渴地索求對方，渴望再活久一點點。

無所謂，一切都無所謂，反正結果都一樣。

35

瑪利亞抓著受傷的手，像胎兒一樣縮著身子倒在牢籠裡。血已經凝結了，只剩下無名指被咬掉的部位還一陣陣刺痛著。她擔心傷口會不會感染，但想一想又覺得無所謂，反正她也活不久了。烈日灼灼，強風不停掃過威特的巢穴，沙子鞭打著她的皮膚，讓她的處境雪上加霜。

她的牢籠就在鬣狗窩旁，鬣狗吐舌盯著她，一邊回味剛剛嚐到的美妙滋味。無論她移到哪裡，牠們都緊跟在後，伸長口鼻抵著圍籬不停試探，彷彿希望她的牢籠突然塌了一樣。

牠們毫不放棄。

瑪利亞覺得不如脫水死掉算了，讓身體被陽光榨乾，變成乾巴巴的木乃伊，這樣至少不會稱了威特、艾斯特凡和卡托的意，不用被鬣狗追著尖叫，成爲他們取樂的道具。她想了幾個上吊或割腕的方法，但手邊都沒有工具。

「喏，妳該喝水了。」

達米恩站在牢籠旁，手裡拿著一罐水和一盤飯菜。這是他頭一回出現，之前都是其他人。

「我不要。」

達米恩嘆了口氣，蹲下來開始將飯菜塞進牢籠裡。

「我不要！」她朝他大吼。

威特的手下紛紛轉頭看她。艾斯特凡起身朝這裡走來，臉上帶著獰笑。

達米恩瞪了她一眼：「看妳做了什麼好事。」

瑪利亞笑了。「你以爲我現在會怕他了嗎？他還能怎麼樣？抓我去餵鬣狗嗎？」

「威特只說要讓妳活著，」艾斯特凡說：「只要妳沒流血至死，我愛怎麼處置妳都行。」

「別碰她，」達米恩說：「你做的還不夠嗎？」

「我不喜歡她看我的樣子。」

「別管她。」

「少指揮我，**蠢蛋**，不然我就把你扔進去和她作伴。」

達米恩退縮了。

艾斯特凡抓起米飯和豆子塞進牢籠裡說：「快點，**小騷貨**，吃飽一點，否則哪有力氣跑？」他朝那一窩鬣狗揮了揮手。「妳知道遊戲規則吧？我們讓妳從狗窩的這一邊起跑，只要能在鬣狗追到妳之前跑到對面，威特就會放了妳。只要妳跑得夠快，運氣又好，妳就有機會了。但妳得先養足力氣才行。」

瑪利亞瞪了他一眼，想像他被鬣狗追的樣子。

「快啊，小寶貝，飯菜都幫妳送來了，怎麼不大快朵頤一番？像小母狗一樣狼吞虎嚥？」

瑪利亞想像他脖子噴出鮮血。

艾斯特凡臭臉一垮，轉頭走開了。

達米恩又拿了一罐水來。「拜託妳，趕快喝了吧。」

「你幹嘛在意？」

達米恩竟然面露愧色。「我——我不知道會變成這樣。」

「你們還要多久才會拿我去餵……鬣狗？」

「威特下次心血來潮的時候，」他回頭瞄了艾斯特凡一眼。那傢伙已經走到遮陽篷下去看威特的手下玩牌了。「他喜歡殺雞儆猴，讓其他人看到妳的下場。」

達米恩將水罐從縫隙塞進牢籠說：「可能不會太久，所以妳最好吃一點東西。」

瑪利亞很想回絕他，但心裡還不想這麼早喪命，而且實在餓極渴極了，於是便用沒受傷的手開始狂吃痛飲，像餓狼一樣，完全臣服於食物的誘惑。

艾斯特凡走了回來，看著她說：「爲什麼他拿食物妳就吃，我拿食物妳就不吃？妳還在爲手指的事情生氣嗎？」

瑪利亞停下嘴巴，狠狠瞪他一眼。

她恨不得他早點去死，慘叫而亡，掐住他的脖子讓他付出代價。她很想找到方法把他騙進牢籠裡，任何辦法都好。

「滾開吧，艾斯特凡，」達米恩說：「你已經玩夠了。」

「你錯了，我才剛要開始玩呢，」艾斯特凡說，感覺似乎想再來一次，但被卡托叫住了。

「艾斯特凡！我們要遲到了！」

「晚點見囉，小姑娘，等我回來再聊。」

說完他便優哉游哉跟著卡托走向那輛黑色卡車，上車駛離威特的巢穴，留下滾滾風沙。

達米恩又蹲在她身旁。鬣狗離她只有幾英呎，瞪著黃色眼睛垂涎地望著她，目光飢渴而執迷，眨也不眨。瑪利亞心想艾斯特凡是不是沒有說謊，他們眞的會給她逃跑的機會，她是不是有那麼一丁點可能……

「妳他媽的在想什麼？」達米恩問。

瑪利亞嫌惡地看他一眼。「我在想我他媽的一定要離開這裡。」

「我還以爲妳很機靈呢。」

「去你的，達米恩。」

「嘿，對不起，但我眞的沒想到妳會被抓來這裡。我以爲妳會高明一點。妳那個朋友莎拉——她就很識相，妳應該多跟她在一起。」

「她死了，」瑪利亞說。

達米恩一臉驚訝。

「什麼？」她反唇相譏：「你不知道？她乖乖照你們的話做了。我們照你們的話去賺錢，結果她死了。我們照著你們的吩咐做，我和她都是，結果她卻掛了。」她瞪著他。「是你們陷害我們的，所以不用說，我當然決定逃跑。」

達米恩咬著下唇，曬得黝黑的臉看起來好醜。瑪利亞揩去眼角的汗水，陽光照得她一頭黑髮又熱又沉。她快被烤乾了。攝氏五十多度的酷熱，而她被扔在豔陽下等著被烤熟。達米恩一臉歉疚。

「幫幫我，」瑪利亞低聲道。

「什麼意思？」

「放我出去。」

達米恩遲疑地笑了。

「他們把鑰匙擺在那裡，」瑪利亞慫恿他：「我有看到。今天晚上，你可以把我放走，沒有人會知道。是你害我淪落到這裡，你欠我這一次。」

達米恩朝她指的地方看了一眼。威特的槍手都在玩牌，什麼也不管，只顧著暢飲龍舌蘭，爲了誰贏誰輸哈哈大笑。

他看著他們，瑪利亞幾乎可以感覺他快動搖了。

「你跟我一樣不喜歡他們，」她說。

沒錯，她看得很清楚。他是最小的手下，雖然細瘦強悍，但不是他們的一份子，只是替威特跑腿的小鬼。「我們可以一起離開，一起逃往北方。」

兩人的連結消失了。

「不行，」達米恩搖頭說：「那樣只會害我跟妳關在一起，被鬣狗追。」

「他們不會發現的，只要你今晚動手。」

但她心裡明白，她和他的連結沒有了。她只是在做最後掙扎，她對他僅存的一點影響力已經消逝無蹤了。「這是你欠我的，」她說：「是你害我變成這樣的。」

達米恩不敢直視她的眼睛。「妳要的話，我可以拿泡泡給妳，」他說：「讓妳爽一爽，嗨一下。只要吸得夠多，就算他們讓妳……」他沒有把話說完，只是瞥了鬣狗一眼。

「讓我被鬣狗碎屍萬段？」瑪利亞厲聲道：「這就是你想說的？你想先讓我嗨，然後被鬣狗活活吃掉？你覺得這樣對我比較好？」

達米恩一臉尷尬。「妳到底要不要泡泡？」

瑪利亞只是瞪著他。

「對不起，」他喃喃自語，轉身打算離開。

「達米恩？」

他轉頭回來。「什麼事？」

「去你的。」

36

露西將車駛進破舊的加油站兼便利商店，安裘問：「我們爲什麼要在這裡停？」

「我想買菸，」她喃喃道。

「我不曉得妳有抽菸。」

「我要是能再多活兩個星期，我就戒菸。第N次。」

安裘也下了車。露西回頭看他，一臉困惑地問：「你在做什麼？」

「我想買糖果。」

「不會吧？」

「是啊，我肚子餓了。」

安裘在糖果架前走來走去，露西則在櫃台跟店員買菸，慢慢左挑右選。沒有小熊軟糖。安裘拿了一包歡樂水果糖回到櫃台，而露西總算挑了一包密斯特電子菸，順便買了一條萬寶路口香糖。

安裘將糖果放在櫃台上。「我還以爲妳很老派，會買捲菸呢，」他說。露西伸手去拿皮夾，但他搶先一步：「我來付。」露西點點頭但沒說話，反而盯著窗外的車子看，彷彿覺得車會被偷走一樣。

安裘刷了現金卡，但機器嗶了一聲沒有過。「怎麼搞的？」說完他又刷了一次。

「先生，您還有別張卡嗎？」

安裘看著店員，心裡想：**我有五十張卡，笨蛋**。但這張卡刷不過，讓他覺得很不對勁。他又刷了一次，但機器還是沒過。

「別擔心，」露西說：「你可以去看著車子嗎？我把鑰匙留在車上了。」說完她掏出一疊現金。「糖果我幫你付。」

安裘抓了糖果走回車上，心裡不停思索他的現金卡爲何突然不能用了。那張卡裡應該還有幾萬美元才對。

他努力回想，試著想起自己上一次用卡是什麼時候。兩天前？肯定在他造訪泰陽特區之前，這一點絕不會錯。是在希爾頓吃晚飯？還是跟胡立歐喝酒的時候？

回到車上，安裘吞了一顆水果糖，漫不經心含著它。隔著陽光和超商窗戶的刺眼反光，他只能隱約看見露西還在櫃台。他喜歡她。他喜歡她的姿態，還有她自我克制的模樣。

馬路對面是一間殘破廢棄的超市，保守德州佬在停車場上架了一大頂老舊的祈禱帳篷。他們拿著英文和西班牙文標語，宣稱只要到帳篷裡做禮拜和見證，就可以拿到瓶裝水。沙漠焚風呼嘯而過，他們努力抓著標語不要吹走。

停車場邊緣站著一名男子，正對著濾水袋撒尿。撒完之後，他將濾水袋舉到嘴邊開始擠水來喝，彷彿成了世上最快樂的男人。大夥兒一開始都對濾水袋很反感，但現在就連最吹毛求疵的人也甘之如飴。

安裘在腦中檢視自己的假身份。萬一馬特歐．玻利亞不管用了，他就得換用其他證件。除此之外，他還要跟南內華達水資源管理局聯絡，找出問題所在。胡立歐不可能知道他的所有化名，因此沒必要銷毀所有身份證明文件和現金卡。應該是水資源管理局出了一點小差錯。

他媽的公務員。

雖然隔著馬路，安裘還是聽得見帳篷裡的聲音，聽見德州佬大聲向神認罪，獻上他們的感謝。歡呼和掌聲時起時落。

帳篷裡走出兩個人，手裡抓著許願項鍊，顯然剛剛還跪著禱告，彷彿在宣告沾滿鮮血的背部還不足以證明自己被潔淨了似的。

有些人再怎麼做都無法洗清自己的罪，可能只有鞭打至死才會心滿意足。

死。

爲什麼他的卡會死掉？有地方不大對。那張卡應該可以用才對，他的假身份從來沒有出錯過。

露西還在便利商店裡。她轉頭望著窗外，望著他……

「**媽的**。」

安裘回頭就看見一輛黑色大皮卡車衝了過來，汽油引擎轟隆作響。另一輛皮卡車則開到了他的車後方。

子彈瘋狂掃射，震碎了車窗，有如鐵鎚一拳拳打在他身上，撞得他被安全帶猛力扯住，身體一陣劇痛。子彈繼續射來。

安裘拉起防彈外套試著遮住頭部，一邊伸手去抓排檔桿。他將排檔桿打到D檔，隨即縮到座位底下，用手狠狠按下油門。

車子發出嘶吼。安裘兩手是血，沾滿了油門和煞車。更多子彈朝他襲來，一鎚鎚打在他身上。車窗迸裂四濺，有如雨點灑落。車子狠狠撞到東西停了下來，安全氣囊瞬間膨脹，打到他臉上，嚇了他一跳。

我把血弄到安全氣囊上了，安裘愣愣地想，隨即伸手摸到門把，打開車門、推開安全氣囊、解開安全帶，從車裡摔了出來。他知道這麼做毫無意義，他們一定會圍過來解決他，但他就是不想放棄。他一個翻身想要看清楚攻擊者是誰，但痛得頭昡眼花。車子剛才那麼一撞，整個轉了個圈，他根本搞不清方向。安裘瞇著眼對著刺眼的陽光。

人都跑到哪裡去了？

他伸手拔槍，但沒抓到。他低頭看著抓空了的手掌，只見滿手是血。難怪他抓不住槍，他手**太滑了**。

他再次伸手拔槍，同時想起多年前那名殺手拿槍指著目標的模樣。感覺就像昨天發生的一樣。他想起殺手站在被害人身旁，朝他身上灌滿子彈，還有那人的身體被子彈打得一彈一跳的景象。

安裘終於撈到了槍。他試著舉起手臂，想要瞄準好隨時開槍。陽光直直射進他的雙眼。他們要來了。他知道他們要來了，就像當年那名殺手一樣，站在死者面前賞他腦袋最後一顆子彈。他們會找到他，確定他斃命。

安裘氣喘如牛，但還是豎耳諦聽他們的腳步聲。他想起那名殺手拿槍指著當年的自己，有如上帝之指指著他，決定他是生是死。那名殺手笑著做出開槍的動作，像神一樣。

子彈掃向車的另一邊，看來槍枝不少。安裘靠著車輪，試著推斷他們會從哪一邊出現。媽的，痛死了。他雙手握著西格手槍，努力放慢呼吸。每吸一口氣都痛得要命。

來啊！來報仇啊，混蛋！看你們有沒有本事在我血流乾之前逮到我。

他可不想在他們找到他之前斷氣，這樣就沒辦法回敬他們子彈了。

但也許最後結局就是這樣。人無法選擇自己的死法，只能聽天由命，永遠是別人替你決定。

泵浦旁有人尖叫。某個可憐蟲被流彈擊中了。更多槍響、子彈聲，還有隨之而來的玻璃碎裂聲。

安裘雙手顫抖，怎麼也止不住。他就快一命嗚呼了。其實這也算一種解脫。打從那名殺手拿槍抵著安裘的臉，他就知道自己被挑中了。死神一個一個除掉了他的家人，現在終於輪到他了——**來了**。

死神的影子出現了。只見一名男子拿槍出現在他面前，臉上全是刺青。安裘扣下扳機。

影子往後翻倒，陽光再次籠罩安裘。

安裘翻過身子唉了一聲，心想別的殺手會從另一邊過來。但另一頭雖然傳出更多槍響，卻都離他很遠。

他勉強起身靠著輪胎，痛得嘶嘶吸氣。他抬頭望著有如白熾燈泡的火辣太陽吃力喘氣，滿身大汗。

他應該被殺死了才對。

所以快點給我滾吧，混蛋。

他翻身趴在地上，開始匍匐前進，爬過灼熱的碎玻璃和水泥地面。

他感覺五臟六腑都流了出來，肋骨也裂了碎了，有如刀子鑿開他的胸口。

他勉強爬到了人行道，繼續往前爬。又是一個固執的白痴，蠢到不肯放手，不肯乖乖倒地斷氣，就愛硬撐。

他從小就很固執，在學校如此，對老師也是。還有艾爾帕索的移民監獄和休士頓少年監獄，他都依然頑固。就是這份固執讓安裘撐到了監獄被查維耶颶風吹垮，讓他和其他非法移民重獲自由，在風雨交加、路樹亂飛的夜晚湧到了街上。就是這份固執讓他一路來到了拉斯維加斯。

所以我才讓你活著，那名殺手在他耳邊說。

「去你的。」

安裘繼續往前爬。

留意背後，混球。

安裘一個轉身，死神果然跟了上來。

他一槍擊中突襲者的臉，隨即翻過身來繼續爬行。

那名殺手笑了。**算你狠！**他用西班牙文說，**我就知道你有潛力，壞小子。就算你尿褲子，克制不住小雞雞，我還是知道你終有一天會膽大如斗。明顯得很，就跟氣球一樣大。**

殺手繼續騷擾安裘。雖然他不停揶揄嘲弄，安裘還是聽見有人低聲禱告。他隔了很久才發現七零八落唸著聖母經的人是他自己。他想閉嘴，但經文還是不斷脫口而出，對上帝，對死亡女神，對聖母瑪利亞，甚至對那名該死的殺手。連那傢伙似乎都成了他的主保聖人。

安裘拖著身子爬到了積滿風滾草的小巷裡。他雙手沾滿了血和泥，上衣也濕了。他回頭一望，只見身後留下了長長一道血跡。

槍在他手裡滑不溜丟的，於是他把槍扔了。他拋掉重量，拋掉生與死，只是繼續往前爬。

遠方傳來更多槍響，但跟他無關了，再也沒有關係。

安裘發現一道碎裂的空心磚牆，便拖著身子擠進了縫隙，一邊氣喘呻吟。

我幹嘛躲？他心想，**直接放棄死了算了。**

他的五臟六腑有如火燒，直接放棄等死還比較快，至少不會再痛了。

他一邊在心裡發著牢騷，一邊前進。

我從以前就是這麼固執的混蛋。

我的腹部應該中彈了，他心想，腰側附近。子彈打穿了防彈外套，可能是穿甲彈之類的。天哪，好燙。他滿身是汗，陽光有如鉛塊重壓著他。

是神壓著他。

小子，站起來。

那名殺手就是不肯放過他。

安裘發現自己躺在某戶人家後院裝飾用的紅色碎石地上。他的臉麻了，他摸了摸下巴，卻摸到了骨頭。他想起之前胡立歐牙齒迸裂的模樣，心想自己的臉還剩下多少。他身後又傳來一陣槍響，於是他繼續呻吟喘息往前爬，不過速度放慢了，愈來愈慢。

烈日熱辣辣地照在他身上。安裘硬拖著身子往前爬，陽光重如巨石，壓得他趴在地上。

血和汗水遮蔽了他的視線。安裘隱約看見前方有一棟廢棄的房子。**能躲到陰涼處就好，卸掉這重量**。只要陽光不再踩在他該死的背上，他就能休息了。

安裘鼓起最後一絲意志力，繼續往前爬。他找到一個好抓的地方支起身子，往前跨了一步。

靠——

安裘仆倒在地，整個人糾成一團，一隻手臂壓在身體底下，兩條腿掛在頭頂上，感覺除了痛還是痛。

他臉頰貼著藍綠色的水泥地面。

游泳池，他媽的游泳池。

安裘笑了。原來這就是我的結局，鳳凰城泳客，眞是最後的羞辱。

他試著翻身，好不容易才翻了過來。他躺在地上淺淺喘息，心臟每跳一下，身體就痛一次。

他嘴巴很乾，很想爬出泳池，但池壁太陡，他也沒力氣了。他就像一隻困在浴缸底部的蟲子，只想喝一口水。

水會直接流出來，白痴，誰教你身上太多彈孔了。

眞好笑。他的身體像灑水器一樣噴水，就跟他小時候在卡通裡看到的一樣。子彈打不死人，只會在身上開洞。

遠處依然槍聲不斷，宛如沙戮戰場。世界行將瓦解，他很高興自己不用目睹世界末日。安裘靜靜躺著，抬頭仰望太陽，等心臟停止跳動。

他眼前出現一道陰影。死神終於來了。死亡女神親自出現，帶他離開這個世界。

他在她手上了，就像當年那名殺手拿槍抵著安裘的臉一樣。

安裘又變回十歲的孩子，手腳無法動彈。死亡女神並沒有放過他，只是守株待兔而已。

她一直在等。

37

超商裡所有人一聽到槍聲，就立刻趴在地上，心想是過路槍擊案。只有露西站著不動，望著自己造成的後果。

兩輛大皮卡車開進加油站，一輛停在梅特洛旁邊，另一輛停在它後方，兩輛車的貨斗上站滿了人，全都拿著自動步槍。

他們朝梅特洛開火，子彈有如雨點打在車上，車窗應聲碎裂。

梅特洛突然往前暴衝，試圖逃脫。它全力加速，車身旋轉，挨了更多子彈，隨即撞上消防栓轉了幾圈停了下來。兩輛皮卡跟鯊魚一樣緊隨在後。

車上的人跳下車，上前確定不留活口。

是我做的，露西心想，但立刻想到如果她不這麼做，安娜和她的孩子就會是這個下場。

那我幹嘛要哭？

這麼做是對的。露西可以全身而退，安娜可以繼續在溫哥華高枕無憂，而安特和史黛西永遠不會知道死神曾經用冰冷枯瘦的雙手拂過他們的臉頰。他們可以繼續活著，露西可以平安離開。露西用手背揩去淚水。她得離開鳳凰城，趁還能逃跑的時候趕快抽身——

她發現有兩個男的掏出手槍躲在糖果架後方，其中一人正在講手機，另一人朝她眨了眨眼睛。

「別怕，甜心，」他慢聲慢氣說：「我們不會饒過他們的。他們追殺我們當中的任何人，就是追殺我們所有人。」

說完他和他的朋友便爬到店外，開槍朝那群殺手奔去。

德州佬？但我不是啊。

是那輛車，它掛的是德州車牌。

那兩名德州佬幹掉一名殺手，其他殺手紛紛尋找掩護，同時還擊。

德州佬高聲歡呼衝回便利商店，這回露西沒忘了趴下。槍林彈雨射了進來，玻璃迸裂，子彈砰砰擊中商品和貨架，店裡面目全非。

「沒錯，你們這群混蛋，別想欺負德州人！」其中一名德州佬大喊。

另一名德州佬又在講手機，召集更多朋友和更多槍。

馬路對面，保守德州佬從祈禱帳篷裡湧了出來，其中多半都像見到光的蟑螂四處奔逃，但有些人卻大步橫越馬路朝加油站走來，手裡握著手槍和步槍。

殺手們繼續開火，更多超商玻璃碎裂一地。店裡子彈反彈亂射，洋芋片和蝴蝶餅爆裂飛濺。那對德州佬在塑膠地板上匍匐爬行，不時起身還擊。

「快點！」兩人更換彈匣時，其中一人朝她大吼：「快跑！這裡交給我們！」

露西冒險從糖果架後方抬頭瞄了最後一眼。殺手已經散開了，一半衝到梅特洛旁解決安袞，另一半壓低身子朝便利商店開槍，步步逼近。兩邊似乎都沒發現保守德州佬正從後面包抄，朝他們開火。

露西俯身尋找掩護。子彈搗毀店面，流彈像黃蜂在店裡亂竄。她半爬著滑過磁磚地板，在灑了滿地的超商貨品之間吃力前進。

超商店員早就從員工專用門溜得不見蹤影了。露西伸長手臂把門推開，跌跌撞撞走了進去。槍聲在她背後緊追不捨，發出震天巨響。

店內有人發出慘叫，露西從後門衝了出去。加油機在她身後轟然爆炸。

空氣振動，蘑菇狀的黑雲從加油站竄起，不時閃出橘色火焰。更多槍聲。砰砰砰噠噠噠。自動步槍聲。

露西停下腳步，雙手按著膝蓋不停喘息。她回頭望著翻騰竄升的黑雲。遠方傳來警笛聲。她得離開這裡，找個地方躲著。

她覺得手臂很痛，低頭一看才發現手臂上一道熱辣辣的彈痕。鮮血不停從她手肘滴了下來。她驚訝地望著傷口。她被子彈打中了，卻一點感覺也沒有。

現在看到了，立刻就覺得痛得要命。

她脫下小可愛，穿著胸罩佇立在熱浪和槍林彈雨中。她從小可愛撕了一條布下來包紮傷口，痛得身體一縮。她覺得手臂應該沒斷。

只是皮肉傷，她心想，差點隨即哈哈大笑，幸好忍了下來。

好痛。

「沒事，」露西告訴自己：「沒什麼。妳很好，快點離開這裡就對了。」她自言自語。一邊驚慌穿回小可愛，一邊自言自語。「快點離開這裡就對了。妳很好，不會有事的。妳照他們的要求做了。快點離開吧，快走。去找桑尼，然後帶著牠遠走高飛。」

加油站的濃煙似乎愈燒愈烈。她伸手遮著眼睛注視那團黑色的巨雲。它**真的**愈來愈大了。

「小姐妳還好嗎？」

露西轉身發現一群帶著武器的人。**全是德州佬**。非常多。

「我沒事。」

她抓著手臂點了點頭，雖然知道應該離開了，但記者本能又開始作祟。

「你們在做什麼？」她問經過的德州人。

「報仇，」一名德州女子說，腳步絲毫沒有放慢。「他們殺了我們的人。」

她是說安裘。

露西忍不住跟了上去。德州佬集結在超商後方，店裡雖然大火熊熊，不過水泥牆還是能當掩護。高熱和灰煙在他們頭頂上翻騰繚繞。

露西跟著其他人躲在牆角往外窺探。只見其中一輛皮卡車已經被火舌吞沒，殺手也被困住了。她看見德州佬個個拿著手機，不停打電話。

「這是怎麼回事？」

「德州復仇者聯盟，」剛才那名女子說，旁邊兩個男人摁了摁帽子。「算是回饋州民。」

三名德州人陰狠微笑，隨即離開掩護舉槍開火，朝殺手逼近，打算將之前受到的羞辱統統討回來。

遠處警笛聲更多了。警察和消防隊看見黑煙沖天紛紛趕了過來。風更大了，火勢也隨之增強。火花和灰燼有如大雨，灑向附近的天空。

馬路上出現兩輛載滿黑道的卡車，從保守德州佬的帳篷前經過。車上的人朝帳篷開火，德州佬紛紛倒地。加油站還在燃燒，帶著火光的灰燼佈滿藍天，有如雨點不停灑落。馬路對面一棟房子起火了，隨即爆炸成一團火球，旁邊的房子也跟著燒了起來。

灰燼和燃燒的紙張隨著乾燥的焚風四處飄蕩，露西眞希望提摩就在現場拍下眼前的景象。他一定知道如何捕捉這一刻。一點火花變成大火，再變成滔天火海……

從她站的位置還是看得見那輛梅特洛和它的德州車牌。車子已經被子彈打得千瘡百孔。它就是事發源頭，就是那一點火花。令人意外的是前座的車門似乎開著，而且車裡沒人。

車旁躺著一具屍體，但不是安袞。

露西發現自己暗暗希望安袞逃過了槍擊。雖然他死了安娜才能活著，但露西還是忍不住爲他祈禱。他很頑強，也許眞的躲過了。

到時他一定不會放過我。

想到這裡，雖然被熱浪包圍，皮膚像火燒一樣，她還是不寒而慄。四周炮火槍聲不斷，戰場持續轉移。又一棟房子變成了火球。灼熱的空氣橫掃而過，吹起陣陣濃煙。火光沖天，烈焰翻騰裂解，不停竄升。

露西瞇著眼抵擋高熱和飛沙走石，不自覺地朝那輛被打成蜂窩的小車走去。安袞要是沒死，一定會找到她把她殺了。但她還是朝車子走去。

不會吧？

只見地上一道血跡從車旁往外延伸。露西沿著血跡走，在小巷裡發現另一名殺手的屍體。她的恐懼加深了。安袞沒有死。露西心頭閃過了一絲迷信，難道安袞是殺不死的？他之前經歷過那麼多次九死一生，從墨西哥一路絕處逢生，最後成了凱塞琳．凱斯信任的部屬。也許他根本不是人類，而是殺不死的惡魔，受到死亡女神的庇護，是九命怪貓。

露西心裡愈來愈焦慮，繼續跟著小巷裡的血跡走。安袞的槍落在一道破空心磚牆的縫隙裡。她拾起槍，感覺很沉，槍身沾著他的血黏黏的。她擠過磚牆的縫隙。

小徑通到一座乾涸的游泳池，安袞就倒在池底，置身自己的血泊中。

露西以爲他死了。跟她在鳳凰城見過的無數泳客一樣，成了碎裂的人偶。但就在她這麼想的時候，安裘眨了眨眼睛。

他舉起手，彷彿拿著手槍指著露西，作勢瞄準，但隨即軟垂在地。

露西掂了掂她手中的槍。

結束吧，結束這一切吧。

但她沒那麼做，而是跌跌撞撞來到垂死的安裘身邊。

「露西？」

「噓，別動。」

露西雙手輕柔撫過他的身體。防彈外套替他擋下了不少攻擊，但子彈太多，而且來自四面八方，不可能毫髮無傷。一枚子彈擦過他的頭顱，下顎也是。露西掀開他的外套，忍不住倒抽了一口氣。鮮血浸透了他的上衣，黏稠稠地流著。她雙手滑到他外套底下，想找到子彈的進入點。

安裘呻吟道：「我以爲妳殺了我。」

「嗯，」露西嘆了口氣。「我也以爲。」

「那些殺手眞爛……」他喃喃道：「遜斃了。」

露西發現自己眼眶含淚。手槍就在旁邊，只要一槍便一勞永逸了。**我別無選擇，不然安娜就會是這個下場**。賞他一顆子彈是爲他好。

安裘咳嗽道：「嘿，露西？」

「嗯？」

「妳可以戒菸嗎？」

「不是我，是火的關係。」

其實是很多火。灰燼有如雨點從天而降，還有巴掌大的隔熱材料和紙片。她抬頭才發現泳池兩側的天空都被火舌吞噬，強風從他們上方吹過，空氣夾帶著黑煙，炙熱又嗆人。

露西扶著安裘的腦袋。槍就在旁邊，爲什麼不賞他一顆子彈，給他個痛快？

她已經捲進去了，捲進這道漩渦。全世界的邪惡都在她手裡，沉沉壓著她，想讓她加入惡魔的行列，成爲恐嚇的代言人，替這座泳客爲患的城市再添一名泳客。

露西站起身來，雙手穿過安裘的腋下將他扶了起來，開始拖著他走向泳池較淺的那一端。

安裘呻吟一聲：「哎唷。」

「噓，」她說：「我得帶你離開這裡。」

他軟趴趴拖著她，露西發現他暈過去了，不然就是死了。但她繼續往前走，感覺就像拖著鉛塊一樣。「你幹嘛這麼重啊？」

露西滿身大汗氣喘吁吁走到游泳池邊，先將安裘的上半身推了上去，然後蹲下來抓住他的腳往上推，將他整個人弄出泳池。接著她自己爬了上去，喘得上氣不接下氣，汗水直流。雨點般的灰燼落在他們身上。安裘動也不動躺著，也許他眞的死了。

她摸了摸他的脈搏。沒有，他心臟還在跳。

她坐在池邊，心想連帶他離開泳池都差點做不到了，不曉得該怎麼才能帶他離開這裡。

「露西？」有人低聲說話。他又醒了。

她蹲下來。「怎麼了？」

「他們怎麼找上妳的？」他問：「妳跟誰說妳跟我在一起？」

「我誰都沒說，他們就是知道。」

「他們對妳施壓了？」

露西撇開頭去，不敢看他。「我姊姊，他們威脅我姊姊。」

「這招很厲害。」

濃煙竄到他們上方，大火更靠近了。露西想起山林大火，動物逃竄躲避烈焰吞噬的景象。她卻困在這裡，動作慢得要命。

她再度扶起安裘，將他帶到破牆的縫隙前。汗水流進她的眼睛，滑下她的鼻子和下巴，滴到他臉上。她蹲下來，被愈來愈濃的黑煙嗆得咳嗽乾嘔。

安裘又抬頭望著她。

「妳走吧，」他伸手摸著她的臉頰說：「沒關係，真的，沒事了。」

木已成舟。

不遠處一排公寓著了火，烈焰沖天。那排公寓要是灰泥外牆依然完整，或許還能抵擋大火，但太多窗戶被人敲破，太多大門被人踢壞，太多牆筋暴露在外，太多角落和裂隙，只能任由火苗侵入與吞噬。

大火不斷蔓延，從公寓攻向平房再攻向其他公寓。乾燥的沙漠焚風助長了火勢，讓大火持續攀高。烈焰發出震天巨響，有如一列駛過的貨運火車，轟隆隆朝他們襲來。

「快跑，」安裘低聲說。

露西瞥見一台沒人要的手推車。她一邊咒罵自己固執，一邊跑了過去。她將安裘扶進手推車，背部隱隱作痛。手推車差點翻倒，幸好她及時抓住，讓他在推車裡躺穩。

輪子沒氣了。想也知道，誰會替它充氣？

又一棟房子爆炸了，被似乎從屋內竄出的大火淹沒。所有木頭建材似乎瞬間活了過來，被大火同時點燃。

露西抓住手推車的握把，開始吃力推著安裘在馬路上走。更多房子著火了。

滾燙的熱風掃過她。

安裘癱在手推車裡，感覺好像死了。

我真是白痴。

露西步履蹣跚，但回頭瞄了一眼之後還是加快了腳步。

她身後的火焰直聳入雲，不停飢渴地向上竄。她是能跑，但不可能一直趕在火焰前面，而且也沒有地方可逃。她前方的馬路是死巷一條。

她拖著安裘，絕對無法趕在火焰追上她之前通過這些房子和後院。她咒罵一聲，隨即放下手推車回頭朝大火跑去。

受到灰燼和殘骸波及，四周已經竄出不少小火。露西抓了一根木材伸進火裡。

她拿著自己做的火炬跑回手推車旁。

要是不管用，我們就會被烤熟了。

露西跑到安裘前面。安裘依然像骨折的玩偶躺在手推車裡。她拿著火炬開始點燃兩旁的新房子。她縱火點燃死巷盡頭的房舍。她衝進屋裡誘火深入，一間房子起火了就換另一間房子。

火光閃爍，烈焰竄起，不斷擴散。

露西跑回安裘身邊。兩人夾在兩道高聳的火牆之間，一道在前，一道在後。空氣熱得灼人。她將安裘拖下手推車，兩人一起躺在馬路上。她牽著他的手。

她很久以前訪問過消防隊員。那時市府還沒有自暴自棄，遇到山林大火還會試著控制火勢蔓延。其中一名山林救火隊員說，他和隊友有一回上山時突然被火焰襲擊，差一點被火燒死。正當大火在草地上一發不可收拾，朝他們緊追而來，他突然想到可以點燃前方的草地。於是他們開始點火往上逃，跟在自己點燃的大火後頭，跑到被他們縱火燒光的焦土上。

他救了所有隊友一命。

四周的溫度更高了。安裘在她身旁呻吟一聲。他已經流了太多血。**我真是白痴**，露西心想，但依然躺在地上。

這場漩渦讓所有人變成了禽獸，她也差點如此。但她覺得自己終於懂了。恐懼的漩渦會使人猥瑣，拆散左鄰右舍，讓人自相殘殺。

過去她不能體會挺身反抗毒梟和西印仔的人，現在終於覺得自己懂了。他們反抗金錢，反抗水刀子和民兵。他們選擇做正確的事，而不是選擇輕鬆的、安全的、聰明的路。

她被捲進了漩渦裡，但那再也不重要了。她牽著被她害死的水刀子的手，任大火在四周燃燒。

她沒有逃跑。她不是燒死在這裡，被她曾助紂爲虐的恐怖之火所吞噬，就是浴火重生。

大火愈燒愈高。

露西的皮膚開始焦裂。

38

火還沒來，但瑪利亞老早就聞到煙味了。她那時就知道事情不對了，因爲威特的手下統統往西邊看，開始手忙腳亂，而且不再嘲弄她了。

達米恩從她面前跑過。

「出了什麼事？」

「他媽的槍戰了，」達米恩吼道：「看來得去教訓那群保守德州佬才行。」

「怎麼會有煙？」

達米恩笑了。「世界快毀滅了！」

威特的手下紛紛跳上皮卡車，檢查自動武器上膛了沒，隨即駕車而去，在熱浪中留下陣陣沙塵。

「放我出去！」瑪利亞朝達米恩大喊。

「妳瘋了嗎？」

「把鑰匙扔給我就好，根本不會有人知道！」

達米恩左右瞄了一眼。

「把鑰匙扔給我，就說是求死亡女神保佑吧。你應該知道你要去殺人，對方也會回擊吧？」

威特從前門走了出來，達米恩無助地聳聳肩。

「對不起，瑪利亞，我做不到。」

說完他就跑到一輛皮卡車後方，跳上貨斗蹲下來跟夥伴出發了。威特走過瑪利亞面前，連看都沒看她一眼，坐上他的四輪傳動車。整個地方變得安安靜靜，只剩鬣狗在她附近低嗚著。

根本沒人理她。

煙更濃了，火紅的夕陽掛在火紅的烈焰上空。沒有人回來，遠方火焰愈燒愈盛，火勢驚人。

鬣狗全都望著大火豎耳諦聽，扭動鼻子嗅著飄過的黑煙。牠們繞著巢穴來來回回繞圈子，瑪利亞發現牠們是在找出口。

遠方的駁火聲震動了威特家的西班牙磁磚屋頂，瑪利亞不知道那是好是壞。夜幕低垂，還是沒有人回來。槍聲持續不斷。

天空時亮時暗，暗的是翻騰的煙，亮的是火花。著火的濾水袋凌空翻飛，被熱風愈吹愈高，發出蠟燭般的火光。時間一分一秒過去，黑煙愈來愈濃，瑪利亞蹲在鬣狗附近，人和狗一起望著地平線尋找線索，想知道接下來會發生什麼，自己的命運又將如何。

「妳想離開這裡嗎？」

黑夜中閃過一道身影。

「圖米？」

圖米從陰影處一跛一跛走了出來，手裡拿著一把閃閃發亮的巨無霸手槍，點四四口徑的麥格農左輪槍。瑪利亞這輩子從來沒這麼開心見到一個人過。「你來這裡做什麼？」

「幸好這裡只剩妳一個，而且威特忘了關大門。」他跛腳走到她牢籠前。「我們要怎麼把妳弄出來？」

「鑰匙在那裡。」

圖米一拐一拐走向威特手下玩牌的地方。瑪利亞感覺等到頭髮都白了，他才走了回來。但下一秒鐘他已經把她放了出來，緊緊抱住她。

「走吧，」圖米說：「我們得快點離開這裡。到處都有人在打鬥，我可不想困在槍林彈雨中。」這時她才有機會好好看他。他看起來又累又狼狽，簡直糟透了。他自己弄了夾板固定住傷腿，臉上寫著疼痛兩個字。

「靠著我，」她說。

「妳的手怎麼了？」

「沒事，不要緊。」她扶圖米走出威特的巢穴之後說：「等一下。」

「妳瘋了嗎？妳要做什麼？」

瑪利亞不理圖米，逕自跑回威特的巢穴，拿了鑰匙將鬣狗的牢籠打開。鬣狗興奮躁動，她唰的一聲鬆開鐵鍊，隨即轉身就跑。

鬣狗好快。

媽的有夠快。

她聽見鬣狗撞擊圍籬，鐵鍊一陣搖晃之後有如瀑布滑落地上。

圖米舉起槍說：「小心！」

瑪利亞衝出大門，圖米立刻把門關了，扣上門閂。鬣狗撞上大門，撞得鐵條猛烈搖晃。瑪利亞尖叫一聲往後跳，嚇得全身顫抖。

「妳眞是**狂了**，小姑娘。」圖米用西班牙文說。

「**瘋了，我瘋了**，」瑪利亞心不在焉糾正他，接著說：「這樣威特回來就有驚喜等著他了。」她摟住圖米的腰。「好了，我們走吧。」

四面八方都是大火，連山上都燒了起來。瑪利亞看見火舌迅速向上蔓延，仙人掌熊熊燃燒，既像烙印，又像千百位釘上十字架的耶穌，陸續仆倒在烈焰中，成為大火的一部份。

圖米沉甸甸地靠著她，兩人步履蹣跚，每走一步他就吃力喘息。

直昇機的旋翼聲劃過天空，轟隆隆帶著殺氣朝大火和槍響的方向飛去。

「感覺好像全世界都著火了，」瑪利亞喃喃道。

「說不定喔，」圖米附和道：「他們切斷了所有手機訊號，讓保守德州佬沒辦法組織行動。」

山丘、樓房和天空都被火吞沒了，著火的濾水袋和小報在濃煙瀰漫的空中飛舞，有如璀璨的橘色星星。

地獄就是這幅景象。

這就是她小時候去教堂聽牧師描述過的地獄。這就是罪人會去的地方。只不過它好像誰也不放過，不只威特那樣的惡棍，連她和圖米也被捲入其中。

兩人繼續往前，在火光熊熊的黑夜裡相互扶持。他們沿路遇到了兩群人，一群是亞利桑那佬，圖米跟他們說了話，安撫他們之後便分道揚鑣；另一群是德州佬，拿著火炬不停縱火焚燒房子。瑪利亞費了一番唇舌，才讓他們相信她和圖米不是他們要報復的人。

兩人躲在一處門口，圖米說：「我們兩個配合得還不錯。」

屋頂上步槍和手槍聲響不斷，著火的房子愈來愈多。

瑪利亞擦去臉上的汗水和灰渣。「你覺得你的房子還會在嗎？」

「看來得跑一趟才知道了。」

圖米痛得齜牙咧嘴，滿臉是汗。

「你還好嗎？」

「我沒事，小公主，不要緊。我們最好繼續走了。」

瑪利亞扶住他的背問：「你爲什麼要來找我？你不必那麼做的。」

圖米笑了，身體痛得微微一抖。「我差點就沒來了。」

「但你來了。」

他低頭望著手裡的槍說：「人有時會明白爲了活著而退縮，比死了還糟糕。」

「我想活著，」瑪利亞說。

「我們**都想**活著，」圖米說。

「我們得離開這裡。」

圖米笑了。「經過這一場波折……」他說：「我敢說加州佬和內華達國民兵一定會把底線踩得更硬。」他朝烈焰沖天的城市揮了揮手說：「這是做給其他人看的教訓。」

「沒有人敢再接收德州人了，對吧？」

圖米吃力地站了起來。「你能怪他們嗎？」他將槍遞給她說：「拿去，妳得熟悉這玩意兒。握緊一點，它射擊時會往後彈。」

「你爲什麼要教我用槍？」

圖米一臉嚴肅望著她說：「因爲要是有人來追殺我們，害我們必須逃命，我要妳**逃跑**。」

「你也可以。」

但他們愈往前走，經過愈多槍林彈雨，瑪利亞就愈懷疑自己的話。

夜裡的熱氣和大火有如一張毛毯罩著他們，窒悶難耐，沒有帶水讓他們彷彿置身沙漠。他們蹣跚前進，最後總算走到親善泵浦旁的一處流民窟，卻只看見灰燼與殘骸。所有組合屋和紅十字會帳篷，統統不見了。

屍體冒著黑煙，空氣裡瀰漫著人肉烤焦的味道。動物在斷垣殘壁間覓食，野狗和土狼撕咬屍體，互相咆哮。

瑪利亞和圖米小心翼翼走過斷垣殘壁，想看看泵浦是不是還管用。圖米緊握手槍瞄準野獸，瑪利亞不知道牠們要是撲上來了，他們該怎麼辦。野獸數量那麼多，根本殺不完。

圖米檢視廣場邊緣的泵浦。「我覺得應該壞了，電子裝置可能被燒熔了。」

瑪利亞殷殷望著泵浦，後悔沒想到從威特的巢穴帶一點水離開。

野狗繼續啃噬屍體。

「我們得離開鳳凰城。」

圖米露出哀傷的微笑。「然後去哪裡？」

「往北走，或去加州。反正不要待在這裡。」

「妳要怎麼做？有辦法橫渡科羅拉多河的人幾乎都是威特的手下。」他搖頭說：「妳忘了嗎？我才被逮到一次。他會派人看著，等我們上鉤的。」

「說不定威特死了。」

「妳覺得會嗎？」

她不覺得。威特永遠不會死。他是惡魔，他和他的鬣狗都是。他們永遠不會死。

「總之，」圖米說：「我們已經破產了，而且德州佬的逃亡費用也會變高，因爲他們會更急著想逃離這裡，所以費用一定會飆漲。我們得耐心苦撐，慢慢存錢，然後才能行動。扶我起來。我們回家之後可以一起計畫。」

「你眞的覺得你家還在？」瑪利亞問。

圖米冷笑一聲。「鬼才曉得。」

直昇機的旋翼聲再度出現在他們上方，有如一群黑鳥劃過橘黃色的火光和晚霞。

瑪利亞抬頭望著直昇機，看它們朝她猜不到的方向前進。說不定他們是消防隊，打算去控制火勢。也可能是國民兵，過來給她的同胞一點教訓。

「我想我還是會試著過河，」她說：「沒有人帶也一樣。」

「妳會沒命的。」

瑪利亞厲聲一笑。「我在這裡也是死路一條，只是早死晚死而已。」

一輛運兵車匆匆駛過，在空蕩的街上感覺又小又孤單，跟不斷佔領地平線的火焰似乎完全無關。

「所以……妳要怎麼做？走路三百英里，然後游過科羅拉多河？就算專家也不是每次都能成功。」

「就像你說的，專家只會把我交給威特。但我要是待在這裡……」她聳聳肩說：「這次事件可能會讓威特勢力更大。一旦他知道我沒走，絕對會找上門來。」

「但妳可以跟我一起躲。我們現在知道要更小心才行，所以不會有事的。」

圖米跟她老爸一樣，只會承諾一些一廂情願的事。但聽他這麼說，聽他保證維護她的安全，她發現自己還是想相信他，相信自己可以倚靠比她年長、更有經驗的男人，相信對方能照顧她，供應她生活所需，替她解決問題。就像她寄望爸爸，莎拉寄望麥可．拉坦一樣。

「我們可以一起走，」瑪利亞提議道：「你和我一起。」

圖米拍拍自己的腿說：「我想我可能沒辦法走遠或游泳過河了，而妳的手看起來也不大妙。」

瑪利亞彎起抽痛的手指，握拳不讓他看到。「我們會想到辦法的。」

「現在換誰在說大話了？」

瑪利亞無話可說。圖米抓著她的肩膀：「至少多等一兩天再走。」

「為什麼？好讓你勸我打消念頭嗎？

「不是，」圖米呻吟一聲吃力站了起來。「我得教妳怎麼用這把槍。」

39

安裘又跟母親在一起了。她正在做墨西哥捲餅，用玉米殼和玉米粉揉成的捲餅皮包住碎豬肉。廚房放著雷鬼樂手唐歐馬的歌。母親一邊做菜，一邊笑著隨著音樂擺動身體，而他在流理台旁拉長了脖子偷看她。

「去拿把椅子來，」她說：「你從下面看不到。」

他拿了椅子擺在她身旁，坐了上去。

她教安裘怎麼包捲餅。他說這是玉米壽司，母親笑了抱了他一下。兩人捲著玉米壽司，母親開他玩笑，說他這麼喜歡壽司，應該去學日文跟日本人做生意才對。他感覺跟媽媽很親近，兩人一邊做事，一邊等姊姊放學回家。

他想起母親將捲餅統統放到鍋子裡，鍋子熱氣蒸騰的景象。他還記得流理台磁磚的樣式，記得所有事情，餡餅的味道，還有母親穿的紅圍裙……

他很難過，因爲他知道這只是回憶。媽媽已經死了，還有墨西哥、艾亞、莎琳娜和爸爸。但他覺得無關緊要，至少他跟母親團圓了。他很安全，聞得到玉米香，感覺得到熱騰騰的蒸氣，聞得到各種食材的氣味，還有煙味。

媽媽神情怪異望著他。他發現自己著火了。

他全身滾燙。

媽媽一直說：「我們得帶你去看醫師。」

安裘很想告訴她沒關係，萬物終將一死。她也死了，所以何必擔心他呢？但母親開始向聖母瑪利亞祈禱，求她保護安裘。他再次試著跟媽媽說沒什麼好拯救的，他很久很久以前就跟聖母瑪利亞和耶穌分道揚鑣了。但她依然跪在他的身旁合掌禱告……

「醒醒啊，拜託，你醒醒。」

她吻他，朝他嘴裡吐氣。安裘倒抽一口氣，試著坐起來，但疼痛直竄全身，讓他又倒了回去。

露西蹲在一旁，滿臉汗水和灰煙，低頭望著他。這位美麗的記者小姐是他專屬的主保聖人。這樣的方式醒來還不錯。

只是他痛得要命，他媽的痛斃了。身體只要一動就疼，而他身旁跪著一個男的，手裡拿著針。

「嗯，看來他還沒死，」那人開玩笑說。

「撐著點，」露西抓著安裘的手說。

他很想跟露西說她抓得太緊了，他的手很痛，但那個男的將針扎進他的肉裡。

安裘昏了過去。

殺手坐在他身旁。他們兩人各坐在一把小塑膠椅上，陪著被殺手做掉的那個人的屍體。安裘知道殺手是壞蛋，也知道自己處境危急，但那名殺手似乎很喜歡安裘陪他，而且安裘不敢逃。

殺手拿著一瓶梅茲卡爾酒，朝他剛才開槍射殺的死者比了比。「我有一天也會是這個下場。不是殺人，就是被殺。」他一臉正經望著安裘說：「記住了，小子。不是殺人，就是被殺。靠子彈過活，被子彈送終。」

安裘知道這人其實就是他父親。這名殺手才是他真正的父親，而非多年前帶安裘往北逃亡，告訴安裘一切都會沒事，他不是毒梟眼中釘的那個人。那傢伙不懂得看風向，看不出苗頭不對了，結果失去了妻子和女兒。

這名殺手才是安裘眞正的父親。世界在他眼中一清二楚，不帶任何幻覺。

「我也會死在刀下，但你不必這樣，」殺手說：「你往北方去，再試一次，別再在槍林彈雨裡混了。」

「但爸爸和媽媽呢？」

「你不能跟誰一起走，聽懂嗎？」殺手搖著酒瓶警告說：「你要嘛自己走，要嘛留下來，不是殺人，就是被殺。所以你還是去北方吧，活得乾淨一點。這裡對你來說太煎熬了。」

「但我又沒有殺人。」

殺手笑了。「別擔心，小伙子，早晚會的。」

他拿著酒瓶湊到安裘面前，開始用瓶口捅他。說也奇怪，瓶口碰到哪裡，安裘的身體就會自動破開，鮮血四濺。安裘低頭望著身上的彈孔，一點也不害怕。傷口很痛，但似乎無所謂，感覺好像本來就該出現的一樣。

「我身體有洞，」他喃喃自語。

殺手灌了一口梅茲卡爾酒，笑著說：「那就叫那個女的把洞縫上啊。」

「她正在縫。」

「不是那個，」殺手一臉惱怒說：「是害你身上那麼多洞的那個女的！」他拿起酒瓶喝了一口，接著繼續用瓶口戳安裘，又在他身上弄出一個彈孔。「你眞的是白痴到極點，蠢斃了，呆子。」他又戳了兩下，多了兩個彈孔。

「你的西班牙文說得很爛。」

殺手笑了。「你離開那麼久了，有什麼資格說我？」他朝安裘咧嘴微笑。「你想聽我的建議嗎，小子？千萬別惹女人。寧可活在荒郊野外，也不要惹到母老虎。你聽過這句話嗎？金玉良言啊，小子。不管是墨西哥或奇瓦瓦，甚至到北方去，這句話都千眞萬確。你惹女人生氣，就等著被她割掉卵蛋，變成太監吧！」

「但我沒有結婚啊。」

殺手笑了，一副瞭然於心的模樣說：「所有花心小混混都這麼說。」他豎起食指警告他：「但女孩子什麼都知道。她們知道你在搞什麼把戲，就算沒開口，心裡也清楚得很。你看看我是什麼下場！」他指了指自己的身體，安裘發現殺手身上也全是彈孔。

「有沒有看到我的女人對我做了什麼？」殺手說：「現在他們全都唱歌讚揚那個賤人。那首**民謠**本來應該讚揚我的，結果卻紀念她，而我呢？就只其中一兩句，但那個婊子還是把我搞成這樣。」

他湊到安裘面前，猛力甩著酒瓶說：「歌裡講到我打到她吐血的那一段，那根本不是事實！我用我母親的名字發誓。沒錯，我是教訓了她，但絕對沒毒打她。」他認眞地搖搖頭。「那首歌裡講的全是謊話。」

聽完他的辯解，安裘笑了。「幸好你沒到北方去，那裡的女人才不會忍受你這套鬼話。」

殺手一臉氣憤。「我就跟你說了。千萬別騙北方的女人，在外頭搞七捻三，否則她們絕對讓你好看。」

安裘困惑地望著他。「但我才剛認識她呀。」

殺手雙手一攤，滿臉惱怒。

「這小子實在太蠢了，死亡女神。我試著跟他講道理，但他比西印仔還要沒腦。讓我一槍斃了他吧，對妳、對我都好。」

安裘倒抽一口氣醒了過來。

露西彎身看著他，一手溫柔撫摸他的眉毛。他感覺自己的身體像是被火車輾過，只剩一團瘀青的碎肉。

他躺在一間未完工的夾板房裡，牆筋裸露在外。點滴袋掛在牆壁的釘子上，旁邊貼著一張皺巴巴的海報，小甜甜布蘭妮低頭望著他。她臉頰打了肉毒桿菌，牙齒也掉光了，像個老奶奶。

安裘覺得快熱昏了，伸手想甩掉被子，卻只摸到汗溼的皮膚和縫合的彈孔。這些新的疤痕為他的錯誤再添一筆紀錄。

有人在他胸口和腹部摸摸弄弄，用針線戳刺他的皮肉。安裘想起跟凱塞琳．凱斯相識那一天，他在她面前撩起上衣露出傷疤，跟她說他不怕死。

這下疤痕又變多了。

他想起身，但是太難了。他倒回床上，身體顫抖著。

露西伸手溫柔貼著他的胸口說：「放輕鬆，你還能活著算你命大。」

安裘想講什麼，好不容易才沙啞地擠出一聲「ㄕ」就無法往下說了。「ㄕ——」

要說英文。

「拜託，」他喃喃道：「水。」

「我只有濾水袋。」

「沒關係。」

她拿著濾水袋，將袋口放到他嘴邊。但安裘還沒喝夠，她就把袋子拿開了。

「沒了？」他問。

「等器官移植的部位都好了，你愛喝多少都隨你喝。」

安裘想要反駁，但實在太疲憊了，而且聽她的語氣就知道她不會退讓。

「我……我昏迷了多久？」

「一週。」

他點點頭，閉上眼睛，夢境的片段重新襲來。殺手戳得他全身都是彈孔，惡毒地笑著。那個惡魔拿著梅茲卡爾酒，氣沖沖地咒罵女人和專一。

安裘睜開眼睛望著天花板，思索血債血還和背叛，殺手們和老民謠，暴力和復仇之歌。他還活著，眞是不可思議，而且露西就坐在他身旁，這個害他被槍射殺的女人。

「所以，」他喃喃道：「妳殺了我……然後……」他嚥了嚥口水，喉嚨乾得伸展不開。「救了我？」

露西似笑非笑說：「應該是吧。」

「妳眞是……」他又嚥了嚥口水。「妳眞是他媽的大賤人，妳知道嗎？」

沒想到露西竟然笑得更大聲了。安裘也笑了，但只發出痛苦的嘶嘎聲，而且痛得幾乎斷氣。不過，能笑出來感覺眞好。

他伸手摸她。「一張開眼睛就能看到妳，眞是……太好了。」

「就算你被打成了蜂窩？」

「尤其被打成蜂窩的時候。」

兩人四目相對，露西先撇開目光。

「我不想加入，」她說，接著突然起身開始收拾散落安裘身旁的針筒、點滴袋和消毒紙巾，刻意裝忙，不敢看他。

「加入什麼？」

「這個，」露西一邊說話，手上繼續收拾，還是沒有看他。「鳳凰城。」她揮了揮手。「我本來以爲可以寫寫新聞，報導這個地方就好，不會受它影響，沒想到突然就被捲進去了，成爲它的一部份，謊言的一部份，還有背叛。」她匆匆瞄了安裘一眼，臉帶愧色。「和謀殺。我還沒意會過來，就成爲它的一部份了。」

「所有人都會崩潰，」安裘說：「只要抓到弱點，誰都會崩潰。」

「你才知道。」

「我就是幹這個的。」他伸手召喚她，身體隨之一痛。「妳過來一下。」

露西有如一頭走投無路的小動物，怎麼也不想靠近安裘，但還是走了過去，跪在他身旁。他牽住她的手。「只要施壓得當，誰都會崩潰。打得夠慘，誰都會開口。威脅得夠狠，誰都會動搖。恐嚇得夠厲害，誰都會簽字。」

「但就不是我了。」

安裘握緊她的手說：「妳讓我死在外頭，不會有人在乎，甚至認爲妳是英雄。」他跟她五指交纏。「我欠妳一條命。」

「不，你沒有，」她不敢看他。

安裘不想反駁。

露西可能想到他的救命之恩，所以罪惡感才會那麼深。但他一點也不怪露西出賣了他。你不會因爲某人屈服於壓力而輕視他，而是看他在少數有選擇時做了什麼來評判對方。

露西大可一走了之，卻決定救他一命。要是她甩不掉背叛他的罪惡感，那是她的原則問題。安裘有他自己的原則，而他的原則是人隨時都在背叛，爲了大大小小的理由而背叛。

背叛。

殺手埋怨他的女人賞了他一排子彈。他警告安裘不要欺騙心愛的女人。

「妳有跟誰提到我嗎？」安裘問：「我們之前一起合作的時候，在加州佬找上妳之前，妳有跟誰說嗎？」

「你已經問過，而我也回答了。沒有。」

「妳有我也不會生氣，我只需要知道事實。」

「我沒有！」

「媽的。」

「怎麼了？」

「妳的車還在嗎？」

「當然。我去泰陽特區把車開過來了。我想應該不會有人盯著車了，因爲——」

「沒關係，很好，」安裘深呼吸一口氣。「扶我站起來，我要換衣服。」

「你開什麼玩笑？你的傷口才剛縫好，還沒密合，而且還在吊點滴。」

「我沒時間等它滴完了，幫我拔掉。」說完他呻吟一聲，勉強撐起身子。

「你瘋了嗎？」露西反駁道：「你需要休息。你才移植了肺，還有腎臟。」

「是啦。」

他的五臟六腑都生鏽了，像是被人用剃刀劃過，剁成絞肉一樣，痛得要命。但他還是坐了起來。他氣喘吁吁，全身顫抖，等疼痛過去。

「你慢一點！」

「妳錯了，我得快點才行，」他伸手去拿沾了血的褲子，努力克制暈眩和昏倒的衝動。「我想我老闆對我下了追殺令。」

40

露西由他帶路，開車穿過城市來到大火焚毀的郊區。

她覺得安裘看起來非常虛弱。他愈是醒著，愈是行動，她就愈擔心是不是在幫他自殺。

「我還是覺得沒有道理，」她沿著分區轉了一個長長的彎，一邊說道。他們繞著城市開，經過一個個慘遭祝融的郊區，焦黑的斷垣殘壁依然冒著黑煙，還有許多灰燼拒絕熄滅。「對我施壓的是加州人，加州和內華達什麼時候成了好朋友？」

「這就是我沒看出來的點。我一直在想我中槍前發生的一件事。我刷信用卡結果沒過，好像我已經死了，被人刪除了，妳知道嗎？加州人不會那麼做。」他冷笑一聲。「但我的人有可能。」

他指著一條新路。

「那裡，那個方向，有幾棟沒被燒毀的房子那邊。」

「我們來這裡找什麼？」

他神祕地瞧她一眼。「答案。」

「拜託，少裝傻。」

「怎麼？妳想撈獨家？」

「你會在乎嗎？」

「好吧。沒有身份，我就跟死了沒兩樣。沒有錢，也過不了州界，只能跟德州佬一樣去吃屎，只要現身就會被人追殺。所以我得想辦法聯絡上凱塞琳．凱斯。」

「你做了什麼惹毛了她？」

「一定是布雷斯頓，那個傢伙跟我有仇，一定是他煽動她對付我的。」安裘看她一臉困惑，便補充說：「他是南內華達水資源管理局的法務主任。」他聳聳肩。「我和他一直處不大好。」

「不好到他想辦法追殺你？」

「呃，妳知道，」安裘聳聳肩說：「換成我也會這樣對付他。我一直覺得他在耍我們，說不定私下販賣情報。」

「連賭城也有內賊？」

「所有人都會買保險，」他指著前方說：「到了，就是這裡。」

露西停下車子，覺得眼前的廢棄分區跟其他分區並沒有什麼不同。回收業者已經來過這裡，拆掉所有電線和水管，甚至還搬走不少玻璃。露西心想會不會是夏琳幹的，才會搜刮得這麼徹底。

「這裡是哪裡？」

「祕密據點。扶我一下，」他靠著她，指著其中一棟殘破不堪的屋子說。「我們在鳳凰城設了一堆這樣的據點，」他呻吟一聲。「緊急藏身處，讓我們的人避難用的。」

「有多少間？」

「我知道的有二十幾間，可能不只。」

「鳳凰城完全被你們滲透了，是吧？」

「我們盡量。市府所有部門都有人拿我們的錢，接受各式各樣的好處，像是全家搬到北方的柏樹特區之類的。這些人是最好的線民。」他瞄了露西一眼。「有家的人最可靠。」

露西發現自己還是不敢直視他的眼睛。

「嘿，」安裘伸手摸了摸她的手臂。「我說過了，不是妳的問題。」

他的聲音溫柔得出奇。這樣一個以控制他人爲業，知道要讓人崩潰有多容易的人竟然如此體貼，實在讓人意外。面對他語氣裡的寬容，露西簡直無法抑制心中的感激。

「傑米接觸的人就是他，對吧？」她問：「在傑米的單位替你們工作，是你們的眼線。」

「這你得問胡立歐或他的手下佛索維奇，眞相如何只有他們知道。」安裘喘著氣緩緩蹲下，拉了拉踏墊，發現墊子被黏在地上。「幫我一下，」他氣若游絲說：「我還有一點……沒恢復。」

毯子「唰」的一聲掀開之後，底下是一道暗門。

「感覺好像海盜的藏寶窟。」

「躲在垃圾堆裡，連拾荒者都不會想靠近，」安裘聳聳肩說：「而且數量又多，毀了幾個也無所謂。」

「你是說就算鳳凰城半毀了也不怕？」

「也可以這麼說，」他撬開暗門，只見一道陡峭的台階，底下一片漆黑。「扶我下去。」

露西先走，緩緩帶著他走到地下室。他按下開關，幾盞迷你燈泡瞬間亮起，發出慘白的微光。

「電池還沒壞，」安裘說，感覺鬆了一口氣。

露西發覺**他在硬撐**。她檢視架上的東西，看見幾桶水和一堆濾水袋。

安裘一副自信滿滿的樣子，差點讓她以爲他很清楚自己在做什麼。但這傢伙其實在做困獸之鬥，試著抓住最後一絲機會。如果要她老實講，即使他正在地下室的物品裡翻翻找找，但以他的身體狀況，她知道機會正在離他而去。

他找出一把手槍，低頭檢查一番，接著從紙盒裡拿出子彈替槍上膛，動作熟練又流暢。他從另一個箱子裡撈出一件防彈外套，呻吟一聲，有點吃力地扔給露西。「這件給妳。」

「會有人開槍打我嗎？」

他看了她一眼，忍不住笑了。「妳站在我旁邊的話，有可能哦。」他又拿出一件防彈外套。「可以幫我一下嗎？」他伸長一隻手臂。「我有點……」

露西幫他穿上防彈外套，接著也開始瀏覽架上的物品。她看見密封的彈箱，箱上註明能量棒和水份補充包。她打開其中一個箱子，發現裡面是滿的。地下室一角擺著一個五十加侖的水桶，加上濾水袋，足夠撐幾個月了。

「這裡簡直是末日預備者的天堂，」她說。

安裘嗤之以鼻。「去他的末日預備者。」

「你討厭他們？」

「只有在抽乾他們的水井的時候，」他笑裡帶刺地說：「我實在搞不懂，怎麼會有人覺得可以那樣一個人活著？一個人坐在小碉堡裡，覺得只有他們能熬過世界末日。」

「說不定他們看太多西部片了。」

「沒有人能單靠自己活著，」安裘氣成這副德性，露西覺得他根本不是在罵末日預備者。

安裘翻找醫藥箱，讀著箱上的標籤。「止痛藥，哈。」他撈了兩顆藥丸，沒喝水就吞了下去。

「好多了。」

他翻箱倒櫃，感覺像瘋子一樣。他找到一支手機，撕開了一盒電池，替手機裝上電池之後撥了號碼。一秒鐘後，他對著手機另一頭的人說了一串密碼，包含字母和數字。他開始語帶焦急，雖然對著露西微笑，聲音卻透露出絕望和驚慌。

「我需要撤離，」他喘息道：「我在……阿茲特克綠洲。求求你……快一點……我在流血。」說完就把手機掛了。

「好了，」他抓著她的胳膊說：「該走了。」

「我們在做什麼？」

「測試一個理論，」安裘抓著她走向台階，不停喘氣。兩人爬上台階，他重重地靠著她。

離開地下室，露西正想朝卡車走去，卻被安裘一把拉到了反方向。「不，不行，太明顯了。」

「太明顯什麼？」

但他已經拉著她沿馬路走。「這間房子真不錯。」

只不過他繞過屋子走到後面，穿過院子橫越另一條沒人的馬路，然後蹣跚地走進另一間房子。

「這裡看來不錯，」他咳嗽一聲，若無其事擦掉噴到牛仔褲上的血漬說：「嗯，不錯。」說完他指著樓梯。

「你要上去？」

「我得看仔細！」

安裘瞪大眼睛，眼神近乎瘋狂。

他走到一半差點跌倒，幸好露西即時扶住他。但他沒有放棄，改成爬的。

走到樓上，他一邊喘氣一邊逐間檢查臥房，最後終於找到一間窗戶沒壞的。

他跌跌撞撞走到窗邊，蹲下來往外窺探。他呼吸不穩，睜大眼睛，藥物、疼痛和用力爬樓梯讓他兩眼呆滯。「多久了？」他問。

「什麼多久？」

「我剛才打手機到現在！」

「大概五分鐘吧。」

「那就來吧，」他一把抓住她，將她拖過房間。「這裡不錯。」

「衣櫃裡？你嗑藥了嗎？」

露西起先以為他想上她，止痛藥讓他腦袋糊塗，整個人性慾高張。但他將她拉到地上時沒有看她，而是一直望著窗外。

他蹲在地上喘著大氣，她可以聽見安裘受損的胸腔在上下起伏，肺部因為槍傷和積血而嘶嘶作響。

她又想開口，但被他「噓」的制止了。「妳聽，」他低聲道：「他們來了，過來找我了。」他話中竟然帶著幾分虔敬。

「我不……」

起初聲音很小，只是高處的嗡鳴聲，之後愈來愈響，然後瞬間變為咆哮。

窗戶震動，玻璃和火焰紛飛，屋子猛力搖晃。灼熱的空氣從四面八方湧來，露西忍不住縮著身子，緊緊抓著安裘。火光衝向她的視網膜，燒焦了她的皮膚。

「**怎麼回——**」

又是一道高熱和強震搖晃了屋子。砲彈碎片打穿牆壁，釋出毀滅的火焰。

烈火熊熊，她只能隱約看見安裘的臉。他笑了，笑得開心又滿足，好像拿到珍貴的禮物一樣。

她想起身，但被他一把拉住，用防彈外套蓋住她。

又一次猛擊，火花像大雨一般落在他們身上。

安裘抱著她，在她耳邊低聲說：「他們想確定不留活口。」

安裘笑容滿面。映著砲彈攻擊的橙黃火光，他看起來充滿生命力，彷彿見到上帝顯靈的虔誠教徒。

露西的聽覺緩緩恢復，也不再有砲彈從天而降了。她掙扎著站起來朝窗邊走去，靴子踩著玻璃碎片沙沙作響。

兩條街外，一道黑煙裊裊竄向天空，不時閃著火光。

「你的人真的不喜歡你，」她喃喃道。

「沒錯，」安裘說：「我開始感覺到了。」

41

他們黃昏時過來確定人死了沒有。

安裘閉上眼睛等著。休旅車的輪胎壓過草地，引擎聲嘎然而止。門砰了一聲被人推開，隨即猛力關上。幾名男子拿著手電筒巡視斷垣殘壁，一邊低聲閒聊。

安裘縮在焚毀的房間裡，暗自期盼露西會照他的吩咐做。緊要關頭很難判斷人會如何行動。他看過無法下手趕走難民的沙漠之犬，遇過滅火時被火嗆到的內華達民兵，也看過故意打偏免得殺人的西印仔。

而露西終究沒殺了他。

鞋子踩過不穩的瓦礫喀嚓作響，手電筒的燈光掃過碎玻璃和燒黑的西班牙磁磚。

「我們要找什麼？」其中一名男子問。

「屍塊。」

「噁。」

「少抱怨。」

兩個人。安裘如釋重負，心想雖然他這副慘狀，兩個人應該還應付得來。

「我眞好奇這種鳥事爲什麼總落在我頭上。拉坦的房子也是我去清理的。你知道要把腦漿從地毯上清乾淨有多困難？」

「誰叫你刷血淋淋的地毯了，蠢蛋？直接扔了換一條就好。」

「不早說。」

「這就是爲什麼我不拔擢你的原因。」

「救命，」安裘呻吟道：「救……救我。」他吃力說著，希望有人聽見。

「不會吧？」

兩名男子朝他走來，強烈的 LED 燈光刺向他的雙眼，讓他瞇起眼睛。安裘伸出雙手，**動作很慢，非常慢**，有如一塊焦肉奄奄一息倒在地上。

「看來你就是咱們的賭城老友了。」

安裘不難想見自己在他們眼中的模樣：慘遭炮彈及大火蹂躪，身體半埋在灰燼和西班牙磁磚的碎片底下。在這兩人出現之前，露西用火燒灼他的頭髮，弄得又焦又亂，而他則是拿了玻璃劃破自己額頭，讓血和灰渣在他臉上糊成一片。

兩名男子蹲在他身旁，用手電筒胡亂照著他半埋在瓦礫堆中的身體。

「你確定就是他？」

「他比我上回看到的狼狽了些，但我在泰陽仔細瞧過他，不會有錯。」

「你是說他在泰陽整了你那次。」

「這混蛋很有本事，我能怎麼辦？」

安裘瞇眼對著強光，只能模糊看出對方的身形。兩人虎背熊腰，西裝領帶，隱約看得見手槍藏在外套底下。從兩人談話看來，他們就是在停屍間和泰陽特區跟他玩捉迷藏的那兩個加州佬，這會兒他們出現在這裡，替凱塞琳．凱斯幹骯髒活。

比較年輕的加州佬開始搬走壓住安裘的瓦礫，另一名老鳥則蹲在他身旁。

「你還好吧？」他一邊安撫安裘，一邊上下搜索安裘沾了血的襯衫。「文件在你身上嗎？還是被你藏去哪裡了？」

「文件可能被燒成灰了。」

「救救我……」安裘喃喃道。

「沒問題，」老鳥說：「當然救，只要你告訴我們文件在哪裡，我們就立刻把你挖出來送去紅十字會。一言爲定？」

安裘長吐一口氣，兩眼猛然翻白。

「媽的，這傢伙快掛了，趕快檢查他身上其他地方。」

安裘讓他們將他翻身，趁機一隻手滑到焦黑的瓦礫下方。那名老鳥彎身想要檢查安裘身體底下，安裘立刻一把抓住他。

加州佬一個不穩往前仆倒，壓在安裘身上。安裘呻吟一聲，差點暈了過去，不過還是從瓦礫堆裡掏出手槍，抵住那人的下巴。

那名菜鳥伸手掏槍。

「別動，」露西吼道：「不然我就把你腦袋轟掉！」

那傢伙眞的不動了。

安裘忍不住露出微笑。露西從暗處走了出來，眼睛一直盯著那名菜鳥。安裘用槍抵著他手下敗將的脖子說：「大個兒，我有幾個問題想請教你。」

「操你媽的。」

「你再罵一次，我們就賞那小子一顆子彈，」安裘說：「你們一起來眞好，讓我多一個人可以拷問。」

露西拿走菜鳥的槍，隨即往後退開，不讓那人逮到。她已經進入狀況，緊握手搶全神留意現場情勢。

「就兩個問題，」安袞說：「要是你表現良好，或許我們都能活著離開。」

「沒問題，你問吧。」

安袞知道這傢伙只是在拖延時間。他希望對方不要發現他其實氣若游絲。

「你們爲誰工作？」

「你不知道？」

安袞不喜歡眼前愈來愈黑，讓他覺得很不安全。他希望眼睛能快適應。「我可能知道，也可能不知道，而你要是答錯了，我可能會賞你腦袋一顆子彈。你是凱斯的手下？」

漫長的沉默，然後：「嗯。」

露西不相信地哼了一聲：「最好是。」

她朝菜鳥腿上開了一槍，菜鳥倒地慘叫。

天哪。

老鳥想甩開安袞，安袞差點支撐不住，感覺五臟六腑都要撕裂了，趕緊將槍狠狠戳進老鳥脖子裡。老鳥乾咳一聲。

「別動！」安袞朝著扭動身體的老鳥大吼。老鳥僵住了，但菜鳥趁機朝露西撲了過去。雖然受了傷行動不便，速度還是很快。

露西用槍把狠狠敲了菜鳥腦袋一下，將他打倒在地，單膝壓住他的背，手槍抵著他後腦勺說：「要是再動，我就用你的腦漿在地板上畫畫。」

安袞不再擔心露西能不能扮好支援的角色，反而怕她會大開殺戒了。

「露西？」

「嗯？」

「妳可以先讓他們活著嗎？」

「這些混球竟然找上我姊姊，還打算傷害史黛西和安特。」

「不是他們，」安裘說。

「你很清楚他們曾經這樣對付過別人。」露西的語氣冷得嚇人，安裘很怕他控制不住局面了。

「我需要他們活著，露西。」

「沒問題，只要他們別再撒謊，我就不會殺了他們。」

她用槍抵住菜鳥的腦門，將他的臉壓進瓦礫堆中。安裘察覺老鳥身體一縮，覺得自己活不久了。情勢愈來愈脫離掌控了。

「我們只想要答案，」他說。

「你們反正會殺了我們。」

「你還記得之前不是這樣的嗎？」安裘說：「我們還不會自相殘殺。」

「那已經是陳年往事了。」

「拜託，我是棋子，你也是棋子，你們沒有必要爲了遠在洛杉磯的某個混帳犧牲性命。我們都是棋子，只是爲虎作倀，沒有理由不能一起活著離開，假裝這一切混亂統統沒發生。我們公事公辦就好。」

「那她呢？」

「露西？」

露西沒有回答。安裘不曉得她腦袋裡在想什麼，不曉得她心裡累積了多少憤慨、怒火、恐懼和壓力需要宣洩，也不曉得她在這裡提心吊膽了多少年，害怕這樣的殺手會找上門來。

「露西？」

「怎樣？」

「他們只是打手，」安裘說：「跟我一樣，就是一份工作，賺錢過活，希望家人有一天能住在加州。他們只是小螺絲釘。」

「危險的螺絲釘。」

「不，」他疲憊地搖搖頭。「這對他們來說只是工作，不值得賣老命。」他頓了一下說：「說不定哪天風水輪流轉，他們會想起我們曾經對他們有恩，便決定饒我們一命，不讓我們死在沙漠裡。」

最後，露西終於說：「好吧，安裘，你問吧。他們只要實話實說……我就讓他們活著離開。」

「我們怎麼知道妳不會說謊？」老鳥問。

「別得寸進尺。」

但她語氣已經變了，似乎不再受怒火左右。安裘心想那兩名加州佬應該也聽出了她的改變，因為他感覺他的槍下俘虜放鬆了一些。

「我可以把腿……」菜鳥問。

露西挪開膝蓋，同時迅速退開。菜鳥脫下外套包紮傷口。「你問吧。」

「你們是加州人，對吧？」

「是呀，沒錯，」老鳥嘆了口氣說：「你沒說錯，我們是洛杉磯來的。」

「那你們怎麼會幫拉斯維加斯幹活？」

「是上頭交代的，我只知道這麼多。上頭要我們地毯式搜索這間房子，尋找賭城水刀子的屍體，還有最優先水權文件，看會不會運氣好找到，就這樣。」

「文件？」安裘吃了一驚。「你是說白紙黑字？用樹做成的那種紙嗎？」

「我們很確定是紙本，因爲拉坦的電腦裡沒有半點資料，但我們知道他確實談了交易。重新研究之前的通話內容之後，我們發現文件應該是紙本，沒有數位化，所以沒錯，我們要找的是白紙黑字。」

安裘疲憊地笑了。是啊，他可以想像南北戰爭時的將領圍成一圈，坐在他們殺光印第安人奪來的桌子前振筆疾書，在羊皮紙上起草協議，然後輪流用鵝毛筆沾了墨水簽下大名。

古老的紙上寫下古老的權利。

「文件不在我手上，」安裘說。

「少來了，我們都看到你從泰陽特區出來，也知道水權在拉坦手上，只是他從上到下對誰都否認。我們知道他隨身帶著文件，打算出賣我們。但我們翻遍了他的公寓，一根針都沒放過，卻什麼也沒找到，除了你帶出他公寓的東西。簡單推論就知道水權一定被你帶走了，在你斃了他之後。」

「錯了，拉坦不是我殺的，兇手不是我，」安裘說：「是我同事，他想一個人幹這一票，搶了水權自己賣，海撈一筆。」

「是啦，拉坦也跟我們玩這一套，一直堅持他買到的是假水權，可能是鳳凰城的圈套，而且錢也要不回來了，因爲那傢伙已經被毒梟給做掉了。典型的煙霧彈。沒錯，我們是被他騙過去了，因爲很難不相信……只是後來愈來愈覺得不對勁。眞可惜，因爲這傢伙之前還蠻值得信賴的。不過，這不是重點。重點是你是我們到他公寓之前最後一個離開的人，所以——」

「所以你們覺得我也在玩同樣的把戲？想自己撈錢？」

「因爲只剩下你了。」

「去你媽的。」

安裘可以想像凱塞琳．凱斯東拼西湊，在衝突的訊息中拼湊出背叛的形影：問題那麼明顯，布雷斯頓竟然沒發現；艾利斯在科羅拉多州不曉得是變節了或死了，也沒告訴她有人要破壞水壩。還有胡立歐決定單幹。一堆事情都出了差錯，不是背叛，就是謊言。

最後是安裘，人都到了現場，卻告訴她找不到水權。

他可以想像凱斯人在賭城，身旁圍著一群分析師，全都在分析情報，不只聽安裘說什麼，還有臥底從宜必思和加州打探或竊聽來的消息。

他可以想像她聽到他說水權不在他手上，然後聽見加州大發雷霆，因爲某個長得跟安裘一模一樣的傢伙從泰陽特區拿了水權逃走了。

如果水權不在胡立歐手上，也不在加州手上，那就剩安裘了。是他撒了謊。

這麼想很合理。凱斯在意模式，總是依據模式做決定，而她觀察到的模式都告訴她一件事：她被背叛了。

「這年頭誰都會留退路，」安裘喃喃道。

「你說什麼？」

「沒事。手機給我，我要打個電話。」

老鳥遲疑片刻，接著從身上撈出一支手機。安裘不敢掉以輕心，一直盯著對方，拿了手機就立刻滾離老鳥身旁，以策安全。他一邊看著老鳥，一邊摁電話號碼，心裡飄飄然的，至少第一個問題有辦法解決了。

鈴響第三聲，凱斯接了起來：「喂？」

「妳什麼時候變成加州的人了？」安裘問。

話筒彼端沉默片刻。「呃，安裘，我想我也該明白了，原來有這麼多人不可靠。但有一點我可以確定，就是加州絕對會保護自己的利益，而只要我們利益一致，他們甚至比自己人更可靠。」

「我沒死，這樣算可靠嗎？」

他聽見話筒裡有瀑布聲。凱斯可能在南內華達水資源管理局裡，站在她辦公室的陽台上俯瞰中央冷卻孔，欣賞空中花園和她一手打造的翠綠世界。

「我向來知道你是我最厲害的屬下，」她說。

「水權也不在我手上。」

「我很難相信這一點。」

「是布雷斯頓要妳這麼做的嗎？」安裘問：「妳也知道那個混球向來討厭我。」

凱斯沉吟不答。

安裘又追問一次：「是他嗎？」

「這很重要嗎？」

「要是我能找到水權呢？」兩名加州佬瞪大眼睛，但安裘置之不理。「要是我把水權交給妳呢？」

「你是說水權在你手上，而你本來跟其他人一樣打算拿到水權就把它賣掉嗎？」

「我是說我還是妳的手下，就跟之前一樣！」

「我很希望我能相信這一點。」

「妳之前明明很信任我。」

「我現在相信人人都只爲了自己，這個假設可靠多了。」

「但對我不適用，所以妳才會派我來這裡，不是嗎？因爲我不是那種人。」

凱塞琳．凱斯笑了。「是啦，那當然，安裘。看在老交情的份上，你要是把水權交出來，我願意一筆勾銷，不再懸賞你的項上人頭，你就能回柏樹特區來了。這件事就當作一次天大的誤會。」

「我可以想辦法。」

凱斯語氣一轉：「但要是水權出現在別人手上，我就知道一定是你搞的，我發誓一定會聯合加州和亞利桑那追殺你到天涯海角，你這輩子都別想逃。」

「我懂了，」安裘頓了一下。「我想妳應該沒辦法讓我的身份證件復活吧，這樣我比較好辦事。」

「要是我說可以，你會相信我嗎？」凱斯問。安裘聽得出她語帶微笑。

「我一直是妳手下，沒有離開過，」他說。

「我喜歡你，安裘，但可不想被人當成傻子耍。把水權弄到手，我們再來談怎麼讓你死而復生。」

說完她就掛斷了。

老鳥呵呵笑著說：「你老闆的語氣跟我老闆一模一樣。」

「是啊，她不是感性派的。」

「可惜了，要是你沒拿到水權，我們也沒拿到，你就死定了。」

「你錯了，」安裘勉強支起身子。「我知道水權在哪裡。」

「什麼？」露西和兩名加州佬都瞪大眼睛望著他，一臉驚訝。

「既然找的是紙，」安裘說：「我就知道紙在哪裡。」

42

瑪利亞覺得，地圖的問題就是它從來不會告訴你地面的眞相。

她和圖米在做計畫的時候，感覺好簡單。

他們可以放大和縮小科羅拉多河沿岸城鎮的衛星空照圖，觀看水壩和所有水塘或河川，了解它們的位置，看見哪些水壩還是滿水位，哪些已經乾涸了，變成幾乎無法橫越的陡峭峽谷。

這些他們都看到了，也都計畫好了，準備了工具。她帶了手臂圈，還有夜裡穿的衣服，用吸光布料做的，可以讓她不被發現。她也想過在水壩的平靜水面上需要趴得多低，只能浮出水面多高，才不會被紅外線望遠鏡偵測到。

這些都辦得到，她也做到了。

靠著圖米幫忙，她跟著一群中國籍太陽能工程師到了州界附近。這些工程師都是圖米餡餅攤的老主顧，去州界檢查他們的光發電陣列。他們覺得幫助一名小女孩偷渡很有意思，算是安全的冒險。過程非常順利，讓瑪利亞不禁幻想這一路都能輕鬆過關。

接著她到了卡佛市，發現街上殘亂不堪，而河對岸閃光點點，全是狙擊手瞄準鏡的反光，還有民兵嚴密戒備。感覺內華達和加州有一半的人都守在州界了，提防卡佛市民狗急跳牆，越河闖進他們的地盤。

紅十字會帳篷裡擠滿了人，全是因爲自來水系統停擺而生病的市民。市區裡污水四溢，廁所車更遠遠不足，無法解決數十萬民眾的需求。而現在國民兵又來了，感覺隨時就要驅離所有人。

入夜後，瑪利亞潛行到卡佛市郊的水壩邊。

水位很低，她沿著飽經風吹雨打的水岸往下走，腳下除了沙岩和黏土，還有岩漿碎塊。

她從引水道一路往下，黑暗中隱約可見石頭上刻著情侶留言和噴漆塗鴉：**喬伊和美莉**、**天天放春假**、**基爾洛到此一遊**，被愛神的箭刺穿的心，還有各種鬼臉。

只不過水還在很底下的地方。

她意識到民眾過去曾經划船來這裡，在水邊度過夏天、假期和蜜月……後來水位降到高線之下，不僅留下一圈黑色的漬痕，也留下一圈回憶、塗鴉與字畫，記錄民眾當年游泳嬉戲的地方。

瑪利亞手腳並用，繼續往谷底前進。她的鞋子快壞了，腳趾不停踢到石頭，手指也一陣陣抽痛。她動作還很笨拙，還在適應只剩幾根手指的窘況。

她走到水邊，開始幫手臂圈吹氣。手臂圈跟夜色一樣黑。瑪利亞用同樣材料做成的方巾紮好頭髮。圖米說一定要這種材質，百分之九十九黑，會吸收所有光線，就算月光下也不會被人看見。她可以輕鬆仰著緩緩過河，像烏龜一樣，幾乎不用浮出水面。

瑪利亞盤點行李，決定哪些要帶、哪些要丟，接著將要帶的東西用三層舊塑膠袋裝好捆好，希望不會進水。其中包括圖米給她的現金，幾件換洗衣物、濾水袋和能量棒，還有麥可．拉坦給她的那本厚重古書。書是她一時衝動帶的。

她掂了掂書。這玩意兒很重，而她得游很遠。

她應該把書賣了的。拉坦說她可以把書賣掉。錢帶得走，書沒辦法。

瑪利亞蹲在水邊眺望遠方。對面可能有人在等她，等她自投羅網。

她望著遠方岸邊，心想他們應該也是穿得一身黑，努力隱藏在夜色中。

她蹲著凝望彼岸。

我先觀察一小時，如果沒有動靜，我就游過去。

43

「所以你就這樣放過了幾百萬美元的水權。」

「應該是幾十億吧。光是帝王谷的農業就值那個數字了。」

「而你竟然就讓她拿走了，」露西譏諷道。

「那時加州佬正在追我，我哪有時間留意書的事情。」

露西笑了。「難怪你老闆會用飛彈炸你，聽起來根本像是藉口。」

他們正在泰陽特區外頭監視著。沙塵暴呼嘯而過，震得他們的破卡車不停搖晃。他們將那兩名加州佬留在偏遠的分區自生自滅，開著加州佬的休旅車回到市區。但安裘堅持換車，所以跟夏琳換來了這輛破卡車。

安裘捧著一袋點滴靠著車門閉目養神，呼吸又輕又淺。養分緩緩注入他的靜脈。

「換成是妳，妳也會讓她帶著那本書離開的，」他說：「那本書太普通了，所有水公司主管和水利官員人手一本，連妳也不例外。你們都有初版精裝本，都假裝自己很懂。」他睜開睏倦的雙眼。「好像都知道事情會變成這樣似的。」

說完他又閉上眼睛，重重靠著車門說：「那個叫賴斯納的傢伙，他看得很清楚。他有在看，但其他人呢？他們把書供在架上，跟獎盃一樣，然後任由事情發生，什麼都沒做。現在他們都說他是先知，但當時根本沒在聽。當時根本沒有人在乎他說了什麼。」他壓光剩下的點滴，拆掉袋子跟手臂上針頭的接口。「我們還有點滴嗎？」

「你已經打了三袋耶。」

「是嗎？」

「天哪，你腦袋都糊塗了，該休息了。」

「我需要找到那些水權。妳幫我留意那個賣餡餅的男人就好。那女孩說她的朋友是賣餡餅的。」

「你不能拚命打點滴，好像這樣你就會痊癒似的。」

「我放走那個女孩，我就別想活了。」

「你的小命竟然握在一名德州難民手上，不覺得很諷刺嗎？」

安裘狠狠瞪她一眼：「妳揶揄得很爽，是吧？」

「有一點。」

當記者的時候，露西有時覺得自己逼到了事件邊緣，試著隔著灰濛濛的窗子確定真相，卻只能見到模糊的輪廓。

她可以猜到其中的要角在做什麼，還有背後的原因，卻從來無法確定。許多時候更是空手而歸，挖掘不到任何意義。

例如傑米死了。

某位政客賣了他的泰陽股票。

雷伊．托瑞斯要她別去報導某個死人。

她常報導事件，卻很少能看穿灰濛濛的窗戶，得知背後的動機。她總是假設事件背後必有玄機，只是那些要角太會一手遮天，讓她捉摸不到。

但這會兒他們坐在泰陽特區附近，沙塵暴愈來愈猛烈，她對這世界突然有了完全不同的體會。

他們根本不曉得自己在做什麼，只是線在他們手上，所以就裝作操縱一切，作作樣子。

「看到賣餡餅的就叫醒我，」安裘說完便閉上眼睛。

餡餅。那麼多州、都市、城鎮和農地的命運竟然繫在一個賣餡餅的身上，取決於刮風天他會不會出來做生意。

這眞是太奇怪、太詭異了。鳳凰城南方郊區完全覆滅，變成焦土一片，竟然只是因為暗殺不成。南山公園山丘上依然大火熊熊，連本來不可燃的仙人掌也燒得很起勁，全都因爲賭城某位女官員認爲她手下的水刀子背叛了她。

還有安裘。發燒和偏執讓他半瘋半癲，深信只要送對禮給他的科羅拉多河女王，就能重新成爲她的愛將。

要不是有太多人的性命懸之於此，這件事根本就是一場鬧劇。

「你知道，那本書可能早就燒掉了，連文件也變成灰了。」

安裘睜開眼睛。「我盡量保持樂觀。」

「你拿到文件之後打算怎麼做？」

「交給我老闆，怎麼了？」他滿臉通紅，泛著汗水，瞇起眼睛望著在灰濁空氣中架設攤位的小販。

「你眞的要把文件交給用飛彈攻擊你的女人？」

「兩枚飛彈。她這麼做不是針對我。」

「你知道，你要是拿到水權，其實可以交給鳳凰城。」

「我幹嘛要那樣做？」

露西朝窗外籠罩在沙塵中的殘破城市揮了揮手。「他們需要幫助。」

安裘笑了，再次閉上眼睛說：「鳳凰城已經毀了，而且要是我不弄到那些水權，凱塞琳．凱斯絕對會追殺我到天涯海角。我不可能爲鳳凰城吞子彈。」

「就算能解除這一切苦難，你也不幹？」

「我不是耶穌，也沒必要當殉道者，更不可能爲了鳳凰城這樣幹。總之，所有人都在受苦，哪個地方都是，事情就是這樣。」

「那這裡的這些人呢？」

但安裘已經抱著最後一袋點滴睡著了。沉睡的他看來是那麼無害，只是一名疲憊的男人，跟所有人一樣受苦受難。

露西想起夏琳見到他們開著加州佬的休旅車來，說要跟她換車時，她一臉狐疑的表情。他們警告她這不算佔便宜，因爲安裘很確定車上有追蹤裝置，加州佬一跟上級聯絡，就會開始追查這輛車。

夏琳一點都不在意，但還是有問題想搞清楚。「妳確定？」她問露西：「這麼做值得嗎？」

夏琳滿身灰煙，剛從外頭搜刮回來，打算在動盪後搭建新的房舍。她問話的口氣好像在談車子，但露西知道她其實在問安裘。兩人還在說話，安裘已經鑽進夏琳的卡車裡，將第一袋點滴的針頭插進血管，抱著點滴癱坐在座椅上了。

值得嗎？

這是她記者生涯最大的新聞，值得冒險嗎？

不過，天哪，這新聞多大啊！只因一次暗殺行動失敗，就燒了半個鳳凰城，而且她還親眼目睹。這是多好的題材，更何況還不只這樣。

然而，她沒忘記夏琳的質問，問她這麼做值得嗎。另一篇報導，一篇獨家。更多點擊，更多點閱，更多收入，但爲了什麼？

#鳳凰城淪陷？

「他是危險人物，」夏琳評論道。

「他沒那麼壞，而且現在連手臂都快抬不起來了。」

「我不是這個意思，妳跟他……」

「我是大人了。相信我，我搞得定他，」露西拿出她從加州佬那裡搶來的手槍。「我有武器，也很危險。」夏琳笑得合不攏嘴，露出空空如也的門牙。

「我感覺好多了。」

有槍也讓坐在水刀子身旁的露西感覺好多了。變強的沙塵暴不停襲打卡車，露西感覺彷彿坐在一個詭異的蠶繭裡，被風暴包圍著。沙塵過濾裝置輕輕作響，滌清外來的空氣。打了那麼多點滴，他終於稍稍恢復了人形，雖然憔悴，但身體機能已經復原了。

「現代的藥眞是太神奇了，」他壓乾第一袋點滴時說：「要是我年輕時就有這玩意兒，我敢說身上根本不會有疤了。」

又是一陣強風，吹得卡車猛烈搖晃。車窗外，鳳凰城感覺就要變成下一個霍霍坎文明了。馬路上「鳳凰城崛起」的看板高高掛著，閃閃發亮，但螢幕不停閃爍，似乎被風吹得短路了，感覺是線路問題。閃光忽明忽暗，毫無規則可言，看起來很刺眼，先是發出強光，隨即變成要暗不暗的微光，閃了幾秒。

泰陽特區巍然屹立在看板後方，玻璃帷幕辦公大樓和裝有全光譜光源的垂直農場比肩而立，沒有一盞燈在閃爍。生活和工作其中的居民可能連外頭有沙塵暴都不曉得。他們坐擁空氣濾清裝置、交流電和淨水系統，過得涼爽舒適，就算窗外的世界正在瓦解，他們可能也不在乎。

泰陽特區完全不受大火和動亂影響。就算現在被沙塵暴團團包圍，擴建工程依然照舊。

風暴中出現一名少女，頂著風吃力往前走。她身形纖細，是西班牙裔，臉上摀著撿來的手帕，瞇眼抵擋風沙。

「是她嗎？」露西推了推安裘。

安裘睜開惺忪的雙眼。「不是，要跟賣餡餅的男人一起出現才是。」

「誰知道他今天會不會來？」

「他會的，」安裘朝擋風玻璃前方的泰陽特區工地揮了揮手。幾道頭燈的光線在漫天風沙中紛亂掃動。「只要工人有來，他就會出現的。」

工人今天都得戴著全罩式防塵面具才行，呼吸吹得面罩都是霧氣。不過安裘說得沒錯，雖然風沙滾滾，工人還是都來了。

「等著吧，」他說：「他一定會出現的，不然就得餓肚子了。」

「我們才剛擺脫一個沙塵暴，現在又來了一個，」露西說：「我還以爲至少會有一小段空檔呢。」

「我覺得不會再有空檔了。從現在開始，風暴再也不會結束了。」

「霍霍坎，」露西和安裘異口同聲說：「用到不剩了。」

兩人互看一眼，露出苦笑。

「兩千年後考古學家挖到我們的時候，不知道會怎麼命名？」露西說：「他們會發明某個詞彙，專指這個時期嗎？會是聯邦時期，因爲國家還在運作，還是美國的衰敗？」

「說不定他們只會說是乾涸時期。」

「說不定根本不會有人挖到我們，根本沒有人活到那時候。」

「妳對碳吸存沒什麼信心？」安裘問。

「我認爲世界很大，卻被我們搞壞了，」她聳聳肩說：「傑米以前講到這個就會爆氣，說我們明知道會發生什麼，卻袖手旁觀。」她搖搖頭。「老天，他對我們眞的很不爽。」

「他要是那麼聰明，應該知道自己淌了什麼渾水，不會被人幹掉才對。」

「聰明有很多種。」

「活的聰明和死的聰明。」

「拚命躲地獄火飛彈的人還好意思說。」

「至少我還活著。」

「傑米老是抱怨我們明明知道該做什麼，卻什麼也沒做。可是現在——」她頓了一下說：「我已經不確定我們眞的知道了。要是能有地圖告訴我們接下來會遭遇什麼，準備起來或許會簡單一點。只是我們等了太久，已經走到地圖外了，讓人很難不去想到底有誰能活下來。」

「人會活下來的，」安裘說：「永遠有人能倖存。」

「我沒想到你這麼樂觀。」

「我可沒說未來一片光明，但總會有人……有人能調適自己，創造出新的文化，知道怎麼——」

「變得聰明？」

「或是把人體變成濾水袋。」

「我以爲你在說泰陽特區。」

「這就是了，」安裘說：「人會調適，想辦法存活。」

混沌陰暗的沙塵中，泰陽特區隱隱發亮，散放誘人的光芒。露西從車裡可以看見中庭的輪廓，甚至還看得到綠地。那裡是一片蔥翠的淨土，可以讓人安然藏躲。也許外頭很難存活，但室內生活依然舒適無虞。

只要有交流電、工業用空氣濾清器和回收率百分之九十的淨水系統，就算在地獄也能活得不錯。

也許未來的考古學家就會這樣稱呼我們。戶外時期，因為人還能活在戶外。

也許一千年後，所有人都活在地下或生態建築裡，只有溫室還接觸著地表，所有溼氣都會仔細回收與保留。也許一千年後，人類會成爲地底生物，安然藏身地底以便存活——

「那傢伙來了，」安裘指著外面說。

馬路對面出現一個老人，彎腰駝背抵擋風沙，推著餡餅車一拐一拐走向泰陽特區工地出口。

「這種天氣他要怎麼賣餡餅？」

但安裘已經拉起上衣遮住口鼻下車出去了。一道滿是沙礫的風從車外灌了進來。

露西抓起面罩跟著下車，一邊匆匆戴上，一邊跟著步伐蹣跚的安裘過馬路。追上之後，她伸手挽住安裘的手臂，原以爲他會反抗，沒想到他反而靠著她。

「謝了，」他隔著上衣喘息道，同時開始咳嗽。

「用我的面罩吧，」露西大喊。

安裘還來不及反駁，她已經脫下面罩戴到他頭上了，還將帶子拉緊。

我們還真配，她心想，**我戴護目鏡，他戴面罩**。

他們走到小販聚集的地方，只見小販全都戴著面罩和護目鏡，隔著鏡片瞪大眼睛望著她和安裘，有如一群奇特的外星人盯著他們，希望他們掏錢消費。

露西扶著安裘一跛一跛走到餡餅老翁面前。那人正在架設餐車，拿出支柱和迎風翻飛的塑膠布，感覺像要罩住整個攤位一樣。

老人聽見有人走近便轉過身來。安裘大聲說話，希望隔著面罩還是聽得見。老人仰頭聽了幾句，搖頭表示沒有聽懂，隨即摘下自己的面罩，瞇眼望著他們。

「你剛才說什麼？」

「我們在找一個女孩子！」露西大喊：「聽說她跟你在一起！」

老人面露疑色。「你們是聽誰說的？」

「我幫過她，」安裘說。

老人似乎沒有聽懂，於是安裘摘下面罩朝老人的耳朵大吼：「我幫她逃出來的，兩週前！她跟我提過你，說你會保護她。」

「她這麼說嗎？」老人似乎很難過，轉身說：「幫我架攤子！架好我就能跟你們說話。」

三人手忙腳亂在風中架設營柱，將柱子插好，然後將 Gore-Tex 篷布綁在柱子上固定住。完成之後，他們總算有一塊小地方可以鑽進去，而老人也能站在煎鍋前就位。三人一起摘下面罩和護目鏡。

「那個女孩子在嗎？我有事跟她說，」安裘說。

「什麼事？」

「她手上有一樣很珍貴的東西，」露西說：「非常有價值。」

老人笑了。「我不相信。」

「這是有獎賞的，」安裘說：「而且是大獎。」

老人嘲諷地看了安裘一眼。「是嗎？什麼大獎？」

「我可以帶你們過科羅拉多河，住進拉斯維加斯的柏樹特區。」

老人哈哈大笑，但看安裘沒跟著笑，便收起笑容，臉色突然轉爲驚訝，轉頭看著露西。

「他是說眞的？」

露西做了個鬼臉。「嗯，我想他應該做得到。只要你肯幫忙，說不定能得到更多獎賞，非常多。別一下就答應了。」

「所以，我能跟她談談嗎？」安裘問。

「抱歉，」老人一臉哀傷。「她已經不在這裡了。她幾天前就離開了。」

安裘的臉垮了下來。

「去哪裡了？」露西問。

「她搭便車到州界去了，」老人說：「打算過河到對岸。」

安裘靠著餐車，神情焦急地問：「哪裡？你知道她要從哪裡過河？」

「我們看了地圖，覺得最好的地點是卡佛市。」

安裘咒罵一聲，但露西還是忍不住笑了出來。

44

安裘在擁擠的卡車座位上挪了挪身子說：「你確定她帶著那本書？」

擠在那個叫圖米的餡餅男和開車的露西之間，安裘沒辦法坐得很舒服。三小時的車程過後，他縫好的傷口又刺又痛。

他心想要是天氣好，車子開得又快，他還會不會這麼痛。但混濁的空氣有如滔天巨浪，能見度剩下五十英呎，只能在漫天的風沙中龜速前進，三人全都愣愣望著前方。

車子開始上坡，露西切到低速檔。

棕色沙塵中，難民有如蹣跚的鬼影，出現在車頭遠燈前。這些彎腰駝背奇形怪狀的身影搖搖晃晃遠離滅亡的卡佛市，想逃往半斤八兩的鳳凰城。持續的飢餓困乏讓他們步履緩慢，近乎爬行。

他們下了州際快速道路，開上舊的六十六號公路。這麼做還蠻聰明的。避開主要幹道，亞利桑那州警就監視不到他們。安裘最怕中途被警察攔下，然後因爲身份造假而被逮捕。

但六十六號公路非常塞車，這會兒車速就跟黏到糖漿一樣慢。

安裘突然想起多年前他父親帶著他逃離墨西哥時，開車壓過的減速路脊。這種事你從來不會想到，也不會被影響，這會兒卻相信剛才那個路脊就像當年那個突起一樣，會害你減慢太多，被追殺你的兇手趕上，斃了你的命。

「你確定瑪利亞帶著那本書？」他又問了一次。

「你已經問過二十遍了，」露西說。

「她離開鳳凰城時，書是帶在身上的，」圖米很有耐心地說：「不過她可能已經扔了或賣了。那本書對她來講太重了，很難帶著游過河。」

安裘可以想像瑪利亞走到半路，決定將書賣給路邊做典當生意的人。這種人沿路都是，專挑難民下手，用低價現金，甚至食物或幾瓶水交換難民的貴重物品。

安裘強迫自己靠著椅背，假裝放鬆。事情完全脫離了他的掌控。車是露西在開，而瑪利亞不知去向。他能打的牌都打光了，只能交給死亡女神定奪了。

露西再次切到低速檔，緩緩穿過佔滿道路的難民。這些難民就像從前農人放牧的牛群，在路上漫無目的，茫然跟隨前進著。

難民盯著他們的車窗往裡瞧，防塵面罩下的眼睛被鏡片扭曲了，像銅鈴一樣大，有如外星人一樣。

「你們開錯路了！」某人大喊。

「那還用說，」露西喃喃自語。

她繞過一輛拋錨的特斯拉。那輛車一半車身滑出了路面，陷進軟土裡。「我從來沒見過馬路像這個樣子。」

「我們看地圖的時候，」圖米說：「也沒想到這裡是這樣。」

「這裡是卡佛市，」安裘壓下自己心頭的挫折說：「水也該用得差不多了。」

「用得差不多了？」圖米問。

「他們的供水不久前被截斷了。」

「你是說拉斯維加斯切斷了他們的水，」露西補充道：「你切斷了他們的水。」

「那已經是好幾週前了，」圖米說。

「沒錯，」安裘仰著頭說：「但人需要一段時間才會明白回天乏術了。救難單位進駐，讓他們又多撐了一會兒，靠桶裝水、紅十字會泵浦和自己拿濾水袋到河邊取水多活了一陣子。」

他接著說：「但污水處理系統不再運作，因爲不再有水了。於是疾病的問題開始出現，而濾水袋和廁所車遠遠不夠。」

「於是國民兵出現了，因爲民眾企圖自行抽取河水，開始進行黑市交易，但由於疾病橫行，國民兵到處都是，他們終於發現這樣下去沒什麼搞頭。」

他又說：「於是做生意的離開了，工作也少了。」

「一旦錢潮沒了，老百姓才終於懂了。租房子的永遠最先離開，因爲他們跟這個地方沒什麼連結，何況水龍頭再也沒水了。他們很快就會一走了之。有房子的人會繼續撐，至少撐得久一點，但最後也會受不了，先是三三兩兩，然後愈來愈多——最後就是現在這樣。」他指著擠滿高速公路的難民潮。「整個城市都他媽的在逃。」

「人這麼多，我們怎麼找得到一個小女孩？」露西問。

「她要是走到了，我知道她會從哪裡過河，」圖米說。

「那得她眞的走到了，」露西說著又踩了煞車，將車靠邊讓一隊滿載行李的車子先走。前方停著一輛悍馬車，幾名國民兵正盯著難民，讓難民保持秩序。露西再度驅車前進，在人群間穿梭，要難民讓路。難民四周沙塵飛揚，有如翻騰的雲霧。

安裘不停用手指輕敲膝蓋，知道自己莫可奈何。人潮這麼洶湧，他們再怎麼做都不可能加快速度。一輛亞利桑那國民兵的卡車從旁邊開過，車上載滿了人，全都抓著車緣站著。

「妳的槍好拿嗎？」安裘問。

「這裡還用不到吧？」露西說。

安裘決定不跟露西爭辯人失去一切後會做什麼、不會做什麼。露西依然相信人性光輝的一面。這樣很好。理想家是很好的旅伴，不會把你活剝吃了。

「瑪利亞絕對過不了這裡，」露西又說了一次。

「那女孩的求生意志驚人，」安裘說：「她想辦法從德州來到了鳳凰城，那段路也不好走，有些甚至比這裡更糟，一路有新墨西哥人伏擊，將保守德州佬吊死在圍籬柱子上殺雞儆猴。」

「她那時不是自己一個人，」露西說：「她家人還在。」

「她會走到的，」圖米說得斬釘截鐵：「就像妳男友說的，她很強悍。」

「他不是我男友。」

圖米聳聳肩。

「他不是。」

安裘聽出露西語帶猶豫，覺得很開心，因爲他自己也搞不清楚兩人是什麼關係。

他們經過一個醫療站，裡面擠滿紅十字會人員和 CamelBak 公司員工在發送救難物資。國民兵在一旁監視著，確保民眾乖乖排隊，從救難人員手中領取濾水袋、水袋和能量棒。

路旁有人駕著卡車，保證提供難民鳳凰城紅十字會泵浦附近的住房，以及在泰陽特區擔任建築工人的優先權，每人只要五百美元。

卡車旁是一輛塗著沙漠迷彩的悍馬車和兩名武裝警衛，還有一個大招牌寫著：

收購珠寶，價格最優

「你覺得會有人接受嗎？」圖米問。

「當然，」安裘說。

「眞醜惡，」圖米說：「佔人便宜。」

「這就是人生，」安裘說。

露西惱怒地瞪了他一眼。「別說得這麼開心。」

「事實就是如此，」安裘說：「所有才會有人喪命。沒必要期待人會改變。」

「人有時也會爲了理念而戰，」圖米說。

安裘聳聳肩說：「也許吧，但理念是沒辦法讓你住進柏樹特區的。」

圖米冷冷看他一眼，接著便轉頭跟露西聊了起來。

他們處得很不錯，讓安裘有些意外。他在想是不是鳳凰城人的特色，亞利桑那人彼此都很好相處，還是他的問題，是他讓他們走在一起的。

「她絕對過不了河，」安裘說：「她要是已經試著過河，肯定沒命了。」

「她很機靈，」圖米說：「我們事前就計畫好了，她有帶浮力圈。」

「不可能，」安裘搖頭說：「她一定會被擋在那裡。只有付大錢給民兵的人才有機會過河，自己闖關絕對沒辦法，一個也過不了。」

「聽你在講，」露西說。

安裘置之不理。

他在權衡情勢，心想該不該聯絡河對岸的埋伏，請他們幫忙，要內華達國民兵和民兵留意瑪利亞的蹤跡。他不曉得自己有多狀況外，其實亞利桑那州也有許多人準備追殺他。

露西馬上說起安裘跟內華達民兵的關聯。

「這件事也是你幹的？」圖米一臉沮喪。「你們眞的派人守在州界，不讓任何人通過？」

「要是亞利桑那佬和德州佬蜂擁而入，內華達絕對撐不下去，」安裘聳聳肩說。「反正加州做得更狠。」

「要是這個小女生橫死槍下，那還眞諷刺，」露西說：「你被自己僱用的人搞得變成通緝犯。」

「妳覺得我沒想過嗎？」

圖米一臉厭惡。「要不是我很在意瑪利亞，我一定會說是罪有應得。」

這兩個跟他同行的人眞是一對寶。安裘轉頭望著窗外的難民，試著不去理會內心良知的啃嚙。

他沒說出口，但只要他們提到他爲凱塞琳．凱斯做了什麼，他心裡就會浮現一股迷信的焦慮，覺得自己終有一天要爲滿身罪孽付出代價，因爲有人一直看著他，或許是上帝，或是死亡女神，甚至是佛教的業力……總之就是某種力量，氣憤地找上他，要他血債血還。

也許你只是在被砍之前多砍幾個人罷了。

安裘想起那名殺手。不是殺人，就是被殺。是諷刺也好，罪有應得也罷，車窗外的難民潮彷彿是故意讓他找不到人而出現的一樣，好讓他得到報應。

是我造成難民潮的。

不是殺人，就是被殺。

他們在群山之間蜿蜒向上，強行穿越一波波的難民潮，最後終於越過山頂，開始往山下走，速度也穩定多了。風暴即將過去，陽光逐漸穿透黃濁的塵霧，掀去了遮蔽視線的薄幕，變成藍天白日，對照剛才的塵土灰濛，一時顯得格外刺眼。

安裘試著辨識方向。

露西指著外面說：「亞利桑那中央運河在那裡。」

只見一道細長的淺藍色直線劃過陸地，將科羅拉多河的河水運過沙漠。

陽光下，淺藍色的運河熠熠生輝。這是鳳凰城的生命線，先用泵浦將水打到山上再從隧道穿越山區，全長超過三百英里，將水送到烈日沙漠中央的乾涸都市。

「看起來好小，」圖米說：「很難想像它可以供應一整座城市的用水。」

「有時確實沒辦法，」安裘說。

「你把它炸了之後就更不可能了，」露西說。

「就算我不動手，她也會找人做，我就會失業了。」

「你已經失業了，」露西提醒他。

「只是暫時的。」

「我還是不懂你爲什麼要相信她。」

「妳說凱斯嗎？」安裘笑了。「妳也害我中槍了，我還不是依然相信妳。」

「你說得對，你瘋了。」

安裘不在意她語帶挖苦。隨著沙塵暴過去，他心裡又樂觀了起來。光是擺脫風暴看得見前方——他們繞過一個彎角，眼前土地陡然向下，科羅拉多河刹時出現，而他們的目的地就在旁邊。

露西將車煞住，三人全都隔著污濁的擋風玻璃往外望。

「天哪，」露西說：「你的死城就在那裡。」

三人陸續下了車，山下遠方一波波難民湧出卡佛市，有如螞蟻大軍從住宅裡蜂擁而出。直昇機在上空盤旋，大量車潮不斷離開市區，國民兵的悍馬車在高速公路的交流道警戒，維持秩序。河對岸的加州國民兵設立了小型碉堡監視河面動靜。高倍望遠鏡的鏡片在陽光下閃閃發亮，洩漏了狙擊手的位置。民兵追蹤可疑目標，直昇機在河上高低巡邏，旋轉翼啪啪作響，完全不掩飾它們的行蹤。

「天哪，」圖米用手遮擋陽光，觀察山下的局勢。「她不可能通過的。」

「她不會從這裡過河，對吧？」安裘試著掩藏心裡的焦慮。

「對，」圖米指著河上游說：「我們心想她要是走陸路，到更上游的地方，避開人群，巡邏部隊應該比較少。」

「你覺得她的決心有多堅定？」安裘問。

「非常堅定。」

安裘俯瞰他一手毀壞的城市。公路上擠滿了難民和巡邏的國民兵。他要找的水權就在那一團混亂之中，正漸漸脫離他的掌握。

是諷刺？還是罪有應得？

安裘兩個都不喜歡。

45

露西想開到卡佛市，但被亞利桑那高速公路巡警拒絕了。

「道路封鎖了，」巡警大喊：「立刻掉頭，這裡只出不進。」

「他們想阻止掠奪者進入，」安裘說。

露西覺得他語氣很沮喪，彷彿終於看見自己所造成的驚慌了。

她將卡車掉頭開回之前的山坡上。山下的警察和國民兵繼續指揮交通，其中幾人抬頭瞄了一眼，似乎在留意他們。

「我們要是再待下去，就有麻煩了，」露西說：「那些條子不會放過我們的。」

「嗯，要是他們認出我來，我就完了，」安裘說。他皺眉俯瞰山下的車潮，神情非常專注，讓露西覺得他似乎想從螞蟻般的人群中找出瑪利亞似的。

安裘突然說：「我想我們做得到。」

「做得到什麼？」圖米問。「我不可能用走的。」

「我也是，」安裘說：「我們得把卡車賣了。」

「你開什麼玩笑？」露西瞪著他說：「車子不是我的。」

安裘朝她得意一笑。「妳想知道事情會如何發展，對吧？」

被人看穿腦袋裡在想什麼，感覺眞是氣人。

最後，露西還是賣了夏琳的卡車。安裘用它跟一位出城的難民換了兩台電動越野摩托車。

「夏琳一定會殺了我，」露西一邊遞出車鑰匙一邊說道。她恨恨瞪了安裘一眼。「你知道從我認識你到現在，我已經沒了幾輛車？」

安裘至少還懂得不好意思。「只要我回拉斯維加斯，就立刻補償妳。」

「是啦，」露西說：「我敢說你老闆不想殺你的時候，一定給你很多特支費。」

圖米勉強騎上摩托車，安裘和露西則坐上了另一輛。

「騎穩一點，」安裘說：「我還受不了太顛簸。」

他們橫越陸地，避開檢查哨，轟隆隆在黃土地上前進。他們繞過雜酚油木和高大的蔓仙人掌，經過龍舌蘭樹叢，甚至見到一株孤零零的約書亞樹。

露西發現沙漠的景色正在轉變，他們正從索諾拉沙漠進入莫哈韋。兩個沙漠就像表親，彼此混合雜處，而他們三人正要通過這裡。

除了電動摩托車發出的機械轟隆聲，沙漠上只聽得見風的呼嘯。

到了科羅拉多河後，他們開始往上游騎，一邊在崎嶇的路面上尋找可能通往河邊的小徑，推斷瑪利亞會從哪裡過河。

他們騎了好幾個小時，愈來接近河邊，但沒有看見女孩的蹤影，接著又被迫騎離河岸，在丘陵和山路裡穿梭，直到下一條通往河邊的小徑。

摩托車開始沒力了，露西將車停下。

「怎麼了？」安裘問。

「電量已經用掉一半左右了，」她說：「我們沒有太陽能板能充電，就算想慢慢充電也沒辦法。」

「回程很遠，」圖米說。

「你們想回去就回去，」安袠說：「我自己繼續往下騎。你們不必跟我一起。」他一邊說話一邊呻吟和出汗，眼神也閃著疲憊。

圖米搖頭說：「不，我再也不會放她離開了。」他語氣是如此堅決，讓露西不禁好奇這個男人到底是做錯了什麼，需要這樣贖罪。

我們都有罪要贖，她意識到，**沒有人會回頭**。

「她很可能已經下水了，」安袠說：「說不定已經死了。」

「我們還是要找她，」圖米堅決地說。

露西也跟著搖頭。

安袠朝她咧嘴微笑。「記者就是不肯放棄。」

「有時候。」

「很好，」安袠嘆了口氣。「因爲我光是撐著就很難了，要是一個人騎車，難保骨頭不會散了。」

他說完便用力摟住露西的腰。露西再次發動摩托車，想到自己之前是那麼怕他，現在卻是如此依賴，感覺眞是奇怪。

三人重新出發，一路奔馳顛簸，轟隆隆騎過乾枯的沙漠，沿著河邊蜿蜒前進。摩托車愈來愈沒力，露西開始擔心他們怎麼回去。他們已經騎了好幾英里，走路需要幾天才能回到卡佛市？陽光已經曬得她皮膚作痛，感覺就快燒焦流血了。

那女孩真的能走這麼遠？

露西可以想像安娜在溫哥華聽到她的決定後搖頭嘆氣的模樣，無法理解她面對的風險和冒險的理由。她幾乎可以聽見安娜對她說：**妳不是那裡的人，妳可以一走了之，只有妳可以輕鬆離開。妳這是在玩命**。

露西很難不贊同安娜的看法。她之前來沙漠總是會守一大堆規矩，從記得戴防塵面罩、防曬油和兩倍的水，到絕對不去太遠的地方，免得出狀況回不去，不一而足。但她現在一條也沒遵守。

而且爲了什麼？追新聞？追著災難邊緣跑？

圖米突然大叫一聲，加速向前。

安裘緊抱住她，一手指向前方。她聽得見他在說話，用西班牙文唸唸有詞，但他講得太快，加上強風在她耳邊呼呼作響，所以不確定他說了什麼，但聽起來像是禱告。

那裡。

圖米看見的東西：地上幾件衣物，還有濾水袋和能量棒包裝紙。

女孩下水前留下的最後的痕跡。

露西帶他們停到了那堆東西旁邊。

「可惡！媽的！」圖米說：「這是她的東西，她到過這裡！」

露西環視泥濘的河岸和柳樹叢，還有幾棵孤零零的檉柳。河水在樹林後方懶洋洋流動著。

就這樣，事情就這樣結束了。費盡千辛萬苦，就這樣結束了。

露西不曉得該失望或鬆一口氣。

她眺望河對岸，想看看能不能發現安裘扶植的民兵。那些人會將那女孩生吞活剝之後扔回河裡，漂回卡佛市，讓其他人知道教訓。

河邊沒有動靜，只有河水潺潺和河面吹來一股潮濕的涼風。

就這樣了。

安裘一跛一跛在河邊來來回回，焦急地瞪大雙眼眺望河的對岸，彷彿被異象帶到深淵前的信徒，禱告祈求聖母瑪利亞拯救，但卻毫無所獲。最後的希望破滅了，他氣喘吁吁跪在地上。不是所有征途都能如願以償。偏執和貪心之人經常犯下愚蠢的錯誤，因而喪生、自相殘殺或陷入掙扎，最後空手而歸。

露西不曉得自己是怎麼想的，竟然相信這樣一個沙漠故事會有不同的結局。

突然，一名滿身泥巴的女孩背著背包從草叢裡走了出來。

「圖米？」

「瑪利亞？」

圖米張開雙臂朝她奔去。

安裘如釋重負長吁一聲，也跟著站了起來。

瑪利亞和圖米緊緊相擁，安裘蹲在她身旁開始翻她的背包。

「嘿！」瑪利亞大吼：「別碰我的東西！」

「在這裡，」安裘說：「眞的有！」

他從背包裡拿出一本書，舉起來晃了晃，接著開始翻書，隨即咧嘴微笑，從書裡抽出一張紙，臉上寫滿了勝利的笑容。

露西走到他背後往下看，果然：他手裡拿著一份舊文件，上頭蓋了印。她沒想到會是這樣，就兩張，沒了。乾乾扁扁，滿是摺痕，卻足以撼動全世界，至少可以救某人一命。她伸手去拿，但安裘將她的手推開。

露西狠狠瞪他一眼。「不會嗎？我爲你犧牲了多少卡車和車子？」

安裘像綿羊一樣，乖乖交出文件。

「真舊。」

「已經一百五十多年了。」

她忍不住小心翼翼捧著它。「真難相信這東西值得為它拚命。」她一邊讀著文件內容，一邊喃喃自語。

內政部和印第安事務局的官印，還有部落酋長的簽名……空洞的承諾、象徵性的妥協，因為沒有人認為會有這一天。幾百萬英畝英呎的水，整起事件的最後一塊拼圖，可以讓亞利桑那中央運河完全復活。有了這份水權，亞利桑那就可以挖掘更多更大的運河，改變科羅拉多河的河道，不讓加州和內華達碰，將水運到其他沙漠和其他城市。

寥寥兩張紙，就能讓鳳凰城和亞利桑那重新掌握自己的命運，不再是失落和崩壞之地，讓圖米、夏琳和提莫這樣的人安居樂業，讓所有難民再也不必推推攘攘，夢想脫逃到北方。

露西嘆了一口氣，知道自己該怎麼做。傑米說得沒錯，她已經不知不覺變成在地人了。她說不出是什麼時候，但鳳凰城已經變成她的家。

46

安裘想拿回文件，但露西往後退開，速度快得驚人。槍出現在她手上，安裘給她的槍。

「對不起，安裘，」她低聲道。

圖米和瑪利亞驚呼一聲。

「怎麼——」

安裘舉起雙手，動作謹慎小心，想搞清楚現在是什麼狀況。「怎麼回事，露西？妳爲什麼要這樣做？」

「我不能讓你把文件交給凱塞琳．凱斯，」露西說。

安裘努力不讓自己語露驚慌，心裡暗忖該怎麼做。「這份文件是我的生命線，」他說：「我需要它。」

「怎麼回事？」圖米問。

「沒事，有一點小爭執。」

他有槍，但得想辦法掏出來。他得讓露西分神，只是他很不喜歡露西拿槍指著他的感覺。

露西頭一回拿槍指著他（感覺已經像是上輩子了），他很有把握地以爲她是能講道理的，聽得進他說的話。

但此刻她的灰色眼眸卻跟碎石一樣冷酷。

她槍法不錯，安裘見過她在近乎全黑的屋裡開槍擊中了加州佬的腿。他非得一擊得手，否則絕對不會有第二次機會。

「我覺得我們好像一直意見不合，」安裘說：「這是怎麼回事？」

「對不起，安裘。」

從她的語氣，安裘相信她是真心的。她並不想這麼做。他可以看出她心裡的苦，卻也看出她不會動搖。

「拜託，露西，妳只要跟著我就好。那幾張破紙可以帶我們通過州界。只要文件在手，我就能聯絡駱駝軍團，就能叫直昇機，我們晚餐前就能回到賭城了。」

「那我想你最好也把手機交給我吧。」

「妳不能把我們留在這裡！」圖米抗議道。

「我不會管你們，」露西說：「只有他。」

「妳打算拿這份文件做什麼？」安裘問。

「我要交給鳳凰城。這份文件是他們的，水權也是，統統是他們的。不是加州，也不是內華達，更不是拉斯維加斯或你老闆。」

「鳳凰城連這份文件存在都不曉得！不知道就不會受傷害。」

「你真的好意思說鳳凰城的人沒有受傷害？這些水權是他們的生計，」露西說：「鳳凰城可以重生，不用像現在這樣。」

「少來了，露西！這地方已經毀了，沒救了，但我們卻可以去北方。我們所有人都能去，妳也可以，那裡有地方讓我們所有人落腳。如果妳很在乎妳的狗，我們連牠也能帶上去。」

「事情沒那麼簡單，安裘。我已經跟他們相處太久，看他們受苦太久了，不可能可以做些什麼卻袖手旁觀。」

「妳把文件交給鳳凰城，只是將痛苦轉到其他地方而已。妳覺得妳這麼做，拉斯維加斯不會受苦，不會乾枯凋零嗎？」

他往前挪動一步，思考該怎麼抓住她。雖然會痛，但他想應該可以。

「別逼我開槍，安袞。」

她是認眞的。

「那我們談談吧。」

「沒什麼好談的。」

「所以……妳打算怎麼辦？把我扔在這裡嗎？」安袞問：「不會吧？」

「我會把你的手機扔在兩英里外的地方，你到時可以求救。」

「沒有文件，我向誰求救也沒有人會來。」

「那就跟我走吧，」露西慫恿道：「跟我拿著文件回鳳凰城，他們會罩你的。」

安袞忍不住哈哈大笑。「現在是誰在癡人說夢？妳知道我對鳳凰城的人幹了多少壞事嗎？」

「我可以說句話嗎？」瑪利亞冷冷地說。

露西沒有回答。

「現在講可能有點遲了，」安袞說。他全副心思都擺在露西和她手上的槍，還有她眼裡的野性和信念之堅強。

他發現鳳凰城會讓人瘋狂，有時會讓人十惡不赦，甚至感覺不到半點人性，有時又會讓人變成他媽的聖人。

我真是走狗運，竟然遇到鳳凰城他媽的最後一個聖人。

他彷彿聽見那名殺手在嘲笑他。

不是殺人，就是被殺。小伙子，你說是吧？你靠斷人的水源維生，老天終究會來找你算帳的。報應，絕對是報應。

有人流血，有人才有水喝。就這麼簡單，只是現在輪到他了。

有那麼一小段時間，他眞的這麼相信過。當你舒舒服服坐在柏樹一號特區，享受瀑布和交流電，以及截斷別人水源的時候，很容易以爲自己佔盡上風。

「我不是針對你，」露西說：「我眞的很喜歡你，安裘。」

「是啊，」安裘發現自己忍不住微笑。「我知道。」他聳聳肩說：「我懂，我們只是小螺絲釘，只是因爲機器是這麼設計的，所以不得不做。」

眞的是這樣。他發現自己無法恨她。他們只是螺絲釘。無論是他自己、加州佬、卡佛市或凱塞琳．凱斯，統統只是大機器裡的小齒輪。

有時你們會互相咬合，甚至同方向旋轉，就像他和露西，有時則怎麼也兜不攏，有時又會是機器裡最重要的零件。

有時會變成多餘。

安裘心想，當他飛來卡佛市截斷水源時，余西蒙的感受是不是和他現在一樣。

他緩緩放下雙手。

「那妳就走吧，」他嘆了口氣說：「如果妳想那麼做，那就去做吧。」

露西瞟了摩托車一眼，安裘趁機掏槍。露西拿槍指著安裘。「別動！」

安裘咧嘴冷笑。「我什麼都還沒做呢。」

「把槍扔了！」

「少來了，露西，妳不是殺人魔，不喜歡雙手沾滿血腥。還記得嗎？妳是聖人，魔鬼是我。」

「你要是想阻止我，我就開槍！」

「我只是要妳聽我說！」

「沒什麼好說的！」

「我還以爲妳是最相信文字的力量的。」

她瞪著他，臉上瞬間閃過恐懼與驚慌，但隨即露出微笑。

「你不會開槍打我的。」

「妳要是不聽話，我就會開槍，」安裘咆哮道。

但露西只是微笑。「不，妳不會的。」她伸腿跨上摩托車。

「別這樣！」安裘吼道：「別逼我對妳開槍！」

「你不會的，」露西說：「你太喜歡我了，下不了手。更何況你欠我一次，還記得嗎？」

「這件事我不欠妳什麼。」

「讓我走，」露西柔聲道：「讓我離開吧。」

安裘望著她旋轉鑰匙發動摩托車。他想起救贖與報答，想起她跪在他身旁，將他從鬼門關抓了回來。他不知道承諾有什麼好。想想人們撒下的謊，還有愛人許下的諾言。

「求求妳，」他說：「我拜託妳了。」

「對不起，安裘。有太多人需要這份文件了，我沒辦法拋棄他們。」

「唉，算了，」他放下手槍。「妳走吧，去當聖人吧。」他將槍收回槍套，轉頭走開。

電動摩托車在他身後出發了，沙沙輾過泥地。安裘發現自己豎耳傾聽，希望露西改變心意，回到他身邊，但他知道不可能。

不是殺人，就是被殺。

他已經在想出路了。當鳳凰城拿著文件出現在法院時，他得想出一套說詞跟凱斯解釋才行。不，沒希望了。他只能逃，逃得愈快愈遠愈好，而凱斯一定會懸賞他的項上人頭——

一聲槍響在河面上迴盪。

鳥群驚惶竄向天空，在空中盤旋奔躲。

安袞仆倒在地。

47

瑪利亞沒想到槍的後座力這麼強，但那女人摔下摩托車，趴到了地上。

「怎麼——」圖米回頭一臉驚詫望著瑪利亞。

瑪利亞不理他。她手腕熱辣辣的，被點四四手槍的後座力震得又刺又痛，但事情還沒結束。要是那女人打算反擊，她知道自己非得補上一槍。那女人躺在地上，看起來沒有動靜，摩托車又搖搖晃晃往前衝了十多碼才翻倒。

有人跑了過來，瑪利亞立刻轉身舉槍。是刀疤男，那名水刀子。

「嘿！」刀疤男舉起雙手。「別緊張，小姑娘。我不會對妳怎麼樣，我們是同一國的。」

瑪利亞猶豫片刻說：「你說這份文件能帶我們離開這裡到拉斯維加斯去，你是說眞的？」

「嗯，」他點點頭，一臉認眞說：「對，是眞的。」

「我可以跟你一起去，對吧？一言為定？」

「沒錯，直接到拉斯維加斯，住進柏樹特區裡。四號特區已經快完工了，有的是房子給妳。」

「你保證？」她啞著嗓子問。

水刀子又一臉認眞點點頭。「我不會抛下任何人。」

「嗯，那好，」瑪利亞放下點四四手槍。

那人立刻閃過她身旁，衝向倒在地上的女人。瑪利亞緩緩跟在後頭。那女人全身癱軟，水刀子抱著她，將她的頭枕在腿間，像照顧嬰兒一樣低聲安撫她。那女人抬頭看著瑪利亞，淺灰色眼眸寫滿了困惑。

「妳開槍打我？」

「嗯，」瑪利亞蹲在她身旁說：「對不起。」

「為什麼？」她聲音沙啞。

「為什麼？」瑪利亞望著那女人，心裡不明白這些人怎麼會這樣看世界。「因為我不想再回到鳳凰城。妳可能覺得這幾張紙能改變什麼，但那地方不會變好了，我絕對不回去。」

水刀子轉頭看了她一眼。「妳從不回頭的，是吧？」

「當然，」瑪利亞說。

「媽的，」那人搖搖頭，微笑著說：「凱塞琳・凱斯一定會喜歡妳。」

她還來不及問他是什麼意思，那人已經喊了圖米，要他拿手機給他，接著便打給某人，講了一長串數字和字母組成的密碼。

圖米走到她背後抱著她。瑪利亞以為他會罵她做了這麼可怕的事，但他只是輕輕抱著她。

瑪利亞低頭望著那女人，不知道對方能不能活下來，自己會不會因為殺了人而有罪惡感，還有她剛剛做成的約定對不對。

她以為見到那女人受苦會很難過，可是並沒有，讓她不禁思考自己到底是什麼樣的人，她心裡是不是有什麼瓦解了，因為她所見到和做出的一切，但她發現自己連這些都不在乎。她只想到自己終於可以過河了，可以到拉斯維加斯欣賞噴泉，所有人都能從噴泉舀水喝。那裡有陶歐克斯開著超酷的特斯拉電動車呼嘯而過，所有人都住在亮晶晶的生態建築裡，不用每天吸著沙塵，受烈日曝曬。

她脫開圖米的擁抱，獨自走到泥濘的河岸邊坐了下來。

傍晚了。

她聽見蟋蟀唧唧、麻雀鼓翅和小魚濺起水花，看見蝙蝠和燕子在漸暗的天空盤旋穿梭，捕食昆蟲。瑪利亞望著河水，望著它從水天交接處迎著冰涼的微風湍流而來。好柔和。河邊的空氣好柔和。

她已經想不起上一次吹到這麼涼爽的微風是什麼時候了。

靴子踏地聲，水刀子來了。他在她身旁坐下，不發一語，只是默默坐在她身旁，一起望著河面。

過了很久，瑪利亞說：「對不起，我對你女朋友開了槍。」

「呃，唉，」水刀子嘆了口氣說：「她沒給妳多少選擇。」

「她眼神很舊，」瑪利亞說：「我爸也有同樣的問題。」

「哦？」

「她覺得世界應該是某種樣子，其實不是。世界已經變了，但她看不出來，因爲她只看見它原有的模樣，之前的樣子。她還活在舊時代。」

瑪利亞很猶豫，不曉得自己是不是眞想知道，但還是得問。「她會活下來嗎？」

「嗯，她很頑強，」他微微一笑說：「要是到得了拉斯維加斯，應該有機會。」

她覺得有道理，比過去幾年所有大人跟她說過的話都有道理。

「看來我們都在同一條船上了，」她說。

水刀子輕輕一笑。「是啊，」他說：「我想是這樣沒錯。」

他起身拍了拍牛仔褲，一跛一跛走回圖米和那女人身邊，留她獨自坐在河邊聽著蟋蟀鳴叫，還有河水潺潺流過楊柳依依的河岸。

瑪利亞吸了一大口傍晚的空氣。那空氣在她肺裡感覺好清涼、好新鮮，簡直像在呼吸河水一樣灌進身體，囤積起來。她聽著蟋蟀唧唧，蝙蝠在河面飛翔。

她覺得遠方傳來新的聲響，是直昇機旋轉翼的轉動聲，由遠而近過河而來，噠噠噠噠迴盪在水面和峽谷中，淹沒了蟋蟀和河水的嘈雜。

聲音很遠，但愈來愈近。

愈來愈眞實。

致謝

本書爲虛構小說，所有人物及場景均經改編或純屬杜撰。話雖如此，書中描繪的災難未來並非無的放矢，而是源自不少科學與環保記者的深入研究與報導。這些記者揭示了正在急速顛覆我們世界的細微變化與趨勢，值得想了解未來大勢的人拜讀，而我多年來也一直關注著他們的報導。好的報導不只記述現在，更能點出未來的輪廓。我很感謝這些作家和記者，讓我有機會讀到他們的報導。

我要特別感謝米謝・尼爵斯、蘿拉・帕士克斯、麥特・簡金斯、強納森・湯普森和《高地新聞》雜誌，這本書最早的靈感有許多要歸功於他們。早在我知道自己要寫一本關於水資源稀缺的小說之前，他們就給了我許多啟發。我還要特別感謝葛瑞格・漢斯康鼓勵我寫了短篇小說《檉柳獵人》，爲《焚城記》撒下了種子。另外，我要感謝底下這些人，讓我能在他們的推特上潛水看文：查爾斯・費許曼 @cfishman、約翰・佛雷克 @jfleck、約翰・歐爾 @CoyoteGulch 和麥可・坎帕納 @WaterWired，以及水資源新聞網站 @circleofblue，更不用提許許多多提供文章和小道消息到 #coriver、#drought 和 #water 等主題標籤上的個人與組織。

我還要感謝：作家兼編輯佩佩・羅霍，謝謝他及時拯救了我的破西班牙文；我的藝術家朋友約翰・皮卡習歐；盯著我好好寫完這本小說的西西・芬雷；情節大師荷莉・布雷克，是她提醒我故事情節已經完備，只是組合方式不對而已。克諾夫出版社的責編提姆・歐康諾針對完稿提供了明智的建議；我的經紀人羅素・蓋倫幫這本書找到了最棒的歸屬。

最重要的，我要感謝我的妻子安裘拉這些年來無條件的支持。

如同我其他作品，書中一切錯誤及疏漏均由敝人自負。

藍小說 248
焚城記

作者—保羅・巴奇加盧比
譯者—穆卓芸
主編—嘉世強
編輯—鄭雅菁
美術設計—空白地區
內文排版—時報出版美術製作部
董事長—趙政岷
總經理
總編輯—余宜芳
出版者—時報文化出版企業股份有限公司
10803臺北市和平西路三段二四〇號四樓
發行專線—（〇二）二三〇六—六八四二
讀者服務專線—〇八〇〇—二三一—七〇五
（〇二）二三〇四—七一〇三
讀者服務傳眞—（〇二）二三〇四—六八五八
郵撥—一九三四四七二四時報文化出版公司
信箱—臺北郵政七九～九九信箱
時報悅讀網—http://www.readingtimes.com.tw
電子郵件信箱—liter@readingtimes.com.tw
法律顧問—理律法律事務所 陳長文律師、李念祖律師
印刷—勁達印刷有限公司
初版一刷—二〇一六年八月五日
定價—新臺幣三八〇元
⊙行政院新聞局局版北市業字第八〇號

國家圖書館出版品預行編目（CIP）資料

焚城記 / 保羅.巴奇加盧比(Paolo Bacigalupi)作；穆卓芸譯.
-- 初版. -- 臺北市：時報文化, 2016.08
面； 公分. -- (藍小說；248)

譯自：The water knife

ISBN 978-957-13-6706-4(平裝)

874.57 105010793

The Water Knife

ISBN 978-957-13-6706-4
Printed in Taiwan